D.M. Pulley
Das verlassene Haus

Das Buch

Fünf Familienschicksale und ein altes Haus voller Geheimnisse ...
Hunters Eltern wollen mit der Vergangenheit abschließen – in einer neuen Stadt, in einem neuen Zuhause. Sie kaufen das renovierungsbedürftige Anwesen Rawlingswood. Doch das alte Haus scheint sich gegen die Familie zu sperren. Während die Eltern nicht zur Ruhe kommen, beginnt Hunter, Fragen nach Rawlingswoods Vergangenheit zu stellen.
Wer waren seine früheren Besitzer und warum gilt es als »Mordhaus«? Liegt auf dem Haus wirklich ein Fluch oder gibt es natürliche Gründe dafür, dass die Familie sich ständig beobachtet fühlt?

Die Autorin

Bevor sie sich ganz dem Schreiben widmete, war D.M. Pulley eine Ingenieurin, die forensische Untersuchungen von Bauschäden durchgeführt hat. Ihre Inspektion eines leer stehenden Gebäudes in Cleveland, bei der sie im Keller auf einen Tresorraum voller ungeöffneter Schließfächer stieß, inspirierte sie zu ihrem Debütroman »Der tote Schlüssel«, der 2014 den »Amazon Breakthrough Novel Award« gewann. In Folge erschienen bereits »Das begrabene Buch« und »Das vierzehnte Opfer« bei Amazon. Pulleys Faszination für Gebäude mit rätselhafter Vergangenheit bestimmt auch die Atmosphäre von »Das verlassene Haus«, ihres vierten Thrillers.

D.M. Pulley lebt bei Cleveland, Ohio, mit ihrem Mann, ihren zwei Söhnen und ihrem Hund.

D.M. PULLEY

DAS VERLASSENE HAUS

THRILLER

Aus dem Amerikanischen von Falko Löffler

Die amerikanische Ausgabe erschien 2019 unter dem Titel
»No One's Home« bei Thomas & Mercer, Seattle.

Deutsche Erstveröffentlichung bei
Edition M, Amazon Media EU S.à r.l.
38, avenue John F. Kennedy, L-1855 Luxembourg
December 2019
Copyright © der Originalausgabe 2019
By D. M. Pulley
All rights reserved.
Copyright © der deutschsprachigen Ausgabe 2019
By Falko Löffler

Die Übersetzung dieses Buches wurde durch Amazon Crossing ermöglicht.

Umschlaggestaltung: semper smile, München, www.sempersmile.de
Umschlagmotiv: © Dejawu/Shutterstock; © rSnapshotPhotos/Shutterstock;
© Susan Law Cain/Shutterstock; © Andrey Yurlov/Shutterstock;
© brickrena/Shutterstock
Lektorat: Media-Agentur Gaby Hoffmann, www.profi-lektorat.com
Gedruckt durch:
Amazon Distribution GmbH, Amazonstraße 1, 04347 Leipzig /
Canon Deutschland Business Services GmbH, Ferdinand-Jühlke-Str. 7,
99095 Erfurt /
CPI Books GmbH, Birkstraße 10, 25917 Leck

ISBN: 978-2-49670-106-7

www.edition-m-verlag.de

Für Jo und Brac

Diese Geschichte wurde von den Häusern von Shaker Heights, zwei echten Morden und einem Gerücht inspiriert ...

Rawlingswood

Rawlings-Familie: 1922–1931
Bell-Familie: 1936–1972
Klussman-Familie: 1972–1990
Martin-Familie: 1994–2016

Erdgeschoss

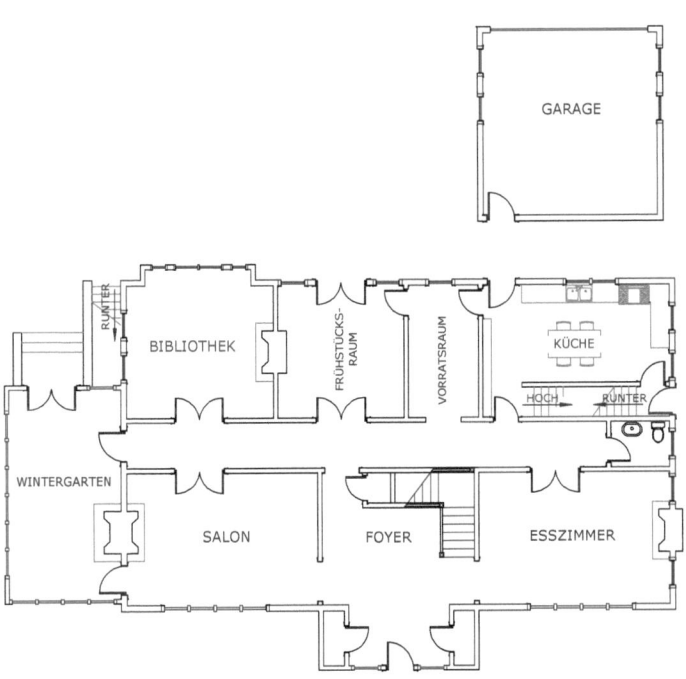

Erstes Stockwerk

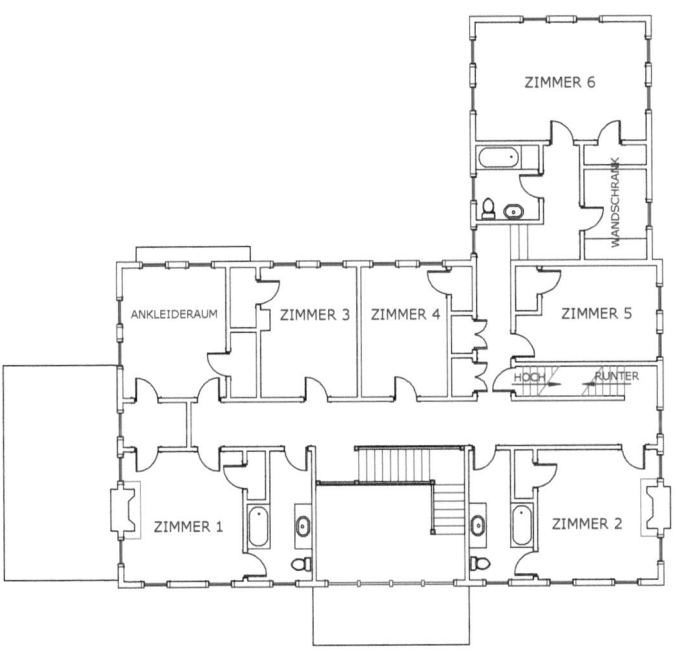

Dachboden

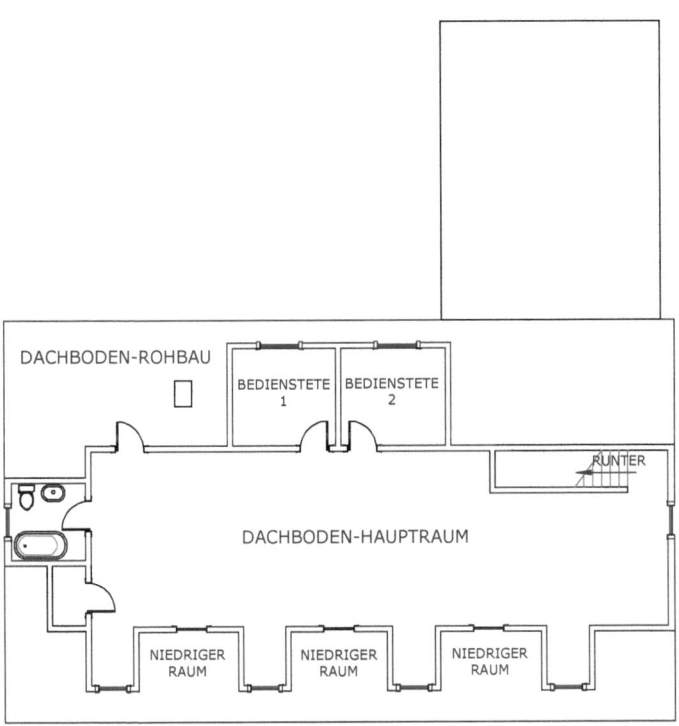

1

Haus zu verkaufen

7. April 2018

Von draußen würde niemand etwas vermuten.

Das zweistöckige Haus im Kolonialstil befand sich auf einem Grundstück von zweitausend Quadratmetern im Schatten von knorrigen Eichen und Silberahornen, die alt genug waren, um sich noch an Weideland und Mühlen sowie die Gebete und Gesänge der Shaker zu erinnern. Es verströmte britische Eigenarten und Charme, lockte mögliche Käufer mit dem Versprechen von großen Kaminen, filigranen Holzarbeiten, Kronleuchtern aus Kristall und Gemächern für Bedienstete unter dem Schieferdach. Die Baumeister hatten unter dem Eindruck des goldenen Optimismus im Jahr 1922 an keinen Ausgaben gespart.

Ein Mann mittleren Alters stand am Rand des Anwesens. Er trug italienische Schuhe und ein eng anliegendes Sakko. Die Bartstoppeln auf seinem kantigen Kinn und die Drahtgestellbrille verliehen ihm einen intellektuellen Anstrich.

Er war nicht klein, aber auch nicht groß, ließ sein welliges, grau meliertes Haar strategisch über seine Stirn fallen. Über die dichte Hecke warf er einen skeptischen Blick zur zweispurigen Straße auf der anderen Seite. Die Innenstadt von Cleveland war etwas über zehn Kilometer entfernt.

Die hübsche Frau neben ihm schaute die imposante Fassade hoch, zählte die Bleiglasfenster und stellte sich vor, wie es wäre, von drinnen rauszusehen. Sie war zierlich und hatte tiefbraune Augen, hätte fast für ein junges Mädchen gehalten werden können, aber da waren ihre hochhackigen Stiefel und die scharf geschnittenen Kanten ihres Gesichts. Eine Designer-Sonnenbrille bändigte ihr blondes Haar und ein Seidenschal war kunstvoll über ihre Schultern drapiert. Goldschmuck verzierte ihre winzigen Ohren und Handgelenke. Die äußeren Zeichen von Reichtum passten nicht ganz zu der zurückhaltenden Weise, in der sie ausschritt, oder ihrem Gesichtsausdruck, als die Maklerin das Paar über den gepflasterten Weg zur Haustür dirigierte.

Bei genauerem Hinsehen wurde deutlich, dass das Gras gemäht und die Blumenbeete gemulcht werden mussten. An den Kanten wuchs alles über. Die Farbe am Dachvorsprung blätterte ab. Es wären nur einfache Verschönerungsarbeiten nötig, verkündete die Maklerin schnell.

Eine weiße Katze schoss am Eingang vorbei, stoppte beim nächstbesten Baum, um die Eindringlinge zu beäugen. Ihr kühler, abschätziger Blick blieb auf der Frau hängen. Die Katze trug kein Halsband. Sie legte den Kopf schräg, dann schritt sie majestätisch zur Seite des Hauses, als gehörte es ihr.

Verunsichert trat die Frau die Stufen zum Portikus nach oben.

Ein zerknitterter Zettel war in eines der Fenster in der Mahagonitür geklebt. Darauf stand:

HINWEIS:
Dieses Gebäude wurde als verlassen und/oder aufgegeben deklariert. Diese Information wird an den Inhaber der Grundschuld dieses Anwesens weitergeleitet. Wahrscheinlich werden bei diesem Anwesen innerhalb der nächsten sieben Werktage die Schlösser ausgetauscht und die Rohrleitungen winterfest gemacht. Steht dieses Gebäude NICHT LEER, rufen Sie bitte die untere Nummer an.
Datum: 3. Januar 2016

Im Sonnenlicht war die Tinte inzwischen verblasst. Der Zettel hatte sich an den Ecken gewellt. Zwei Jahre waren vergangen, seit jemand diese Nachricht hingehängt hatte. Hinter ihnen quietschte die rostige Kette, an der das »Zu verkaufen«-Schild aus Plastik im Wind hin und her geweht wurde.

»Wenn wir hineingehen, sollten Sie kein vorschnelles Urteil fällen. Natürlich, in das Gebäude muss viel Arbeit gesteckt werden, aber für den richtigen Käufer ist es ein tolles Schnäppchen.« Die Maklerin fuhrwerkte am Schlüsselkasten mit dem bronzenen Türgriff herum und holte den Schlüssel heraus. »Zu diesem Preis bekommt man heutzutage eigentlich kein Haus mehr.«

»Die stark befahrene Straße macht mir etwas Sorgen«, überlegte der Mann laut.

»Drinnen kann man sie kaum hören«, versicherte die Maklerin ihm. »Hier bekommen Sie so viel mehr Fläche. Und Sie sind tatsächlich noch in Laufweite zum Supermarkt und der Bibliothek. Davon abgesehen lassen die alten Bäume …«

Das nachdenkliche Lächeln des Ehemanns verblasste, als er einen Blick in das Gebäude warf.

Seine Gattin keuchte erschrocken, als der Geruch sie traf.

Der Gestank von verfaulendem Müll und Schimmel erfüllte das Foyer. Zigarettenstummel und Fast-Food-Verpackungen lagen auf dem Eichenholzparkett herum. Rechts im ehemals feudalen Esszimmer häuften sich Dreckwäsche und zerrissene Lumpen. Im Foyer war der Heizkörper nicht mehr vorhanden. Graffitis in allen Farben verunzierten die Wände und Eichenholzpaneele, brüllten Warnungen und Nachrichten heraus, die der Mann las, während er vom Foyer in den Salon ging.

Willkommen im Höllenhaus!

Haut ab! Rennt!

Die bösen Toten leben!

»Mein Gott«, flüsterte der Mann und bedeckte seine Nase mit einem Taschentuch.

Seine Gattin verharrte eine Zeit lang in der Tür, hatte ihr Gesicht halb in ihren Schal gehüllt. Schließlich nahm sie allen Mut zusammen und trat ins Foyer, um alles in Augenschein zu nehmen. Die maßgeschneiderten Besonderheiten des Hauses kämpften gegen den Gestank an. Sie begutachtete das Parkett, die großen Bleiglasfenster über der Haustür, die hohen Decken, die angepassten Einbauten und die riesigen Kamine in den Räumen zu ihrer Linken und Rechten.

»Offensichtlich sind ausgiebige Renovierungsarbeiten nötig.« Die Maklerin tat ihr Bestes, um in dem zweistöckigen Foyer Optimismus zu verströmen. »Aber bei diesem Preis können Sie es sich auch leisten, jedes Detail zu überarbeiten und das ganze Gebäude nach Ihrem Geschmack zu gestalten. Strukturell steht das Haus wirklich gut da.«

Ein Teenager schlurfte hinter ihnen die Einfahrt entlang, schaute verdrossen zu den leeren Fenstern des Hauses. Er hasste es bereits. Auf seinem Gesicht zeichneten sich Spuren von Akne ab, er hatte unerwünschten Haarwuchs und übergroße Knochen – sein Körper hatte ihn verraten. Die babyblauen Augen unter seinen vollen Brauen erweckten den Anschein, als wäre er zwölf Jahre alt, aber der Rest seiner Erscheinung wirkte wie zwanzig. Weder seine Mutter noch sein Vater registrierten ihn, als er auf der Schwelle innehielt, sprachlos von der Gewalt, die diesem Ort angetan worden war. Seine Kinnlade hing herunter, als sein Blick die gewaltige Treppe entlang zum ersten Stock hochwanderte.

Seine Eltern gingen vom Salon durch den Hauptflur erst zur Bibliothek, danach zum Esszimmer, wo sie von weiteren Beleidigungen und mehr Vandalismus begrüßt wurden. Mit jedem Makel verringerten sie im Geiste den Preis, bis es quasi umsonst war. Die Maklerin biss sich auf die Zunge und rechnete damit, dass die Schäden diese Familie ebenso verscheuchten wie all die anderen.

In der Toilette im Erdgeschoss befanden sich ein angerissenes Porzellanwaschbecken und eine Toilette, die mit allen möglichen Brauntönen bedeckt war. Der beißende Geruch von Sumpfgasen drang durch die trockenen Rohre aus dem Erdreich herauf.

Die Maklerin räusperte sich, um diesen Geruch loszuwerden, und zwitscherte fröhlich: »Selbstverständlich müssen die Rohrleitungen erneuert werden.« Sie trat in ihren zweckmäßigen Schuhen von einer Stelle auf die andere. In diesem Haus hielt sie sich gern in der Nähe des Ausgangs auf. »Schauen Sie sich ganz in Ruhe um. Rufen Sie mich einfach, wenn Sie Fragen haben.«

Das Paar stieg die hintere Treppe hinauf zum ersten riesigen Zimmer. Ein gekachelter Kamin befand sich verkohlt und leer an der rechten Wand. Der Raum war in einem amtlich wirkenden Blauton gestrichen, durch die Fenster konnte man zur Straße sehen.

»Das ist wohl das Elternschlafzimmer«, vermutete der Gatte, öffnete eine Tür, die zum angeschlossenen Badezimmer führte. Tote Fliegen und Mäusekot bedeckten die kleinen weißen Fliesen.

Eine einsame Matratze gammelte in einem der kleineren Zimmer jenseits des Flurs. Ein dunkelbrauner Fleck erstreckte sich von der Mitte des behelfsmäßigen Bettes bis auf den Boden. Die Gattin rümpfte die Nase. Blut? Zerknüllte Alufolie und eine Spritze lagen daneben. »Myron«, flüsterte sie und warf ihrem Mann einen angeekelten Blick zu.

»Ich weiß. Aber gib ihm eine Chance«, wisperte er zur Antwort und marschierte weiter.

Die Frau blieb vor dem dritten Zimmer stehen und atmete tief ein. Die Wände waren vor Jahrzehnten in hellem Rosa gestrichen worden. An den Fenstern hingen zerfetzte Vorhänge, die Nachmittagssonne schimmerte durch deren dünnes Leinen. Handgemalte Schmetterlinge flogen auf dem Gips zwischen grob gezeichneten satanistischen Symbolen herum. Es standen auch einige seltsame Nachrichten dort.

Wer ist ein hübsches Mädchen?

Tränen sammelten sich in den Augen der Frau, als ihr Blick von den Blumen zu den Schmetterlingen und wieder zurück glitt.

Wer ist ein hübsches Mädchen?

Der Mann trat von hinten an sie heran; er schaute unangenehm berührt von den verschandelten rosa Wänden zu ihrem Hinterkopf. Beruhigend legte er eine Hand auf ihre Schulter, aber sie versteifte sich. Er öffnete den Mund, um etwas zu sagen, sie drehte sich jedoch auf dem Absatz um und verschwand in den Flur hinaus, bevor er Worte fand.

Zimmer, Bäder, Wäscheschränke – im Hauptflur ging es immer weiter und dann einen weiteren Flur entlang, der zu einem Flügel über der Garage führte. »Schau dir dieses Gebäude an. Das hört gar nicht mehr auf!«, verkündete der Gatte, in der Hoffnung, ihre Stimmung aufzuhellen.

»Es ist riesig«, stimmte sie leise zu. Es gab sieben Zimmer und drei große Bäder. Groß genug, um sich darin zu verlaufen. »Ich könnte hier ein Studio einrichten ...«

Hinter einer der Türen befand sich eine schmale Treppe, die zum zweiten Stock hinaufführte. Diese zusätzliche Fläche sorgte bei dem Gatten für die Entscheidung. Er stellte sich in dem höhlenartigen Obergeschoss hin, holte sein Handy raus und wählte eine Nummer. »Paul? Hier ist Myron. Sag mal, wie viel Geld können wir in den nächsten dreißig Tagen verfügbar machen?«

Seine Frau drehte sich langsam im Kreis und starrte schließlich aus einem der Dachfenster nach unten zum Bürgersteig, von wo sie vor zehn Minuten noch reingeschaut hatten. An die gegenüberliegende Wand hatte jemand mit einem dünnen Stift geschrieben: »*Und wir werden vier Bäume pflanzen, einen in jeder Ecke, in der ein Engel spricht.*« Sie betrachtete die Worte ratlos.

»Das Haus ist ein Schnäppchen. Du kannst dir nicht vorstellen, was für Verkleidungen hier angebracht sind. Allein für die Holzarbeiten würdest du dich in Boston arm machen ... Ich weiß, aber Margot hat sich schon darin verliebt.«

Seine Frau drehte den Kopf zu ihm. *Habe ich das?*

»Yeah. Zum richtigen Preis ... Natürlich. Ich melde mich.« Myron legte auf und wandte sich an seine Frau. »Du musst zugeben, dass das ein gutes Geschäft ist, Schatz.«

»Aber ... sind wir sicher, dass wir das wirklich alles brauchen?«

»Machst du Witze? Das hier ist eine Goldmine! Die wollen nur hundertachtzigtausend Dollar? In Boston würde so was locker drei oder vier Millionen kosten. Wir haben tagelang gesucht und nichts gesehen, was dem hier auch nur nahekommt. Gib's zu.«

Ihr Stirnrunzeln wurde flehentlich. »Ich weiß, aber … müssen wir das wirklich tun? Ich bin mir nicht sicher, Myron. Nicht über das Haus. Nicht über den Umzug … Was ist mit Hunter? Ich weiß nicht, was ich davon halten soll, dass er all seine Freunde zurücklässt, seine Schule. Er ist im letzten Schuljahr und es fällt ihm so schwer, sich irgendwo einzufügen.«

»Ich weiß, dass du dir Sorgen machst, aber das könnte alles für ihn gut sein. Wir haben doch darüber geredet.« Myron seufzte und ließ die Schultern hängen, als sich eine Niederlage abzeichnete. »Wir waren uns darüber einig, dass das unsere beste Wahl ist – nach allem, was geschehen ist.«

Margot biss sich auf die geschminkte Lippe. *Nach allem, was geschehen ist.*

»Ich kann nicht zurückgehen, Margot. Ich habe gekündigt. Die Klinik von Cleveland ist der Traumjob, auf den ich gewartet habe. Das weißt du. Wir haben die Chance, hier von vorne zu beginnen. Machen wir das Beste daraus. Okay? Wir brauchen alle einen Neuanfang.« Er nahm ihre Hand und drückte sie. »Das könnte für uns großartig sein.«

Margot rang sich zu einem Lächeln durch und hielt die gute Miene aufgesetzt, bis er seine Aufmerksamkeit woandershin richtete. Irgendwo in der gähnenden Leere hinter ihr verzog sich eine Bodendiele mit einem gedämpften Krächzen. Sie drehte sich zu dem Geräusch um, aber sah nur ein Badezimmerlicht hinten in einem länglichen, leeren Raum leuchten. Sie musterte die geschlossenen Türen der Bedienstetenquartiere und der niedrigen Zwischenräume. Diese starrten ausdruckslos zurück.

Die spöttischen Worte an den Wänden unter ihr schienen ihr aus den Ecken des Obergeschosses etwas zuzuflüstern.

Willkommen im Höllenhaus!

2

Das Paar kehrte fünf Minuten später ins Foyer zurück. Die Maklerin steckte ihr Handy ein und schenkte ihnen ein breites Lächeln. »Also? Was denken Sie?«

»Ich glaube, wir haben genug gesehen. Können wir morgen wiederkommen? Ich würde gern einen Bauunternehmer miteinbeziehen.« Myron bemühte sich, die verstörte Reaktion seiner Frau auf seine Worte zu ignorieren.

»Wirklich?« Die Maklerin blinzelte ungläubig. »Das ist wunderbar. Aber … ähm … Wenn Sie ein ernsthaftes Angebot abgeben wollen, dann sollten Sie wohl noch etwas wissen.«

Margot hörte auf, sich im Haus umzusehen, als hätte sie darin irgendwas verloren, und warf ihrem Mann einen Blick zu. »Entschuldigung, was?«

»Das ist etwas unangenehm, aber meine Firma hat eine strenge Richtlinie, dass alle möglichen … *Stigmata* eines Anwesens offengelegt werden müssen.« Sie räusperte sich. »Dieses Haus hat eine bewegte Geschichte. Darüber wird sowieso geredet.«

Myron bewegte sich einen Schritt näher an seine Frau heran und verengte die Augen zu Schlitzen. »Welche Geschichte genau?«

»Also …« Die Maklerin glättete ihr schlecht sitzendes Kostüm. Erst kurz bevor dieses Paar angekommen war, hatte sie sich am Telefon beschwert: *Dieses verfluchte Haus werden wir niemals verkaufen, Howard! Selbst mit der Zwangsvollstreckung ist es hoffnungslos. Du kannst der Bank mitteilen, dass sie sich eine andere Maklerin suchen sollen.* »Es gab Gerede darüber. Vergessen Sie nicht, dass Shaker Heights eigentlich eine Kleinstadt ist – deswegen lieben die Leute hier den Ort auch so –, aber wie in jeder kleinen Stadt können Gerüchte ein Eigenleben entwickeln.«

Myrons Miene hellte sich bei dem Wort »Kleinstadt« ein wenig auf. Er hatte der Frau ihre Lage hinreichend erklärt. Sie suchten nach einer lohnenden Investitionsmöglichkeit. Ein Haus, das renovierungsbedürftig war, das sie nach eigenem Gusto gestalten konnten. Etwas, das Charakter hatte. Eine Kleinstadt mit guten Schulen. Etwas mehr Fläche. Ein echtes Zuhause für sie selbst und ihren Sohn im Teenager-Alter, der inzwischen über ihnen in das Zimmer mit der blutverschmierten Matratze geschlurft war.

»Bedenken Sie dabei, dass die Gerüchte substanzlos sind«, sprach sie mit einem gekünstelten Lachen weiter, »aber einige Käufer … lassen sich schnell ins Bockshorn jagen.«

Die Worte: »Aber Sie beide doch nicht«, blieben unausgesprochen.

Myron nickte zustimmend.

Margots Sorgenfalten allerdings wurden tiefer. »Was für Gerüchte?«

»Alle möglichen urbanen Legenden sind über dieses Haus entstanden. Einige besagen, dass der ursprüngliche Besitzer, Mr Rawlings, ermordet worden wäre. Einige behaupten, seine Frau sei verrückt geworden. Andere erzählen, ein Mädchen von der Highschool sei vor einigen Jahren hier an einer Überdosis gestorben.« Die Frau wischte diese grässlichen Vermutungen mit einer Handbewegung weg.

Das Paar starrte sie einige Sekunden lang an und lenkte dann den Blick nach oben zur Holztreppe, die sich vom Foyer zum ersten Stock erstreckte. Das Haus war mucksmäuschenstill, als würde es lauschen. Der Schrei einer Frau drohte von irgendwo aus dem Gemäuer über dem verstaubten Kronleuchter zu erschallen, doch das Haus hielt weiter den Atem an.

»Das ist ja schrecklich«, raunte Margot und flehte stumm ihren Mann an: *Wir können dieses Haus nicht kaufen!*

»Aber keines dieser Gerüchte wurde bewiesen. Stimmt das?« Myron ignorierte seine Frau.

»Ich habe kein einziges Beweisstück gesehen. Aber das hält die Leute nicht davon ab, darüber zu reden, das Haus wäre … nun ja, verwunschen.«

Myron zog die Augenbrauen hoch. »Verwunschen?«

Margot gab ein unbehagliches »Hmpf« von sich.

»Vielleicht laufen Sie dem einen oder anderen älteren Nachbarn über den Weg, der Ihnen einreden will, dass er ein Gespenst gesehen hat. Einige könnten sogar behaupten, das Haus sei ›verflucht‹ oder so einen Unsinn.« Die Maklerin untermalte ihre Worte mit einem Augenrollen und einem Kopfschütteln. »Darauf würde ich nichts geben. Viele Familien haben im Laufe der Jahre hier glücklich gelebt, von dieser Zwangsvollstreckung mal abgesehen, natürlich.«

Überall um sie herum klangen Erinnerungen an andere Familien nach – Fingerabdrücke, Farben, Löcher von Nägeln, Narben, Flecken. Margots Blick wanderte die Stufen hoch und den Flur entlang, blieb an einer hinteren Wand hängen, wo jemand in grellem Rot ein Wort hingesprüht hatte.

Mordhaus!

Die Maklerin sah auch dorthin. »Leider lockt *jedes* leer stehende Haus Vandalen an, wie Sie sicher verstehen. Sogar in

Shaker Heights. Es gibt viele Möglichkeiten, wenn Sie ein Sicherheitssystem einbauen wollen, aber ich kann Ihnen versichern, dass die Polizei in dieser Straße regelmäßig patrouilliert.«

Margot konzentrierte sich kurz auf die Haustür, bevor sie sich wieder zu dem großen Kamin umdrehte, den Kranzprofilen, den eingebauten Bücherregalen, der Kassettendecke in der Bibliothek, dem sonnendurchfluteten Esszimmer, der hübschen Speisekammer. Ihr Gesichtsausdruck wurde weicher, als sie Sympathien für diesen Ort entwickelte. Das Haus war schön, es war nur völlig verwahrlost. Einsam. Verlassen. Sein gebrochenes Herz spiegelte sich auf ihrem zerrissenen Gesichtsausdruck wider.

Ihr Mann atmete durch und fragte: »Das ist alles? Also, was Spuk angeht, meine ich?«

»Im Wesentlichen schon.« Die Maklerin nickte. »Ich wollte lediglich vermeiden, dass Sie einziehen und diese Gerüchte dann von anderen Leuten hören. Die letzten Besitzer, die hier gelebt haben, mussten schwere Zeiten durchmachen, und wie Sie sich vorstellen können, suchen die Leute immer etwas, worauf sie die Schuld schieben können. Ich bin sicher, dass Sie das in Ihrem Beruf öfter erleben, Dr. Spielman.«

Der Doktor bestätigte das mit einer zustimmenden Kopfbewegung. »Leute können wirklich abergläubisch sein.«

»Genau.« Die Frau lächelte erleichtert. Sie hatte sie weiterhin am Haken. »Die Immobilienkrise hat in diesem Land alle ziemlich schwer getroffen. Geister hatten damit nichts zu tun, nicht wahr?«

Margot wirkte ganz und gar nicht überzeugt. Eine kaputte Bierflasche lag in der Ecke, wo sich eigentlich der Heizkörper befinden sollte. »Was genau ist den letzten Besitzern passiert?«

»Oh. Die arme Mrs Martin konnte einfach nicht mehr die Kosten stemmen, nachdem ihr Mann von uns gegangen war. So etwas passiert jeden Tag. Solche Geschichten hören Sie überall in Cleveland.« Die Maklerin schob schnell hinterher: »Aber Shaker Heights hat fast hundert Prozent der Hauswerte wiederhergestellt und am Markt herrscht hohe Nachfrage. Ein solches Haus bleibt nicht lange im Angebot.«

Der Doktor wollte sich noch nicht in die Karten sehen lassen und lächelte schwach. »Wir müssen die Pläne mit einem Bauunternehmer durchsprechen, bevor wir ein Angebot abgeben.«

»Ja, natürlich. Lassen Sie sich ein oder zwei Tage Zeit, aber an Ihrer Stelle würde ich nicht zu lange warten. Meine Kollegen im Büro haben mir gesagt, dass sich für Ende der Woche noch weitere Interessenten angemeldet haben. Mögliche Käufer aus New York.« Das war eine Lüge, aber die Maklerin verkaufte sie gut.

Auf dem Weg nach draußen hielt Margot an der Schwelle inne. In der Mitte der verzierten Mahagonitür schaute sie ein Engelskopf vom Türklopfer aus Bronze an. Er war so gefertigt, dass er wie ein kleiner Junge aussah. Auf dem Schild darunter war noch eine Gravur lesbar: *Rawlingswood*.

»Wie ist er gestorben?«, fragte sie leise und strich mit einer Fingerkuppe über den Namen.

»Entschuldigung?« Das Lächeln der Maklerin verblasste in den Mundwinkeln.

»Der letzte Besitzer. Mr Martin? Wie ist er gestorben?«

»Ich glaube, es war ein Herzinfarkt. Nichts Ungewöhnliches, das kann ich Ihnen versichern.«

Ihr Gatte berührte sie an der Schulter. »Sei nicht so zimperlich, Margot. Jedes alte Haus hat einiges an Leben und Tod gesehen. Stimmt das nicht?«

»Auf alle Fälle«, bestätigte ihn die Maklerin. »Einige Leute finden, dass die Geschichte einem alten Haus erst seinen Charme verleiht.«

Als sie nach draußen traten, hielt die Maklerin inne und wies über die Schulter wieder zum Haus. »Äh, sollten wir nicht … War Ihr Sohn nicht bei Ihnen?«

Margot sog die Luft ein, als hätte sie eine Ohrfeige verpasst bekommen. Bei all dem Gerede über Gespenster und einen Umzug hatte sie ihn völlig vergessen. Schuldgefühle stachen sie sofort in die Brust. *Was für eine schlechte Mutter!*

»Ja. Natürlich.« Myron kicherte und betrat wieder das Foyer, rief die Treppe hoch: »Hunter? Wir wollen los!«

Der Junge stand mitten in dem Zimmer mit der verdreckten Matratze und las die Schrift an der Wand.

Natalie ist eine Junkiehure! Fick dich!

Selbst, als sein Vater ihn von der Treppe aus rief, hielt er noch seine Aufmerksamkeit auf die Schrift an der Wand gerichtet. Klein und in einer Mädchenhandschrift stand dort geschrieben:

> Es ist ein Geschenk der Schlichtheit und der Freiheit
> Es ist ein Geschenk, dort zu sein, von Sorgen befreit
> Und wenn wir uns am richtigen Ort wiederfinden
> Wird uns das Tal der Liebe und Freude verbinden.

»Hunter!«

»Ja«, antwortete der schlaksige Junge und riss sich von dem seltsamen Gedicht los. Er trat in den lang gezogenen Flur und latschte die Treppe hinunter, ließ dabei auf niedergedrückte Weise die Schultern hängen, wie es nur mürrische Teenager können. »Komme schon.«

Die Maklerin schloss und verriegelte die Haustür, während die Familie den gepflasterten Weg entlanglief. Margot warf einen Blick zurück. Die weiße Katze, die sie vorhin gesehen hatte, kam unter einem Busch hervor und legte sich vor die Haustür. Sie gähnte und hielt ihren durchdringenden Blick auf sie geheftet. Margot schüttelte den Kopf in Richtung des kleinen Monsters und des Hauses. Es war größer, als sie es jemals für möglich gehalten hatte. Hilflos blickte sie wie vorhin die ausufernde Fassade hoch, als wäre sie ein entgegenkommender Zug.

Fünfzehn Bleiglasfenster erwiderten zwischen den hohen Bäumen den Blick.

Während sie auf dem Rasen stand und mit der Hand zu einem Fenster im zweiten Stock wies, bildete ihr Mund einige Worte. Die Maklerin und ihr Gatte folgten ihrer Geste zu den vier Dachfenstern oben im Haus. Ein Fenster hob sich gelb leuchtend vor den dichter werdenden Wolken ab. Dort war das Licht noch angeschaltet.

Die Maklerin lächelte und machte eine wegwerfende Handbewegung, als wollte sie sagen, dass sie sich schon darum kümmern würde, aber das war natürlich nur eine weitere Lüge.

3

Die Rawlings-Familie

26. Oktober 1929

»Willkommen! Willkommen in Rawlingswood, meine lieben Freunde.« Walter Rawlings öffnete die Tür mit großer Geste, um die erste Welle der Gäste zum Dinner einzulassen. Sein Schnurrbart glänzte wächsern, seine gestärkte Weste knarrte.

Andrew Carnegies Cousine Ardelia rauschte mit ihrem affektierten Gatten im Schlepptau herein. Sie reichte ihre Nerzstola dem Hausmädchen Ella, ohne ihr auch nur einen Seitenblick zu gönnen.

Das Hausmädchen war mittleren Alters und fühlte sich unbehaglich. Sie stand in ihrer schwarz-weißen Dienstkleidung und mit einem abwesenden Lächeln bei der Tür. Ella hasste Walters Partys. So viele *mahrime Gaje* mit derart schlechten Manieren. Ardelias Gatte legte seinen Mantel auf seinem Arm zusammen und hielt ihn ihr hin, als wäre er ein Geschenk.

»Es ist schön, dich zu sehen, Walter«, sagte Ardelia schnurrend. Sie schritt über das polierte Parkett wie eine Königin, nahm abschätzig den importierten Teppich und den Kronleuchter aus Kristall in Augenschein. *Gewöhnlich, aber was soll man auch von einem Anwalt erwarten, oder was auch immer Walter heutzutage ist.* »Wo ist denn nun dein hinreißendes Geschöpf?«

»Georgina kümmert sich um den kleinen Walter. Sie ist ganz die vernarrte Mutter. Ich schätze, sie wird gleich wieder runterkommen.« Walter räusperte sich, seine Verärgerung darüber, dass seine Frau nicht anwesend war, zeichnete sich für den Bruchteil einer Sekunde auf seinem Gesicht ab, bevor er hastig seine Züge wieder glättete. Er wies zu dem Raum links von dem zweistöckigen Foyer. »Lasst euch von James einen anständigen Cocktail mixen.«

Drei weitere Paare kamen kurz hintereinander. Schon bald war der Salon mit Stimmengewirr erfüllt, dem Klirren von Kristall und dem Jazz von der Schallplatte, die Walter auf der Electrola aufgelegt hatte. Jazz war neben Alkohol Walters Art, etwas gesellschaftliche Rebellion zu betreiben, um die Party interessanter zu gestalten. Die Gespräche bewegten sich auf ungefährlichem Terrain und drehten sich um Golf, Inneneinrichtung, das Wetter und die Vorstandswahlen des Country Clubs.

Niemand sprach den Zustand des Aktienmarktes an, auch wenn das Schreckgespenst der Verluste dieser Woche wie ein Schatten über dem Raum schwebte.

Die Festlichkeiten hatten schon zwanzig Minuten gedauert, bis Georgina endlich ihren Auftritt hatte. Sie war nicht mehr dünn, sie war zerbrechlich. Vor der burgunderroten Tapete wirkte ihre Haut bleich. Für alle, die sie schon früher gekannt hatten, war sie nur noch ein Geist ihrer selbst. Früher, vor Rawlingswood. Vor ihrem Sohn. Ihr damals honigfarbenes, blondes Haar war dünn und stumpf geworden. Der Funke, der Walters Liebe vor zehn Jahren entzündet hatte, war bis zur Unkenntlichkeit verblasst. Georgina war achtundzwanzig

Jahre alt gewesen, als sie geheiratet hatten, alles andere als ein Mädchen, aber sie war immer ein kleines Ding mit glasblauen Puppenaugen geblieben. Nie war sie zu der Frau geworden, die er erwartet hatte.

Mit Blicken flüsterten sich die Frauen hinter ihrem Rücken zu: *Es geht ihr immer schlechter, das arme Ding.*

»Da ist sie ja!« Ardelia trällerte es laut heraus, hatte schon zwei Cocktails intus. »Schätzchen, du siehst aus, als bräuchtest du einen Drink!«

Zehn Minuten später wurde mit einem Glöckchen zum Dinner gerufen. Als die acht Gäste am Tisch Platz genommen hatten, lehnte sich Walter zurück, faltete die Hände auf seinem runden Bauch und strahlte beim Anblick seines Esszimmers. Er hatte den ausladenden Raum von seinem Architekten genau für solche Abende bauen lassen. Doch in seinem Lächeln lag auch eine Melancholie, die von Nostalgie herrührte, als wäre dieser Abend im Freundeskreis ein letztes Abendmahl.

»Ist sie überhaupt eine Christin?« Die Frage stellte ihm die Frau seines Bankers zu seiner Rechten. Georgina hatte gerade erzählt, wie ihr Hausmädchen Ella einen Kratzer an Walters Bein mit einigen Kräutern und einem Gebet in einer fremden Sprache geheilt hatte. *Ich sage dir, es hat ganz wunderbar funktioniert.*

Walter zuckte mit den Schultern, als hätte er noch nie einen Gedanken an die religiöse Überzeugung seiner Haushälterin verschwendet. »Weißt du, ich habe sie niemals danach gefragt.«

Die Frau strich gedankenverloren über ihre Perlenkette. »Ich kann nicht sagen, dass ich mich mit ihr als Gouvernante wohlfühlen würde. Hast du schon einmal daran gedacht, jemand anderes einzustellen?«

»Machst du Witze?« Walter lachte. »Sie würde einen Fluch auf das Haus legen! Ich bin mir sicher, dass ihrer Familie in der Alten Welt auch Hexen angehören.«

Dieses Schmankerl amüsierte die Umsitzenden an seinem Ende des Tisches, aber Georgina wirkte bedrückt.

»Nein, nein«, widersprach sie leise, schüttelte den Kopf. »Das würde sie nie tun. Ella ist wunderbar. Der kleine Walter himmelt sie an. Ich wüsste nicht, was ich tun würde, wenn …«

Etwas unterbrach ihren Gedankengang. Ein Geräusch, das nur sie vernehmen konnte. Sie wandte den Kopf nach rechts zur Quelle des Phantomklangs. *Ist das ein Weinen?*

»Ich bin sicher, dass sie ganz liebenswert ist, mein Schatz. Brauchen wir nicht alle von Zeit zu Zeit ein wenig Hexenwerk?« Ardelia verzog boshaft die Augenbrauen und schickte verschlagene Blicke in die Runde, forderte die bourgeoisen Gäste zum Protest auf.

Die Frau des Bankers ignorierte den Spruch. »Georgina? Alles in Ordnung? Du wirkst ein wenig kränklich.«

Georgina antwortete nicht. Ihre glasigen Augen fixierten die hintere Wand, als könnte sie das Gebälk unter dem Gips sehen. Das Holzskelett des Hauses schlug eine stumme Melodie an, ein Lied, das sich gerade so außerhalb ihrer Wahrnehmung befand.

»Schatz?« Walters Stimme schnitt durch die Anspannung, die über dem Tisch hing.

Georgina blinzelte ihre Trance weg. »Ja?«

Gerade in diesem Augenblick trat Ella an Walters Seite und wisperte: »Ihr Gast ist angekommen.«

»Ah. Wunderbar!« Walter stand auf und wandte sich an seine Gäste. »Heute Abend habe ich noch ein außergewöhnliches Vergnügen vorbereitet!«

Georgina versteifte sich, eine Locke fiel ihr über die Wange. Bei Walter wusste man nie, wen er einlud.

Er verließ das Esszimmer, in dem sich gespannte Stille ausgebreitet hatte.

Der unverbesserliche Walter! Er liebt seine Überraschungen einfach.

Einige Augenblicke später kehrte er mit einer alten Frau am Arm zurück.

»Ladys und Gentlemen, es ist mir eine ausgesprochene Ehre, Ihnen Miss Ninny Boyd vorzustellen. Sie ist eine der ursprünglichen Shaker aus der North-Union-Siedlung. Nicht weit von hier, wo wir gerade zusammensitzen, ist sie zur Schule gegangen, hat sie mir erzählt.«

Eine Welle der Überraschung und der Freude durchströmte die Gäste. »Wie erstaunlich! Ach, wirklich? Kannst du dir das vorstellen?«

Die alte Frau suchte mit wässrigen Augen die geschminkten Gesichter der Damen aus feinen Kreisen und das alkoholgeschwängerte Grinsen der Männer ab, bis sie Georgina entdeckte. »Es tut mir leid, dass ich Sie beim Essen unterbrochen habe. Verzeihen Sie mir«, sagte sie im zittrigen Tonfall alter Leute.

Georgina nahm ihre Gabel herunter.

»Ganz und gar nicht!«, rief Walter und zog einen Stuhl für sie heran. »Bitte, bringt unserem verehrten Gast etwas zu essen.«

Die Bediensteten eilten zurück in die Küche.

Ninny sank auf den Stuhl nieder, hielt dabei den Blick auf Georgina geheftet, die mit jeder Sekunde blasser wurde.

Ardelia beugte sich vor und musterte die alte Frau, als wäre sie ein Zootier. »Miss Boyd, Sie müssen uns einfach alles über die Shaker erzählen!«

»Da ist nicht viel zu berichten.« Doch es gab in Wirklichkeit eine Menge. *Bitte vergeben Sie mir, aber es ist so viel, das ich erzählen muss*, flehten ihre Augen ihre zerbrechliche Gastgeberin an. Die alte Frau fand nicht die richtigen Worte.

Georgina saß wie vom Donner gerührt da, wich dem drängenden Blick der Frau aus.

Einer seiner Freunde vom Golfplatz wandte sich an Walter. »Wie zum Teufel ist es dir gelungen, jemanden von den Shakern aufzutreiben, alter Mann?«

»Georgina war klug genug, die gute Frau kürzlich zu treffen. Stimmt das nicht, Liebling?«

Georginas Lippen waren inzwischen fast weiß. Sie trank einen Schluck Wein, um Zeit zu schinden und sich zu sammeln. Eilig räusperte sie sich. »Ja. Ich habe Miss Boyd im Ziergarten getroffen …«

Ardelia starrte sie amüsiert an. »Hier in deinem Ziergarten? Hinter deinem Haus? Was, um Himmels willen, haben Sie da hinten gesucht, Miss Boyd?«

Ninny rutschte auf ihrem Stuhl herum. »Ich war schon lange Zeit nicht mehr in diesem Tal … Ich schätze, ich wollte der Vergangenheit zurückzahlen, was ich ihr schulde.«

»Welcher Vergangenheit, meine Liebe?«, drängte Ardelia.

Die alte Frau saß da, schrumpfte angesichts der Vielzahl der Blicke, die auf ihr lagen. Ihr wurde in einem Gefühl der Lähmung klar, dass sie Worte für alles finden musste. Ihre Stimme, die dünn wie eine Eierschale war, schwoll mit wachsendem Zweifel an. »Ich fürchte, die Toten ruhen hier nicht einfach.«

»Die Toten?« Ardelia zog die Augenbrauen hoch.

Eine unangenehme Stille sank auf den Tisch herab. Georgina drehte den Kopf in Richtung eines Geräuschs, das niemand anders hören konnte. Nur Ninny schien es aufzufallen.

»Ha! Faszinierend!«, tönte Walter und schlug mit der Hand wuchtig auf den Tisch. Georgina erschrak bei dem Knall. »Georgina, meine Liebe, warum hast du mir nichts von Miss Boyds Mission gesagt? Ich liebe eine gute Geistergeschichte. Erzählen Sie uns alles, Miss Boyd. Möchten Sie etwas Wein?«

»O je.« Ninny senkte den Blick zu Boden, als ihre düstere Warnung zu einer Art Gesellschaftsspiel wurde. »Das kann ich nicht.«

Walter nickte. »Natürlich. Das war eine närrische Idee. Diese Art von geistigem Getränk war in der Gemeinschaft der Shaker verpönt.«

»Dort durfte man nichts trinken? Es war ihnen untersagt, meine ich?«, ereiferte sich die Frau des Bankers.

Ninny faltete die Hände in ihrem Schoß, auf die Weise, wie es ihr vor all diesen Jahren beigebracht worden war. »Nein. Mutter Ann hat solche Dinge abgelehnt, fürchte ich.«

»Mutter Ann?«, wiederholte Ardelia mit Glitzern in den Augen. *Bäuerliche Hexerei*, sagte es. »Wer war sie?«

»Mutter Ann hat Christus' Wiederkehr vorhergesagt … Ihre göttliche Nähe hat die Gläubigen hierher ins Tal des Gottessegens geführt. Es hieß, die Engel hätten es ihr eingeflüstert.« Ninnys Stimme war fast zu einem Raunen geworden. Nichts würde so ablaufen, wie sie gehofft hatte.

»Meine Güte! Und glauben Sie das auch?«, meldete sich die Frau des Bankers wieder zu Wort.

Ninnys gesenkter Blick heftete sich erneut auf Georginas Porzellangesicht. »Ich glaube, Gott spricht zu denjenigen, die zuhören.« *Bitte, du musst zuhören.*

»Stimmt es, dass die Shaker gegen Heirat waren, Miss Boyd?« Ardelia nippte an ihrem Wein und forderte mit ihren Worten die alte Frau auf, etwas darüber zu berichten, warum Sex in ihrer Religion ignoriert wurde. Es war allgemein bekannt, dass die Gemeinschaft der Shaker vor allem wegen ihres Zölibats ausgestorben war.

Ninny hielt den Blick auf Georgina geheftet – die Gastgeberin saß steif wie ein Brett auf ihrem Stuhl, als lausche sie selbst, wie jemand ihr Worte einflüsterte –, dann erst reagierte sie auf die derbe Frage. *Heirat.* »Wir haben damals an viele Dinge geglaubt, die zu dieser Zeit unmodern waren. Ich kann nicht behaupten, dass diese andere Welt mein Herz mehr erfreut.« Sie schüttelte den Kopf in Richtung des riesigen Kristallkronleuchters, der über ihnen hing, kniff die Augen zusammen, als versuchte sie, an der Decke die Balken unter dem Gips zu zählen, bis sie völlig den Faden verloren hatte. Urplötzlich wirkte sie bestürzt und wandte sich mit gerunzelter Stirn an ihren Gastgeber. »Wurden die Bäume hier gefällt, als das Haus gebaut wurde?«

Walter schaute bei diesen Worten auf, sprang begeistert auf die Möglichkeit an, vom Bau seiner Trutzburg zu berichten. »Wir haben den größten Teil des Bauholzes hergeschafft, aber einige der großen Balken und ein Teil der Verkleidung stammen von hier. Ich hatte einen Zimmermann angeheuert, der das Holz aus der Fällung hier vor Ort ausgewählt hat. So eine Art Holz war nicht zu einem vernünftigen Preis aufzutreiben, wo so eine rege Bautätigkeit geherrscht hat.«

Einige der Gäste gingen auf das Stichwort ein und priesen die Qualität der Schnitzereien und der Maserung. »Das sieht ganz wunderbar aus. Asteiche?«

Ninny nickte, ließ den Blick über die Täfelung schweifen, die sie umgab. Im nächsten Moment schloss sie die Augen. Zu einem Rhythmus, den nur sie wahrnehmen konnte, wiegte sie sich sanft auf ihrem Platz – ein leiser Singsang, der zwischen den Holzknochen des Hauses erschall.

> Pflanzt die Bäume hier als die Kathedrale.
> Einen im Osten, Süden, Westen und Norden.
> Im Wäldchen höre ich die Engel singen
> Wie sie den Herrn preisen und die Toten.

Georgina schaute betroffen von ihrem Teller auf. »Verzeiht mir. Ich glaube, ich höre Walter junior oben weinen. Könnt ihr mich bitte entschuldigen?«

»Sei nicht lächerlich, Georgina! Ella hat alles gut im Griff«, murrte Walter, und es schwang eine Warnung in seiner Stimme mit. Das war nicht das erste Mal, dass sie versuchte, von einem Dinner zu fliehen.

»Ich kann nichts hören, meine Liebe«, verkündete die Frau des Bankers und schenkte ihrer Freundin ein mitfühlendes Lächeln, bevor sie wieder den Ehrengast ansprach: »Berichten Sie uns bitte, Miss Boyd, weswegen Sie an diesen Ort zurückgekehrt sind. Was hat es mit den Toten auf sich?«

Die Augen der alten Frau füllten sich kurz mit Tränen, als sie sich an die Stimmen erinnerte und die Warnglocken hörte. Da surrte die Hitze des lang vergessenen Feuers, das versteckt in ihren Gedanken loderte, sich mit den Rufen von berittenen Männern und den Schreien der Frauen und Kinder mischte. *Wir sind nicht bewaffnet! Bitte! Lasst uns in Ruhe! Es sind Kinder hier!*

Georgina sprang von ihrem Stuhl auf. »Ich muss wirklich nach dem kleinen Walter schauen. Es dauert nicht lange.« Sie eilte aus dem Esszimmer, bevor ihr Gatte protestieren konnte.

»Bitte verzeiht meiner Frau.« Walters Gesicht lief vor Wut rot an. »Die letzten Wochen hat sie etwas neben sich gestanden.«

»Kann man ihr das verdenken? Bei allem, was in den Zeitungen geschrieben wurde?«, platzte es aus der Frau des Arztes heraus, die die ganze Zeit geschwiegen hatte, und damit war das unausgesprochene Abkommen zwischen ihnen allen hinfällig. *Die Zeitungen. Der Markt.* Sie sah sich verstohlen um und suchte nach Vergebung für ihren Fauxpas.

Walter warf ihr einen strengen Blick zu und räusperte sich, war nicht willens, seine eigene Beunruhigung zu thematisieren, wie schnell sich sein Vermögen verringerte. Sein luxuriöses

Heim war mit geliehenem Geld und fragwürdigen Investitionen finanziert worden. Die Kreditgeber hatten schon Anspruch auf das Haus erhoben.

»Nun, ich glaube, es würde uns allen guttun, die Ruhe zu behalten und uns um unsere eigenen Angelegenheiten zu kümmern«, erklärte ihr Gatte mit der gewohnten Autorität eines Arztes und schalt sie mit Blicken. »Der Aktienmarkt schwankt immerzu. Panik ist das Letzte, was dieses Land jetzt braucht. Siehst du das nicht auch so, Paul?«

»Auf alle Fälle.« Der Banker nickte.

Walter stimmte den beiden ebenfalls zu und nahm noch einen tiefen Schluck von seinem Scotch. Keine Panik. In den vergangenen Jahren hatte er sich mit seinen vielen Geschäften bereits verhoben, darunter mit einer kleinen Bank, und das waren nur seine legalen Investitionen. *Du kommst nicht von den einfachen Wohnungen den Hügel hinauf nach Shaker Heights, wenn du nicht ein paar Regeln großzügig auslegst.* Das redete er sich ein.

»Oh, hör sich einer euch beide an! Unser Ehrengast könnte sich kaum weniger für den Aktienmarkt interessieren«, schalt Ardelia sie alle und wandte sich wieder an Ninny. »Ich muss mich für diese Langweiler entschuldigen, meine Liebe. Fahren Sie bitte fort.«

Ninny schaute von der Suppe hoch, die sie nicht angerührt hatte, zu den reichen Damen. In ihrer einfachen Dienstmädchenkleidung fühlte sich die alte Shaker-Frau zwischen den herausgeputzten Dinnergästen fehl am Platze. »Womit soll ich fortfahren?«

»Bitte, Miss Boyd, verraten Sie uns, warum die Toten ruhelos sind.« Walter trank sein Glas aus, ihm war jedes andere Thema recht, das vom Aktienmarkt ablenkte.

»Ich fürchte … sie sind auf die falsche Weise gestorben«, sagte die alte Frau leise. Ihr Blick wanderte zum Fenster, zur

Straße hinaus, die jenseits der Bäume lag. Diese Straße hatte schon vor acht Jahren direkt durch das Herz der Siedlung der Center-Family geführt. Der Geist des alten Versammlungshauses spiegelte sich in ihren feuchten Augen. Es brannte. Flammen loderten in den Himmel, Balken brachen und stürzten. Über ihnen knarrten die Dielen auf nervöse Weise.

Georgina tauchte im Türrahmen auf und schlüpfte an ihren Platz am Tisch zurück. Ihre Wangen waren gerötet, wo sie diese fest gekniffen und danach mit Wasser eingerieben hatte. »Ich bitte allerseits um Entschuldigung. Was habe ich verpasst?«

»Wir haben gerade Miss Boyd gefragt, inwiefern die armen Seelen auf die falsche Weise gestorben sind.« Ardelia lächelte, erfreute sich an diesem Geheimnis. »War es Mord, Miss Boyd?«

Die vernebelten Augen der alten Frau waren auf die Straße draußen geheftet, als erblickte sie das Chaos jener Nacht. Wie die Kinder rannten. Wie die Ältesten protestierend die Hände hoben. Bei der Erinnerung an einen Schuss zuckte sie zusammen.

»Gott hat dieses Tal vor vielen Jahren verlassen … Er hat diese Bäume aufgegeben, diese Steine, den Boden unter unseren Füßen.« Sie blickte Georgina in die Augen, die auf ihrem Stuhl zitterte. »Ich bete, dass Sie alle es ihm gleichtun.«

4

Die Spielman-Familie

5. Mai 2018

»Jemand hat versucht, Sie zu warnen, was?« Der Bauunternehmer wies zu dem Graffiti, das im Salon auf die Vertäfelung geschrieben worden war. *Mordhaus! 666!* »Sollen wir einen Exorzismus vornehmen?«

Die Spielmans führten den dicken Mann, der ein Klemmbrett hielt, in einen anderen Raum. Es war eine Woche her, dass sie die Schlüssel erhalten hatten. Ihr Barangebot war so niedrig gewesen, dass sie immer noch benommen davon waren, dass es tatsächlich akzeptiert worden war.

Der Mann stieß einen leisen Pfiff aus. »Sind Sie sicher, dass nicht einfach alles rausgerissen werden soll?«, fragte er nach der Hälfte ihres Rundgangs. Seine Stimme schabte und polterte wie eine Kettensäge. Eine Wolke von altem Zigarettenrauch folgte ihm, als er eine Runde durch das Esszimmer drehte. »Könnte letzten Endes günstiger sein.«

»Wir sind sicher«, erwiderte Myron mit einem steifen Lächeln. Seine Frau und er hatten genau über diesen Punkt im Foyer gestritten, bevor der Bauunternehmer eingetroffen war. *Es ist alles rissig und verzogen, Schatz. Wollen wir wirklich ein kleines Vermögen ausgeben und immer noch rissigen Gips haben?*

Kurz vor den Tränen hatte seine Frau bissig geantwortet. *Du hast uns alle hierher gezerrt, Myron. Du hast dieses gruselige Haus ausgesucht. Du hast eine Menge Geld bei dem Deal gespart. Jetzt machen wir aus diesem Albtraum ein Zuhause, okay? Bitte?*

»Gipskartonwände haben nicht die gleiche Qualität wie von Hand angebrachter Gips. Unser Innenausstatter will davon so viel wie möglich erhalten«, erklärte Margot zum zweiten Mal und fixierte ihren Gatten aus dem Augenwinkel. *Sei wenigstens ein Mal auf meiner Seite!* Ihre Pfennigabsätze klackerten laut auf dem Boden, hinterließen winzige Abdrücke im Holz. Sie ließ den Blick in alle Ecken des Raums wandern, als rechnete sie damit, dass irgendwas sie anfallen könnte. Sie ballte ihre Hände zu Fäusten und sprach weiter. »Natürlich wird die Küche bis auf die Grundmauern abgerissen und im Anschluss erweitert werden müssen. Ich möchte, dass diese Wände verschwinden. Alles muss viel offener werden.«

Sie schlenderte aus dem Esszimmer an der Speisekammer vorbei in die bescheidene Küche an der Rückseite des Hauses, erläuterte ihre Pläne für den individuellen Schrank, doppelte Waschbecken, einen Weinkühlschrank, eine versenkbare Mikrowelle, eingelassene Beleuchtung, einen riesigen Tisch für sieben Leute und eine separate Anrichte für die Zubereitung von Nahrungsmitteln.

»Kennen Sie die Fernsehsendung ›Dream Kitchen‹?«, wandte sich Margot an den dicken Mann, der sich eilig seine Notizen machte. In der Stille nach ihrem Geplapper sah er knapp auf und nickte. »Also, das ist das Flair, das wir anstreben. Marmor und Naturholz. Klassisch. Amerikanische Frühzeit.«

Die Vorstellung einer perfekten Küche ließ die Sorgenfalten auf ihrer Stirn verschwinden. Wenn sie nur das Haus hinbekommen würden, wäre alles in Ordnung. Sie musste daran glauben, dass die Renovierung die Dämonen der Vergangenheit austreiben konnte. Sie hatte keine Wahl.

Die Bäder müssten auch komplett rausgerissen werden, fuhr sie fort. Von Hand verlegte Fliesen, fein geschliffener Marmor, rahmenloses Glas – sie beschrieb die Details noch, während sie schon die Treppe hochlief.

»Das wird Hunters Zimmer«, verkündete sie, als die Prozession den ersten Raum oben erreichte. »Wir schließen hier den Durchgang zum Badezimmer und stellen einen Schrank davor, damit man nur noch vom Flur reinkommt.«

Der Bauunternehmer nickte und machte eine Notiz.

Margot öffnete die Schranktür im Zimmer zum ersten Mal, um sich einen Eindruck zu verschaffen, wie viel Platz darin war, und erschrak bei dem, was sie entdeckte. Riesige rote Buchstaben aus Wachsmalfarbe brüllten sie an.

ToTES MäDCHEN!

ToTES MäDCHEN!

LaUF!

Ein Gewirr von noch mehr Strichen und Wachsspuren verunzierte die Wände, war wütend über die Haarrisse im Gips gezogen worden. Hunderte große und kleine Worte waren wie von einem Kind geschrieben worden.

tut mir leid so lEId sosososoSehr.

ICH HaB gETÖTET! BÖSER BeNNy! BÖSE!

Muss

Sie sog raspelnd die Luft ein.

»Was, wenig Platz?« Myron trat mit wissendem Lächeln hinter sie, das ihm aus dem Gesicht fiel, als er die Wörter erblickte. Er öffnete den Mund, um etwas zu sagen, aber Margot schlug die Tür zu, bevor er sprechen konnte. *Ich hasse dieses Gruselhaus*, schrie ihre Miene ihn an.

»Wie soll der Schrankraum ausgestattet werden, Ma'am?«, erkundigte sich der Bauunternehmer mit dem Stift in der Hand.

Margot blinzelte ihren Schrecken weg und räusperte sich, war sichtlich erschüttert. »Tapeten. Altmodische Motive. So was wie … Hutschachteln. Wir, äh … wir schicken Ihnen die Muster.«

Er nickte. Nachdem das Paar das Zimmer verlassen hatte, öffnete er die Schranktür, um ein paar Maße zu nehmen. »Totes Mädchen«, murmelte er vor sich hin. »Das ist aber nett. Mein Gott!«

Draußen im Flur betrachtete Margot mit leerem Blick die lange, dunkle Abfolge von Türen, als rechnete sie damit, dort den Geist eines toten Mädchens zu erhaschen. Die Furchen auf ihrer Stirn erschienen. Auf einmal wirkte sie viel älter, als ihre mädchenhafte Frisur und Figur nahelegten. *Was haben wir getan*, schien ihr Gesicht zu fragen. Jeder straffe Muskel in ihrem Körper wollte zur Tür hinausrennen und niemals zurückkehren, aber es war zu spät. Sie hatten für dieses Haus schon bar bezahlt.

Ihr Mann legte ihr seine Hand ins Kreuz, um sie zu beruhigen, doch sie zuckte zusammen, als wäre sie geschlagen worden.

»Hey.« Er versuchte es noch einmal, hob beide Hände als Geste des Friedens. »Das waren nur ein paar durchgeknallte

Kids, die Spielchen machen, Schatz. Deswegen musst du dir keine Sorgen machen. Ich verspreche es dir.«

Ihre Kiefer mahlten, während sie abwog, ob sie kreischen, weinen oder ihm ins Gesicht schlagen sollte. *Du hast das angerichtet! Jetzt sind wir hier gefangen!*

Der dicke Mann kam gerade rechtzeitig hinzu. »Was ist das Nächste?«

Sie schloss die Augen und zwang sich zu atmen, bevor sie die weitere Liste von Anweisungen herunterratterte. Frische Farbe in jedem Zimmer. Das Hauptschlafzimmer neu gestalten und auf andere Weise nutzen. Das große Badezimmer umbauen. Begehbare Kleiderschränke für sie und ihn. Die Böden neu versiegeln.

Alle Spuren des Vandalismus würden ausgelöscht werden. Alles würde auf den neuesten Stand gebracht und rehabilitiert werden. Jeder Dämon würde exorziert werden. Jeder Geist verjagt.

Margot hielt die Prozession an, als sie am Ende der schmalen Treppe zum Dachboden ankamen. Am hinteren Ende des gähnend leeren Raums, der wohl einmal die Wohnung des Dienstmädchens gewesen war, brannte noch eine Glühbirne im Badezimmer. Sie warf einen gelblichen Schimmer auf den staubbedeckten Holzboden.

Ich habe ihnen letzte Woche gesagt, dass sie das Licht ausschalten sollen. Wütend blitzten ihre Augen auf. Ihre Oberlippe kräuselte sich beim Anblick der Bodenfliesen aus Porzellan im dreckigen Badezimmer. Dutzende Fußspuren zeichneten sich darauf ab. *Hausbesetzer, Penner, Drogenabhängige.* In den Fugen hatten sich Hunderte Jahre Schmutz angesammelt. Sie wich vor dem Raum zurück, als fühlte sie, dass darin etwas Schreckliches geschehen war.

»Und was möchten Sie hier oben erledigt haben, Ma'am? Streichen?« Er wies zu der verblassten Schrift an der Wand – *Und wir werden vier Bäume pflanzen –*, aber die Herrin des Hauses schaute nicht dorthin.

Sie wandte sich von dem verdreckten Badezimmerboden ab und streckte den Rücken durch. »Nicht viel … das benutzen wir nur als Lagerraum.«

Der dicke Mann stampfte zu einer der halbhohen Türen an der linken Seite und öffnete sie. Staub regnete von den Balken, als die Tür gegen die Wand knallte. Er strahlte mit einer Taschenlampe in den unfertigen, kleinen Raum unter dem Dachvorsprung zwischen den Dachfenstern. »Wir könnten die Schächte der Klimaanlage hier entlanglegen«, schlug er vor und zog ein Maßband aus seinem Gürtel. Er stocherte mit dem kalten Metallband von einer Seite zur anderen und zerriss die Spinnweben.

Margot spähte in die Öffnung, stellte sich auf Fledermäuse oder Nagetiere ein, die herausschossen. Die Dachbalken ragten an der hinteren Kante aus dem Boden heraus und verschwanden im Gips über ihren Köpfen. Harz hatte sich in Tropfen auf den Holzbrettern gesammelt. Der Lichtkegel der Taschenlampe verharrte auf einer Stelle am Boden, wo ein kleiner Lederschuh im Staub lag. Seinem Stil nach zu urteilen, war er mindestens sechzig Jahre alt. Margot runzelte die Stirn und fragte sich, ob sie ihn aufheben sollte.

Er hatte einem Jungen gehört.

»Ich denke, ich kann hier sogar die Luftsteuerung einbauen.« Der Bauunternehmer schaltete die Taschenlampe aus und schloss die Tür wieder.

Margot schüttelte den Anblick des kleinen Schuhs ab. Die Eindrücke des Dachbodens zeichneten sich auf ihrem Gesicht ab. *Unruhig. Traurig. Einsam. Verwunschen.* Die Warnung der Maklerin klang in diesem Augenblick wahr: *Das Haus ist verflucht.* Sie rieb ihre Arme, als wären sie eiskalt.

Der Bauunternehmer steuerte auf die beiden kleinen Zimmer zu, die zum Hof hinausgingen. Die linke Tür war verschlossen. Er drehte probehalber den Türknauf. »Hat jemand Ihnen den Generalschlüssel gegeben?«

Margot schaute von der verschlossenen Tür zu ihrem Mann.

Myron runzelte die Stirn und entgegnete: »Nein. Ganz sicher nicht.«

»In dem Fall müssen wir einen Schlosser holen.« Max notierte etwas auf seinem Klemmbrett, danach ging er in die nächste kleine Kammer und machte dort eine schnelle Bestandsaufnahme.

Die verschlossene Tür aus Kiefernholz warf einen bedrohlichen Schatten auf Margots Gedanken. Sie studierte sie vorsichtig, als fühlte sie, dass jemand von der anderen Seite lauschte. »Was glaubst du, was da drin ist?«

»Ich weiß nicht.« Myron zog spöttisch eine Augenbraue hoch. »Kupferpennys aus dem neunzehnten Jahrhundert? Ein vergrabener Schatz? Jimmy Hoffa?«

Wenig amüsiert schob sich Margot an ihrem Mann vorbei und weg von der geheimnisvollen Tür. An der Decke über der Treppe fiel ihr ein Fleck auf. Sie kniff die Augen zusammen, um genau zu erkennen, wo Sonnenlicht durchfiel. Der Gips war abgebröckelt und gelblich. »Ist das ein Loch im Dach? Myron, stand das im Gutachten?«

Ihr Gatte blickte mürrisch und abwehrend von seinem Smartphone auf. »Nein, ich glaube nicht, aber wenn es ein größerer Grund zur Sorge wäre, hätten sie was gesagt. Max, was meinen Sie dazu?«

Der Bauunternehmer trat vor, um die Stelle zu prüfen, zu der die Frau mit vorwurfsvoller Geste wies. Auch er kniff die Augen zusammen, um mehr von dem Loch in der Decke zu erkennen, das kaum größer als eine Münze war. Dünne Risse umgaben es wie ein zerrissenes Spinnennetz. *Einschussloch*, fragte seine Miene, aber was er aussprach, war: »Das sollte leicht zu flicken sein. Wir schicken unseren Dachdecker hoch, damit er es sich anschaut.«

Myron nickte erleichtert. »Gut. Also, was glauben Sie, wann wir einziehen können?«

Max blätterte durch seine Notizen auf dem Klemmbrett und sprach die Kosten mit ihm durch.

Margot ignorierte die beiden, schlenderte zum ersten kleinen Zimmer auf der rechten Seite, wo ein Dienstmädchen geschlafen haben musste, und warf einen Blick hinein. Durch ein Fenster war der überwucherte Hinterhof zu sehen. Eine Tapete mit einem blassen Blumenmuster hing immer noch an den Wänden. Sie trat in das Zimmer und strich mit den Fingerspitzen über den höckerigen Saum. Die Tapete war handbedruckt, stammte nicht aus einer Maschine. Fast hundert Jahre lang war dieser Raum nicht verändert worden. Die gewölbte Decke hatte in einer Ecke eine gelbliche Farbe angenommen. Die Fensterflügel aus Kiefer und die Sockelleisten waren als Naturholz belassen. Neben der Tür waren runde, antiquierte Lichtschalter in die Wand eingelassen; auf den Dielen zeichnete sich der Umriss eines schmalen Bettes ab. In einer Ecke lag ein umgedrehter Briefumschlag, den sie aufhob. Es war ein Brief von der Universität von Ohio, der nie geöffnet worden war. Der Name über der Adresse des Hauses lautete *Ava Turner*.

»Schatz?«, rief Myron aus dem Salon. »Können wir gehen?«

Margot trat aus dem Dienstmädchenzimmer mit dem Umschlag in der Hand. »Was? Tut mir leid, ich habe nicht zugehört. Wie lange soll es dauern?«

»Max meint, dass es ungefähr vier Monate werden.«

Überrascht zog sie die Stirn kraus. »Wirklich? So lange?«

»Tja, wir könnten einziehen, sobald die Abrissarbeiten und die Bäder fertig sind. Aber willst du wirklich ein oder zwei

Monate lang Fertiggerichte von Papptellern essen?« Myrons Grinsen ließ seine Worte wie eine Mutprobe klingen.

Sie seufzte. Ihr perfektes Make-up und ihre manikürten Fingernägel sandten die Botschaft aus, dass sie niemand fürs raue Leben war. Mit dem Absatz tippte sie nachdenklich auf den Boden. »Ich hasse die Vorstellung, wie Hunter in einem Hotel feststeckt … und im August geht die Schule los.« Ihr Blick wanderte zu der Glühbirne, die nach wie vor im Badezimmer des Dienstmädchens leuchtete, dann zu dem Bauunternehmer. »Was glauben Sie, was Sie in achtzig Tagen schaffen können? Das ist der Zeitpunkt, zu dem wir das Haus in Boston abgeben, richtig, Myron?«

»Zehnter Juli«, bekräftigte Myron nickend.

»Ich sage Ihnen, wir können uns darauf konzentrieren, den ersten Stock und die Bäder da oben fertigzustellen. Aber diese individuelle Küche wird einige Zeit beanspruchen.« Der Mann kratzte sich mit dem Stift am Kopf und studierte seine Notizen. »Bis die Schränke hier sind, können bereits zwei Monate vergehen. Stromkabel, Bodenverstärkung … Gibt es schon Pläne für den Keller? Gemeinschaftsraum? Ein Rückzugsort mit Unterhaltungselektronik?«

Margot schüttelte den Kopf. »Verlegen Sie einfach den Wäscheraum von dort unten nach oben und bringen Sie alles auf einen neuen Stand. Wir haben nicht vor, da unten irgendwas zu machen. Oder?« Sie wandte sich an Myron, damit er das bestätigte.

»Oh, ich weiß nicht …« Der Arzt ließ den Blick durch das Dachgeschoss schweifen, machte im Geiste Pläne, die er nicht mit seiner Frau teilen wollte. »Vielleicht ein Gaming-Zimmer für Hunter? Ein Ort, an dem er mit seinen Freunden abhängen kann?«

»Bei all dieser Fläche? Ich denke, wir finden einen oberirdischen Ort, wenn Hunter so was braucht. Wir geben weiß Gott schon genug Geld aus, oder?« Damit versuchte sie, an Myrons Sparsamkeit zu appellieren, und heftete einen verletzlichen Blick auf ihn. Bitte, mach mir das etwas leichter. Im nächsten Moment drehte sie sich zu dem Bauunternehmer um. »Also … können wir festhalten, dass wir bis Anfang August fertig sind?«

Max konsultierte abermals seine Notizen und stieß einen gequälten Seufzer aus. »Wir können es probieren. Aber es existiert ein Sprichwort in diesem Geschäft: Sie können es schnell erledigt bekommen. Sie können es gut erledigt bekommen. Oder Sie können es billig erledigt bekommen. Aber Sie können nicht alle drei Sachen gleichzeitig bekommen. Ich müsste eine Priorisierungsgebühr einrechnen, wenn der Zeitplan unbedingt eingehalten werden muss.«

Myron öffnete den Mund, um Protest einzulegen, aber überlegte es sich doch anders. Margots schmerzerfüllte Miene drückte ihn wie ein Gewicht nieder. »Gut. Dann machen wir es so.«

Unangenehmer Schweiß hatte sich auf Margots Stirn und auf ihrem Rücken gesammelt. Es rührte nicht nur von der stehenden Luft her. Es lag auch nicht allein an den Staubpartikeln und Spinnweben, die über ihnen im gelben Licht im Badezimmer oder in dem dumpfen Tageslicht an den Fenstern hingen. Sie spitzte die Ohren, als hätte sie etwas gehört. Aber was? Trotz der Hitze kroch Kälte über ihre Haut. Abwesend strich sie sich mit den Fingern über den Nacken und hielt sie an die Ader, die bei ihrer Kehle pulsierte.

»Das wäre dann alles«, verkündete Myron. »Oder, Schatz?«

»Hm?« Sie sammelte sich. »Ja. Mir fällt sonst nichts ein.«

Der Arzt klopfte dem Bauunternehmer auf die Schulter. »Wann können wir einen Kostenvoranschlag erwarten? Ich muss noch entscheiden, wie viele Organe ich verkaufe.«

Max lachte auf.

Margot ignorierte die beiden Männer, die sich Sprüche an den Kopf warfen. Gänsehaut hatte sich überall gebildet. Weiterhin hielt sie den Brief von der Universität an eine unbekannte junge Frau in der Hand. Als sie draufschaute, schüttelte sie den Kopf, aber wusste nicht, ob sie sich selbst oder die beiden Männer meinte, die in Richtung der Treppe unterwegs waren, und sie wartete keine Unterbrechung in deren Unterhaltung ab:
»Kann mir jemand einen Gefallen tun?«

Die Männer hörten auf zu reden und drehten sich zu ihr um. Sie hatten sowieso schon alles geklärt.

»Kann jemand auf dem Weg nach unten das Licht ausmachen?«

5

Ein Trupp von Arbeitern erschien drei Tage, nachdem Myron Spielman den Vertrag unterschrieben hatte, um Rawlingswood bis auf die Grundfesten auseinanderzunehmen.

Innerhalb einer Woche ging alles schief, was schiefgehen konnte. Werkzeuge verschwanden nachts. Schimmel wurde in allen drei Bädern im ersten Stock entdeckt. Asbest bröckelte von den Heizrohren, weswegen alles eine Woche lang abgeschaltet werden musste. Die Abflussrohre aus Eisen wurden beim Abtragen des Gipses beschädigt. Dichtungsbleche an den Kaminen hatten Lecks. Das Hauptwasserrohr im Keller brach am sechsten Arbeitstag.

»Es ist, als würde dieses verdammte Haus uns bei jedem Schritt behindern wollen!« Max sprang jedes Mal im Dreieck, wenn er den *verdammten Arzt* anrufen musste. »Ja, wir haben eine Sicherheitsrücklage, aber das ist hier das reinste Armageddon. Eine Sache nach der anderen passiert. So was habe ich noch nie erlebt ... Wie man etwas einsparen könnte? Zunächst könnten wir auf diesen Kühlschrank für zehntausend Dollar verzichten.«

Er schwieg und lauschte den Worten des Arztes am anderen Ende der Leitung.

»Natürlich. Wir machen alles so, wie die Dame es wünscht, aber ich sage Ihnen … Ja, ich weiß, dass es im Vertrag steht, aber das sind *versteckte* Gegebenheiten. Haben Sie vielleicht gesehen, dass ich eine Röntgenbrille bei unserem Rundgang benutzt hätte? … Tja, ich kann nicht durch Wände schauen und habe keine Kristallkugel.« Der dicke Mann blies eine Wolke von Zigarettenrauch in die halb abgerissene Küche und hörte wieder zu. »Warum reden Sie und Ihre Frau nicht darüber und melden sich anschließend wieder bei mir? … Gut.«

Ruckartig nahm er sein Handy runter, schleuderte seinen Zigarettenstummel auf den freigelegten Unterboden. »Diese *Motherfucker*!«, rief er aus und trat gegen die Außenwand. Die Deckenbalken knarrten bedrohlich über ihm, als wären sie kurz vorm Einsturz. Ungläubig sprang er einen Schritt zurück. *Verfluchtes Haus.* »Scheiße … hey, Pete?«

In einem der Löcher in der Decke erschien ein Kopf. »Ja, Boss?«

»Sag besser dem Klempner, dass er für heute Feierabend machen soll. Wir warten erst mal die Genehmigung der Planänderung ab.«

»Bist du da sicher, Boss? Die haben eine Woche gebraucht, um unseren Auftrag unterzubringen?«

»Sehe ich sicher aus?« Max blickte ihn düster an.

»Dann mache ich es, aber das ändert auch unseren Zeitplan.«

»Nicht mein Problem. Wir können es schnell machen oder gut machen oder billig machen, aber nicht alle drei Sachen gleichzeitig, verflucht! Und sperr diesmal die Werkzeuge weg. Wenn noch eine Kreissäge aus diesem Scheißhaus verschwindet, geht das auf dich. Verstanden?«

»Klar, Boss.«

Niemand sprach es aus, aber der ganze Bautrupp verabscheute das Haus.

Sie wollten nicht drinsitzen und essen. Sogar zum Rauchen gingen sie raus, was für Bauarbeiter ungewöhnlich war, trotz der Baustellenregeln, die an der Haustür angebracht waren, denen zufolge Rauchen verboten war. Sie hingen neben den Schildern mit den Arbeitsgesetzen und anderen Regelungen, um die sich niemand von ihnen kümmerte. Sie vermieden es, das zweite Stockwerk auch nur zu betreten, wenn es möglich war. Arbeitete jemand von ihnen irgendwo drinnen allein, spähte derjenige unentwegt über die Schulter und zuckte bei jedem Knarren und Stöhnen der Holzbalken zusammen, während sie mit ihren Werkzeugen das Haus zerlegten.

Morgens fanden sie bei ihrer Ankunft ständig neue höllische Zeichen, dass sie nicht willkommen waren. Frische Risse waren über Nacht im Gips an der Decke erschienen. Fußbodenbalken waren an den Astlöchern gesplittert. Pläne waren auf den Boden geschleudert worden. Plastikplanen, die den Staub auffangen sollten, waren von den Decken gefallen. Drähte waren in den Sicherungskästen gelockert worden.

Der Elektriker kündigte, nachdem er die Verkabelung im Dachgeschoss untersucht hatte, weil er davon ausgehen musste, dass er bankrottging, wenn er alle Arbeiten des Kostenvoranschlags wie vorgesehen ausführte. Der Spezialist für Klimatechnik trat in einen rostigen Nagel, der aus dem Unterboden ragte und den am Vortag niemand entdeckt hatte. Er musste in die Notaufnahme gebracht werden. Einer der Schreinergehilfen schnitt sich in der dritten Woche tief in den Ringfinger, weil er etwas hinten im Flur hatte rumschlurfen sehen.

Und dann waren da die Probleme mit den Lichtern. Die Glühbirnen im zweiten Stock brannten morgens um sieben Uhr hell, obwohl alle versicherten, sie abgeschaltet zu haben. *Defekte Schalter*, behaupteten sie, aber niemand schien es selbst zu glauben. Eines Morgens hatte Max in den Dienstmädchenzimmern auf dem Dachboden gestanden und mit gerunzelter Stirn kleine Fußspuren im Baustaub begutachtet. Sie waren klein genug, um die eines Kindes zu sein. Über eine Minute lang hatte er sie angestiert und sie hernach mit seinen Arbeitsstiefeln verwischt und das Licht im Badezimmer ausgeschaltet.

Gerüchte machten unter den Arbeitern die Runde, und die Graffitis, die sie noch nicht entfernt hatten, fachten diese noch an.

Mordhaus?
Hier ist ein Mord passiert.
Wirklich?
Yeah. Ich hab gehört, es war vor fünfzig Jahren oder so.
Nee, Mann. Vor ein paar Jahren hatten hier ein paar Kids eine Überdosis.
Ich kenne jemanden, der einen Block weiter wohnt. Hat mir vom letzten Besitzer erzählt – hat gesagt, der wäre genau hier an einem Herzinfarkt gestorben. Als hätte ihn was zu Tode erschreckt.

Nach einem Monat Renovierungsarbeiten stieg Max die angeberischen Stufen zum ersten Stock hoch, wo ein schlecht gelaunter Klempner gerade seine Werkzeuge wegpackte.

»Das ist Bullshit, Max!«, stieß der Klempner in schwerem, osteuropäischem Akzent hervor. »Ich hab für diese Woche alles verschoben, um hier sein zu können.«

»Ich weiß, Yanni. Lass es mich wiedergutmachen. Wir können das bestimmt in ein oder zwei Tagen in Ordnung bringen.« Max zündete sich eine weitere Zigarette an und bot dem älteren Mann eine an.

Yanni lehnte mit einer zittrigen Handbewegung ab und versuchte, seinen Rücken zu strecken, der von den Jahren gekrümmt war, die er über Rohrleitungen gebeugt verbracht hatte. »Vergiss es! Ich ziehe mein Angebot zurück. Du wärst klug, wenn du das auch tust. Dieser Ort ...« Er wies mit arthritischen Fingern zur

Decke hinauf und schüttelte den Kopf. »Das ist ein Loch ohne Boden. Wie hoch war dein Kostenvoranschlag?«

»Ich komme schon klar.« Max grinste durch den Zigarettenqualm, als wollte er verdeutlichen, dass er den Besitzern bereits die Leviten gelesen hätte. Wohlweislich verschwieg er die hitzigen Telefonate mit seiner Zentrale. *Wer zum Teufel hat nur mit zehn Prozent als Sicherheitsrücklage kalkuliert? Schaff mir den Maler an die Strippe, Lois. Ich will, dass die Reparatur von Rissen enthalten ist. Ich bezahle dafür keine Stückkosten … Sag Phil, wenn er ein Problem damit hat, kann er sich vom Salinger-Bau verabschieden! … Gut. Und leg noch zwei Tickets für die Indians drauf.*

Sie waren zwei Wochen hinter Plan, und die Spielman-Familie musste bis zum 13. Juli einziehen. Das war noch drei Wochen hin. Ein Presslufthammer legte am anderen Ende des Flures wieder los. Max erschrak bei dem Geräusch, aber fasste sich sofort wieder. Sie entfernten die Fliesen im großen Badezimmer. Die Rohrleitungen zu verlegen, kostete ziemlich viel, aber das schien die Besitzer nicht zu kümmern. Das ganze Haus erzitterte unter ihren Füßen durch die Vibrationen des Presslufthammers. Irgendwo unter ihnen war ein Knallgeräusch zu vernehmen – noch mehr abplatzender Gips.

Max sog an seiner Zigarette, folgte Yanni die Treppe hinab und zur Haustür raus. In der Stille des Eingangsbereichs wandte er sich an den Klempner. »Yanni, ich brauche dich morgen wieder hier. Den jungen Typen traue ich nicht zu, dass sie mit so einem Haus zurechtkommen. Du bist mein Mann. Also, was ist dafür nötig?«

Yanni visierte ihn streng an, drehte sich zur Lee Road, die sich auf der anderen Seite der gewaltigen Bäume befand. Er hielt ihm die Hand hin, und Max drückte ihm unverzüglich eine Zigarette hinein. Nach fünf langen Zügen drehte er sich wieder zu ihm um und sagte: »Fünfundzwanzig.«

»Zwanzig und wir haben einen Deal.«

Yanni kicherte. »Das ist keine Verhandlung, Maxwell. Fünfundzwanzig. Und du musst eine Freundin von mir anheuern, damit die eine Reinigung durchführt. Dieses Haus! Es will uns raushaben.«

Ein Lachen ließ Max' gewaltigen Bauch erzittern. »Eine was?«

»Eine Reinigung. Um das Holz zu beruhigen. Hier sind böse Schwingungen, mein Freund. Sie können es fühlen.« Yanni wies zu den drei Männern, die bei einem Pick-up in der Einfahrt standen, rauchten und Kaffee aus Styroporbechern tranken.

»Und was soll das bringen? Diese Freundin kann das ausbügeln?«

»Es sind hundert Kröten, Maxwell.« Yanni tätschelte dem dicken Mann die Wange. »Kannst du dir das leisten oder nicht?«

6

Am nächsten Morgen erschien Yannis Freundin zu Fuß. Sie kam von Süden heran, wo die Haltestellen von Bus und Straßenbahn an der Ecke der Lee Road und Van Aken waren. Max traf sie auf dem Bürgersteig, schüttelte ihr die Hand und reichte ihr einen Umschlag. Die alte Frau ließ ihre Bezahlung in einer gehäkelten Handtasche verschwinden und bedeutete ihm, dass er sich entfernen sollte.

Sie verharrte geschlagene zehn Minuten lang reglos und schweigend auf der Veranda und studierte das Angesicht des Hauses. Die Sonne hatte noch nicht über die Baumwipfel geschaut. Wie stets war ein Fenster im Obergeschoss erleuchtet. Die Arbeiter hielten Abstand und blieben hinten in der Einfahrt, lachten nervös und tranken ihren Kaffee. Eine weiße Katze linste unter dem Hortensienbusch neben dem Säulenvorbau heraus. Die alte Frau blickte kurz zu ihr.

Nachdem die Frau von der Fassade genug gesehen hatte, trat sie an die Haustür heran. Die weiße Katze schoss in den Nachbargarten davon.

»Darf ich eintreten?«, fragte sie in einer Flüsterstimme das Holz. Anschließend hielt sie ihr Ohr an den Türrahmen und wartete auf eine Antwort. Der Türklopfer mit dem Engelsgesicht beobachtete sie mit toten Augen, wie sie lauschend dastand. Der Name *Rawlingswood* ließ sich gerade noch so auf der Plakette entziffern. Sie fuhr mit einem knotigen Daumen über die Reste der Buchstaben.

Zufrieden öffnete sie die Tür und betrat das Foyer. Eine rote Unterlage war über die Eichendielen ausgelegt worden. Plastikplanen hingen in den Durchgängen zum Salon links und dem Esszimmer rechts von ihr. Sie warf in jeden der Räume einen Blick, nahm den Staub, den Zustand der Wände und Decken in Augenschein. Kurz darauf lief sie im Schatten der Treppe in den mittleren Flur. Beim Anblick der Speisekammer und des Frühstücksraums stockte ihr der Atem. Ausgenommen. Niedergerissen. Mit Löchern übersät. Die Trümmer waren eine offene Wunde am Herz des Hauses.

»Was haben sie mit dir angestellt?«, flüsterte sie zu den Löchern in der Decke. Ihre leise Stimme waberte den Flur entlang und durch die geöffneten Türen im Obergeschoss. »Es tut mir so leid.« Sie legte kurz eine warme Hand auf einen der nackten Balken.

Aus ihrer Tasche holte sie ein Bündel getrockneter Kräuter, das sie an einem Ende entzündete. Irgendwo weit über ihr knarrte eine Diele.

»Kein Grund zur Sorge«, sagte sie sanft und blies die Flamme aus, sodass nur die Glut zurückblieb, von der wogender Rauch aufstieg, der süßlich nach Herbst und Thanksgiving duftete. Sie wedelte mit dem glühenden Bündel in der Luft herum, bis in der ausgeweideten Leere der Geruch von Männern, Motoröl, Zigaretten und Sägemehl fast verschwunden war.

Die Frau schritt mit der Rauchfahne die abgerissene Speisekammer und Küche ab, legte den warmen, mütterlichen Geruch wie eine Decke in alle Ecken. Danach huschte sie in den Eingangsbereich zurück und vergewisserte sich an einem

Fenster neben der Haustür, dass die Männer nach wie vor in der Einfahrt waren.

Oben im ersten Stock ging es weiter, wo die Zimmer offen und leer waren, von Männern mit Hämmern misshandelt, und wo die Leitungen wie Schlangen auftragten. Nackt und kalt. Sie wärmte alles mit ihren Kräutern und ihrer leisen Stimme. »Schhhh …«

In diesem Zimmer hatte ein kleiner Junge gelebt. Ein einsames Mädchen in diesem. In der Erinnerung des dritten Zimmers spielte ein leises Lied in Endlosschleife. Ein Schlaflied. So viele schlafende Träume. *Ich bin hier, Baby. Sei ganz still.* Im großen Zimmer am anderen Ende stöhnten die Wände mit einer derartigen Traurigkeit, dass die alte Frau innehalten musste. *Was ist hier geschehen?*

Die Badezimmer waren obduziert, Rohre und Drähte und Knochen freigelegt. Die Frau atmete zischend ein, als sie erkennen musste, wie Schaumbadlieder und das Tapsen winzig kleiner Füße rausgerissen und hinten auf den Müll geworfen worden waren. Eine verdreckte Quietscheente war gefunden und oben auf einem Balken in einem Loch in der Wand platziert worden. Sumpfgase krochen durch die Lumpen, die man in die Abflussrohre gestopft hatte, und ließen die Luft stechend, beißend riechen. Der Geruch der Toten. Sie wedelte mit ihrem glühenden Busch in jede Öffnung, bis der Gestank verschwunden war.

»Alles kommt in Ordnung«, flüsterte die Frau. »Sie werden dich wieder ganz machen.«

Der lange Flur teilte sich auf, verlief einerseits zu den drei weiteren Zimmern rechts und andererseits zu der Suite über der Garage. Als sie um die Ecke trat, sah sie, dass die Tür zum Dachgeschoss geöffnet war. Es war ein Willkommen oder eine Warnung.

Die Frau verharrte wie angewurzelt am Fuß der schmalen Treppe. *Das ist der Ort.* Sie war sich völlig sicher. »*Revertere ad somnum, te volui et non es huc*«, flüsterte sie.

Während sie die Treppe Schritt für Schritt hinaufstieg, wiederholte sie die Phrase, hielt die glühenden Kräuter vor sich, nun aber eher wie zum Schutz als ein Angebot. Ihr Kopf erschien auf Höhe der Bodendielen, ihr Flüstern wurde noch leiser.

Die alte Frau fühlte eine leichte Veränderung in der Luft, als glitte die Erinnerung eines Jungen an ihr vorbei die Treppe hinab. Die Glühbirne im Badezimmer am hinteren Ende des Dachgeschosses warf den gelblichen Umriss eines Sarges auf den staubigen Boden. Hinter der Badezimmertür bewegte sich jemand.

Draußen in der Einfahrt brach das ziellose Geplauder der Männer über Sport plötzlich ab, als das Licht im Fenster des Obergeschosses flackerte und dann ausging. Zwei Minuten später wankte die alte Hexe aus der Haustür, ihr Gesicht war so leer wie der Himmel.

»Ich habe alles getan, was ich konnte«, murmelte sie an Max gerichtet, aber blieb dabei nicht stehen und sah ihm auch nicht in die Augen.

Der Klempner Yanni lief hinter ihr her, bis er sie am Bürgersteig einholte. »*Mi a baj?*«

»*Mulo!*« Sie schüttelte den Kopf und bedachte ihn mit einem strengen Blick. »Verschwinde von hier. Schnell.«

7

Die Martin-Familie

Februar 2009

»Was machst du denn hier drin?« Papa Martin stand im Türrahmen und starrte mit offenem Mund zu dem Mädchen, das mitten im Raum Wache hielt. »Ava! Schätzchen! Was zum Teufel ist mit dir los? Wie oft habe ich dir gesagt, dass du hier nicht reingehen sollst?«

Der Raum war staubig und eiskalt. Seltsame Worte waren auf die Wände geschrieben.

TOTES MÄDCHEN!

HILFE! LAUFFFF!

Es war eines von vier Zimmern, die die Martin-Familie in dem übergroßen Haus nie benutzt hatte. Sie hielten die Türen geschlossen, um Heizkosten zu sparen.

»Tut mir leid, Papa. Aber ich … ich finde das interessant.« Mit ihren gerade mal acht Jahren war Ava nicht wie die anderen Mädchen. Sie kicherte nicht, veranstaltete keine Tee-Partys und spielte nicht mit Puppen. Sie interessierte sich für andere Arten von Spielen. »Kennst du Benny?«

»Wen?« Clyde Martin hasste die Spielchen seiner Tochter. Immerzu diese Fragen. Immerzu diese Neugier. Immerzu dieses Rumschnüffeln. Immerzu dieses seltsame Verhalten. Ihr kleiner Bruder Toby war so still und wohlerzogen. Man konnte sich kaum vorstellen, dass sie die gleichen Eltern hatten. Er trat unbehaglich von einem Fuß auf den anderen und versuchte, sie nicht anzustarren.

»Du weißt schon, Benny.« Sie deutete zu den roten und schwarzen Kritzeleien überall im Zimmer.

BÖSER BeNNy! BÖSE!

»Hat der das alles an die Wände geschrieben?«

»Nein. Ich kenne keinen Benny. Wahrscheinlich gibt es ihn überhaupt nicht. Dieses Haus hat ein paar Jahre lang leer gestanden, bevor wir es gekauft haben. ›Benny‹ war wahrscheinlich nur ein paar dumme Kinder, die kleinen Mädchen wie dir Angst einjagen wollten.« Er führte sie nach draußen in den Flur und schloss die Tür. Anschließend holte er einen Generalschlüssel aus seiner Tasche und verriegelte sie damit. »Und jetzt bleib draußen, okay? Wann wirst du lernen, dich um deine eigenen Sachen zu kümmern?«

»Tut mir leid.« Ava wurde bei seinem anklagenden Tonfall immer kleiner. Papa mochte ihre Spiele nicht. Manchmal schaute er sie an, als wäre sie von einem Dämon besessen. So sehr sie auch wollte, dass er sie lieb hatte, so wenig konnte sie sich selbst ändern.

Auch jetzt noch, wo sein großer Umriss im Treppenhaus hinab zur Küche verschwand, warf sie der Tür verstohlene Blicke zu. Sie hatte die letzten Wochen lang Schlösser knacken geübt, wobei sie eine kleine Ahle und einen Schraubenzieher benutzt hatte, die sie aus einem Werkzeugkasten im Keller stibitzt hatte. Clyde war ein Bauunternehmer mit so vielen Werkzeugen und Arbeitsmaterialien, daher hoffte sie, dass es ihm nicht auffiel.

Sie war wieder allein im Flur und widmete sich einem ihrer Lieblingsspiele, bei dem sie zur nächsten Tür schlich und den Knauf drehte. Diese war auch verschlossen, also ging sie in die Hocke und linste durch das Schlüsselloch in den Raum dahinter. Rosa Wände. Schmetterlinge. Geblümte Gardinen filterten das Licht, das durch die Fenster fiel. Während sie dort kniete, stellte sie sich das Mädchen vor, das einmal in diesem rosa Zimmer gelebt haben musste. Ein Mädchen mit blondem Haar wie ihrem, mit Schleifen drin. Ein Mädchen, das immer noch darin gefangen war.

»Wie heißt du?«, flüsterte sie in das Schlüsselloch. Danach hielt sie ihr Ohr an die Tür und lauschte, ob eine Antwort kam.

Eine ganze Viertelstunde lang hockte Ava da und sprach flüsternd mit ihrer imaginären Freundin durch das Schlüsselloch. Sie hieß Claudia, hatte sie beschlossen, und Claudia hatte ein schreckliches Geheimnis. »Was hat er dir angetan?«, zischte sie gegen das Holz.

»Was zum Teufel machst du jetzt?«, forderte Papa Martin von der Treppe aus zu wissen. Er hielt einen Eimer und eine Farbdose in den Händen. Beides knallte er verärgert auf den Boden. *Warum bist du nicht normal*, schien sein Gesicht zu fragen. Oft traf er sie an den seltsamsten Orten an – in Kammern stehend, in Schränken kauernd, sich in Lagerräumen im Keller versteckend.

»Nichts.« Ava richtete sich auf und rang sich ein süßes Lächeln ab. »Ich spiele nur.«

»Hmm«, grummelte er. »Jetzt ist Schluss mit Spielen, Ava. Ich glaube, es ist höchste Zeit, dass wir das Zimmer streichen, das du so magst. Mama drängelt deswegen schon seit Jahren, und jetzt habe ich endlich auch einen guten Grund.«

Er schloss die Tür auf und trug den Eimer mit Malerzubehör und die Farbdose hinein, stellte alles hin. Kurz darauf hatte er schon den halben Inhalt der Dose in eine flache Schale geschüttet und den Farbroller im Anschlag. »Hier.« Er winkte sie zu sich und erklärte ihr, wie sie die Farbrolle benutzen musste. »Ich kümmere mich um die Ecken. Also, du musst aber dabei aufpassen, okay? Lass keine Farbe auf den Boden tropfen, sonst musst du mir dabei helfen, alles wieder abzuschmirgeln. Verstanden?«

Sie hielt die Farbrolle in der Hand, war sich etwas unsicher, aber nickte. »Ja, Sir.« Die Farbe war ein schrecklich amtlich wirkender Blauton und noch übrig von irgendeinem Auftrag, den er in der Stadt erledigt hatte. Sie blickte von der Schale zu den Geheimnachrichten an den Wänden und versuchte, die Tränen zurückzuhalten. *Armer Benny!* Er hatte sich so sehr angestrengt, ihr etwas mitzuteilen.

Lauf! Lauf!

Eine Stunde lang bearbeitete Clyde die Ecken und Ränder bei Fenstern, Fußleisten und an der Decke, während Ava das hässliche Blau über die Worte rollte. Mit jedem Zug verschwand mehr von *ToTES MäDCHEN*. Sie tat es langsam und versuchte, sich jede Nachricht einzuprägen, bevor sie verschwunden war.

»Meine Güte, Ava, du bist ja langsamer als eine Oma mit Gicht!« Clyde legte den Pinsel in den Eimer. »Konzentration, Schätzchen. Wir müssen vor dem Essen fertig werden. Verstanden?«

»Ja, Sir«, antwortete sie, hielt den Blick auf die Farbe und die Worte geheftet. *BeNNy* verschwand mit jedem Zug ihres Rollers. *Wo bist du, Benny? Was ist mit dir geschehen?*

»Gut. Ich bin gleich wieder da.« Papa Martin ließ sie in den Farbdämpfen und zwischen den halb fertigen Wänden zurück.

In dem Augenblick, in dem er außer Sicht war, legte sie die Farbrolle weg. Sie linste in den Flur, bevor sie wieder langsam durch das Zimmer schritt. Im Kamin lagen ein fast verkohltes Holzscheit und viele verbrannte Zettel. Sie ging in die Hocke und nahm einen davon, aber er zerfiel in ihren Fingern. Unlesbar.

An der gegenüberliegenden Wand befand sich eine geschlossene Tür eines großen Wandschranks. Papa Martin hatte sich nie die Mühe gemacht, ihn zu öffnen. Da sie nur zu viert in diesem riesigen Haus lebten, hatten sie keinen weiteren Lagerraum nötig. Es war gut möglich, dass der Raum dahinter kalt und verschlossen bleiben würde, auch noch lange, nachdem sie ihre Strafarbeit erledigt hatte. Während sie die Tür anstarrte, fragte Ava sich immer wieder, warum Mama und Papa so ein großes Haus gekauft hatten. Jedes Mal, wenn sie nachhakte, erhielt sie seltsame Antworten. *Was ist mit dem Haus denn nicht in Ordnung, Schatz? Bist du hier nicht glücklich? Ich finde es ganz wundervoll. Außerdem weißt du nie, wer vorbeikommen könnte ...*

Sie schlich zum Wandschrank und untersuchte ihre Handflächen, ob sich dort noch Farbe befand, bevor sie den Türknauf drehte. Hinter der Tür hing eine Schnur, an der sie zog. Mit einem Klicken sprang das Licht an. Ein leises Lächeln zeigte sich auf dem Gesicht des Mädchens.

»Du bist noch hier«, flüsterte sie.

Erdgeschoss, renoviert

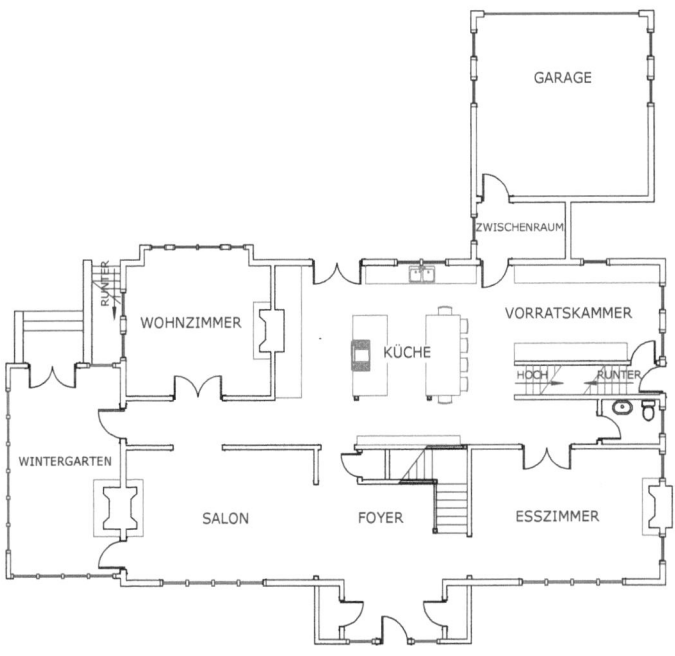

Erster Stock, renoviert

8

Die Spielman-Familie

18. Juli 2018

Niemand sprach von den Bauunfällen, den Diebstählen oder der Reinigungslady, als die Spielmans mit ihrem Umzugswagen eintrafen.

»Gar nicht so übel, oder?« Myron stupste seinen Sohn in die Seite und breitete im weitläufigen Foyer die Arme aus, als hätte er das Haus selbst gebaut.

Tatsächlich erinnerte das Haus nach der ordentlichen Summe von 200.000 Dollar überhaupt nicht mehr an das verschandelte »Höllenhaus«, das sie drei Monate zuvor besichtigt hatten. Es wirkte allerdings noch wie eine wiederbelebte Leiche, die aus verschiedenen Teilen zusammengeflickt war – einige Räume waren nach wie vor alt, einige ausgenommen und neu erbaut. Wunden waren verarztet worden. Löcher aufgefüllt. Die obszönen Graffitis verdeckt oder weggeschmirgelt. Alles wurde von neuen Kabeln und drei Schichten frischer Farbe zusammengehalten.

Der picklige Teenager drehte sich im Foyer langsam im Kreis. Das Morgenlicht floss wie Wasser durch das polierte Bleiglasfenster über ihnen. Ungelenk und unbehaglich ließ der Junge die Schultern hängen, als sein Vater fragte: *Gar nicht so übel, oder?* Er schien sich in seiner eigenen Haut nicht wohlzufühlen, während Myron auf eine Antwort wartete.

Ist er enttäuscht? Ist er beeindruckt? Ist er immer noch niedergeschlagen wegen des Umzugs? Wird es ihm wieder gut gehen? Habe ich als Vater vollständig versagt? Myron kämpfte mit jeder dieser Fragen, während sich Schuldgefühle auf seinem Gesicht abzeichneten.

Margot legte ihrem unschlüssigen Sohn ungefragt kurz einen Arm um die Schultern. *Der arme Junge wollte überhaupt nicht umziehen.* Sorge um ihn durchfloss sie, aber sie schenkte Myron ein düsteres Lächeln und stolzierte an ihm vorbei in die noch nicht fertige Küche, um eine Bestandsaufnahme zu machen und sich auf den weiten Weg einzustellen, der noch vor ihr lag.

Die Küche war jetzt gewaltig. Drei Räume waren zu einem riesigen kulinarischen Theater vereint worden. Die Ausmaße überwältigten sie, als ihr Blick über die neu verlegten Marmorfliesen glitt. Auf einmal fühlte sich alles kalt und leer und nicht warm und heimelig an. *Was haben wir angerichtet? Alles ist falsch. Alles.* Sie drängte die Tränen zurück und suchte im Raum nach einer Möglichkeit, alles zu reparieren, was schiefgelaufen war.

»Können wir das nicht zu einem gemütlichen Aufenthaltsraum statt einer Speisekammer umgestalten?«, fragte sie sich in der Leere, testete die eigene Idee aus. Sorgte sich. Bisher waren die Einbauschränke nicht gekommen. Vielleicht war noch Zeit.

Hunter befand sich weiterhin im Foyer und versuchte, positive Worte zu finden, verschrumpelte regelrecht in der strahlenden Aufmerksamkeit seines Vaters.

»Also, Hunter?«, drängte Myron wieder. »Was meinst du?«

»Ich weiß nicht. Schätze, das ist alles ganz nett«, murmelte er in einer Stimmlage, die ihn älter klingen ließ, als er war. Sie klang sogar tiefer als die seines Vaters.

»Dann schau dich um, mein Junge. Das ist jetzt unser Zuhause.« Myron klopfte ihm auf den Rücken und startete mit seiner Bestandsaufnahme. Der Flur war nicht fertig gestrichen. An den Steckdosen fehlten noch die Aufsätze. Die Arbeiter hatten sich am Vortag bemüht, den Gipsstaub wegzuputzen, aber es war noch …

»Hey, Schatz?«, rief Margot mit angespannter Stimme, aus der ein schwaches Lächeln und kaum zurückgehaltene Hysterie herausklangen. »Kannst du kurz herkommen?«

Myrons Gesichtszüge sackten ein Stück herab. Seit ihrer letzten Fahrt zu dem Haus waren die Spannungen zwischen ihm und seiner Frau stärker geworden. »Komme gleich.«

In der Küche tigerte Margot auf und ab. »Hattest du nicht gesagt, dass die Schränke letzte Woche geliefert worden sein? Die Elektrogeräte sind noch nicht einmal eingebaut. Wie zum Teufel sollen wir …«

Hunter zog beim schrill-nervösen Klang der Stimme seiner Mutter eine hämische Grimasse. Er stapfte mit seinen übergroßen Füßen die Treppe hinauf, um außer Hörweite zu gelangen. Das Haus war unfertig. Seine Mutter war wütend. Nichts davon schien ihn zu überraschen. Ein gequälter Ausdruck zeichnete sich auf seinem Gesicht ab, während die Stimme seiner Mutter haarklein an allen Details rummäkelte.

Auf dem Treppenabsatz hielt er inne, um durch das geriffelte Glas zur Straße hinter den Bäumen zu spähen. Er seufzte. Ein ganzes Leben hatte er zurückgelassen. Seine Schule. Ein anderes Haus an einem anderen Ort, das er nicht hatte verlassen wollen. Eine Last lag schwer auf seinen schmalen Schultern, die all jener Kinder, die immer wieder dorthin geschafft wurden, wo sie nicht sein wollten, von Mächten, die sie nicht kontrollieren konnten. Als wären sie lediglich Ballast.

Mit einem tiefen Atemzug, in dem Resignation und Selbstmitleid mitschwangen, kehrte er dem Fenster den Rücken und trottete die Stufen zum Obergeschoss weiter hoch. Er empfand dabei nichts von der Begeisterung, mit der Kinder ein neues Haus erkundeten. Er rannte nicht von Zimmer zu Zimmer. Er genoss es nicht, die andere Treppe entlang zum hinteren Ende des Flurs zu rasen. Kein Erforschen. Kein Aufstellen von Flaggen. Kein Streit um dieses oder jenes Zimmer. Keine Brüder. Keine Schwestern. Kein Versteckspiel.

Seine Mutter hatte den Bauunternehmer vor einer Woche angerufen und strengste Anweisungen erteilt. An der Tür jedes Zimmers hing ein handgeschriebener Zettel. Von links nach rechts stand auf ihnen: *Kammer Margot, Elternschlafzimmer, Kammer Myron, Lesezimmer, Yoga-Studio*. Im Flur, der sich über die Garage erstreckte, hingen weitere Schilder: *Gaming-Zimmer, Waschküche, Gästebad, Gästezimmer*. Mit gerunzelter Stirn latschte Hunter in den Hauptflur und zu der Tür mit der Aufschrift *Flurbad* zurück. Die Tür mit *Hunter* war am äußersten Ende des Hauses, im hinteren Flur. Er hätte lieber das Gästezimmer über der Garage bekommen, aber niemand hatte ihn gefragt. Dem ihm zugewiesenen Zimmer schenkte er kaum einen Blick.

Neue Fliesen mit Flechtenmuster strahlten ihn an, als er im Flurbad das Licht anschaltete, das er wahrscheinlich benutzen würde. Er begutachtete kritisch die neue Trockenwand, die Lampen, die rahmenlose Glasdusche, als fühlte er die Gewalt der Renovierung. Die Holzbalken schienen noch unter der Erschütterung der Presslufthämmer zu vibrieren. Vor gerade einmal fünf Wochen war dieses Zimmer bis auf die Grundmauern entkernt worden. Frische Handtücher hingen nun an neuen, antik aussehenden Messingringen. Shampoos und Miniseifen waren ausgelegt worden, als handele es sich um ein Hotelzimmer. Hunter schaltete das Licht wieder aus.

Er öffnete kurz die Tür zum *Gaming-Zimmer*, aber sah nur die entleerten Kisten, die die Umzugshelfer dort gestapelt hatten. *Soll was ins Dachgeschoss*, hatte einer der kräftigen Männer den Vorarbeiter gefragt. *Steht hier nicht drauf, aber ich schleppe das nicht umsonst noch mehr Stufen hoch.*

Hunter blieb vor der einzigen Tür ohne Zettel stehen. Diese Leerstelle zog ihn mehr an als alle Zettel, sogar mehr als derjenige mit seinem Namen. Er öffnete die geheimnisvolle Tür und schaute zu der schmalen Treppe, die ins Obergeschoss führte.

Der Geruch von verbranntem Salbei hing noch in der Luft, gemischt mit dem Schweiß der Bauarbeiter, die Rohre verlegt hatten. Sie hatten doppelten Lohn gefordert, nachdem die alte Hexe vor fünf Wochen wieder verschwunden war. *Irgendwas ist faul mit dem Obergeschoss, verflucht.*

Der leitende Bauunternehmer Max hatte es auf die Hitze geschoben, aber einer Gefahrenzulage zugestimmt, um die beiden Typen davon abzuhalten, noch weiter Gerüchte zu streuen. Gebracht hatte es wenig. Zwischen den gedämpften Dachfenstern wurde immer noch geflüstert. *Hast du ihr Gesicht gesehen? Ist rausgerannt, als würde ihr Haar brennen. Als hätte sie einen Geist gesehen, aber wirklich.* Yanni war von dem Job zurückgetreten, weswegen Max drei Tage lang keinen Klempner zur Verfügung gehabt hatte.

Hunter stiefelte die Treppe hinauf und fühlte kindliche Verwirrung und unangenehme Verwunderung. Er war bislang nie wirklich in einem Dachgeschoss gewesen. Obwohl er seinem Vater gegenüber leichthin mit den Schultern gezuckt hatte, beeindruckte das Haus ihn tatsächlich, besonders jetzt, wo er die lang gezogene Höhle unter dem Dach entdeckte. Der Dielenboden war voller Überreste von Baustoffen und versteckten Fußabdrücken. Staub hing wie Vorhänge an den vier Fenstern, die senkrecht aus dem schrägen Dach aufragten.

»Hallo?«, rief er in peinlich berührtem Bariton in die Leere. Er lauschte, wie das Echo seiner Stimme im Raum herumtanzte. Die Einsamkeit des Klangs spiegelte die Verlorenheit in seinem Gesicht.

Die Stufen stöhnten unter seinen riesigen Füßen, als Hunter das Dachgeschoss betrat. Rechts befand sich ein kleiner, leerer Raum. Hunter näherte sich der geöffneten Tür. Es sah für ihn wie ein Kämmerchen aus: niedrige Decke, enge Wände, winziges Fenster. Kaum dass er einen Schritt hinein gemacht hatte, fühlte er sich wie eingesperrt. Schnell verließ er das Zimmer wieder.

Die nächste Tür war verschlossen. Hunter drehte den Türknauf und stemmte sogar seine knochige Schulter gegen das Holz, aber sie blieb abgesperrt. Nachdenklich legte er sein Ohr an das Holz und lauschte, ob da irgendwas war.

Das Geräusch sich nähernder Schritte ließ Hunter den Kopf zurückreißen. Er wirbelte herum und starrte in alle Ecken des Dachgeschosses. *Dad*, fragten seine Augen. Aber es war niemand da.

Ein Zittern kroch über seine Haut. Angst flackerte in seinen Augen auf. Er hatte das Graffiti an den Wänden bemerkt, das nun unter Farbschichten vergraben war. *Mordhaus!*

»Hallo?«, fragte Hunter wieder, und diesmal nicht wegen des Echos. »Jemand da?«

Er drehte sich zum Badezimmer um. Die gelbliche Tür aus Kiefernholz stand ein gutes Stück offen, Licht fiel durch die Fenster auf der anderen Seite darauf. Durch den Spalt waren dreckige Bodenfliesen und ein Porzellanwaschbecken auszumachen.

Er wagte einen zögerlichen Schritt in Richtung Badezimmer und rechnete fast damit, dass sich jemand auf ihn stürzte. Die

Tür hing reglos an ihren Scharnieren und wartete. Sie war nicht saniert worden, die Spuren von so vielen Menschen – den Bauarbeitern, den Landstreichern, den vorherigen Besitzern, den Bediensteten – schlummerten im Holz und hingen im Furnier. Fingerabdrücke. Schweiß. Zigarettenrauch. Hunter legte behutsam seine Handfläche darauf, als würde sie leben, dann stieß er die Tür auf.

Nichts, außer ...

»Hunter?«, ertönte die Stimme seiner Mutter von unten. »Hunter, wo bist du?«

Er wandte sich von dem leeren Badezimmer ab. Seine Trance war von ihrer bohrenden Stimme unterbrochen. »Ja?«

»Myron, hast du Hunter gesehen?«, beschwerte sich seine Mutter. Sie hatte ihn nicht gehört. »Wir verlieren dieses Kind noch in diesem Haus. Hunter!«

Als er seinen ungelenken Körper zur Treppe bewegte, fühlte er einen Blick auf sich ruhen. Er blieb stehen und schaute wieder zu den leeren Räumen, wusste nicht, was ihn da anstarrte.

»*Hunter!*«, brüllte seine Mutter nun.

»Komme«, antwortete er und schlurfte die Treppe runter, wo seine Mutter ihn schon im Flur erwartete und mit dem Fuß auftippte.

»Bis zum Essen müssen diese Kisten ausgeräumt sein. Okay, Schätzchen?« Sie wies zu einem Stapel Kartons, die in seinem Zimmer standen. Kleider. Bücher. Sein Computer. Zwei Rennmäuse hockten verwirrt und mit nervösen Augen Seite an Seite in dem Terrarium daneben.

Es hatte keinen Sinn, sie zu vertrösten. Ihr Tonfall hatte deutlich gemacht, dass sie ihn mit Tiraden überziehen würde, bis er endlich tat, was sie befahl. Oder schlimmer noch, sie würde sich mit ihm hinsetzen, um ein Mutter-Sohn-Gespräch zu führen, in dem sie herausfinden wollte, ob mit ihm alles »in Ordnung« war.

Seine Augen wanderten zur Decke hoch, wo sich der unheimliche Dachboden befand. »Yeah, okay.«

»Ich weiß, dass es hart ist, Schätzchen, aber alles wird in Ordnung kommen. Es wird dir hier gefallen. Du wirst schon sehen.« Es war mehr ein Flehen als ein Trost. *Bitte fühl dich wohl!* Ihr Blick lag auf ihm mit mütterlicher Fürsorge und verborgenen Schuldgefühlen. *Mir tut das alles leid. Ich will auch gar nicht hier sein.* Sie schenkte ihm zusätzlich ein gequältes Lächeln und breitete die Arme aus. Er erwiderte die Geste mit einer unbehaglichen, einhändigen Umarmung.

»Die Schule geht in ein paar Wochen los. Da wirst du Freunde finden. Richtig?«

»Yep.« Er nickte pflichtbewusst und hoffte, dass sie ihn bald allein ließ. Sobald das der Fall war, schloss er die Tür und ließ sich auf die nackte Matratze fallen. Das Zimmer war groß genug, dass zwei Betten reinpassten und dann immer noch eine Menge Platz war. Er musste wie ein Junge wirken, der auf einem Floß auf einem dunklen Meer aus frisch poliertem Holz trieb. Ein imposanter Sims aus Eiche verhöhnte ihn an der gegenüberliegenden Wand mit einem Aufbau von Duftkerzen über dem Kamin. Er schüttelte den Kopf. *Duftkerzen. Toll, danke, Mom.* Seufzend nahm er sie alle und öffnete die Tür zu der verborgenen Kammer.

TOTES MäDCHEN!

TOTES MäDCHEN!

LaUF!

»Was zum Teufel …?«, flüsterte Hunter. Er schaltete die Glühbirne ein und machte von den gezackten roten Buchstaben weg einen Schritt nach hinten. Mit verengten Augen untersuchte er die bizarren Grabinschriften, schaute zur Zimmertür, als erwöge er, seine Mutter zu rufen.

Die Wände in der Kammer waren nicht angerührt worden, weil der Bauunternehmer sich beeilt hatte, die Arbeiten abzuschließen und die Schlüssel abzugeben. Die letzte Begehung für die Mängelliste würde erst in drei Wochen stattfinden. Seine Mutter war zu sehr mit den Umzugshelfern beschäftigt gewesen, um das Versäumnis zu bemerken.

Sie würde stocksauer sein, das war Hunter klar, als er die kleine Schrift in Augenschein nahm:

SepT 2 1990 386 aUTOs 2 gelb

AuG 8 1989 223 aUTOs 5 FEhlEN

Hunderte solch absonderlicher Notizen und Statistiken bedeckten die Wände. Einige davon waren zu klein, um sie zu entziffern. Einige waren so groß, dass er nach hinten treten musste, um sie zu erfassen. Die meisten waren schief und in der unsicheren Handschrift eines kleinen Kindes. Morbide Neugier zeichnete sich auf Hunters Gesicht ab, als er wieder näher trat, um die Worte genauer zu untersuchen.

BÖSER BeNNy BeNNY

BÖSER BeNNY

tut mir leid so lEId sosososoehr.

Hilfe BrauchE Hilfe BrauchE Hilfe BrauchE Hilfe NNNNNN

ToTES MäDCHEN. ToT. Hübsch. ToT. ToT.

MäDCHEN aUF dEm Fahrrad. LauF. LauF!

ToTES MäDCHEN!

MuSS eS SaGEN. MuSS eS SaGEN

Blassere Schrift, die deutlich sorgfältiger war, bedeckte hier und da die Stellen zwischen dem hingekritzelten Wahnsinn. Hunter kniff die Augen zusammen, um diese Worte entziffern zu können.

Hast du sie gesehen, Benny?

Hat die alte Religion einen Zauber gewirkt?

Wenn die Toten sprechen, was sagen sie?

Benny, Böser Benny, hast du sie auch gesehen?

Ist das tote Mädchen zurückgekommen

und hat dich heimgesucht?

9

DIE KLUSSMAN-FAMILIE

18. JUNI 1980

»Schau, Benny! Schatz, schau. Was hat Daddy dir mitgebracht?« Frannie stand im Türrahmen zu seinem Zimmer und hielt einen kleinen Plastikbehälter, der mit Wasser gefüllt war. Ein winziger Goldfisch flitzte zwischen ihren Händen hin und her. Seine gelborange Farbe tauchte immer wieder zwischen einer steinernen Burg und einem grünen Zweig auf.

Auf Bennys Gesicht zeichnete sich ein breites, schiefes Lächeln ab. Er klatschte seine verkrümmten Hände zusammen, um ihr zu zeigen, wie sehr er den Fisch mochte. Er hatte noch nie ein Haustier besessen, aber wollte immerzu verzweifelt die Tiere anfassen, die er im Fernsehen sah. Die pelzigen Hunde und grazilen Katzen faszinierten ihn ohne Ende. Oft versuchte er, sie durch das mit Cadmium beschichtete Glas zu streicheln. Und jetzt war hier ein richtiges, lebendiges Wesen. Ein Wunder. Sein Blick folgte jeder kleinen Bewegung, wollte mehr davon haben.

Das breite Lächeln des Jungen ging seiner Mutter nahe. In ihren grünen Augen, die zwischen den Haarsträhnen zu erkennen waren, sammelten sich Tränen. Es war Wochen her, seit sie ihn zuletzt derart glücklich erlebt hatte. »Wo wollen wir ihn hinstellen? Wie wäre es hier?«

Das war eine rhetorische Frage. Sie hatte schon die sicherste Stelle ausgesucht und das Aquarium auf seinem Schreibtisch platziert, weit von den Rändern entfernt, weit vom Bett entfernt, wo er vielleicht mit dem Arm wedeln und den kleinen Behälter zu Boden fegen konnte.

Völlig fasziniert von seinem neuen Gefährten dachte Benny erst viel, viel später über die Stelle nach, an der das Aquarium stand. Seine Mutter beschäftigte ihn damit, dass er Fischfutter mit zwei Fingern nahm. Das war offensichtlich eine gute Gelegenheit, um seine feinmotorischen Fähigkeiten zu stärken, aber das kümmerte ihn nicht.

»Nur ein wenig, Schätzchen. Genauso.«

Durch seine mangelhafte Koordination schüttete er fast die gesamte Dose mit Fischfutter auf den Tisch, das interessierte ihn jedoch auch nicht. Die federartigen Flossen und hervortretenden schwarzen Augen faszinierten ihn. Er tippte mit den Fingerspitzen in das flockige Futter, gab genau so viel in das Wasser, dass seine Mutter stolz war. »Gut gemacht, Benny«, gurrte sie und strich ihm über das dunkelbraune Haar.

Er sah überhaupt nicht wie seine Mutter aus. Mit seinem dunklen Haar und den tiefbraunen Augen war Benny ein Zerrbild seines Vaters. Wenn der Junge schlief und sein Gesicht entspannt und glatt war, sah er Hank Klussman derart ähnlich, dass es beide Elternteile erschütterte, wenn auch aus unterschiedlichen Gründen.

Krümelige rote und gelbe Flecken schwammen auf der Wasseroberfläche. Benny zählte sie, prägte sich ein, welche davon hinabsanken und welche Klumpen bildeten, welche der Fisch zuerst aß. *Die roten. Der Fisch mag die roten.*

»Wie sollen wir ihn nennen?«, wollte Frannie wissen. Es war eine brisante Frage. Wenn er seinen Mund nicht kontrollieren konnte oder verzweifelt verstanden werden wollte, führte das zu Frust, und das löste bei ihm oft Krämpfe aus. Bei seinem zögerlichen Gesichtsausdruck beschloss sie, einen Vorschlag zu unterbreiten. »Wie wäre es mit Ernie? Magst du Ernie?«

Er schüttelte den Kopf.

»Bert? … Oscar? … Elmo?« Sie ratterte das gesamte Ensemble einer Kindersendung runter, die er schon seit Jahren nicht mehr mochte.

Nein. Er schüttelte den Kopf. Der Name erschien wie in Stein gemeißelt in den Gedanken des Jungen. *Darwin. Sein Name ist Darwin.* Das war der Name des Mannes, der Fische und Tiere untersucht hatte. Er hatte ihn in einem Buch gesehen, das seine Mutter ihm zum Lesen gegeben hatte. Der Name eines Wissenschaftlers. Der Name eines besten Freundes.

»Daw…« Er versuchte, es auszusprechen, hielt den Blick auf den Fisch geheftet. Das kleine Wesen schwamm bei dem grünen Seetang aus Plastik, als würde es sich verzweifelt festklammern. Benny wusste genau, wie der Fisch sich fühlte.

Frannie registrierte, wie sein Frust größer wurde, weil er nicht deutlich sprechen konnte, aber sie bemühte sich, es zu ignorieren. Es war mehr als eine Woche her, dass er zuletzt gelächelt hatte, und das wollte sie nicht ruinieren. »Ich kann erkennen, dass du einen guten Namen im Sinn hast, Benny. Welcher es auch ist, ich liebe ihn!« Sie küsste ihn auf den Kopf und wechselte schnell das Thema. »Es gibt aber einige Regeln, mein Schatz, was Fische angeht.«

Er riss sich von den unglaublich dünnen Fasern los, die Darwins Schwanz bildeten, und blinzelte sie an. *Ja?*

»Fische mögen es nicht, wenn man an das Glas tippt. Das tut ihren Ohren weh.«

Benny nickte. Laute Geräusche taten seinen Ohren auch weh.

»Du kannst einen Fisch nicht anfassen oder streicheln. Das verletzt seine Haut.«

Das verstand er. Angefasst werden hasste er auch.

»Und er muss nur einmal am Tag essen. Wenn er mehr isst, bekommt er Bauchschmerzen.«

Das überraschte ihn. Benny konnte viermal am Tag essen. Er beäugte seine Mutter, als würde er dabei eine komplizierte Berechnung vornehmen, dann nickte er. Er glaubte ihr. Fast.

»Wir füttern ihn gemeinsam, okay? Zumindest, bis du dich an alles gewöhnt hast.« Sie tätschelte seine Hand und wusste genau, dass er wahrscheinlich immer ihre Hilfe brauchen würde. Dieser dunkle Gedanke brach fast durch ihr Lächeln, aber sie ließ es nicht zu.

Einige Augenblicke später verließ Frannie das Zimmer. Sie blieb zehn Minuten lang vor der Tür stehen und wartete, lauschte, ob ein Knall und plätscherndes Wasser zu hören waren, hielt sich bereit, wieder reinzustürmen. Doch nichts geschah. Segensreiche Stille. Sie biss sich auf die Unterlippe und fragte sich, ob sie die Tür öffnen sollte, um nach ihrem Sohn zu sehen, aber entschied sich dagegen. Stattdessen hockte sie sich hin und lugte durch das Schlüsselloch.

Benny kauerte auf der Bettkante und betrachtete den Fisch. Als der kleine Darwin schließlich aus seinem Versteck hinter dem grünen Plastik herausschwamm, klatschte der Junge sanft in die Hände, als hätte er einen Zaubertrick beobachtet.

Den größten Teil des Tages saß er so da.

Die nächsten drei Wochen lang tat Benny wenig anderes, als seinen Fisch zu studieren. Darwin war eine Quelle schier endloser Daten. Der Junge zeichnete jede Bewegung über den blauen Steinchen auf dem Boden des Aquariums auf. Er schrieb seine Reaktionen auf Zettel in verschiedenen Farben auf, die er so sanft wie möglich an das Aquarium hielt. Er stoppte die Zeit, wie lange es dauerte, bis der Fisch alle papierdünnen Flocken Fischfutter aufgesaugt hatte (7,3 Minuten!). Er spielte Verstecken, um herauszufinden, ob der Fisch ihn sehen konnte (er konnte es!). Mitten in der Nacht stand er auf, um zu prüfen, ob Darwin schlief (tat er nicht!). Er maß sein Wachstum jeden Tag, indem er die kleine Burg als Lineal benutzte. Er untersuchte jede Schuppe an ihm, jede Faser seiner Flossen, jede Augenbewegung.

Frannie war überglücklich. »Ich habe noch nie erlebt, dass er sich so lange mit etwas beschäftigt, Schatz!«

Hank nickte, aber konnte ihre Begeisterung nicht teilen. Nach ihrem letzten Streit war er dazu übergegangen, im Gästezimmer über der Garage zu schlafen. *Ich lasse mich von dir nicht zum Buhmann machen! In einem Heim, wo er die richtige Pflege bekommt, wäre er glücklicher, mehr sage ich nicht. Wir müssen nicht auf diese Weise leben.*

Unverzagt kaufte Frannie Bücher über Goldfische für Benny, die er begeistert las, wenn sie ihm beim Umblättern half. Eine neue Hoffnung ließ ihre müden Augen erstrahlen. *Verbundenheit. Konzentration. Interesse. Vielleicht wird der Fisch helfen, Benny an die Außenwelt anzuknüpfen.* Sie lauschte nicht mehr, ob es zum Knall kam. Sie hörte auf, mit dem Unausweichlichen zu rechnen.

Am dreiundzwanzigsten Tag von Darwins Leben in Bennys Zimmer geschah es.

Benny war die vier Tage zuvor immer unruhiger geworden. *Er will raus*, flüsterte eine Stimme in seinem Hinterkopf. Sorgenfalten zeichneten sich auf seiner Stirn ab. *Er ist gelangweilt.* Der Fisch schwamm von einer Seite des Aquariums zur anderen, untersuchte alle Ecken, streifte mit den Flossen die Ränder entlang, prüfend, hoffend. Da wurde ihm klar, wie schlecht das Aquarium platziert war.

Darwin hatte keine Aussicht. Sein Aquarium stand an einer leeren Wand, und Bennys Fenster waren zweieinhalb Meter entfernt. Die ganze Welt war nicht in Reichweite des Fisches.

Benny legte das Kinn beim Aquarium auf den Tisch und drehte den Kopf, um abschätzen zu können, wie viel der Fisch sehen konnte und wie weit schauen. Wände, Kamin, Kammertür, Licht in den Fenstern und vielleicht noch der Schatten eines Baums, aber sonst nichts. Keine Autos. Keine Menschen. Keine Farben. Keine Sonnenuntergänge.

Er bemühte sich, es seiner Mutter zu erklären. Die arme Frannie stand nur da, während er mit den Armen wedelte und die Worte hervorzubringen versuchte. *Wir müssen Darwins Aquarium umstellen. Hilf mir.* »Wmmss Daaw!«

»Ich verstehe dich nicht, Schatz. Machst du dir über etwas Sorgen? Wie kann ich dir helfen?« Sie nahm Lampen und Buntstifte. Sie bot ihm etwas zu essen an. »Geht es um den Fisch?«

Er nickte.

»Wir haben den Fisch schon gefüttert, mein Schatz.«

Er schüttelte den Kopf. *Nein. Das meine ich nicht.*

»Doch, haben wir. Erinnerst du dich? Es war nach dem Frühstück. Ich bin reingekommen und wir haben es auch notiert.« Sie bekam nun leichte Panik, als sie mit ansah, wie sein Körper sich zu krümmen begann. Seine Muskeln zogen sich zusammen. Sie deutete zum Kalender an der Wand und dem Eintrag darauf. »Siehst du? *Fisch gefüttert.* Wir haben ihn gefüttert. Alles in Ordnung, Schatz. Versprochen. Es geht dem Fisch gut. Warum legst du dich nicht hin? Okay?«

Sie führte ihn zum Bett und wollte ihn auf die Seite legen. Er versuchte, es zuzulassen. Er probierte, seinen Muskeln seinen

Willen aufzuzwingen, aber sie brüllten protestierend. *STELL DAS AQUARIUM UM! ER MUSS SEHEN KÖNNEN, SONST WIRD ER STERBEN!*

Eine seiner verkrümmten Hände schlug unkontrolliert um sich und traf ihre Wange mit einem fleischigen *Patsch*!

»Benny!«, stieß sie keuchend aus, wich vor ihm zurück, ließ seinen zappelnden Körper zu Boden fallen. Sie schaute hilflos zu, wie er mit all seinen Gliedmaßen auf den Boden trommelte, während sie die Hand auf die Wange drückte, auf die Tränen flossen. »Hank!«, rief sie. »Ich brauche Hilfe!«

Aber Benny hörte sie nicht. Er fühlte auch nicht, wie viele Hände ihn vom Boden aufhoben oder die Spritze mit Medizin. Alles, was er wahrnehmen konnte, war sein Fisch, der sich hinter dem Plastik-Seetang versteckte und ihn anstarrte. Gefangen in seinem winzigen Gefängnis.

Am nächsten Morgen fand Frannie das Aquarium von Darwin unter dem Fenster auf der Seite liegend. Eine Pfütze mit Steinchen darin hatte sich auf dem Boden ausgebreitet. Benny lag auf dem Boden neben dem leeren Aquarium, wie festgefroren, starrend, starrend, starrend.

Goldene Plättchen waren in seinen geballten Fäusten auszumachen.

10

Die Spielman-Familie

27. Juli 2018

Hunter Spielman schaute von seinem Zimmer zur Lee Road und den Autos, die vorbeirasten, wünschte sich, er säße in einem von ihnen und könnte aus diesem unheimlichen alten Haus verschwinden. »Es ist so scheißlangweilig hier«, beschwere er sich fast täglich bei seinen Freunden zu Hause.

Die Stimme seiner Mutter schnitt unentwegt durch das Haus mit ihrer eigenen Mischung aus Betroffenheit, Schuld und Verzweiflung.

Guten Morgen, Schätzchen! Was willst du heute unternehmen? Willst du spazieren gehen?

Wer hat wieder das Licht auf dem Dachboden angelassen?

Hast du schon andere Kinder in der Nachbarschaft gefunden?

Hat jemand heute bereits die Post geholt? Ich habe sie nicht gesehen.

Wer hat den ganzen Käse gegessen?

Hunter, Schatz, bitte schließ die Hintertür ab. Okay?

Wie geht es dir heute, Schätzchen? Alles in Ordnung mit dir? Willst du über etwas reden?

Nein, das wollte er sicher nicht.

Mit jedem hilfreichen Vorschlag, jedem drängenden Kommentar, jedem besorgten Blick ging Hunter weiter auf Distanz. Je mehr sie sich anstrengte, desto mehr Zeit verbrachte der Junge zurückgezogen in seinem Zimmer, verborgen unter seinen Kopfhörern. »Es ist, als würde sie mich nie allein lassen wollen«, beschwerte er sich am Telefon bei einem seiner Freunde. »Ich weiß nicht. Mir wäre am liebsten, wenn sie sich einen Job oder so was sucht.«

Margot wollte ihrem Sohn Freiraum lassen, aber es schien keinen Tag zu geben, ohne dass sie den Jungen auf die ein oder andere Weise bedrängte. Rastlos wanderte sie im Haus auf und ab. Über dreihundertfünfzig Quadratmeter Wohnfläche und nur eine andere Person, mit der man reden konnte, und die wollte in Ruhe gelassen werden. Wenn Myron von der Arbeit nach Hause kam, schien sogar er auf Distanz zu gehen.

»Es ist gerade so, also wollten sie nicht einmal das Geld, Myron!«, verkündete sie, lief auf dem unbehandelten Küchenboden hin und her, nachdem es eine Woche lang keinen Fortschritt bei der Renovierung gegeben hatte. »Es liegt an mir, oder? Sie können einfach nicht mit so einer kleinlichen Tussi aus Boston umgehen, oder?«

»Mach dich nicht lächerlich, Schatz.« Myron seufzte und küsste sie auf den parfümierten Kopf. Es wurde für ihn immer schwerer, so zu tun, als wäre alles in Ordnung. »Es wird alles erledigt werden, okay? Gehst du heute Nachmittag in den Klub? Ich treffe dich dort.«

Margot, die in ihren Yogahosen und Schlappen dastand, stampfte protestierend mit ihrem zierlichen Fuß auf. »Wechsle nicht das Thema! Wann werden die fertig?« Sie wies zu den Kisten mit den maßgefertigten Schränken, die auf dem Boden des alten Esszimmers und in der Speisekammer herumstanden. Diese war auf ihren Wunsch hin zur Küche hin aufgerissen worden und wurde von einer kalten Stahlstrebe abgestützt, die man in die Decke gerammt hatte. »Das ist hier wie in einem verdammten Lagerhaus! Kein Wunder, dass Hunter kaum aus seinem Zimmer rauskommt. Ich mache mir Sorgen um ihn, Myron! Er ist hier so unglücklich.«

Als er seinen Namen durch seine Zimmertür hindurch vernahm, hielt Hunter beim Tippen auf seinem Computer inne und lauschte, was die Stimmen von unten noch sagten.

»Er gewöhnt sich schon daran«, beruhigte Myron seine Frau und strich ihr sanft über die Wange. »Es dauert eben seine Zeit. Er vermisst seine Freunde.«

Tränen drängten gegen den Damm ihres Mascaras. »Meinst du, das weiß ich nicht? Seit wir eingezogen sind, hat er nicht aufgehört, mit ihnen zu reden. Sie machen Videochat. Sie machen Snapchat. Gott weiß, was sie sonst noch Tag und Nacht an ihren Computern tun. Jedenfalls spricht er nicht mit mir darüber … Ich habe langsam das Gefühl, dass es ein großer Fehler war, hierherzuziehen.«

Myron nahm die Hand von ihrer Wange. »Wir sollten nicht überreagieren. Er hat auch vorher schon die ganze Zeit an seinem Computer gehockt. Das machen doch heutzutage alle so, oder?« Er warf verstohlen einen Blick über die Schulter zur Standuhr, denn er kam zu spät zur Arbeit.

Margot senkte die Stimme. »Es ist nur … wir wissen gar nicht, was er da oben treibt. Ich habe von schrecklichen Sachen gelesen, Myron. Da gibt es Pädophile, die sich im Internet als Kinder ausgeben. Sie schreiben einsame Jungs wie ihn an. Dann tun sie so, als wären sie seine Freunde und versuchen, sich Fotos schicken zu lassen oder die Adressen zu erfahren. Wie sollen wir wissen, dass er nicht gerade mit so jemandem redet?«

Oben verdrehte Hunter angeekelt die Augen. *Pädophile?*

»Du solltest aufhören, jeden paranoiden Artikel auf Facebook zu lesen, meinst du nicht? Er ist ein schlauer Junge und lässt sich nicht mit einem Schokoriegel in ein Auto locken. Hör zu – ich muss jetzt los. Um zehn habe ich ein Meeting.«

Schmollend folgte sie ihm zur Flurtür. »Rufst du noch mal Max an oder muss ich das machen?«

»Ich rufe ihn heute Nachmittag an, okay? Ich erkläre ihm, dass sie alles in den nächsten zwei Wochen erledigen sollen, sonst erklären wir den Vertrag für ungültig und heuern jemand anderes an.«

Das hatte er schon vor drei Tagen versprochen. Trotzdem glättete seine selbstsichere Stimme die Sorgenfalten um ihre Augen. »Danke, Schatz. Ruf mich nachher an, wie er reagiert hat.«

»Okay. Muss los. Wir sehen uns also später im Klub?«

»Was soll ich auch sonst machen?« In ihrer Stimme lag die Andeutung eines Lachens, aber keiner von beiden fand das alles lustig. Sie hatte in der neuen Nachbarschaft noch nicht viele Freundschaften geschlossen. In den zehn Tagen, seit sie eingezogen waren, hatte sie bisher niemand besucht.

»Warum fragst du nicht nach, was Jenny DeMarco diesen Nachmittag vorhat? Harold hat mir gerade erst erzählt, dass sie damit beschäftigt ist, einen Innenausstatter zu finden.«

Bei diesem Vorschlag blickte Margot sauer drein. »Ich bin mir nicht sicher, ob ich auf Jennys Wellenlänge bin ... Warum fragen wir nicht lieber die Zavodas, ob sie Freitagabend auf einen Drink vorbeikommen? Ich habe gehört, dass Emily Kunst sammelt, und ich könnte ein paar Tipps gebrauchen. Wir haben hier so viele kahle Wände, dass es sich wie in einem Gefängnis anfühlt. Hey! Wir sollten sie in ein paar Wochen zum Dinner einladen, wenn die Küche fertig ist. Das wäre für mich eine gute Rechtfertigung, mal wieder was zu kochen.« Margot hob die Hände und glättete seine Seidenkrawatte. Ihre Miene wurde etwas weniger angespannt. Weniger fordernd. Fast mädchenhaft.

Myron grinste sie an, genoss, wie ihre Hand über seine Krawatte strich, registrierte die Hälfte ihrer Worte kaum. »Wann bist du schon mal in einem Gefängnis gewesen?«

Sie hob eine perfekt nachgezogene Augenbraue. »Oh, glaubst du etwa, du wüsstest *alles* über mich?« Auch mit fünfzig war sie noch atemberaubend schön, klimperte mit den Wimpern und reckte ihr Kinn vor. Fast eine Herausforderung.

Sein Grinsen verblasste. Er ließ seine Tasche fallen, packte sie an der Hüfte und zog sie an seinen teuren Anzug. Sie küssten sich mit der Dringlichkeit frisch Verliebter. Seine Hände tasteten ihre Kurven ab. Ihre Hände hatten seinen Kopf gepackt und leises Stöhnen entfloh ihrer Kehle. Er schob sie rückwärts gegen eine der Kisten, hob sie hoch, setzte sie darauf ab und drängte sich gegen sie.

Margot behielt die Treppe im Blick, ob Hunter auftauchte, dann öffnete sie seinen Reißverschluss. »Wir sollten es nicht hier tun«, flüsterte sie mit der Hand zwischen seinen Beinen.

Myron ließ seine Aktentasche achtlos auf der Seite liegen, hob seine Frau hoch, die ihre Beine um ihn schlang, und trug sie in die Kammer, schloss die Tür.

Zehn Minuten später kamen sie mit hochroten Köpfen wieder raus, waren peinlich berührt und wütend.

Margot plapperte beruhigende Worte. »Nein, das ist alles meine Schuld. Ich hätte nicht so was anfangen sollen, als du schon spät dran warst. Wirklich.«

»Nein, nicht. Das ist nicht deine Schuld. Du bist wunderschön. Es liegt an mir. Ich habe gerade so viel um die Ohren.« Myron drückte ihr noch einen ungelenken Kuss auf ihre geschwollenen Lippen und hob die Aktentasche vom Boden auf. »Ich mache es später wieder gut. Versprochen.«

Sie nickte und setzte ihr bestmögliches Lächeln auf. Bei der Flurtür angekommen richtete sie seine zerknitterte Krawatte und kämmte mit den Fingern sein verwuscheltes Haar. »Also, du *wirst* Max anrufen, ja?« Margot fühlte sich selbst dabei unwohl, ihn derart in die Ecke zu drängen.

Immer noch beschämt und überrumpelt nickte Myron. In diesem Augenblick hasste er sie. Er biss die Zähne zusammen, damit er sie nicht anbrüllte. »Ich mache es von unterwegs.«

Kaum dass das Garagentor geöffnet und wieder geschlossen worden war und sich sein Auto entfernt hatte, sank sie bei den Kisten zu Boden. Leise weinte sie in ihre Hände, damit Hunter sie nicht hörte. Nach dreißig Sekunden räusperte sie sich wütend und hob den Kopf. *Nein.*

Sie zwang sich zum Aufstehen und schritt langsam im Erdgeschoss herum, bis ihre Nerven sich beruhigten. Das Foyer strahlte wie ein Juwelenkästchen. Jeder Messinggriff und jede Holzoberfläche waren geölt und auf Hochglanz poliert worden. Das Bleiglas über der Haustür funkelte wie geschliffene Diamanten in der Morgensonne. Einen flüchtigen Augenblick lang versuchte sie sich davon zu überzeugen, dass es *ihr* Foyer war, *ihr* Haus.

Eine weiße Katze hatte sich direkt vor der Haustür zusammengerollt. Sie ging am Fenster in die Hocke und tippte gegen das Glas. »Hey, du«, flüsterte sie und erinnerte sich an strahlend weißes Fell und die ungerührten blauen Augen, als sie die Katze bei ihrer ersten Besichtigung des Hauses gesehen hatte. Das Tier schenkte ihr gerade mal einen Seitenblick.

Ein seltsames Gefühl kroch über ihren Rücken, das sie dazu brachte, sich umzudrehen. Eine der Türen oben im Flur stand einen Spalt offen. Sie bemerkte dahinter einen Schatten, der sich bewegte.

»Hunter?«, rief sie nach oben.

Es kam keine Antwort. Oben in seinem Zimmer hatte Hunter die Lautstärke seiner Kopfhörer hochgedreht, damit er nicht hören musste, wie seine Eltern sich darüber beklagten, was für ein Sozialversager er war.

Am Fuß der Treppe wurden Margots Sorgenfalten tiefer, während sie in Richtung der Glastüren zur Diele schaute. Was, wenn er sie die ganze Zeit beobachtet hatte?

11

»Ist deine Mutter immer noch so scharf?« Hunters Freund grinste ihn aus Boston auf dem Bildschirm des Computers an. »Ich schaue manchmal in ihren Yoga-Stream, der ist lecker!«

»Halt die Fresse, Caleb! Ist *deine* Mom immer noch so eine fette Kuh?«

»Alter. Aber wie.« Caleb lachte. »Aber im Ernst, wie lebt sich's so in Cleveland?«

»Ach, du weißt schon. Kann mich vor Weibern kaum retten.« Hunter gab ein gequältes Seufzen von sich. Er hatte kein Mädchen in seinem Alter gesehen, seit sie eingezogen waren.

»Wie ist dort die Schule?«

»Die hat noch nicht angefangen.« Der Flyer der Forest-City-Schule lag neben seinem Bett. Hunter nahm ihn und hielt die Bilder von jungen Männern in Schuluniformen vor die Webcam. »Aber ich bin mir ziemlich sicher, dass sie Mist ist.«

»Was hast du erwartet? Eine staatliche Schule? Sollst du nicht nach Yale gehen und so?«

»Fuck Yale!« Hunter blickte düster drein. Myrons angeberisches Diplom der Universität von Yale, medizinische Fakultät, hing im Flur. »Sie haben mich nicht mal gefragt, was ich eigentlich will. Die staatlichen Schulen hier sind in Ordnung und die Leute sind nicht alle … ich weiß nicht … sie sind normal. Sie sind nicht alle solche Roboter, die völlig versessen darauf sind, auf eine Elite-Uni zu kommen.«

»Du meinst, dort gibt es Weiber.« Caleb grinste.

»Das ist nicht der einzige Grund, aber yeah.« Hunter warf den Flyer der Privatschule in den Mülleimer. »Eine verdammte Schwanzparade, Mann!«

Unten im Flur zog Margot die Tür zu ihrem frisch gestrichenen Yoga-Studio auf und schaltete das Licht an. Sie ließ den Blick über den polierten Dielenboden, die Matten, die großen Gymnastikbälle, die Hanteln und die Dockingstation fürs Handy gleiten, auf dem sie ihre Lieblingsmusik abspielte. Ihre Aufmerksamkeit blieb bei ihrem Anblick im riesigen Spiegel zwischen den beiden Fenstern hängen. Sie suchte in ihrem Gesicht nach Makeln. Dann drehte sie sich zur Seite und prüfte, dass ihr Hintern im schwarzen Spandex noch immer aufragte und fest war.

Nicht, dass das eine Rolle spielen würde. Sie lief rot an, als sie an Myrons verzweifelte Entschuldigungen dachte, während er den Reißverschluss hochzog. Tief atmete sie durch und vertrieb das Bild aus ihren Gedanken. Das hier war *ihr* Raum. Das hier war *ihre* Zeit.

Sie schloss die Tür hinter sich und kontrollierte die drahtlosen Kameras – eine befand sich auf der Fensterbank, eine auf einem Regalbrett an der Seite. Der Laptop auf dem Boden war noch geöffnet. *Komisch.* Mit gerunzelter Stirn ging sie daneben in die Hocke und drückte eine Taste. Der Bildschirm erwachte zum Leben.

Sobald das geisterhafte Licht auf ihr Gesicht fiel, zeichneten sich noch mehr Fragen auf ihrem Gesicht ab. Ihr E-Mail-Programm war geöffnet. Eine lange Liste von Mails erstreckte sich vor ihren Augen: »Unverzeihlich!«, »Absage«, »Du bist

GEFEUERT!«, »Weitere Patienteninformationen«. Die geöffnete Nachricht war:

> Da Sie sich entschieden haben, die Behandlung abzubrechen, empfehlen wir Ihnen nachdrücklich, eine Therapeutin oder einen Therapeuten aufzusuchen, die oder der sich mit posttraumatischer Belastungsstörung und klinischer Depression befasst. Wir können Ihnen eine Empfehlung …

Beunruhigt und bloßgestellt schloss Margot das Fenster und überprüfte, welche Programme noch geöffnet waren. Sie hielt den Laptop schräg, um sich zu vergewissern, dass der Zettel mit ihrem Log-in-Passwort und dem neuen WLAN-Passwort dort noch angeklebt war.

Sie zerknüllte den Zettel und hielt ihn an die Lippen. *Habe ich ihn einfach offen gelassen?* Sie glaubte nicht. »Verdammtes Arschloch!«, zischte sie und kämpfte schon wieder Tränen zurück. *Hunter*. Sie sammelte sich, stand auf und marschierte den Flur entlang.

Klopf. Klopf.

»Hunter?«, rief sie durch die Tür.

»Ich muss weg, Mann.« Hunter drückte schnell auf eine Taste und Caleb verschwand vom Bildschirm. Sein Computerspiel erschien wieder. »Ja?«

»Ich komme rein«, verkündete sie und öffnete eine Sekunde später die Tür.

Hunter drehte sich in seinem Bürostuhl um und nahm die Kopfhörer herunter.

»Tut mir leid, dass ich dich stören muss, Schatz. Aber …« Sie atmete durch, um ihre Nervosität zu vertreiben. *Vielleicht hat er nicht alles gelesen.* »Hast du an meinem Laptop rumgemacht?«

»Hä?« Sein Gesicht wurde eine verwirrte Maske.

»Hast du auf meinem Laptop rumgeschnüffelt?« *Sag Nein, sag Nein, sag Nein*, betete sie stumm, während sie im Türrahmen lehnte.

»Ich hab keine Ahnung, wovon du redest.« Er machte den Eindruck, die Wahrheit zu sagen.

Margot schloss erleichtert die Augen und öffnete sie wieder. »Anderer Leute Nachrichten zu lesen ist falsch. Das ist ein Einbruch in die Privatsphäre. Das weißt du, richtig?«

»Yeah.« Er blickte sie mit teenagermäßiger Genervtheit an. *Ich bin nicht blöde, Mom.*

Sie versuchte, ihre Stimme fest und mütterlich klingen zu lassen. »Versprich mir einfach, dass du nicht in mein Yoga-Studio gehst. Okay? Mein Computer und meine Ausrüstung sind für meine Arbeit wichtig, und wenn du irgendwelche meiner Mails gelesen hast, musst du mir das jetzt sagen.«

»Ich schwöre, hab ich nicht.« Hunter schaute runter zu seinen Händen, damit er nicht die Augen verdrehte. Margot arbeitete gar nicht richtig. Sie hielt jeden Tag drei Yogastunden ab, die sie mit ihrem Laptop und den drahtlosen Kameras in alle Welt ausstrahlte.

Sie hat nur zehn Follower oder so. Und die bezahlen nicht mal was. Sein Freund hatte online darüber gelacht. *Wahrscheinlich sind das bloß Perverse, die zuschauen wollen, wie sie sich bückt.* Hunter hatte nicht mitgelacht. *Alter. Schnauze.*

Margot hielt inne, als sie die Tür schließen wollte. »Alles in Ordnung, mein Schatz?«

Bin ich für dich nicht genug in Ordnung? Bin ich überhaupt jemals ausreichend in Ordnung, schäumte er innerlich, aber was er antwortete, war: »Schätze schon.«

»Ich weiß, dass dieser Umzug für dich hart ist. Das geht uns allen so.«

»Yeah.« Er sagte nichts weiter, aber sein mürrischer Gesichtsausdruck war deutlich genug.

Sie wollte ihn auf ihren Schoß ziehen, wie sie es getan hatte, als er klein gewesen war, aber sie wusste, dass er das nun hassen würde. »Sobald die Schule wieder losgeht, wird alles gut werden. Du wirst sehen.«

»Klar, Mom. Ich will nur …« Die Fragen, die ihn umtrieben, und die Dinge, die er aussprechen wollte, ließen ihn das Gesicht verziehen. Er wandte sich von ihr ab und schaute zu seinen beiden Mäusen. Sie waren vom Umzug immer noch zu traumatisiert, um das Labyrinth zu erkunden, das er für sie gebaut hatte. Beide hatten sich in eine Ecke verkrochen.

»Was willst du, Liebling?«

»Nichts.«

»Hast du Fragen? Ich meine, über das, was geschehen ist? Ich weiß, dass wir vor einiger Zeit darüber gesprochen haben, aber ist da noch etwas, das du wissen willst?«

Hunter setzte sich in seinem Stuhl auf und blickte nachdenklich drein. »Ähm … ich weiß nicht.« *Warum sind wir umgezogen? Was ist mit dir los? Was ist in Boston wirklich passiert?* Hunter bemerkte, wie ungelenk sie dastand, und beschloss, dass er sie nicht weiter beunruhigen wollte. »Nein. Alles okay, Mom. Ich bin sicher, dass alles hinhauen wird.«

»Wirklich? Ich mache mir Sorgen um dich, Schatz.«

»Mir geht es gut.« Er zuckte mit den Schultern, um es zu untermauern. Nach einem Augenblick des Schweigens beschloss er, noch eine Frage zu riskieren. »Geht es *dir* gut, Mom?«

»Äh, natürlich, Liebling. Mir geht es bestens.«

Draußen im Flur erschauerte Margot. *Geht es* dir *gut, Mom?* Sie schüttelte den Kopf in Richtung der geschlossenen Tür und der Decke. Dann fragte sie sich, ob sie das Passwort ihres Computers ändern sollte, und schaute auf die Uhr. *Keine Zeit.*

Schnell eilte sie zum Studio zurück und baute ihre Ausrüstung auf. Computer. Kameras. Musik. Titten. Lächeln.

»Guten Morgen und Namaste!« Sie legte die Handflächen aneinander und verbeugte sich vor der Kamera. »Heute wird es bei unseren Oberschenkeln zur Sache gehen …«

Sie verbrachte die folgende Stunde damit, in die kleinen Webcams zu sprechen, sich in diese oder jene Richtung zu verbiegen, unmögliche Brezel-Posen zu halten. Das alles tat sie im Sport-BH und hautengen Yogahosen, deutete dabei oft auf ihren Hintern oder den Bauch, um die Anspannung zu beschreiben, die Atemtechnik. »Wenn es nicht brennt, machst du es nicht korrekt.«

Vierzig Minuten später lag sie auf dem Rücken, hatte die Beine von sich gestreckt und leitete ihr Publikum durch eine geführte Meditation. »Du läufst einen Sandstrand entlang. Hörst du die Wellen am Strand aufschlagen? Mhmmm. Du riechst das Salz in der Luft. Fühlt sich die Sonne nicht gut an …«

Der Soundtrack wurde zu Rufen von Möwen und rauschendem Wasser. Margots Stimme wurde leiser, bis sie nur noch atmete. Ein und aus. Ihr Brustkorb hob und senkte sich. Die Sonne strahlte durch die Fenster auf ihr ruhiges Gesicht. Nach einer Minute der Stille setzte sie sich auf und lächelte in Kamera 2. »Hat sich das nicht wunderbar angefühlt? Verharrt so, bis ihr bereit seid, in die Realität zurückzukehren. Bis zum nächsten Mal, meine Freunde, und denkt daran: Das Licht in mir sieht das Licht in dir. Namaste.«

Sie streckte die Hand zum Laptop und drückte eine Taste. Danach nahm sie ein Handtuch und wischte den Schweiß von ihrem Gesicht, wobei sie aufpasste, nicht ihr Make-up zu verschmieren. Nach einigen Schlucken Wasser wandte sie sich dem Bildschirm zu und scrollte durch die Antworten.

Ein Texteintrag ließ sie lächeln.

Sie öffnete ein neues Fenster und gab etwas ein, danach sah sie wieder in Kamera 2. »Du hast mich vermisst, was?«

Eine rauchige Stimme antwortete aus dem Laptop: »Babe, ich könnte dich den ganzen Tag anschauen. Du weißt, was du mit mir machst.«

Sie zog eine Augenbraue hoch und deutete ein Lächeln an. »Was mache ich denn mit dir?«

»Willst du es sehen?«

Sie wandte sich wieder zum Bildschirm des Laptops, der fleischfarben erstrahlte. Sie musste verlegen lachen. »Ist das für mich?«

»Wieso? Willst du es?«

»Es spielt keine Rolle, was ich will. Ich bin eine Ehefrau.«

»Ich weiß. Das macht es erst richtig heiß, oder?«

»Wie alt bist du noch mal?« Sie warf sich selbst im großen Spiegel einen Seitenblick zu und hob ein wenig die Brust. Die Kamera stand daneben.

»Alt genug, um zu wissen, dass du das heißeste Stück bist, das ich je gesehen habe.«

»Ist das so?« Margot blickte in die Linse, als würde sie nachdenken. Plötzlich kroch sie auf allen vieren langsam über den Boden auf Kamera 1 zu. Die besorgte Mutter und nörgelnde Ehefrau gab es nicht mehr.

Vor der Kamera war sie ein anderer Mensch.

12

Die Rawlings-Familie

Schwarzer Dienstag, 29. Oktober 1929

Die Hintertür wurde um 17.35 Uhr aufgestoßen und Mr Rawlings stürmte in die Küche, ohne sie wieder zu schließen. Dem Dienstmädchen, das am Ofen stand und kochte, oder seinem Sohn, der gerade Apfelschnitze vom Küchentisch nahm und aß, schenkte er keine Aufmerksamkeit, sondern eilte an ihnen vorbei in seine Bibliothek, hatte einen hochroten Kopf und stank nach Schnaps.

Ella schenkte dem kleinen Walter ein beruhigendes Lächeln, weil er aussah, als würde er jeden Augenblick zu weinen beginnen. Sein Vater hatte oft diese Wirkung auf den Jungen, war immerzu fordernd, ständig enttäuscht. Seine Faust landete häufig auf dem Esstisch, ließ das Silberbesteck hüpfen. *Hat denn niemand diesem Kind beigebracht, wie man korrekt eine Gabel hält?*

Der vierjährige Walter junior sollte weder gesehen noch gehört werden. Diese Forderung wurde jede Woche mindestens einmal ausgegeben, wenn der Junge versuchte, beim Abendessen etwas zu sagen, oder nicht still sitzen konnte, wenn er sich Vorträge über Gesetze oder Wirtschaft anhören sollte. *Du sagst nichts, bevor du nicht dazu aufgefordert worden bist, junger Mann.*

Ella wartete stets ab, bis Mr und Mrs Rawlings außer Hörweite waren, um seine Laune zu heben oder ihm eine warme Umarmung zu schenken. Schon ein Zwinkern von ihr war genug, um die Gewichte zu erleichtern, die am Herzen des Jungen zerrten. Sie teilten beide ihre Geheimnisse miteinander. Geheimnisse, die der kleine Walter niemals seinen Eltern verraten würde.

»Walter.« Ella stützte sich vor ihm mit den Ellenbogen auf dem Tisch ab und flüsterte: »Habe ich dir schon mal das *Dukkerin* gezeigt? Wie man die Zukunft vorhersagt?«

Seine Augen weiteten sich und er schüttelte den Kopf.

»Es gibt viele Wege«, fuhr sie fort, nahm ihre Tasse und trank einen Schluck Tee.

Drei Zimmer weiter stieß Mr Rawlings Schubladen zu und fluchte leise vor sich hin. Das Geräusch, wie er mit zitternden Fingern durch Unterlagen blätterte, erfüllte die Luft, und dann erklang seine Stimme: »Das kann nicht sein ... das kann einfach nicht sein.« Er strich sich übers Gesicht, das nun fast lila angelaufen war, und sank im Lederstuhl in sich zusammen. »Dieser Hurensohn! Wir hätten aussteigen sollen. Wir mussten verflucht noch mal AUSSTEIGEN! ›Auf der Welle reiten‹, hat er gesagt! GottVERDAMMT!« Seine Faust fuhr so hart auf den Schreibtisch hinunter, dass der ganze Boden erzitterte.

In der Küche zuckten Ella und Walter beim Klang seiner Stimme zusammen. Es war ein allumfassender Fluch. Die Bedienstete schaute düster in Richtung der Bibliothek und knallte ihre Teetasse auf die Anrichte, räusperte sich vernehmlich.

Die einzige Antwort vom anderen Ende des Hauses war das Geräusch, mit dem Spirituosen in ein Kristallglas eingeschenkt wurden.

Mit nach oben verdrehten Augen murmelte Ella: »*Prikaza!*« Sie entschuldigte sich bei Walter und stapfte laut an der Speisekammer und dem Esszimmer vorbei zur Tür der Bibliothek, die der Mann offen gelassen hatte. »Kann ich etwas bringen, Sir? Vielleicht Kaffee?«, fragte sie streng.

Mr Rawlings machte sich nicht einmal die Mühe, sie anzuschauen. Er glotzte einfach nur mit glasigen Augen in seinen Whisky und schüttelte den Kopf. In diesem Augenblick erinnerte er sie so sehr an den kleinen Walter, dass sie fast lächelte. *Kleiner Junge. So verloren.*

»Dann lasse ich Sie in Ruhe.« Mit diesen Worten zog sie die Schiebetür zu, die das Chaos, das der Mann angerichtet hatte, vom Rest des Hauses trennte. Noch einen Augenblick lang betrachtete sie ihn durch das Glas. *Verlorene Brieftasche? Verlorener Kunde? Der Mann ist immer schlecht gelaunt, aber das …*

Er musste fühlen, dass sie ihn betrachtete. Seine mordlustigen Augen durchdrangen das Glas und hielten ihre einen Moment lang fest. Sie wandte sich schnell ab, eilte zurück zur Küche, griff sich ans Herz, als habe jemand hineingestochen. »*Bengla*!«, flüsterte sie.

In der Küche erwartete der kleine Walter sie. »Wie?«, fragte er.

Sie glättete die beunruhigte Miene ihres Gesichtes. »Was, wie, *Muro Shavo*?«

»Wie sagst du die Zukunft vorher?«

»Ah! Ja.« Ella nahm ihre Tasse und verwirbelte den Rest Tee darin, bevor sie ihn trank. Im nächsten Moment stellte sie die Tasse vor ihm hin. »Da. Siehst du es?«

»Was?« Sein kindliches Gesicht war ein einziges Fragezeichen.

»Die Teeblätter, ja?«

Die getränkten braunen Blätter lagen in einem Halbring am Boden der Tasse; viele kleine davon hatten sich auf einer Seite aneinandergeklumpt. Er stierte sie an. »Wie meinst du das?«

»Das hängt davon ab, *Shavo*. Was siehst du?«

»Ähm …« Der Junge ging so nah ran, dass er fast seine Nase in die Tasse steckte. »Ich sehe eine Kuh.«

»Ja. Was noch?«

»Einen … Baum. Und das da« – er deutete in die Tasse –, »das sieht wie ein Feuer aus.«

Sie runzelte bei seinen Worten die Stirn, aber dem Jungen entging das.

»Und ein Schwert! Siehst du es?« Walter mochte dieses Spiel. »Schau dir die Vögel an! Im Himmel. Siehst du sie? Die fliegen umgedreht.«

Ella zog die Tasse etwas näher zu sich, drehte sie ein wenig hin und her. Die Sorgenfalten auf ihrer Stirn wurden tiefer und tiefer.

»Was bedeutet das, Miss Ella?«, forschte der Junge neugierig. Beim Anblick ihres Gesichtsausdrucks wurde seine Begeisterung gedämpft. Er kräuselte bestürzt die Unterlippe. »Es ist nicht *schlimm*, oder?«

Ella rang sich zu einem Kichern durch und erwiderte: »Natürlich nicht! Das bedeutet, dass große Abenteuer auf dich warten. Vielleicht Piratenschiffe.«

»Wie bei Peter und Wendy?« Der Junge strahlte.

»Vielleicht sogar mit einem Schwertkampf, ja.«

»Wirklich?« Walter lachte auf, sprang auf die Füße und wirbelte mit einem imaginären Schwert in Richtung ebenso eingebildeter Piraten.

»Gut. Du übst noch ein wenig mit deinem Schwert. Ich komme in einer Minute zu dir.« Sie stellte die Tasse und den Apfelteller in die Spüle, während Walter die Treppe hoch zu seinem Spielzimmer eilte. Sobald er außer Sicht war, hob sie die Tasse ins Licht und schaute noch einmal hinein, hoffte, darin ein besseres Schicksal zu entdecken. Die Sorgenfalten kehrten zurück; schnell spülte sie die Blätter in den Abfluss. Als sie das Wasser wieder abdrehte, sprach sie leise ein paar Worte und machte das Kreuzzeichen vor der Brust.

Noch einmal spähte sie zum Wohnzimmer, bevor sie ihren ausladenden Körper die Treppe hinaufbewegte. Walters Kampfschreie – »Nimm dies und das …« – begrüßten sie, als sie oben ankam. Ella lächelte bei seinem Getöse, aber Sorge zeichnete sich weiter auf ihrer Stirn ab.

Am anderen Ende des langen, dunklen Flurs war die Tür von Mrs Rawlings wie stets geschlossen. Seit Tagen lag die Frau im Bett. Darüber verlor niemand im Haus auch nur ein Wort, aber Ella wusste, was los war. Ella wusste es von den Stunden, die sie im Bett verbrachte, und vom Blut auf den Laken. Noch ein verlorenes Baby. Es war das dritte seit Walters Geburt. Das Dienstmädchen schlich den Flur entlang zur geschlossenen Tür.

»Missus Rawlings?«, wisperte sie durch das Holz.

Drinnen wendete sich die jüngere Frau von der Stimme ab und schaute durchs Fenster zu den Baumwipfeln. Sie hatte den größten Teil dieses Monats im Bett verbracht und gehofft, dass das Baby sich beeilte, doch es hatte nichts bewirkt. Kleine Vögel flitzten jenseits des Fensterglases von Zweig zu Zweig. So süße Mädchen, die sie niemals kennenlernen würde. Frische Tränen brannten in ihren Augen.

»Missus Rawlings, ich sehe in einer Stunde wieder nach Ihnen. Dann müssen Sie etwas essen«, sagte Ella leise.

Georgina vergrub ihren Kopf unter den Kissen, als könnte das Hausmädchen sie durch die Tür hindurch beobachten. Vor

Schmerz hatte sie sich zusammengerollt und weinte leise, fragte sich, was sie getan hatte, um derart verflucht worden zu sein. Von irgendwo tief unter dem Haus vernahm sie ein Geräusch. Erschrocken setzte sie sich auf und lauschte. *Ein Lied? Weint da jemand?*

Mit einem tiefen Seufzer wandte Ella sich ab und ging zurück zu Walters Zimmer. Als sie eintrat, lag er auf dem Boden. Ein Holzstock ragte zwischen seiner Brust und dem Oberarm auf. Mit leblosen Augen starrte er zur Decke, sein Gesicht war wie versteinert und blass. Reflexhaft griff sich Ella an die Brust. »Walter?«

»Pst«, flüsterte er und vermied zu blinzeln. »Ich bin tot. Hook hat mich erwischt.«

Ella atmete zischend ein, war von seinem Anblick am Boden immer noch sichtlich erschüttert, aber wollte es nicht zeigen. »Aha, kleiner *Mulo*. Nun musst du dich erheben. Erheben und ihn Tag und Nacht heimsuchen!«

Ein Stockwerk unter ihnen stürzte Mr Rawlings sein zweites Glas Whisky runter und riss die mittlere Schublade an seinem Schreibtisch auf. Auf der zerknüllten Zeitung, die auf der ledernen Schreibtischunterlage lag, brüllte die Überschrift: »AKTIEN STÜRZEN AB! INVESTOREN IN PANIK!«

Er holte mit zitternder Hand eine silberne Pistole aus der Schublade. Mit dem kalten, metallischen Klang eines Bolzens, der ins Schloss fiel, landete sie auf dem Schreibtisch.

13

DIE SPIELMAN-FAMILIE
27. JULI 2018

Myron saß in der Garage und starrte die geschlossene Tür an. Der Motor knackte beim Abkühlen. Mit einer Hand strich er sich übers Gesicht und holte sein Smartphone heraus, um die Nachricht noch einmal auf dem kleinen Bildschirm zu lesen. Anschließend drückte er darauf und hielt es an sein Ohr.

»George? Myron hier … Ja, ich hab die Nachricht bekommen. Ich weiß, wie das aussieht, aber du musst verstehen, dass es um eine professionelle Einschätzung geht … Ich weiß, was die Mayo-Klinik sagt, sie haben die Untersuchung nicht durchgeführt, sondern ich … Ja, ich verstehe, dass ich genau unter die Lupe genommen werde, allerdings ändert das meine klinische Diagnose nicht. Okay, wir reden später.«

Er legte auf und rieb sich die schwitzende Stirn. »O Gott«, flüsterte er. »Was soll ich verdammt noch mal tun?«

Das Haus war still, während Myron durch die Hintertür reinschlich und diese dann abschloss. Er war später als üblich dran. »Hallo?«

In der Küche hing noch der fettige Geruch des Essens, das sie aus dem chinesischen Restaurant geholt hatten. Schweinefleisch und gedünstetes Gemüse. Margot hatte die Reste in den neuen Kühlschrank verfrachtet, der summend mittig an der ansonsten leeren Wand stand. Myron schloss den Kühlschrank wieder, hatte keinen Hunger. Das flackernde Licht eines Fernsehers lockte ihn zu den Glastüren.

Margot hatte sich auf dem Ledersofa eingerollt, hielt ein Nickerchen, während irgendwas über renovierende Leute im Fernseher lief. Ein leeres Martiniglas stand auf dem Tischchen vor ihr. Nur kurz schaute er nach ihr, wie sie friedlich schlief. Wohlig still.

Er stieg mit seiner Aktentasche die Treppe hoch, hielt oben inne und lugte in den langen Flur mit den geschlossenen Türen. Wie immer war unter der Tür von Hunters Zimmer ein schwacher Lichtschein auszumachen. Myron runzelte die Stirn. War der Junge heute überhaupt mal vor der Tür gewesen? Wo der Flur abbog, stand die Tür zum Dachboden ein Stück offen. Oben war schon wieder das Licht an. Er zögerte, aber schritt trotzdem an vier weiteren geschlossenen Türen vorbei zum großen Zimmer am Ende des Flurs.

Sein großer begehbarer Schrank hatte einen eigenen Eingang. Myron öffnete die Tür und trat an den eingepassten Regalfächern mit Designerschuhen und den perfekt hängenden Maßanzügen vorbei zur gegenüberliegenden Tür. Ihr Bauunternehmer, Max, hatte das siebte Zimmer, das einmal ein Ankleideraum oder ein Kinderzimmer gewesen sein mochte, zu einem großen Bad umgebaut. Ein Kristallkronleuchter hing inmitten der Leere aus Messing und kaltem Marmor. Die Helligkeit der weißen Anrichten und des Bodens war schreiend, als er das Licht anschaltete. Die Bodenbalken stöhnten unter dem Gewicht des Steinbelags und der riesigen Badewanne am Fenster.

Myron schaltete die Fußbodenheizung an und trat zu seiner Hälfte des Raums, wo sich sein Waschbecken, sein Toilettentisch und seine Schränke befanden. Er stellte seine Aktentasche ab, drehte mit den Daumen die Rädchen an den beiden Schlössern und öffnete sie. Drinnen befanden sich zehn weiße Kartons mit Pillen. Die Namen der Hersteller und die auffälligen Markennamen prangten auf der Verpackung, versprachen Hightechchemie und nachweisbare Ergebnisse. Er stapelte die Kartons, holte zwei braune Plastikflaschen aus dem Medizinschrank und schraubte sie auf. Im Spiegel vergewisserte er sich kurz, dass die Tür geschlossen war, warf hastig zwei Pillen in den Mund und schluckte sie trocken herunter. Allmählich atmete er erleichtert aus.

Nach einer schnellen Bestandsaufnahme seiner Vorräte machte er einen Karton nach dem anderen auf, drückte die Pillen aus den Blisterpackungen und schüttete sie aus der Handfläche in die halb leeren braunen Flaschen. Anschließend setzte er die kindersicheren Verschlüsse wieder auf. Nachdem er die beiden Flaschen zurück in den Schrank gestellt hatte, warf er die aufgerissenen Kartons in seine Aktentasche.

Seine Arbeit war getan. Myron richtete sich auf und betrachtete sich im Spiegel. Einige lockige Haarsträhnen wischte er an ihren Platz zurück, prüfte das Weiße in seinen Augen, zog jedes Augenlid hoch, um die rote Haut darunter sehen zu können. Mit geöffnetem Mund untersuchte er den Gaumen unter seiner Zunge. Zufrieden nahm er die Aktentasche und verließ das Badezimmer.

Die Aktentasche aus Leder deponierte er im Schrank unter der Kleiderstange mit den ordentlich aufgehängten italienischen Hemden. Jede Art von Weiß stand zur Auswahl, wie in einem

Bekleidungsgeschäft. Seine gewienerten Lederschuhe waren wie Trophäen in einem Metallregal aufgereiht. Seine Seidenschlipse befanden sich ordentlich in eigens angefertigten Schubladen, die Margot und er ausgesucht hatten. Das ganze Zimmer roch nach Gucci-Duftwasser und Sportdeodorant.

Myron streifte seinen Anzug ab und hing ihn vorsichtig auf, wobei er darauf achtete, dass zwischen den Bügeln genug Abstand war, sodass nichts aneinanderklebte, zerknitterte, ruiniert wurde. Er warf die Kleidung aus seinem Sportbeutel in den Wäschekorb aus Leinen, der für ihn gedacht war – Margot bestand darauf, dass sie ihre Wäsche getrennt halten sollten. *So ist es einfacher. Außerdem stinken deine Sportsachen so!* Als er die Sporttasche ins Regal räumte, knarrten über ihm die Dielen auf dem Dachboden.

Bei dem Geräusch drehte er den Kopf und schaute zur Decke.

Der weiße Gips über ihm verriet nichts.

Ein weiteres Knarren von oben nahm ihm die Wahl ab. Barfuß schritt er zur Tür und linste in den Flur. Die untergehende Sonne strahlte durch das Bleiglasfenster, tauchte die Wand neben ihn in Rosa und Gold und ließ den Rest des Flurs in Schatten liegen. Die Tür zum Dachboden konnte er halb verborgen hinten im Flur gerade so ausmachen.

Eine dunkle Gestalt bewegte sich vor der Tür.

Er zuckte bei diesem Anblick zusammen. Zögerlich machte er einen Schritt in den Flur, hielt auf die Dachbodentür zu. »Hunter? Bist du das?«

Ein leises Lachen echote den Flur entlang, hallte von den geschlossenen Türen wider. Oder kam es von draußen? Ein vorbeifahrendes Auto? Ein Radio? Einen Augenblick lang hielt er die Luft an, sah sich nach der Quelle um. Sein Herz schlug wild in der Brust.

Die Luft stand völlig still.

»Hallo?«, rief er wieder, diesmal lauter. »Hunter? Bist du es? Margot?« Ihre Namen auszusprechen schien den Bann zu brechen. Er atmete aus. *Wohl wirklich ein verwunschenes Haus*, schalt er sich und schritt lautstark den Flur entlang.

Hinten im Flur war alles leer. Er schaltete eine Lampe an, um ganz sicherzugehen. Danach zog er die Dachbodentür auf und trat auf die Treppe, wo er ebenso nichts vorfand. In beide Richtungen schritt er den Flur ab, eine schnelle Patrouille, schaute in Zimmer, schaltete Lichter an und wieder aus. Nichts.

An Hunters Tür blieb er stehen, vergaß fast zu klopfen.

Klopf. Klopf.

Drinnen hatte Hunter die Dielenbretter durch die Schritte seines Vaters beben gefühlt, bevor er das Klopfen hörte. Er zog seine Kopfhörer ab und nahm sein Gamepad runter. »Ja?«

»Hey.« Myron öffnete die Tür und hob verlegen die Hand zum Gruß. »Warst du eben draußen im Flur?«

»Hm?«

»Gerade eben. Warst du …« *Nein. Das ergibt keinen Sinn.* Myron schüttelte über seine eigenen Worte den Kopf. *Hunter war in seinem Zimmer.* »Hast du was gehört?«

»Äh, nein. Ich hatte die Kopfhörer auf.«

»So was. Dann war es sicher deine Mutter.« Schnell wechselte Myron das Thema. »Also, ist das … ein gutes Spiel?«

»Schätze schon.« Hunter zuckte mit den Schultern.

»Macht es Spaß?« Myron schien die Frage zu bereuen, bevor sie über seine Lippen gekommen war. Er war kein »cooler« Dad, wie sehr er sich auch bemühte.

»Ähm, irgendwie ja.« Hunter hob die Waffe. Auf dem Bildschirm hinter ihm war das geifernde Gesicht eines Zombies wie eingefroren.

»Bestens.« Sein Vater nickte, als hätten sie gerade einen wichtigen Entschluss gefasst.

»Du, äh ... alles okay bei dir, Dad?« Etwas schien in Hunter aufzuwachen und den Mann zu mustern. Ein nüchternes Bewusstsein.

Myron bemerkte es auch, straffte seine Schultern und sein Rückgrat. »Yeah. Weißt schon, müde halt. Langer Tag. Hast du was Interessantes erlebt?«

Wieder zuckte Hunter mit den Schultern. Nach dem Essen war er eine Stunde lang draußen gewesen, die Lee Road zum Laden und zur Bibliothek runtergelaufen. Als er zurückgekommen war, hatte er nach alten Büchern und Limonade gerochen. »Weiß nicht. Eigentlich nicht.«

Myron entspannte sich, als sein Sohn wieder die Antennen einzufahren schien. Oder es war nur die Wirkung der Pillen, die er eingeworfen hatte. »Willst du hier draußen auch einen Programmierklub anleiern?«

Der Junge saß einen Augenblick lang einfach zusammengesunken auf seinem Lederstuhl da, als müsste er darüber genau nachdenken. »Mal sehen. Vielleicht ... Hey, Dad?«

Der kindliche Klang in der Stimme seines Sohnes erweichte Myrons Herz. *Er ist immer noch so jung.* »Was gibt's?«

Hunter betastete das Gamepad in seiner Hand, dehnte die Finger immer wieder, als wollte er etwas in seinen Gedanken lockern. Etwas, das sich vorgenommen hatte, nicht nachzugeben. Schließlich gab er auf und murmelte: »Nichts.«

»Okay.« Myrons Gesichtsausdruck wurde wieder verschlossen, sein Blick wurde vor Genervtheit und einer vagen Verärgerung glasig. Er wandte sich zum Gehen. Ein schwaches Licht fiel vom Dachboden in den Flur herab, ließ das dunkle Holz auf dem Boden hell erscheinen. Als er das sah, stutzte er. Hatte er das Licht nicht gerade ausgemacht? »Hunter, kannst du mir einen Gefallen tun?«

»Ja, Dad?«

»Wenn du auf den Dachboden gehst, denk bitte dran, das Licht auszuschalten.«

Hunter blickte ihn düster an, als wollte er sagen: *Aber das war ich nicht.*

Myron hob die Hand, als hätte er seinen stummen Protest vernommen. »Im Ernst. Jedes Mal, wenn ich in letzter Zeit nach Hause komme, ist das verdammte Licht an. Du bist derjenige, der sich dauernd nach unserem Spritverbrauch und den Heizkosten erkundigt, dass wir alles ›grün‹ haben sollen und so, richtig? Sind wir uns einig, dass Licht anlassen Strom verschwendet?«

Die Stimme des Mannes hatte sich gerade so verändert, dass seine Vokale lang gezogen klangen, wodurch Hunter den Unterschied hören konnte. Der Junge stierte genervt die hintere Wand an und nickte einfach. *Besoffen*, schloss er aus dem dumpfen Gesichtsausdruck. *Der Mann ist besoffen.* Es war sinnlos, mit ihm diskutieren zu wollen. »Klar, Dad.«

»Okay.« Myron klopfte gegen die Tür. »Gute Nacht. Bleib nicht so lange auf.«

Nachdem er die Tür geschlossen hatte, schlenderte er zum Durchgang zum Dachgeschoss und schaltete mit großer Geste, ohne dass es irgendwer beobachtete, den Lichtschalter am Fuß der Treppe aus. Nachdem er die Tür zugeworfen hatte und lässig den Flur entlang zu seinem Schlafzimmer marschiert war, blieb Myron stehen, als wäre ihm auf einmal eingefallen, warum er überhaupt hierhergekommen war. Wieder sah er zur Decke hoch. Die neue Farbe konnte weder die Wellen und Risse im Gips noch die Haarrisse verbergen. Düster blickte er sie an, als wollte er das Holz darüber herausfordern, wieder‹ zu knarren. Während er sich noch fragte, ob er hochgehen sollte, drehte er sich zur Dachbodentür.

Ein Schatten stand hinten im Flur. Er hing etwa sechs Meter entfernt von ihm über dem handgewebten Flurteppich, auf dem er sich befand. Es war der Umriss eines Mädchens.

»Mein Gott!« Er stolperte nach hinten, stürzte fast. Die Wände schienen zu wanken, er versuchte, sich zusammenzureißen. Zischend atmete er ein, als hätte er den Teufel persönlich gesehen. »Was zum ...« *Ein Geist? Nein. Das ist verrückt. Aber ...*

Es war verschwunden. Nichts als formlose Dunkelheit umgab ihn, wo die Sonne inzwischen untergegangen war.

»Hey.« Acht vorsichtige Schritte machte er nach vorne, wo es gewesen war, was auch immer es gewesen war, den Flur entlang in Richtung der Zimmer über der Garage. Alles war leer. Noch weitere fünf Schritte und um die Ecke. Die Türen dort waren nach wie vor verschlossen, wie kurz zuvor. Einen Augenblick lang verharrte er einfach auf der Stelle und lauschte seinem eigenen abgehackten Atem. Was genau hatte er wahrgenommen?

Er räusperte sich und schaute an sich selbst hinab, dann wieder zum schwachen Schimmer im großen Fenster über dem Foyer. Die Bäume vor dem Haus wiegten sich im Wind, die Schatten ihrer Äste bewegten sich an der Wand mit ihnen. *Schatten.*

»Verdammt, Myron. Reiß dich zusammen!«

Er schlich zurück zu seinem Schlafzimmer und schloss die Tür hinter sich.

14

Die Martin-Familie

5. Dezember 2012

Der kleine Toby saß auf dem Boden seines Jungenzimmers, hatte die Arme um seine Beine geschlungen, wartete. Wartete auf Tageslicht oder darauf, dass jemand die Tür öffnete. Er hasste dieses Zimmer. Es war riesig und dunkel und kalt und furchteinflößend. Und einsam. Stundenlang war er allein hier gewesen. Schon mit sieben Jahren hasste Toby es, alleine zu sein.

Eine Mondsichel hing vorm Fenster über dem verschneiten Hinterhof, beobachtete ihn durch die Äste der nackten Bäume hindurch. Er drückte seine Nase an das eiskalte Glas und stellte sich vor, wie die großen Eichen miteinander flüsterten, wie sich ihre knotigen Krallen zu seinem Fenster ausstreckten. Ein Windstoß und sie würden durchs Glas brechen. Schneewehen hüllten die Terrassenmöbel und Büsche unten ein, sorgten für flache Schneegräber, als die geisterhaften Erhebungen sich im Hof verteilten.

Es war spät. Eigentlich sollte er schon schlafen.

Der Wind ließ das Fenster im Rahmen erzittern. Die Wände über ihm knarrten, als drohte ihm die Decke auf den Kopf zu fallen. Der Junge zitterte und wünschte, er könnte einen Weg nach Hause finden. Wo auch immer das war.

Seine Tür war verriegelt.

Das ist nur, damit du in Sicherheit bist, Schätzchen, hatte Mama Martin erklärt. *Wir können nicht riskieren, dass du nachts in so einem großen Haus rumläufst. Du könntest dich verletzen.*

Sie hatte es nie ausgesprochen, aber er kannte den wahren Grund. Toby hatte einmal versucht wegzulaufen. Als er zum ersten Mal nach Rawlingswood gekommen war, war er mitten in der Nacht die hintere Treppe heruntergeschlichen und durch eine Seitentür verschwunden. Damals war er gerade mal vier Jahre alt gewesen. Er konnte sich nicht mehr daran erinnern, nur an das Gefühl, dass er zurück zu seinem alten Haus wollte.

Mama und Papa hatten nach seinem Verschwinden begonnen, seine Tür abzuschließen. *Ich bin lediglich ein kleines Stück weiter hinten im Flur. Das weißt du, Schatz. Ruf einfach, wenn du mich brauchst.* Doch das riesige Haus verschluckte immer seine Stimme, wenn er mit Albträumen aufwachte. Erschrocken und in die feuchten Laken eingehüllt kauerte er in der Höhle seines Schlafzimmers, zu verängstigt, um zu rufen. Angsterfüllt, die Monster könnten ihn hören.

Neben ihm stand die Schranktür weit offen, damit die unerwünschten Bestien nicht darin schliefen. Brandneue Kleider waren dort aufgehängt, aber der Geruch stammte nicht von ihnen. An vielen von ihnen befanden sich noch die Etiketten.

Er drückte ein altes Baumwollhemd an seine Brust – Bobo, seine Schmusedecke. Woher Bobo stammte, wusste er nicht mehr, aber er gehörte ihm. Bobo roch nach einem anderen Ort, an den er sich nicht erinnerte. Tagsüber versteckte er ihn unter seinem Bett. Alle paar Wochen musste er ihn aus einem von Mamas Wäschekörben retten.

Immer, wenn er sich ängstlich oder nervös fühlte, strich er mit den Fingern über die Baumwollsäume und danach über die lange Narbe, die sich über seine Stirn erstreckte. Während er sich auf dem Boden sitzend vor und zurück wiegte, rieb er über die unebene, glatte und gerunzelte Haut. So war es schon gewesen, als er in Rawlingswood angekommen war, aber er konnte sich nicht erinnern, woher es stammte. Allein die Berührung ließ eine Welle des Ekels durch ihn fahren. Es zeigte, dass er anders als die anderen Jungs auf der Schule war.

Dass mit ihm etwas nicht in Ordnung war.

Toby konnte das Flüstern über ihn durch die Wände hören, durch geschlossene Türen, durch heimlichen Streit am Esstisch. Je stärker seine Eltern sich bemühten, etwas zu verstecken, desto spitzer wurden seine Ohren. Er belauschte Gespräche, die ihn nachts heimsuchten. *Wird er jemals normal sein? Nicht »normal«, aber gesund? Ich meine, diese Albträume. Der Ungehorsam. Ich mache mir Sorgen, dass er sich niemals einlebt. Sicher gibt es noch irgendwas, das wir tun können …*

Es war ein Gespräch gewesen, das Mama vor Jahren mit einer seltsamen Frau geführt hatte. Die Fremde hatte sie zu beruhigen versucht. *So etwas dauert einige Zeit, Mrs Martin. Toby hat viel durchgemacht. Das Beste, was Sie für ihn jetzt tun können, ist, ihn zu lieben und ihm Zeit zu geben, alles zu verarbeiten. Kinder sind stark, und ich weiß, dass Sie das ganz wunderbar hinbekommen. Hier, rufen Sie diese Nummer an, wenn Sie einen Termin vereinbaren möchten, aber verlieren Sie nicht die Hoffnung …*

Toby hatte damals nicht verstanden, was sie besprochen hatten. Auch heute erfasste er nicht viel davon, von den Worten »Wird er jemals normal sein?« abgesehen. Etwas an ihm war fürchterlich falsch, aber niemand erklärte ihm, was es war. Er hatte im Haus viele Berater getroffen, aber niemand hatte ihm geholfen, sich irgendwie normaler zu empfinden. Die wohlmeinenden jungen Männer hatten ihm lediglich dumme Fragen gestellt: *Wie fühlst du dich heute, Toby? Magst du die Schule? Möchtest du ein Bild von deiner Familie malen? Machst du dir wegen irgendwas Sorgen?*

Ich mache mir Sorgen, dass ein Monster kommt und mich frisst, hatte er gedacht. Aber das wollte er ihnen nicht verraten. Wenn er mit ihnen über so etwas sprach, würden sie ihn an einen schrecklichen Ort bringen. Dessen war er sich sicher. Jungen, die nicht normal waren, wurden weggeschafft.

Er war entschlossen, normaler zu werden, faltete die Hände, wie seine Mutter es ihm beigebracht hatte, und versuchte zu beten. »Lieber Gott«, flüsterte er. »Lass nicht zu, dass die Monster mich fressen …«

Das leise *Ratsch Ratsch* näher kommender Schritte im Flur ließ sein Gebet verklingen. Ein Schatten rührte sich unter der Tür seines Zimmers, und er begann zu zittern.

»Ava?«, bewegte er die Lippen. *Bist du das? Bitte sei es.*

Er nahm die Hände auseinander und stellte sich hin, war sich unsicher, ob er weglaufen oder sich verstecken oder brüllen oder abwarten sollte. Die Schritte verstummten. Er konnte das Körpergewicht einer anderen Person auf der anderen Seite der Tür fast fühlen.

»Bist du okay, Toby?«, flüsterte eine Stimme durch das Schlüsselloch.

Es war seine Schwester. Er stieß den Atem aus, den er angehalten hatte, und erwiderte ebenso leise: »Alles in Ordnung.« Wie sehr er sich wünschte, dass es wirklich so wäre und er sie sehen könnte. Er wusste nicht, wie sie rausgekommen war, aber er war erleichtert, ihre Stimme zu hören.

»Rühr dich nicht«, flüsterte sie. »Mach kein Geräusch.«

Das *Ratsch* und *Klick* von Metall auf Metall ließ das Schloss an der Tür erzittern, und er verstand, was sie da tat. Er leckte sich über die Lippen und trat von der Tür zurück, lauschte, ob die Schritte seiner nahenden Eltern zu hören waren. Papa Martin würde stocksauer sein, wenn er einen von ihnen außerhalb des Bettes vorfand.

»Das ist eine schlechte Idee«, zischte er so leise wie möglich, wurde mit jeder Sekunde unruhiger. *Man wird uns erwischen.* »Ava, du solltest nicht …«

Bevor er den Satz beenden konnte, schwang die Tür auf. Seine große Schwester stand mit einem dünnen Schraubenzieher und einem Dietrich in der Hand da, grinste triumphierend. Sie trat ein und schloss die Tür leise hinter sich. »Ich wusste, dass du wach bist. Hast du Hunger?«

Toby hatte immer Hunger. Sie fischte eine Packung Vollkornkekse aus dem Ärmel ihres Nachthemdes und machte das Schranklicht an. Die beiden saßen im gelblichen Schimmer da, kauten die Kekse. Nach einigen Minuten fiel Toby auf, dass etwas seltsam war. Die Augen und Lippen seiner Schwester wirkten aufgedunsen, als hätte sie geweint.

Beunruhigt versteifte er sich. Ava weinte fast nie. Er war derjenige, der sich kaum zusammenreißen konnte. Die seltsamsten Sachen brachten ihn manchmal aus dem Gleichgewicht und dann weinte er völlig grundlos, biss sich in die Hand, wollte die Tränen eindämmen. Ava war die einzige Person, die ihn beruhigen konnte. Sie nahm ihn in die dünnen Arme, hielt ihn fest, sang ein Lied in sein Ohr. *Es ist ein Geschenk der Schlichtheit und der Freiheit …* Sie konnte die Welt stillstehen lassen, bis er wieder Halt gefunden hatte.

»Was ist los?«, flüsterte er. »Ist etwas Schlimmes passiert?«

Ava presste die Lippen aufeinander und versuchte, ihn anzustrahlen. »Nein. Mir geht's gut. Ich hatte nur … nur einen schlechten Traum. Hast du schon Albträume gehabt?«

Toby nickte nachdrücklich. Fast jede Nacht hatte er Albträume.

»Was passiert in deinen Träumen, Toby? Wovon handeln sie?« Sie blinzelte zur Decke hoch, um die Tränen zurückzuhalten. Sie wollte nicht, dass er sie weinen sah.

Toby runzelte bei dieser Frage die Stirn. »Weiß nicht ... es ist dunkel, und ich höre Stimmen und Krach, wie Glas, das kaputt geht. Manchmal bin ich in einem Auto und da sind Monster, wie Wölfe und Bären, die reinwollen. Das ist ... gruselig.«

»Hast du auch Albträume, die hier stattfinden, in diesem Haus?« Sie schaute ihn mit einem seltsamen Gesichtsausdruck an, als erwartete sie eine bestimmte Antwort.

Hinter dieser Frage verbarg sich etwas Großes, etwas Wichtiges, das er nicht ganz erfassen konnte. Diese Bedeutungsschwere ließ ihn auf seinem Platz herumrutschen. »Ich glaube nicht.«

»Hörst du nachts irgendwelche seltsamen Sachen im Haus?« Wieder dieser fragende Blick.

Seine Angst vor den Monstern zeichnete sich auf seinem Gesicht ab. *Was für Sachen?* Er versuchte, sich für sie zu erinnern, wollte die richtige Antwort liefern können. »Manchmal rüttelt der Wind an meinem Fenster. Warum? Hörst du seltsame Sachen?«

»Ich weiß nicht. Nicht so richtig.« Sie bemerkte, wie er das Gesicht vor Angst verzogen hatte, aber in ihren Augen standen noch weitere Fragen. »Magst du es hier, Toby?«

Er wich vor ihr zurück, verwirrt und nun ernsthaft besorgt. »Manchmal, glaube ich. Nachts mag ich es hier gar nicht. Es ist gruselig.«

Ava setzte ein gequältes Lächeln auf und nickte. Es gab so viel, das sie ihm nicht sagen wollte oder konnte. Als sie sich gemeinsam in seinem Bett einkuschelten, damit sie ihm beim Einschlafen helfen konnte, entging ihm nicht, dass sich etwas Dunkles nur knapp unter der Oberfläche ihrer Fragen versteckt hielt.

Etwas Erschreckendes.

15

Die Spielman-Familie
28. Juli 2018

Ein lautes Klopfen weckte Hunter mitten in der Nacht.

Er setzte sich in seinem Bett auf und blinzelte den Schlaf weg. Ein paar Räume weiter knarrten die Bodendielen. War das eine Tür, die ins Schloss fiel? Er schaltete die Lampe neben seinem Bett an und schaute zur Uhr. 1.08.

»Hallo?«, rief er. *Mom? Dad?*

Er rieb sich übers Gesicht und lauschte ins Haus. Es kam keine Antwort. Seine Mäuse Frodo und Samwise raschelten in den Holzspänen am anderen Ende des Zimmers. Er linste zum Schatten ihres Terrariums und fragte sich, ob sie die seltsamen Geräusche verursachten. Seine Eltern waren an diesem Abend um acht Uhr ausgegangen und hatten ihm gesagt: *Warte nicht auf uns, Schatz. Du weißt, wie lange diese Wohltätigkeitsveranstaltungen dauern können.* Seine Mutter war auf ihren Stöckelschuhen klickend über den kalten

Marmorboden ihrer halb fertigen Küche geschritten und hatte ihm einen schnellen Kuss auf die Wange gehaucht.

Hunter hatte geschmollt, sich einerseits gewünscht, sie würde ihn umarmen, andererseits, sie würde es nicht tun. Wäre er doch nicht dauernd genervt, wenn sie mit ihm redete. Würde sie doch nicht so viel Schminke auftragen. So versteckte sie nur ihre Weichheit. Er mochte sie lieber, wie sie früh am Morgen war, wenn sie eher wie seine Mom und nicht wie eine alternde Schauspielerin aussah.

Sein Vater hatte ihm ein gebleichtes Lächeln geschenkt. *Bleib nicht zu lange auf, Kiddo. Und mach vielleicht mal eine Pause vom Spielen, ja?*

Klar doch, Dad. Hunter hatte sich zu einem schwachen Lächeln durchgerungen und beobachtet, wie seine gut aussehenden Eltern von der Küche in die Garage geeilt waren. Kurz darauf war der Mercedes die Einfahrt entlanggefahren und in der fremden Landschaft verschwunden. Hunter blieb im alten Haus von der Außenwelt abgeschnitten zurück.

Den größten Teil des Abends hatte er damit verbracht, Pornos im Internet zu schauen und unter einem Pseudonym in den sozialen Medien herumzutrollen. Das Mädchen, auf das er in Boston ein Auge geworfen gehabt hatte, hatte einen neuen Freund. Sein alter Programmierklub hatte einen neuen Coder aufgenommen. Es war, als hätte es sein altes Leben niemals gegeben.

Seine Eltern waren immer noch nicht zurück.

»Warum können sie nicht einfach normal sein?«, murmelte er leise vor sich hin. *Warum kann Margot nicht einfach Kekse backen? Warum kann Myron nicht einfach einen Bierbauch haben und sich das verdammte Spiel im Fernsehen anschauen?*

Vor dem Fenster lag die Lee Road still im gelben Licht der Straßenlampen da. Die großen Häuser auf der anderen Straßenseite waren in Schatten getaucht. Er war noch nicht einmal zwei Wochen hier, aber Hunter hasste sein neues Zuhause schon. Er hasste Shaker Heights. Die Unzufriedenheit ließ seine Gesichtszüge entgleisen und drückte seine knochige Gestalt nieder. Er vermisste Boston. Er vermisste das Stadthaus in Brookline. Er vermisste seine alte Schule und den kleinen Freundeskreis. Die einzigen Kinder, die er in diesem Block gesehen hatte, waren jünger als zehn Jahre oder in Gruppen unterwegs gewesen. Die würden ihm eher einen Arschtritt verpassen, als mit ihm abzuhängen. Die einzige Person außer seinen Eltern, mit der er seitdem gesprochen hatte, war ihre Haushälterin, die zweimal pro Woche kam. Louisa, da war er sich ziemlich sicher, hasste sie alle. Er war sich sicher, dass er selbst sie an ihrer Stelle auch hassen würde.

Louisa fuhr einen ramponierten Mazda mit klapprigen Türen und einer angerissenen Windschutzscheibe. Hunter starrte sie wie ein Tourist an, wenn sie mit ihrem Eimer voll Putzmaterial auftauchte. Er fragte sich, was sie über die angeberische Schallplattensammlung seines Vaters in seinem Wohnzimmer dachte, oder über den Ankleideraum seiner Mutter, wo sie eingepasste, lackierte Regale nur für ihre Schuhe hatte. Hunter hielt seine Tür geschlossen, wenn Louisa da war, und bestand darauf, dass sie nicht reinkommen durfte. Er versprach seiner Mutter, dass er das Zimmer selbst putzte, was eine Lüge war, aber bei dem Gedanken, dass die kleine Latinofrau das komplexe Labyrinth abstaubte, das er für seine Mäuse gebaut hatte, oder den Computertisch, fühlte er sich angeekelt und elitär.

Hunter blickte zu der Staubschicht, die sich auf seinem Schreibtisch sammelte. Der Computer war im Ruhemodus und der Flachbildschirm starrte in Richtung seiner Schranktür. Er fragte sich, ob er ihn wieder hochfahren sollte, um zu prüfen, ob zu Hause noch jemand auf war. Zumindest redete er sich das jedes Mal ein, wenn er sich vor der Tastatur niederließ. Es war nicht so, als hätte er nicht stundenlang mit Brian Videochats geführt oder mit Caleb Zombies abgeschossen, aber damit verbrachte er eindeutig nicht die meiste Zeit.

Eine Welle von Selbsthass durchfuhr ihn beim Anblick der zusammengeknüllten Essenspackungen und zerlumpten Taschentücher auf dem Boden bei dem Abfalleimer. Er musste wirklich aufhören. Sein Vater hatte recht. Er musste nach draußen gehen. Er musste sich mit Leuten treffen. *Die Schule geht in zwei Wochen los, Kiddo. Was willst du bis dahin machen?* Bei diesem Gedanken ließ er sich wieder auf sein Kissen sinken.

Er seufzte und starrte zur rissigen Gipsdecke. *Charakter.* So bezeichnete seine Mutter es, wenn sie wieder eine Stelle fanden, bei der der Bauunternehmer eine Abkürzung genommen hatte. Sie hatten so viel Geld für den Neubau der Küche und den Umbau des großen Badezimmers aufgewendet, außerdem alle möglichen Oberflächen mit Marmor ausgekleidet, aber sein Zimmer war immer noch zugig und kalt und hatte einen defekten Kamin an der hinteren Wand. Hunter beäugte den dunklen Umriss und vermutete, dass Fledermäuse im Kamin hingen.

Er schauderte und überlegte, ob er sich schlafen legen sollte.

Stattdessen stand Hunter auf. Er ging zu seinem Schrank und schaltete darin das Licht an, wie er es manchmal tat, wenn das Haus ihm zu leer und dunkel wurde. Er hatte seinen Eltern nach wie vor nichts von der Schrift darin erzählt. Es war sein Geheimnis, seine Flaschenpost. Auch wenn es sich eher wie eine Warnung anfühlte.

BÖSER BeNNy BÖSER BeNNY

Hilfe BrauchE Hilfe BrauchE Hilfe

NeinNeinNeinNeinNeinNein

Hunter schob seine hängenden Kleidungsstücke beiseite und versuchte abermals, den Worten einen Sinn zu entlocken. Sein Blick war erst neugierig, aber wurde traurig, während er mit einer Fingerspitze über *Böser BeNNy* strich.

TÖTE DARWiN

MoM MoM MoM

tut mir leid so lEId sosososehr.

ToTES MäDCHEN

Wieder durchbrach ein Knarren im Fußboden über ihm die Stille, und er erstarrte. Die Balken in der Decke ächzten, als schliche jemand oder etwas über den Dachboden.

Hunter schob seinen Kopf durch den Türrahmen in den dunklen Flur. Die steile und schmale Treppe, die nach unten in die Küche verlief, war so angelegt, dass Bedienstete und Teenager-Söhne unsichtbar blieben. Die verwirbelten Verzierungen im Eichenholz und kantigen Stufen der Vordertreppe durchschnitten die Mitte des zweistöckigen Foyers, damit die Dame und der Herr des Hauses großspurige Auftritte und Abgänge hinlegen konnten. Das riesige Bleiglasfenster über der Haustür ließ ein unheimliches Licht auf die gegenüberliegende Wand fallen.

»Hallo?«, rief er zum zweiten Mal und bemühte sich, lauter als ein Flüstern zu sein. Über den jämmerlichen Tonfall musste er selbst fast grinsen. *Ich bin so ein Idiot. Alte Häuser knarren. Sie arbeiten. Sie stöhnen. Richtig?*

»Mom? Dad?« Um die Ecke, wo der Flur sich aufteilte, führte ein Durchgang hoch zum Dachboden. Ganz hinten im Flur stand die Tür zum Elternschlafzimmer offen. Das große

Bett war noch gemacht. Die übrigen Türen im Flur waren geschlossen.

Ein dumpfes Klopfen ließ ihn wieder den Kopf zur Treppe herumreißen. Abrupt herrschte Stille.

Hunter verspürte den Drang, zurück in sein Zimmer zu gehen und einen Stuhl unter den Türknauf zu klemmen. Es würde nicht das erste Mal sein, dass er das tat. Das Haus hatte bei ihm Gänsehaut erzeugt von dem Moment an, in dem sie eingezogen waren. Sein Blick schoss von der einen zur anderen dunklen Ecke. Jemand beobachtete ihn. Bewertete sein Tun. Hasste ihn und seine Eltern jedes Mal, wenn sie ein Bild aufhängten. Er gehörte in seinem labberigen T-Shirt und den Boxershorts mit seinem storchenhaften Körperbau und den Pickeln nicht hierher. Das Haus verdiente jemand Besseren. Es sehnte sich die alte Zeit zurück, als noch Bedienstete auf dem Dachboden gelebt und weiße Handschuhe getragen hatten.

Ein weiterer Schritt knarrte irgendwo über ihm, weiter hinten im Flur.

Zurück in seinem Zimmer schnappte sich Hunter den Baseballschläger mit dem »Indians«-Aufdruck, den sein Vater ihm beim Einzug als Bestechung gekauft hatte. Er war von den Vizemeistern der 1995er World Series signiert, als würde ihn das sofort zu einem Cleveland-Fan machen. *Albert Belle. Sandy Alomar. Jim Thome. Kenny Lofton.* Ihre geschwungenen Federzüge verhöhnten ihn, wie er in seiner Unterwäsche dastand und Angst vor der Dunkelheit hatte.

Von irgendwo über ihm war die Andeutung eines leisen Lachens zu hören. Hunter stieß unwillkürlich ein Zischen aus und wich vor dem Geräusch zurück. Einer der neuen Lüftungsschächte, die seine Mutter hatte einbauen lassen, hing über seinem Kopf. Ein verschnörkeltes weißes Gitter, das alt wirken sollte, bedeckte das Loch in der Decke, dahinter erstreckte sich bedrohliche Dunkelheit.

»Hallo?«, flüsterte er in diese Richtung, umfasste den Schläger fester.

Das ist verrückt, redete er sich ein. *Ich kann entweder wie ein Feigling hier rumstehen oder nach oben gehen.*

Er marschierte mit dem Schläger in der Hand zurück in den Flur und bog um die Ecke zur Treppe für Bedienstete. Draußen lärmte eine Polizeisirene die Lee Road entlang zu einem der kleinen Häuser auf der anderen Seite des Chagrin Boulevard.

Mit einem Zusammenzucken, das er sich selbst nicht eingestehen wollte, öffnete er die Tür zum Dachboden.

BeNNy TöTE. Diese Worte glitten durch Hunters Gedanken, als er die Dachbodentreppe hochschaute. Ein schwaches Licht fiel die Holzstufen herab bis zu der Stelle, wo er stand. Wieder leuchtete irgendwo auf dem Dachboden noch eine Glühbirne. Den Schläger umklammernd stieg Hunter die knarrenden Stufen hoch.

»Hallo?«, rief er in die abgestandene Luft, die mit jedem Schritt wärmer und schwerer wurde. »Jemand da?«

Die Treppe führte ihn hinauf in den höhlenartigen Raum unter dem Dach. Der Dachboden verströmte die Anmutung eines Eisenbahntunnels. Die Holzdielen verliefen in krummen Linien vom Treppenabsatz zu den hellen weißen Fliesen im Badezimmer, wo das Licht angelassen worden war.

Nichts rührte sich.

Hinter ihm konnte man durch ein Fenster in die Dunkelheit des Nachbarhofes schauen. Kartons waren hier und da gestapelt, die lange Schatten auf die Wände warfen. Schweiß sammelte sich in Perlen auf seiner Oberlippe. Es mussten hier oben mehr als dreißig Grad sein. Seine Mutter hatte darauf verzichtet, die Klimaanlage bis ins Obergeschoss zu legen. Den Platz da oben brauchten sie wirklich nicht.

Hunter machte einen vorsichtigen Schritt auf das Badezimmer zu. Die Dielen unter seinen Füßen knarrten.

Er schaute zu den Kisten links von ihm. Rechts stand eine Schlafzimmertür offen, weit und dunkel. Ein bohrendes Gefühl kroch über seinen Rücken. *Wer ist da?*

Er ging dorthin und tastete an der Innenwand herum, bis er den Lichtschalter fand. Sein Vater hatte Kisten mit Weihnachtsdekoration in einer Ecke abgestellt. Das eine Fenster war so klein, dass nicht mal eine Belüftung eingebaut werden konnte. Eine schmale Tür zu einem winzigen Wandschrank stand offen, darin waren zwei Metallhaken zu erkennen.

Jemand beobachtete ihn.

Er wirbelte zu dem großen Raum herum, aber sah nur die Umzugskartons und die halbhohen Türen zu den Nischen unter dem Dach. Er hatte sie nie geöffnet, um in die Hohlräume dort zu schauen. Was dort war, konnte er sich lebhaft vorstellen: Isolierung, Rohre, Leitungen, Spinnen, Fledermäuse, Mäuse … Geister. Er schauderte und fragte sich, ob er den Mumm besaß, es herausfinden zu wollen.

Nope.

Stattdessen konzentrierte er sich auf die Kisten und öffnete eine. Darin fand er Comics, die er beim Umzug verloren geglaubt hatte. Er stöberte in seinem wiedergefundenen Schatz. »Verflucht, Mom!«, knurrte er dabei. Wahrscheinlich war sie überglücklich gewesen, dass er sie nicht finden konnte. *Wirst du nicht langsam zu alt für solche Sachen, Schatz?* Der Beiklang mütterlicher Sorge und weiblicher Abstoßung in ihrer Stimme sagte: *Du wirst doch wohl nicht einer dieser sexuell frustrierten Nerds werden, die eines Tages durchdrehen und in einer Schule herumschießen, oder?*

Noch immer mit dem Schläger in der Hand wandte er sich wieder zum störenden Licht im Badezimmer. Eine winzige Fliege summte müde an der Tür vorbei. Hunter schlich näher heran, hörte in seinen Gedanken weiterhin die Stimme seiner Mutter. *Hunter! Hast du schon wieder das Licht auf dem Dachboden angelassen?* Er sah nachdenklich zur nackten Glühbirne, die über den antiken Armaturen der Spüle herausragte.

Dann untersuchte er die sechseckigen Fliesen und den langen Riss, der sich über die Mitte des Bodens erstreckte, die Badewanne mit Klauenfüßen, das Porzellanbecken mit zwei Wasserhähnen. Kleine tote Fliegen bildeten Haufen in der Wanne und bei dem verrosteten Abfluss des Waschbeckens. Sie sahen fast wie kleine schwarze Herzen aus. Eine lebende Fliege flitzte unter der heißen Glühbirne hin und her. Eine andere hing an der Wand und beobachtete alles.

Über dem Waschbecken war ein Badezimmerschrank aus Holz angebracht. Hunter betrachtete sich selbst im wolkigen Spiegel. Sein verlottertes, hellblondes Haar musste geschnitten werden. Fleckige Gesichtsbehaarung an seinem Kinn illustrierte seinen gescheiterten Versuch, sich einen Bart wachsen zu lassen. Seine Augen lagen ein Stück zu nah an seiner großen, krummen Nase. Die Aknetinktur hatte seine Haut trocken und schuppig werden lassen.

Hunter wandte den Blick vom Spiegel ab und nahm die Fliesen unter seinen nackten Füßen mit wachsender Abscheu in Augenschein. Tote herzförmige Fliegen waren auf dem verdreckten Boden verteilt, die Fugen hatten Farbtöne von Dunkelgrau bis hin zu klebrigem Schwarz. Ein Staubfilm belegte jede Ecke. Auf der Fensterbank stand eine halb benutzte Toilettenpapierrolle. Eine Pfütze rostigen Wassers hatte sich in der Toilettenschüssel aus Porzellan gesammelt.

Er verzog das Gesicht, stellte sich vor den Badezimmerschrank und streckte die Hand nach dem Griff aus, auch wenn er sich unsicher war, ob er wirklich sehen wollte, was sich darin befand.

Das leise Klingeln eines Telefons ließ ihn innehalten. Das Festnetz? Hunter trat in den großen Raum zurück und lauschte. Das trällernde Geräusch drang aus dem Stockwerk unter ihm hoch. Seine Eltern hatten darauf bestanden, ein Festnetz für

»Notfälle« zu haben, auch wenn Hunter sich nicht erinnern konnte, das Ding jemals klingeln gehört zu haben. Er kannte nicht einmal die Nummer. *Wer ruft denn noch auf dem Festnetz an*, fragte er sich. *Und wie viel Uhr ist es, halb zwei am Morgen?*

Vielleicht war es tatsächlich irgendein Notfall. Sein Handy hatte er stumm gestellt, es hing in seinem Zimmer am Ladekabel. Was, wenn seine Eltern versuchten, ihn zu erreichen? Was, wenn ihnen etwas passiert war?

Als er bei dem altertümlichen Wählscheibentelefon im Schlafzimmer seiner Eltern ankam, rannte er längst. Beim sechsten Klingeln hob er ab. »Hallo?«, sagte er atemlos. »Hallo? Wer ist da?«

Niemand antwortete.

»Hallo?« Er starrte den Telefonhörer ratlos an.

Irgendwo hinter ihm bewegte sich die Luft. Hunter wirbelte herum, hob den Hörer wie eine kleine Keule. Im Flur war von einem Ende des Hauses bis zur Treppe für Bedienstete am anderen Ende nichts zu sehen. Trotzdem bildete sich Gänsehaut auf seinen Armen.

Er legte den Telefonhörer auf und bemerkte, dass er immer noch den Schläger in der anderen Hand hielt. Zehn Schritte den Flur hinab blieb er an der gewaltigen Treppe stehen und lauschte. Das gedämpfte Geräusch von Füßen, die über einen Teppich liefen, schien von irgendwo unter ihm heraufzuwehen. *Aus dem Salon?*

Er hatte zwei vorsichtige Schritte die Treppe hinab gemacht, als das plötzliche Summen des Garagentores ihn abrupt innehalten ließ. *Scheiße.* Das Letzte, was er wollte, war, dass seine Eltern ihn mitten in der Nacht mit einem Baseballschläger antrafen, wie er einem Geist nachjagte. Er wusste, was sie denken würden. Er eilte die Treppe wieder hoch zu seinem Zimmer und schaltete die Leselampe aus.

Zwei Minuten später kamen seine Mutter und sein Vater in die Küche, waren um einiges lauter als irgendein Phantom. »Oh, zum Teufel mit ihm, wenn er keinen Witz versteht. Wie viele langweilige Golfgeschichten kann eine Frau ertragen? Das frage ich dich.« Seine Mutter lachte gehässig. Der Klang ergoss sich über den Küchenboden und verhallte im Holz des Salons. »Schatz, hast du hier drin den Fernseher angelassen?«

Hunter setzte sich in seinem Bett auf und schaute zur Tür. Seit sie gegangen waren, hatte er nur die Küche und eben das Dachgeschoss betreten.

»Nein, glaube nicht. Brauchst du wirklich noch einen Drink?«

Eis fiel klimpernd in ein Glas. »Verflucht noch mal … glaubst du, er hat sich über den Scotch hergemacht? Redest du mit ihm, Schatz? Mit mir wird er kaum ein Wort wechseln. Es ist, als würde er mich hassen.«

»Sei nicht albern. Er ist ein Teenager. Alle Teenager finden ihre Eltern nervig. Okay? Na komm … Schluss mit Wodka. Schaffen wir dich ins Bett.«

»Es macht mit dir keinen Spaß mehr, Myron. Wann hast du aufgehört, Spaß haben zu können?« Ein Glas wurde auf eine halb fertige Marmoranrichte geknallt.

»Macht dir das hier vielleicht Spaß? Genug jetzt! Komm mit mir hoch, dann können wir Spaß haben. Okay?«

»Mhmmm … welche Art von Spaß?« Die Stimmen sprachen leise weiter, während Hunter im Dunkeln das Gesicht verzog. Stolpernde Schritte die Treppe hoch waren zu hören, und Margot flüsterte etwas.

»Pst … er schläft.«

Hunter sah die Schatten ihrer Füße durch das silbrige Licht unten an seiner Zimmertür gleiten. Einen Augenblick später wurde es im Flur dunkel.

16

Die Klussman-Familie

14. September 1990

Benny Klussman saß an seiner gewohnten Stelle, stierte durchs Fenster im ersten Stock zum Bürgersteig hinaus, wiegte sich dabei auf seinem Stuhl vor und zurück. Vor und zurück. Jenseits des Glases bewegten sich die Autos auf der Lee Road mit ihm, hin und her. Rot und glänzend. Matt und schwarz. Weiß und dreckig. Bei einem gelben setzte er sich auf. Sein Blick folgte ihm bis zur South Woodland, bis es verschwunden war. *Gelb.* Das war außergewöhnlich.

An diesem Morgen waren weniger Autos unterwegs. Nicht so wenige wie an einem Sonntag. Aber weniger. Ein oder zwei Dutzend weniger als sonst. Nochmals prüfte er den Kalender an der Wand. *Freitag, 14. September 1990.* Wieder schaute er hin. *Freitag.* Die Digitaluhr bei seinem Bett zeigte 7.16 an. Sie ging fünfundsiebzig Sekunden vor im Vergleich zu seiner Armbanduhr, aber das war nah genug dran. Der morgendliche Verkehr sollte eigentlich wie immer sein. Abermals spähte er zum Kalender und bemerkte, dass Rosh Hashanah erst nächsten Donnerstag war. Er wusste nicht, was das bedeutete, aber dass besondere Tage im Kalender einen Einfluss auf den Verkehr vorm Fenster hatten.

Wieder richtete er den Blick auf die Straße und hielt Ausschau nach den Stammgästen. Weißer Honda mit Frau, die Lippenstift auftrug, war schon über drei Minuten zu spät. Grüner Jaguar mit wütendem Mann hätte schon vor sechs Minuten vorbeikommen müssen. Irgendwas war nicht in Ordnung. Er begann wieder, die Autos zu zählen. *Vierzig. Einundvierzig. Zweiundvierzig.* Er blickte zur Uhr. Zweiundvierzig in sechzig Sekunden war nicht genug. Das war nicht genug für einen Freitag. *Hat es irgendwo einen Unfall gegeben?* Er hielt am Himmel Ausschau nach Rauch. Das unruhige Gefühl umklammerte seine geballten Fäuste wie Schraubzwingen, befahl ihnen, sich zu rühren. Auf etwas zu schlagen.

Seine Mutter hasste seine Fäuste. Er ballte sie fester zusammen.

Benny wusste, dass er nicht wie die anderen Jungs war. Er würde niemals aufwachsen und von zu Hause ausziehen, wie sehr er sich das auch wünschte. Mit vierundzwanzig Jahren konnte er sich noch nicht selbst die Schuhe binden. Er brauchte einen Klettverschluss, und selbst dabei benötigte er manchmal Hilfe, wenn seine Finger sich zu Klauen verformten und nicht taten, was sie tun sollten.

Auf dem Bürgersteig liefen die dunkelhäutigen Frauen zum Bus. Heute waren es nur sieben. Gestern waren es neun gewesen. Am Tag davor zehn. *Wohin sind sie gegangen? Die anderen drei Frauen?* Eine mit der geblümten Handtasche, die andere mit der Plastiktüte, die dritte mit dem glitzernden Hut. *Wo sind sie?*

Die Gruppe Jungs, die südlich vom Chagrin Boulevard zur Highschool unter seinem Fenster vorbeilief, war zwei Minuten verspätet. Drei Baseballmützen. Nicht vier. Neun Jungs, nicht elf. Irgendwas war falsch.

Benny trat zu den Karten, die seine Mutter an die Wand gehängt hatte. Endlich hatte sie die eine aufgetrieben, die er wirklich haben wollte. Diejenige von Shaker Heights, die den Worten entsprach, die auf den Briefen standen, die in ihrem Haus ankamen: *14895 Lee Road, Shaker Heights, Ohio*. Damals hatten sie ihn noch die Post sortieren lassen. Bevor er ins Krankenhaus gekommen war.

Es hatte lange gedauert, bis sie es verstanden hatte. Stundenlang hatte er in Büchern Karten studiert. Drauf gedeutet. Gelächelt. Ruhig. Glücklich. Verzaubert. *Ich verstehe es nicht. Er liebt Karten einfach! Vielleicht liegt es an den Farben.*

Er begutachtete seine Karte von Shaker Heights, besonders die Straßen. Zählte sie. *Könnten die fehlenden Jungs eine andere Route gehen?* Er kniff die Augen zusammen, um die Worte zu lesen, und entschlüsselte einige von ihnen. Seine Mutter hatte einen großen roten Stern angebracht und gesagt: *Schau, hier sind wir. Das ist unser Haus, Benny. Und das ist unsere Straße, Lee Road. Und da ist die Bibliothek, da ist der Laden, hier die Tankstelle …*

Sie hatte ihm niemals eine Schule gezeigt. Vor vielen, vielen Jahren, als Benny sehr klein gewesen war, hatten sie versucht, ihn auf eine Schule zu schicken. Es hatte alles nur noch schlimmer gemacht. Er war mit blauen Flecken nach Hause gekommen, mit Muskeln, die hart wie Holz waren, und er hatte wie ein gehetztes Tier gewirkt. Seine Mutter verbrachte Stunden damit, ins Telefon zu brüllen, und noch mehr Zeit damit, hinter einer geschlossenen Tür zu weinen. Benny hasste die Schule.

Aber er liebte seinen Ranzen. Vorne war ein großer, roter Truck drauf, und er war voll mit Papier und Buntstiften und seinen liebsten Spielzeugautos. Er hatte darauf bestanden, ihn jedes Mal zu tragen, wenn sie aus dem Haus gingen, bis er nicht mehr passte. Die Jungs, die vor seinem Fenster vorbeiliefen, trugen auch Rucksäcke. Ohne Trucks. Aber er wusste, dass sie zur Schule gingen. Ein paar von ihnen heute aber nicht.

Nur zweiunddreißig Autos fuhren in der nächsten Minute vorbei; seine Fäuste waren fest geballt. Sie schlugen auf sein Bein.

In seinem Kopf schrie er sie an. Allerdings war es ihre Stimme, die da brüllte. *Jetzt ENTSPANN dich! Zähl bis zehn, ganz langsam. Eins … zwei … Lass los, Baby. LASS LOS!* Ihre Augen sprachen aus, was ihr nicht über die Lippen kam: *Mein Gott, was ist FALSCH an dir?*

Ihre flehentliche Stimme in seinem Kopf fühlte sich wie ein Messer an. Auch wenn er wusste, dass sie es gut meinte, verströmte ihre Stimme Hilflosigkeit und Verzweiflung und Sorge und Wut und all den Hass, den Liebe mitbringen konnte. Es würde nie aufhören. Er versuchte, die Gedanken an sie mit seiner eigenen geschundenen Stimme zu übertönen, die selten auf korrekte Weise über seine Lippen kam. *SEI STILL! SEI STILL! SEI STILL!* »SEEEEEEEEEI …«

»Benny!«, sagte seine Mutter atemlos von der Tür aus, aber nur der Beobachter in einer abgelegenen Ecke seines Denkens registrierte sie. Der Beobachter hörte und sah alles, saß immerzu auf seiner Schulter, allerdings konnte er nie seine Hände kontrollieren, seinen Mund, seinen Körper. Er konnte bloß einen Funken der Verzweiflung hinter seinen Augen entzünden. Er konnte lediglich in sein Ohr flüstern: *Sie kommt.*

Seine Mutter bemühte sich, seine Fäuste zu packen. Sie schlugen, schlugen, schlugen seinen Kopf. *SEI STILL!* Der Beobachter rollte sich neben ihm zusammen, wollte es nicht mit ansehen, aber konnte nicht die Augen schließen. Der Beobachter hatte keine Augenlider. Keine Hände. Keinen Mund. Nur Augen, um alles zu sehen, und Ohren, um alles zu hören.

»Benny! Nein. NEIN!« Seine Mutter konnte seine Handgelenke umklammern und drückte ihren Körper von mehr als siebzig Kilo gegen seine Arme, um sie nach unten zu pressen, sodass er sie nicht schlagen konnte. Ein dumpfer Schmerz in seinem Kopf war fast laut genug, um die Stimmen zu übertönen. Aber nicht ganz. Er schlug seinen Kopf auf den Boden. *Sei still! SEI STILL!*

»Schatz, hör auf! BILL! Ich brauche HILFE!« Der Schrecken in der Stimme seiner Mutter ließ ihn den Kopf noch fester auf den Boden schlagen. *Nein, Mami. Nein. Hass mich nicht. Hass …*

Er krümmte sich, um sie abzuschütteln, von ihr loszukommen. Der Beobachter saß hilflos in seiner Ecke und registrierte alles. Wie Bennys Faust seine Mutter am Kinn traf. Wie sie erschrocken von ihm zurückwich und sich entfernte. Weiter. Weiter. Die animalische Tonlage ihrer Stimme, als sie »BILL!« kreischte.

Bevor seine Fäuste und Füße ein weiteres Ziel treffen konnten, legte sich ein dicker Arm von hinten um seinen Hals und drückte ihn zusammen wie in einem Schraubstock. *Bill.*

»Benny, wir beruhigen uns jetzt, okay? Hörst du mich?« Der riesige, dunkelhäutige Mann drückte seinen Hals etwas fester. Benny fühlte, wie seine Fäuste sich langsam entspannten, während der Sauerstoff nicht mehr in sein Gehirn gelangte. Bill wog über 130 Kilo. Bill wurde vom Staat Ohio bezahlt, um Benny bei seiner Mutter lassen zu können. Wenn Benny sich nicht benahm, würden sie ihn wieder mitnehmen. Weg von seinem Fenster. Für immer weg von Rawlingswood.

»Guter Mann«, lobte Bill ihn, aber ließ nicht los. Stattdessen gab er seiner Mutter irgendein geheimes Zeichen, das nicht einmal der Beobachter mitbekam.

Bennys Mutter nickte und stellte sich auf ihre wackligen Beine. Sie verließ das Zimmer.

Warte, wollte Benny rufen, auch wenn seine Worte kaum mehr als ein Stöhnen waren. Die Stimme eines ertrinkenden Wesens. »Waa…!«

Er wollte die Nadel nicht, aber die Nadel war unterwegs. Er wollte Fragen stellen über die Straße da draußen, über die Autos und seine Leute. *Warum sind sie so spät? Ist irgendwo auf der Straße eine Baustelle? Geht es ihnen gut?*

»Ganz ruhig, Benny. Genau so. Du kennst die Regeln.« Bill lockerte den Griff um seinen Hals und brachte Benny auf dem Boden in eine sitzende Position. Durch das Fenster konnte Benny nur den Himmel sehen. Er war zu weit unten, um die Straße auszumachen. Er versuchte aufzustehen, aber Bill packte ihn sofort. »Wir müssen das nicht jedes Mal so machen, Benny. Du weißt, was du tun musst.«

Und das wusste er tatsächlich. Er wusste es von all den Malen im Krankenhaus und den Besuchen zu Hause. Die Ärzte und Krankenschwestern und Sozialarbeiter untersuchten ihn wie Tierärzte, sprachen dumme Worte langsam auf ihn ein. *Wenn Benny wütend, Benny drückt den Ballon … Benny, atme so … Benny, zähl bis zehn. Kennst du zehn?*

Sie wussten nicht, wie viele ihrer Worte er verstehen konnte, denn Benny konnte seinen Mund nie dazu bringen, die Worte zu formulieren, also dachten sie, er wäre dumm. Einige vermuteten, er könnte taub sein. Die mochte er am liebsten, denn sie redeten in seiner Gegenwart über ihn, als könnte er sie nicht hören. Als wäre er gar nicht da. *Cerebrale Lähmung. Nonverbal. Geisteskapazitäten unbekannt. Dystonie. Anfälle. Spastik. Medikamente. Einweisung. Inkompetenz. Dauerhafte Überwachung. Schwerer Autismus?*

Wenn er sich benahm, bekam er die Erlaubnis, zu Hause zu wohnen. Bill erklärte ihm diese Tatsache andauernd. Bill sprach mit Benny, als wäre er eine Person. Das machte es manchmal noch schwieriger. Es führte Benny vor Augen, wie alle anderen das nicht taten. Nicht einmal seine Mutter, auch wenn der Beobachter ihm einflüsterte, dass sie nichts sehnsüchtiger wollte, als dass Benny eine Person wäre. Der Beobachter merkte, wie traurig ihre Augen wirkten und wie ihre Haut grau und schwer war, wenn sie mit ihm sprach. Der Beobachter wusste, wie sein Vater vor fünf Jahren gegangen war, auch wenn sie nie versucht hatte, es ihm zu erklären.

»Hier, Schatz.« Sie hockte sich mit der Spritze neben ihm hin.

Benny versuchte, den Kopf zu schütteln, aber Bill hielt ihn fest. »Ganz ruhig, Champ«, sagte er. »Deine Muskeln sind im Moment zu durcheinander. Du kannst dich sonst richtig verletzen.«

Der Beobachter redete ihm ein, dass Bill recht hatte. Jeder andere Teil von Benny brüllte, als der kalte Stahl in seine Haut eindrang. Dann erschlafften sein Körper und sein Geist. Keine Person. Eine Qualle. Weich und schwebend in einem schwarzen, schwarzen Ozean.

Stunden später hörte Benny Stimmen und schlug die Augen auf. 13.32 verkündete die Uhr verschwommen. Das Zimmer war rosa geworden, sein Körper war immer noch weggeschwemmt an einen anderen Ort.

»Und Sie kommen auch wirklich zurecht?«, fragte Bill leise vor der Tür.

»Natürlich!« Bennys Mutter versuchte, optimistisch zu klingen, aber das gelang ihr nie. »Gehen Sie. Besorgen Sie sich etwas zu essen und gehen Sie zu Ihrem Termin.«

»Ich komme auf dem Nachhauseweg noch mal vorbei. So gegen fünf. In Ordnung?«

»Danke, Bill. Wirklich. Es ist so viel wert, dass Sie uns helfen. Ich weiß nicht, was ich getan hätte, wenn ...« Benny konnte die Tränen in ihrer Stimme hören. *Sie ist kurz davor, aufzugeben*, flüsterte der Beobachter.

»Sie machen das gut. Es ist schwieriger, wenn sie erwachsen sind, das ist alles. Er ist stark, dieser Benny. Reden Sie einfach mit ihm, und es wird ihm gut gehen. Sie sind eine tolle Mutter. Vergessen Sie das nicht.«

Frannie räusperte sich, aber erwiderte nichts.

Kurz darauf wurde die Tür zu seinem Zimmer geöffnet. Benny drückte die Augenlider zu und hielt seinen Körper ganz ruhig. *Sieh mich nicht. Sieh mich nicht.* Doch der Beobachter fühlte ihren Blick auf sich ruhen. Traurige Augen. Gequälte Augen. Müde Augen. Gebrochene Augen. Und in diesem Augenblick war Benny dankbar für die Spritze. Sein Körper lag ganz ruhig da, verloren im Ozean. Er konnte nichts falsch machen.

Die Tür wurde geschlossen. Er hörte das Ratschen von Metall, als der Bolzen wieder vorgeschoben wurde.

17

Die Spielman-Familie
28. Juli 2018

Am nächsten Morgen betrat Margot die Küche und schaltete die Kaffeemaschine an. Sie lehnte sich an die Anrichte und strich sich übers Gesicht. Ihr Kopf pochte, als schlüge ein Hammer auf ihn ein. Diese Nacht hatte sie schlecht geschlafen. Der Alkohol hatte sie sich im Bett hin und her wälzen lassen, während schreckliche Gedanken durch ihre Adern geflossen waren. Dinge, die sie nicht hätte sagen sollen. Peinlichkeiten. Sorgen. Die Vorstellung, wie Hunter in diesem großen Haus alleine gefangen war, Whisky trank, mit raubtierhaften Leuten chattete. Die erschreckenden Graffitis, die immer noch an den Wänden prangten, wenn auch unter mehreren Farbschichten.

Mordhaus!

Die Küche würde niemals fertig werden. Beim Anblick des weißen Marmors und der Kisten mit weißen Schränken musste sie unwillkürlich zittern. Im harten Licht des Morgens wirkte alles so kalt. Steril. Genau das Gegenteil des warmen Holzes und der gemütlichen Ecke, die es einmal gewesen war.

Margot schaute durchs Fenster in den zugewachsenen Hof. Die Müdigkeit stand ihr in unbeobachteten Momenten tiefer ins Gesicht geschrieben. Ihre Augen hatte sie niedergeschlagen, die Lippen beschrieben eine grimmige Kurve, die Falten auf ihrer Stirn, die sie sonst zu verbergen versuchte, zeichneten sich ab. Sie war keine glückliche Frau. So verwelkt, wie sie wirkte, war sie seit Jahren nicht mehr glücklich.

Der tröstliche Geruch von Kaffee ließ sie so weit aufleben, dass sie eine Tasse vom Klapptisch und ihre liebste Vanillesahne aus dem Kühlschrank holte. *Ein andermal.* Sie akzeptierte ihr Schicksal und goss sich Kaffee ein, bevor die Maschine fertig war, weil sie keine Sekunde länger warten wollte. *Es wird alles gut werden*, redete sie sich im Geiste ein, während der nachfließende Kaffee zischend auf die Warmhalteplatte tropfte. Sie knisterte protestierend, als sie die Kanne wieder hinstellte. *Alles wird gut werden. Atme durch. Stell dir vor, du wärst an einem hellen Sandstrand ...*

Ein weißes Flattern in ihrem Augenwinkel ließ Margot den Kopf zum kurzen Durchgang zwischen Küche und Foyer werfen. Ein Surren in der Luft kitzelte auf ihrer Haut. Sie fühlte fast eine Bewegung hinter der Wand. Margot stellte den Kaffee ab und hastete dorthin. Die Morgensonne fiel durchs Bleiglas herein, und die sich im Wind wiegenden Äste in den Bäumen vor dem Haus ließen das Licht im Foyer tanzen. Nichts schien ruhig zu sein, aber nichts war wirklich in Bewegung. Über ihr verschwand ein Schatten im ersten Stock gerade aus ihrer Sichtweite. Oder war das nur die Bewegung eines Baums gewesen?

Margot starrte dorthin und versuchte, sich einzureden, dass es nichts gewesen war. Lediglich ihre Nerven. Die Folgen einer schlechten Nacht. Die Wände über ihr schienen ein wenig in ihre Richtung zu kippen. Langsam drehte sie sich um, musterte jeden Raum, bis ihr Blick auf einer weißen Katze im Fenster neben der Haustür hängen blieb.

»Warst du das, Kätzchen?«, fragte sie flüsternd.

Die Katze zuckte bloß mit ihrem Schwanz.

Margot ging in die Küche zurück und kam kurz darauf mit einer Schüssel voll Milch zurück. Sie öffnete die Tür und die Katze schoss unter die Hortensienbüsche, als die kalte Luft aus dem Haus entwich. Während die Katze sie aus sicherer Entfernung beobachtete, platzierte Margot die Schüssel auf der obersten Treppenstufe.

»Alles in Ordnung, Kätzchen.« Sie ging in die Hocke, um sie besser zu sehen. Ihr Fell war strahlend weiß, ihre Augen blau wie Kristall und sie trug kein Halsband. »Was machst du da?«

In der Küche klingelte ihr Handy. Widerwillig ging Margot dorthin, um nachzuschauen, wer so unhöflich war, sie anzurufen, statt eine Textnachricht zu schicken. Die riesige, verzierte Uhr, die sie an der hinteren Wand aufgehängt hatte, zeigte ihr, dass es Viertel nach sieben war. Genervt schaute sie zum Namen des Anrufers auf dem Handy und legte wütend den Kopf in den Nacken, fragte sich, ob sie drangehen sollte. Mit einem grimmigen Gefühl von Verpflichtung drückte sie eine Taste.

»Mom.« Margot sprach das Wort mit einer Mischung aus Überraschung und Abscheu aus. »Ich – äh – hätte nicht gedacht ... Wie geht es dir?«

Es gab eine lange Pause, während die Uhr tickte.

Margot holte ihre Tasse und nahm einen langen, erschöpfenden Schluck, als könnte der Kaffee die Frau am anderen Ende der Leitung vertreiben. »Oh, es geht ihm gut. Ich meine, es ist nicht leicht, sich an einen neuen Ort zu gewöhnen, aber er freut sich schon darauf, dass die Schule losgeht.« Ihr Blick wanderte zur Decke in Richtung von Hunters Zimmer.

Sie hielt das Telefon ein Stück von ihrem Ohr weg, während ihre Mutter weitersprach, als fürchtete sie, der Klang ihrer Stimme könnte sie sonst mit Wahnsinn anstecken.

»Er schläft gerade, aber ich richte es ihm aus.« Ihre knappe Antwort machte deutlich, dass sie das Gespräch so schnell wie möglich beenden wollte. Sie ließ die Schultern hängen, als ihr klares Signal nicht ankam. Was dann geäußert wurde, ließ sie einen stolpernden Schritt nach hinten auf die riesigen Kisten zu machen. Sie warf einen schnellen Blick zum Kalender, der in ihrer Arbeitsecke hing, und stellte die Tasse wieder ab. *29. Juli.* »Ja, schon, oder? ... Ich vermute, das ist, warum du ...«

Margot umklammerte die Kaffeetasse, ihre Miene wurde härter, während die Frau am anderen Ende um etwas bat. »Nein. Es geht mir gut ... Ich weiß, dass dir das wichtig ist, aber ich kann nicht ... Du solltest gehen. Ich halte dich nicht auf ... von mir aus! Bete! Zeige deine Anteilnahme! Tu, was immer du tun willst ... Natürlich, es ist nett, das zu tun ... Nein, ich versuche gar nicht, irgendwas zu leugnen!« Ihre Stimme wurde messerscharf. »Ich weiß, dass sie tot ist. Ich war dabei! ... Hör auf damit, mir zu sagen, wie ich damit umzugehen habe! Jedes Jahr machen wir das durch! Jedes verdammte Jahr, Mom! Ich weigere mich, den Rest meines Lebens mich immer wieder darin zu suhlen und elend fühlen zu müssen!«

Margots Knöchel traten weiß hervor. Sie musste sich beherrschen, das Handy nicht durch den Raum zu schleudern. Sie schloss die Augen und zwang sich zu einem langsamen, tiefen Atemzug, zählte stumm bis zehn, bis sie wieder sprechen konnte, ohne zu schreien. »Ich weiß, dass du das nicht tust. Mom. Hör auf ... Ja, ich habe meine Medikamente genommen. Alles in Ordnung ... Ich bin in Therapie ... Ja, ich weiß, aber es geht mir jetzt gut ... und es tut mir leid, dass du das meinetwegen durchmachen musst. Ich brauche lediglich Freiräume, okay? Sag mir bitte nicht gerade heute, wie ich mich zu fühlen habe … Tja, ich habe sie auch geliebt … Ja, aber wir anderen müssen weiterleben! Schau, ich muss los … ja, werde ich.« Ein Seufzer. »Dir auch.«

Mit diesen Worten knallte sie das Handy auf den Klapptisch. Margot warf einen Blick zu ihrem Kaffee. In der nächsten Sekunde stürmte sie ins Wohnzimmer. Mit Händen, die sich plötzlich dünn und zerbrechlich anfühlten, goss sie sich Whisky ein und stürzte ihn herunter. Ein lang gezogener, alkoholgeschwängerter Atemzug entfloh ihr, als der Ballon der Wut in ihrer Brust sich zusammenzog, immer weiter, weiter, weiter.

Margot sank auf Myrons Schreibtischstuhl nieder. Wider besseres Wissen öffnete sie die mittlere Schublade und holte ein gerahmtes Foto heraus, das umgedreht darin lag. Es war ein Familienfoto. Myron mit einem Bart und buschigem Haar, wie er einen kleinen Jungen in winzigen Hosen und Sweater hielt. Margot mit vollen Lippen und rosigen Wangen mit einem kleinen Mädchen auf dem Schoß. Gelbes Kleid. Goldene Locken. Blaue Augen. Sie war ungefähr drei Jahre alt.

Die Einsamkeit, die dauernde Unzufriedenheit, die Leere in Margot hatte in jeder Hinsicht die Form dieses kleinen Mädchens – ihren Körper, ihr Lächeln, ihr glitzerndes Lachen, eingefroren in Acrylharz. Sie drückte das Foto an ihre Brust und kippte in dem Stuhl zurück. Trockene Tränen flossen ihr Gesicht hinab. Sie hatte es nicht mehr in sich zu weinen. Alle Gefühle waren ausgetrocknet. Margot wirkte, als wäre sie siebzig Jahre alt und hätte nur noch Fotos der Kinder, die wie Geister verschwunden waren.

»Hey.« Myron tauchte im Türrahmen auf, frisch geduscht. Er war überrascht, sie dort sitzen zu sehen. Da entdeckte er den vertrauten Bilderrahmen, den sie an sich drückte, und blickte zu Boden. In Gedanken ging er den Kalender durch und nickte langsam. *29. Juli.* Es berührte ihn nicht auf die gleiche Weise, aber es tat weh. Er hatte nicht nur ein kleines Mädchen verloren. »Alles, ähm … alles in Ordnung, Schatz?«

Sie antwortete nicht. Sie stierte einfach nur aus dem Fenster. Draußen stand noch das Tor zwischen der Zufahrt und dem Hof offen. Abwesend machte sie eine geistige Notiz davon.

Besorgt, aber auch sichtlich erschöpft und gereizt, weil er sich niemals *keine* Sorgen um sie machen musste, versuchte er es noch einmal. Myron trat zu ihr und legte eine Hand auf ihre Schulter. Sie versteifte sich. *Berühr mich nicht.* »Willst du darüber reden?«

Sie schüttelte den Kopf gerade so, dass es ein Nein ausdrückte. Die Entfernung zwischen ihnen erstreckte sich wie ein mondbeschienener Canyon.

Er nahm seine Hand zurück und fragte sich, ob er überhaupt noch etwas sagen sollte. Natürlich gab es nichts, das er sagen konnte. In solchen Situationen schien es überhaupt nichts zu bringen, etwas zu sagen, schoss ihm durch die Gedanken. Er erwog, die Arme um sie zu legen, sie zu sich hochzuziehen, sie wie ein waidwundes Reh zu halten, das sie gerade war, aber das verwarf er schnell. Ihre niedergeschlagenen Augen signalisierten, dass sie all das schon versucht hatten und dass sie zu viele Vorwürfe vor ihm aufgetürmt hatte, als dass er es noch einmal versuchen konnte. Er brauchte Kaffee. Er brauchte viele Dinge, aber würde nicht darüber reden.

Gleichzeitig war er nicht willens, vollständig aufzugeben. Er hob mit einem Finger ihr Kinn hoch, drückte ihr ungefragt einen Kuss auf die Wange, fast aus Gehässigkeit. »Ich liebe dich.«

Sie zwang sich, nicht vor ihm zurückzuschrecken und ein Lächeln auf den Lippen zu zeigen. »Ich liebe dich auch.« Und das tat sie. Zwar von der anderen Seite des Canyons, aber das tat sie. Ihr Blick wurde weicher, als er sich zur Küche wandte.

»Danke«, stieß sie hervor, als wollte sie sich dafür entschuldigen, dass sie nicht wusste, was er zu ihr sagen sollte, was er für sie tun sollte, für was alles sie ihn hasste, an dem er gar keine Schuld trug.

Myron hatte ihr schon den Rücken zugedreht, ihre Signale erreichten ihn nicht. Es war sowieso nur ein schwacher Trostpreis – und das wusste sie. Ihr Blick hing an ihm, während er wegging.

Nachdem sie noch einige Zeit sitzen geblieben war, niedergedrückt von dem Bilderrahmen und ihrer elenden Resignation, legte sie schließlich das Bild umgedreht in die Schublade zurück und schloss diese mit einem hohlen *Klick*.

Sie schaute durchs Fenster in den Hinterhof zu den unförmigen Bäumen, wild wachsenden Büschen und ungepflegten Blumenrabatten. Die Steinplatten von Georgina Rawlings gepflegtem englischen Garten befanden sich zehn Zentimeter unter dem Gras.

18

DIE RAWLINGS-FAMILIE

5. JANUAR 1930

Georgina saß in ihrem Nähzimmer und starrte durchs Fenster in den Hof. Die Blumen und Büsche ruhten unter einem Mantel aus Schnee. Der gefrorene Brunnen ragte mittig aus einer toten, weißen Fläche auf.

Sie hatte seit Wochen schlecht geschlafen. Ihr Mann war vor über zwei Monaten gestorben, doch die Schwere seines Verlusts wurde jeden Tag größer. Wie sie dasaß, lauschte sie nach seinen Schritten, erschrak bei jedem Geräusch, das durch die gähnende Leere des Hauses schallte. Sie wurde die Erinnerung nicht los, wie er vor der Tür ihres Sohnes gestanden hatte, in der Nacht, als er gestorben war. Der tierische Ausdruck in seinen Augen im schwachen Licht des Flurs suchte sie immer noch heim.

Was ist los, hatte sie gefragt.
Nichts, Liebling. Leg dich wieder schlafen.

»Sie kommen zu uns, nicht wahr?«, fragte sie leise ihre Nähnadeln, als stünde er immer noch dort. »Was hast du getan, Walter?«

Ein dumpfer Schlag, mit dem etwas auf den Boden knallte, ließ sie ihre Nadeln mit einem erstickten Schrei zu Boden schleudern. *Walter?*

Ella rannte von der Küche die hintere Treppe hoch. »Missus Rawlings!«, rief sie, als sie den Flur im ersten Stock entlangeilte. »Ist alles in Ordnung?«

Es war nicht die Herrin des Hauses, um die sich die alte Haushälterin sorgte. Seit sein Vater gestorben war, bewegte sich der kleine Walter immerzu am Rande eines Abgrunds. Böse Träume hielten ihn die ganze Nacht wach, und wenn er schlief, wachte er brüllend auf. Ella war in das Zimmer über der Garage umgezogen, damit sie ein Auge auf den Jungen haben konnte. Mehr als einmal hatte sie ihn beim Schlafwandeln erwischt. Vor zwei Nächten war er die Vordertreppe heruntergefallen, und das ganze Haus wartete auf seinen nächsten Sturz.

Die Haushälterin spähte hinter eine Tür nach der anderen, hielt Ausschau nach dem kleinen Walter, doch er war nirgendwo zu finden. Ella trat in Georginas Nähzimmer und sprach besonders vorsichtig. »Alles in Ordnung, Ma'am?«

»Ja?« Georginas Blick raste von einer Ecke zur nächsten, sah Dinge, die es nicht gab. »Warum hat ... hast du gerade ein Baby weinen gehört, Ella?«

»Baby? Was für ein Baby?« Ella beäugte sie kritisch. Es ging Georgina immer schlechter, sie wurde zerbrechlich und verwirrt. »Ich habe etwas gehört. Einen lauten Knall. Wo ist Ihr Sohn?«

»Mein Sohn?« Die Witwe schüttelte die Phantome aus ihren Gedanken und blickte sich dann im Raum um, als wäre sie gerade aufgewacht. »Ich weiß nicht. Hast du ihn gesehen?«

»Ich suche ihn, Ma'am.« Ella schritt weiter den Flur entlang. In diesem Haus war nichts in Ordnung. Schon seit Monaten nicht mehr. Nicht, seit sie Mr Rawlings mit dem Kopf auf dem Schreibtisch liegend vorgefunden hatten.

Weiter hinten im Flur, vom Nähzimmer aus, stand die Tür von Walters Zimmer offen. Darin war alles an seinem Platz. Bücher standen im Regal und sammelten Staub. Spielsachen lagen in ihren Kästen. Das Bett war ordentlich gemacht.

»*Shavo*?«, rief sie und sah sicherheitshalber im Schrank nach. Manchmal spielte er gern mit ihr Verstecken, ohne es vorher anzukündigen. Vergangene Woche hatte sie ihn über eine Stunde lang nicht gefunden. Sie ging in die Knie und schaute unter dem Bett nach, nahm sich vor, dort wieder zu wischen. Nicht, dass Mrs Rawlings irgendwas dieser Art auffallen würde. Ella versuchte, die Vorteile daran zu sehen, keine strenge Arbeitgeberin zu haben, die ihr ständig Befehle zubrüllte. Eine, die Pfirsichtorte verlangte, wenn sie Apfelkuchen gebacken hatte. Die mit weißen Handschuhen über die höchsten Regalfächer strich, wie Georgina es während des ersten Jahres ihrer Anstellung noch getan hatte, als sich die Familie unsicher gewesen war, ob sie eine »Hexe« im Haus haben wollte. Aber es war beunruhigend, auf welche Weise die Herrin des Hauses überhaupt nicht mehr anwesend war.

Das Haus selbst schien völlig leer zu stehen. Obwohl sie jeden Abend zu dritt am Esstisch saßen – und das an sich war auch seltsam, mit ihnen zu essen, aber die arme Georgina hatte darauf bestanden –, fühlte sich alles leer an. Der kleine Walter empfand es auch so. Dieser Ort war ausgehöhlt worden. Kalt. Rawlingswood hatte seinen Glanz in dem Augenblick verloren, als Mr Rawlings seinen letzten Atemzug getan hatte. Das Holz hatte zu verwittern begonnen, die Wandleuchten aus Kristall waren stumpf geworden. Wenn sie nun den Flur entlangging, hallte das Geräusch ihrer Schritte wider. Ella hatte sich angewöhnt, schon nachmittags am Whisky zu nippen, um ihre Nerven zu beruhigen.

»Walter?«, rief Ella wieder aus und trat in den Flur.

Am hinteren Ende stand Georginas Schlafzimmer offen. Dort drinnen versteckte er sich nie. Walter hasste das Refugium seiner Mutter und weigerte sich sogar, dort hineinzugehen, selbst wenn er aus einem bösen Traum aufgeschreckt war. Der Ort verströmte ein Gefühl von Wahnsinn, nachdem Georgina so viele Tage in tiefer Trauer darin verbracht hatte. Ella drehte sich um und näherte sich der Treppe zum Dachboden.

Ein weiterer dumpfer Knall beschleunigte ihre Schritte. *Ist er da oben gestürzt? Hat er sich unter diesen alten, schweren Kisten eingeklemmt?* Sie nahm zwei Stufen auf einmal. »*Muro Shavo? Bist du da?*«

Sie untersuchte den Gemeinschaftsraum und murmelte in ihrer eigenen Sprache: »*Mi duvvaleska.*«

Die Tür zum Zimmer, in dem Mr Rawlings seine Unterlagen aufbewahrte, war geschlossen. Sie versuchte, den Türknauf zu drehen. Wie üblich verriegelt. Doch die Tür zu ihrem ehemaligen Zimmer daneben war offen. Kalte Luft zischte durch die Ritzen im Fensterrahmen. Hier oben war es nie warm genug, außer im Sommer, wenn es so heiß wurde, dass Milch zu kochen anfing.

Ella krümmte ihren steifen Rücken, um einen Blick unter die Matratze zu werfen. Dort war nichts außer dem Koffer, den sie damals in Spanien auf das Dampfboot geschleppt hatte. Stöhnend stand sie wieder auf, hielt den Blick auf ihr Gepäck geheftet. Der Gedanke war verlockend, das Haus zu verlassen und niemals zurückzukommen, aber sie war viel zu alt, als dass sie ein anderer reicher Haushalt einstellen würde. Die meisten Damen bevorzugten es, sich mit jungen Mädchen zu umgeben, die sie einschüchtern und herumscheuchen konnten. Mr Rawlings hatte sie nur ausgewählt, weil die alte Frau ihn überredet hatte. *Sie haben ein Kind. Ich kümmere mich um das Kind. Sie brauchen einen Koch. Ich koche. Wir probieren zwei Tage. Wenn es nicht funktioniert*, dosta, *ich gehe.*

In den vier Jahren, die sie bei den Rawlings war, hatte sie keinen einzigen Anruf und keinen einzigen Brief erhalten. Aber es lag nicht nur daran. Ella konnte den kleinen Walter nicht verlassen. Nicht jetzt. Nicht, wo Georgina jeden Sinn für die Realität verlor, dachte Ella, als sie im Schrank nach dem Jungen schaute. Ehemann tot. Ein großes, leeres Haus. Ein kleiner Junge ohne Vater. Mrs Rawlings wurde schnell zu alt, um wieder zu heiraten. Sie würde gezwungen sein, eine Arbeit neben ihrer Tätigkeit zu Hause als »Innenausstatterin« zu finden, was auch immer das sein sollte.

Witwen schaffen es nicht lange alleine, hatte der Buchhalter Georgina gewarnt, während Ella sich mit Walter in der Küche beschäftigt hatte. *So, wie gerade das Land überall zusammenbricht, können Sie froh sein, wenn Sie noch sechs Monate durchhalten.*

Ella hatte sich angewöhnt, am Boden von Georginas Teetassen nachzuforschen, was die Zukunft für die dünner werdende Frau bereithielt. Wieder wanderte ihr Blick zum Koffer unter dem Bett, aber ihre Gedanken verharrten bei dem kleinen Walter.

Ein weiteres dumpfes Geräusch lockte Ella zurück in das Hauptzimmer. Eine der halbhohen Kammertüren stand einen Spalt offen. Sie hockte sich auf ihre schmerzenden Knie und zog sie ganz auf. »*Shavo*? Bist du hier drin?«

Der Geruch nach Mäusekötteln und Staub traf sie ins Gesicht, als sie den Kopf in das kahle Dachzimmer schob. Sie tastete in den Spinnweben herum, bis sie eine Metallkette unter einer nackten Glühbirne fand. *Klick.*

»Walter!«, entfuhr es ihr. Der Junge saß an die Wand gelehnt, wiegte sich vor und zurück, als wäre er in Trance. Seine Augen waren offen, aber ausdruckslos. Seine Lippen bewegten sich, als spräche er ein stilles Gebet. »*Ai, Devel!* Was machst du hier?«

Er schlug seinen Kopf an den Dachbalken. *Knall.* Das Holz vibrierte im ganzen Haus wie eine Klaviersaite. Gefangen in einem Traum wurde sein Gesicht von einer schrecklichen Erinnerung verzerrt.

»Machst du dir Sorgen wegen der Zeitungen, Vater?«

»Die Zeitungen?« Sein Vater griff nach der Pfeife und wich dem fragenden Blick des Jungen aus, indem er sich auf den Tabak konzentrierte. Er drückte ihn zusammen, stopfte ihn in die Pfeife und pustete eine Rauchwolke aus, hinter der er sich verstecken konnte. Gerade hatte er mit einem wütenden Kreditgeber telefoniert, und sein Gesicht war noch von Panik gerötet.

»Mutter scheint sich wegen der Zeitungen große Sorgen zu machen.«

Sein Vater zog an der Pfeife, um einen Augenblick zum Nachdenken gewinnen zu können, hoffte, dass er den Eindruck ruhigen Abwägens vermittelte. Einen Eindruck, an den er sich erinnern können würde. »Die Zeitungen sind ein wenig wie das Wetter, mein Junge. An einigen Tagen sind sie schlecht. An anderen Tagen gut. Man muss alles mit Weisheit einschätzen. Mit der Zeit, wenn du ein Mann bist, wirst du es lernen. Schlechte Nachrichten halten nicht ewig an. Du darfst sie nicht zu sehr an deinen Nerven zerren lassen.«

Der Junge dachte über diese Worte nach. »Also ... halten gute *Nachrichten ewig an?«*

Wie der Junge traurig eine Augenbraue hochgezogen hatte, ließ dem Vater das Herz einfrieren. Der Mann sah zu den maßgefertigten Deckenplatten und blinzelte die Qual aus seinen Augen. Wie viele zweifelhafte Geschäfte waren nötig gewesen, um sich solch einen Luxus leisten zu können? Wie viele kleine Betrügereien und Indiskretionen? Er schüttelte den Kopf über die ungewohnte

Klugheit seines einzigen Kindes und räusperte sich. »Ich wünschte, das täten sie, mein Sohn. Das wünschte ich wirklich. Aber man kann nicht ...«

Er setzte sich etwas gerader hin und zwang sich, dem Jungen ins Gesicht zu blicken. »Man muss das Beste aus dem Wetter machen. Und wenn du hart arbeitest und die richtigen Karten ausspielst, dann kannst du manchmal dein eigenes Wetter machen. Verstehst du das?«

Der Junge runzelte die Stirn und blickte düster drein, aber daraus wurde direkt ein hoffnungsvolles Lächeln. »Du meinst, wie ein Zauberer?«

Ein ehrliches Lachen entkam der unsichtbaren Schlinge, die sich um die Kehle des Mannes immer mehr zuzog. Die Heftigkeit des Geräuschs ließ den Mann fast zerbrechen. »Ja. Genau wie ein Zauberer. Jetzt geh zu Ella. Ich muss noch einige Arbeit erledigen.«

Es war eine längere Privataudienz bei seinem Vater gewesen, als er sie jemals vorher gehabt hatte. Er nickte ohne Widerworte und hüpfte zur Tür.

»Walter?«, rief sein Vater hinter ihm.

Erwartungsvoll drehte sich der Junge um und sein Lächeln erstarb in den Mundwinkeln. Er hatte etwas falsch gemacht. »Ja, Vater?«

Sein Vater saß mit der Pfeife in der Hand in seinem ausladenden Ledersessel. Der Eindruck, den seine Haltung vermittelte, war wie immer – überlebensgroß, befehlend, fordernd, gnadenlos –, aber gleichzeitig auch nicht. Sein Gesicht war, obwohl frisch rasiert und mit allen Merkmalen, die er kannte, nicht ganz das Gesicht seines Vaters. Die Haut war zu angespannt, als müsste er einen Schrei hinter seinen Lippen festhalten. Die Augäpfel schienen jeden Augenblick platzen zu wollen. Angst und Zweifel durchströmten den Jungen, während er darauf wartete, dass dieser Hochstapler etwas von sich gab.

»*Sei ein guter Junge*«, sagte der Mann mit einem Lächeln, das gar kein Lächeln war.

Sanft rüttelte Ella an seinem Arm. »Wach auf, *Shavo*!«

Immer noch mit leeren Augen murmelte er: »Sei ein guter Junge. Sei ein guter Junge. Sei ein guter Junge. Sei …«

»Schhh, schhhh. Alles in Ordnung. Wach jetzt auf. *Walter, wach auf!*«

Schlagartig kam er zu sich, schlug mit dem Kopf gegen einen Balken, als er sich aufrappelte. Während der Schmerz durch seinen Körper strömte, begann er langsam, seine Umgebung wieder wahrzunehmen.

»O nein. O mein süßer Junge.« Sie nahm ihn in die Arme, erstickte seinen Schrei an ihrer Brust. »Pst. Ich weiß, dass es wehtut. Tut mir leid, wenn ich dich erschreckt habe.«

Er ließ zu, dass sie ihn hielt, während er zitterte und langsam die Fassung wiedererlangte. »Wo sind wir?«, flüsterte er und löste sich von ihr.

»Auf dem Dachboden. Du bist wieder schlafgewandelt, *Shavo*«, murmelte sie und strich ihm übers Haar. Eine Beule bildete sich unter seinen schwarzen Locken. Sie hielt ihn an den Schultern fest und suchte in seinen blauen Augen nach Verletzungen. Mit einer anderen Augenfarbe hätte er mit seinem dunklen Haar und den buschigen Augenbrauen ihr eigener Enkel sein können. Sie nahm sich vor, mit Mrs Rawlings zu diskutieren, ob sie das Zimmer abschließen sollten, wenn er schlief. Die Dame des Hauses hatte recht, dass das im Fall eines Feuers gefährlich wäre, aber so war es schlimmer. Sie tätschelte seine Wange. »Du hast beschlossen, ein Nickerchen zu machen.«

»Das hab ich nicht beschlossen.« Er visierte sie mit diesen Augen an. Ella hatte einmal dem Jungen gesagt, dass man in die Seele einer Person schauen konnte, wenn man ganz genau durch dieses Fenster blickte. Wenn das stimmte, war Walters Seele ein Ozean.

»Das ist kein Wunder«, meinte sie. »Nachts hast du nicht geschlafen, oder?«

Selbst von ihrem neuen Zimmer über der Garage aus konnte sie ihn zu allen möglichen Stunden herumlaufen hören, zu seinem Bücherregal und zurück, zum Schrank und zurück, zum Bad und zurück, einfach nicht in der Lage, zur Ruhe zu kommen.

»Ich …« Er begutachtete seine Hand, die vom Dreck im Kämmerchen ganz schwarz war. »Ich hatte schlechte Träume.«

»Hm.« Sie nickte. »Wir gehen und waschen dich. Ich gebe dir Kekse und du erzählst Ella, was du geträumt hast.«

Walter dachte darüber nach. Sie konnte ihm ansehen, dass er abwog, was er ihr berichten wollte. Gerade lernte er zu lügen, der Junge. »Okay.«

»Gut.« Sie nickte. *Lass ihn lügen*, beschloss sie, verengte die Augen ein wenig. Selbst Lügner sprachen die Wahrheit, sie wussten es nur nicht. Ihre Gesichter drückten sie aus. Sie verbarg sich in den Dingen, die sie nicht in Worte kleideten. Diese Dinge sagten oft mehr als die Wahrheit selbst. Aber nichts davon erklärte sie ihm. »Ich habe Schokolade.«

Er zwang sich zu einem Lächeln, um ihr eine Freude zu machen, und sie liebte ihn dafür. *Tapferer Junge*, dachte sie. *Tapferer Junge ohne einen Vater, der für ihn tapfer sein kann.* Sie wartete, bis er aus dem engen Raum gekrochen war, ehe sie das Licht ausschaltete. Als sie nach der Kette griff, sah sie zu der Stelle, wo er gehockt hatte. Ein stumpfes Metallstück lag auf einer der losen Dielen neben dem verwischten Staub. Sie griff danach, aber hielt inne, als sie erkannte, was es war.

Es war die Waffe seines Vaters.

Sie verdrehte die Augen hoch zu den Dachbalken und schluckte hundert Flüche hinunter, legte die Hände aneinander, wollte die Pistole nicht anfassen. »*Prikaza*!«, zischte sie und sprach leise eine ganze Abfolge von Gebeten. Wo hatte er sie *gefunden?* Sie stieß sie mit dem Fuß an, bis sie in der Isolierung zwischen den Balken verschwunden war.

Eine Waffe im Haus war das schlimmstmögliche Zeichen, aber der kleine Walter wartete auf sie.

19

Die Spielman-Familie

30. Juli 2018

»Was meinst du damit, dein Haus ist verwunschen?« Caleb grinste Hunter vom Flachbildschirm an. Der Junge in Boston holte den Vaper heraus und sog tief daran. »Meinst du so richtig mit Geistern und dem ganzen Scheiß?«

»Nicht ganz.« Hunter nahm einen Schluck von dem Whisky, den er aus dem Schnapsschrank seines Vaters gestohlen hatte, und betrachtete sehnsüchtig die Metallröhre in der Hand seines Freundes. »Nur so komischer Mist. Lichter, die von selbst angehen. Geräusche in der Nacht. Das Telefonklingeln. Ich sag dir, Mann, das ist nicht normal. Das Haus hier *will uns nicht*.«

»Wie ist noch mal die Adresse?«, erkundigte sich Caleb und nahm noch einen Zug.

»14895 Lee Road, Shaker Heights.«

»Okay.« Das gedämpfte Klicken der Tastatur in Boston war eine Zeit lang das einzige Geräusch, das aus den Lautsprechern drang. Hunter nahm einen weiteren Schluck und stierte zur

Decke hoch. Der Dachboden war an diesem Nachmittag stumm, aber es war auch noch früh. Er wollte am liebsten hochgehen, um seine Comics zu holen, aber hatte nicht die Nerven dafür. Als müsste er sich selbst etwas beweisen, stand er auf und linste in den Flur. Das Schlafzimmer seiner Eltern war leer, wie immer. Sein Vater war schon lange zur Arbeit gefahren. Seine Mutter saß im Wohnzimmer, hatte die leeren Augen auf den Fernseher gerichtet und fragte sich, was sie mit dem Tag anfangen sollte.

»Hey! Bist du noch da?«, rief Caleb hinter ihm.

»Yeah.« Hunter ließ sich wieder auf seinen Stuhl fallen und nahm noch einen Schluck von dem Schnaps, bemühte sich dabei, nicht das Gesicht zu verziehen. Er tat das eher, um vor seinem Freund Eindruck zu schinden, als dass er es wollte. Den Geschmack mochte er überhaupt nicht. »Was gefunden?«

»Das ist ein verdammt großes Haus!«

»Yep.« Hunter fand die Ausmaße des Hauses peinlich, besonders, weil sie nur zu dritt darin wohnten. »Und ist hundert Jahre alt oder so. Eifersüchtig?«

»Verflucht, nein. Du bist schließlich im gottverdammten Ohio.« Caleb beugte sich näher zu seinem Bildschirm. »Alter. Ich frage mich, wie viele Leute schon in dem Haus gestorben sind.«

Hunter leerte sein Glas.

»Ich meine, man kann sich doch denken, dass im Laufe von hundert Jahren dort eine Menge Leute gelebt haben, oder? Einige von denen müssen da drin auch gestorben sein. Manche Leute sterben im Schlaf und so. Babys können an diesem Kindstod umkommen, besonders früher. Einer von denen könnte sogar in deinem Zimmer abgenibbelt sein!«

»Halt verdammt noch mal die Fresse.« Hunter bemühte sich, cool zu klingen, aber bei diesem Gedanken durchwogte ihn eine Welle der Übelkeit. Unwillkürlich blickte er sich im

Zimmer um und starrte zur Schranktür, hinter der sich die Worte verbargen. *ToTES MäDCHEN. ToT. Hübsch. ToT. ToT.* Seine Mäuse huschten durch ein Plastikrohr von einem Terrarium in ein kleineres auf der Fensterbank. Base Camp 1. Sie hatten immer noch nicht rausgefunden, wie sie den gesamten Irrgarten durchqueren konnten. Hunter schüttelte den Kopf in ihre Richtung. *Idioten.*

»Hey, hör dir das an! Weißt du, warum es Shaker Heights heißt?« Calebs Pupillen bewegten sich hin und her, während er etwas auf dem Bildschirm vor sich las.

»Nein. Warum?«

»Es gab einen religiösen Kult, die Shaker. Die haben getanzt und rumgezuckt und in Zungen gesprochen und so einen Scheiß. Schau es dir an. Die *North-Union-Gemeinschaft der Gläubigen* hatte dort im 19. Jahrhundert eine Kommune.« Caleb hielt einen Moment inne. »Verdammt, waren die durchgeknallt. Kein Sex. Kein Nachwuchs. Kein Besitz von irgendwas. Die haben irgendeine tote Engländerin angebetet, die sie *Mutter Lee* genannt haben.«

Hunter googelte den Namen der Gruppierung, während Caleb weitersprach. Viele Artikel der einheimischen Universitäten und historischen Gesellschaften erschienen. Er öffnete den ersten und überflog ihn. *Wiederkunft von Jesus. Disziplin wie die Quäker. Handgefertigte Möbel. Trancezustände beim Gebet. Schüttelbewegungen …*

»Es wird noch besser! Die haben wirklich geglaubt, dass Jesus sie in den 1840ern besucht hat. Sie haben sogar eine ganz neue Bibel geschrieben. Dann sind sie einfach ausgestorben … Ich glaube, die haben in deiner Nähe gelebt.«

Underground Railroad. Waisenkinder. Hunter klickte sich durch die Zeichnungen und körnigen Fotos der alten Mühlen am Doan Creek, der nur einen Block von seinem Haus entfernt mitten durch Shaker Heights floss, und hörte die Stimme seines Freundes kaum noch.

»Hier, ich zeig dir eine Karte.«

Eine Sekunde später verkündete ein helles Klingeln, dass er eine Nachricht erhalten hatte. Er rief eine krude Zeichnung mit der Überschrift *Center Family* auf und versuchte, die Linien zu identifizieren, die die Straßen markierten. *Center Lee Road. South Park. S. Woodland.* »Yeah. Unser Haus ist direkt dort, wo die alte Kirche war.«

»Ohne Scheiß?« Caleb blinzelte aus achthundert Kilometern Entfernung. »Du weißt, was das bedeutet, oder?«

Hunter zuckte vor dem kleinen Videobild seines Freundes die Schultern. »Was?«

»Du weißt, was immer in der Nähe von Kirchen angelegt wird, oder?«

»Wovon zum Teufel redest du?«

»Der Friedhof, Alter! Was, wenn dein Haus auf all den Leichen gebaut worden ist? Denk drüber nach! Hast du den Film ›Poltergeist‹ gesehen?«

Hunter legte die Stirn in Falten. »Nein.«

»Scheiße, Mann, das ist ein Klassiker! Musst du sehen. Da wird dieses kleine Mädchen in den Fernseher gesaugt. Und ihr ganzes Haus ist von Geistern heimgesucht, weil es auf einem alten Indianerfriedhof gebaut worden ist! Alter.« Caleb schaute todernst in die Kamera. »Du bist am Arsch.«

»Halt's Maul.« Hunter versuchte zu lachen, aber es war nicht lustig.

»Nein, Alter. Du musst da raus. Es ist nur eine Frage der Zeit, bis irgendeine Clownpuppe zum Leben erwacht und dir das Gesicht abfressen will.« Caleb blies eine Rauchwolke aus.

Hunter schüttelte den Kopf in Richtung seines zugedröhnten Freundes. »Du bist ein Idiot. Der Film ist vierzig Jahre alt oder so …«

Das Geräusch von Schritten vor seiner Tür ließ ihn mitten im Satz abbrechen. *Krrck. Krrck. Krrck.*

»Was für eine Rolle spielt es, wie alt der ist?«

»Caleb. Sei einen Augenblick still.« Hunter stand mit erzwungenem Wagemut auf und lugte wieder nach draußen in den Flur. Dort war niemand zu sehen. »Mom?«

Keine Antwort. Margot war im Wohnzimmer weggenickt, froh darüber, dem Alltag zu entfliehen. Ein paar Schritte weiter hinten im Flur stand die Tür zum Dachboden weit offen.

»Alter? Bist du noch da? Wenn du mich hören kannst – lauf!«, rief Caleb durch die Lautsprecher.

Hunter trat zurück in sein Zimmer. »Yeah. Hör mal, ich muss los.«

»Okay. Aber pass auf dich auf, Mann. Häng nicht zu dicht vorm Fernseher rum, klar? Und schau dir den Film an.« Caleb lehnte sich so weit vor, dass seine Webcam nur noch seine blutunterlaufenen Augen zeigte. »Es könnte sogar dein Leben retten.«

»Egal. Wir quatschen später.«

»Zocken wir noch am Samstag?«

»Als hätte ich irgendwas anderes zu tun. Bis dann.« Hunter vollführte einen halbherzigen Salut und schloss das Chatfenster.

Zurück im Flur lockte ihn die geöffnete Dachbodentür. Er blieb am Fuß der schmalen Treppe stehen und spähte über die Schulter zum leeren Schlafzimmer seiner Eltern. Die fünf anderen Zimmertüren standen wie Wächter da, die den Flur beschützten. Ihn beobachteten. Die Stille, in die er lauschte, drückte ihn nieder.

»Scheiße«, flüsterte er.

Gedämpftes Sonnenlicht fiel von der steilen Treppe herab. Vorhin war die Tür noch geschlossen gewesen. Dessen war er sich sicher. Er erinnert sich daran, die hintere Treppe von der Küche aus hochgekommen zu sein, sie fixiert zu haben in dem

Versuch, genug Mut aufzubringen, dort hochzugehen und seine Comics zu holen.

Er ballte seine Hände zu Fäusten. Sie fühlten sich nutzlos ohne seinen Baseballschläger an. Wie er dastand, fühlte er nur das Pochen seines Herzens, das mit jedem Schlag höher zu steigen schien, als suchte es nach einer Ausbruchsmöglichkeit. Hunter schluckte es runter und räusperte sich.

Er hatte »Poltergeist« nie gesehen, aber genug andere Horrorfilme, um zu wissen, dass er nicht alleine nach oben gehen sollte. Nerdige Typen wie er bekamen entweder das Mädchen wie eine Trophäe für Tapferkeit oder sie wurden im ersten Akt abgeschlachtet. Sein Gesichtsausdruck sprach Bände, welcher von beiden er sein würde. Er war auch nicht der stille, verkappte Held. Er war ein Feigling, der vor den Rüpeln weglief, während auf den wahren Helden eingetreten wurde.

Er konnte nicht anders, als sich Shaker-Zombiefrauen in Pilgerkleidung vorzustellen. Sie glitten in seinen Gedanken von Zimmer zu Zimmer, führten ihren zuckenden Tanz auf, als wären sie von Dämonen besessen. *Vergiss es.* Er trat mit dem Fuß die Tür zum Dachboden zu und marschierte zu seinem Zimmer zurück, schwor sich, erst wieder in ein oder zwei Tagen hochzugehen, wenn diese grausige Vorstellung verblasst war.

Hunter schloss seine Zimmertür und wünschte sich einen Schlüssel herbei, mit dem er sie absperren konnte. Jede Tür im Haus besaß noch das originale Schloss aus Bronze. Ein großes Schlüsselloch war in eine Messingplatte gefräst worden, ein Guckfenster in das Zimmer, aber der passende Schlüssel war nicht aufzutreiben. Seine Eltern hatten noch keinen Schlosser gerufen.

»Ich rufe den Schlosser nächste Woche an«, hatte sein Vater vor einigen Wochen versprochen. Der einzige echte Grund, warum sie einen Generalschlüssel brauchten, war, dass sie mit ihm den einen verschlossenen Raum auf dem Dachboden öffnen könnten, aber es war ein Zimmer, das die Familie eigentlich nicht benötigte.

»Wir bekommen das schon auf«, hatte der Bauunternehmer Max ihnen versichert. Natürlich war sein Versprechen im Chaos der Renovierungsarbeiten untergegangen.

Die Klimaanlage schaltete sich ein und ließ eiskalte Luft von der Decke strömen, wobei die verborgenen Maschinen ihr nervtötendes Rauschen von sich gaben. Hunter zitterte, aber nicht wegen der plötzlichen Kälte. Die Mäuse flohen durch die Tunnel zurück in die Sicherheit ihrer Toilettenrollen im großen Terrarium. Sie fühlten es auch.

»Scheiß drauf«, raunte er und stürmte aus seinem Zimmer zurück zur hinteren Treppe. »Mom? Ich gehe eine Weile raus. Bin zum Abendessen zurück.«

Margot antwortete nicht. Sie zuckte nur leicht im Schlaf, als die Hintertür zugeknallt wurde.

20

Später an diesem Nachmittag schlug Margot die Tür des Kühlschranks zu und stieg die hintere Treppe hoch. »Hunter?«

Sie war schweißgebadet gegen drei Uhr auf der Couch aufgewacht. Beim Anblick der zerknitterten Kleidung und ihres aufgedunsenen Gesichts im Flurspiegel hatte sie den Kopf geschüttelt, fühlte sich von ihrer eigenen Trägheit abgestoßen. »Hunter, Schatz? Hast du meinen Protein-Shake getrunken? Der war nicht für dich.«

Es kam keine Antwort.

Hunter war am Morgen in Richtung der Bushaltestelle weggegangen, mit hängenden Schultern und schlurfenden Schritten. Seine einsame Gestalt war hinter der Kreuzung von Lee und Van Aken in Richtung der Bibliothek verschwunden.

Sie blieb vor seinem Zimmer stehen und war sich nicht sicher, ob sie anklopfen sollte. »Hunter?«, rief sie wieder. Nach einer halben Sekunde Stille linste sie vorsichtig in den Raum. »Bist du wach?«

Das Bett war leer, der Schreibtischstuhl auch. Sie drückte die Tür auf und stieß die angehaltene Luft aus.

Der Geruch von verschwitzten Socken, Achselhöhlen und Hunters benutzten Taschentüchern stieg von dem unordentlichen Bett und den Wäschebergen auf, bildete einen Nebel gestauten Testosterons. Margot verzog das Gesicht und suchte vergeblich im Mülleimer und auf dem Boden nach ihrem fehlenden Frühstück.

Sie hatten beim Einzug einen Deal gemacht. *Du hältst dein Zimmer sauber und ich bleibe draußen. Wäsche am Donnerstag. Verstanden?* Es war Montagnachmittag. Margot begutachtete die dreckigen T-Shirts und Socken, die auf dem Boden verstreut waren. Sie stupste ein getragenes Paar Boxershorts mit dem Fuß in die Ecke, wo der leere Wäschekorb stand, und schüttelte angewidert den Kopf.

Nach einem Schulterblick in den Flur setzte sie sich vor Hunters Rechner und bewegte die Maus, bis der Bildschirm zum Leben erwachte. »College-Essay Nr. 1« war die Überschrift des gerade geöffneten Dokuments. Hunter hatte Folgendes geschrieben:

> Was bedeutet Privileg für mich? Ich könnte ganze Seiten mit politisch korrekten Slogans vollschreiben über die unverdienten Vorteile, die ich durch mein Aufwachsen als weißer, heterosexueller CIS-Mann der oberen Mittelschicht habe, aber es wäre eine Lüge, wenn ich behaupten würde, dass ich wirklich verstünde, was das bedeutet. Ich habe keine Ahnung, was es wirklich heißt, in Armut aufzuwachsen. Ich habe keine Ahnung, was es wirklich ausmacht, mit dunkler Haut oder mittelamerikanischen Wurzeln geboren zu sein. Ich habe nicht einmal enge Freunde, die nicht wie ich privilegiert sind.

> Ich habe mein ganzes Leben im Puppenhaus meiner Mutter verbracht und die Rolle gespielt, die mir zugedacht war. Ich habe so getan, als wäre ich normal. Ich habe so getan, als wäre alles in diesem vorgefertigten Leben echt. Ich habe so getan, als wäre es der natürliche Lauf der Dinge, in einem regelrechten Palast aufzuwachsen, während andere Hunger leiden. Ich habe Jahre in Privatschulen zugebracht, geschützt vor der Realität, denn meine Eltern unterstützen zwar öffentliche Schulen in der Theorie, aber in Wirklichkeit trauen sie ihnen nicht …

Margot blinzelte den Bildschirm an. »*Im Puppenhaus meiner Mutter*? Du undankbarer kleiner Scheißer!«

Sie markierte mit der Maus den Text. Ihr Finger schwebte über der Entfernen-Taste, während sie mit sich haderte. Ihr Gesichtsausdruck wandelte sich von Wut über Zweifel zu Resignation. Unentschlossen minimierte sie schließlich das Fenster und schaute in der Taskbar nach weiteren offenen Programmen. Es gab keine. Als Nächstes öffnete sie den Browser, um den Verlauf der Websites einzusehen, aber fand keine. Hunter löschte immer sorgfältig seinen Verlauf fragwürdiger Seiten. Sie gab ein skeptisches Grunzen von sich und stand vom Rechner auf.

Margot schaute zu den zerknüllten Taschentüchern im Abfalleimer und rümpfte angewidert die Nase. Myron und sie hatten halbherzig gestritten, ob sie Hunter beim Einzug erlauben sollten, einen eigenen Computer im Zimmer zu haben.

»Du weißt doch, was er dann tun wird.«

»Entspann dich, Margot. Er wird es sowieso tun. Er ist ein Junge. Die machen so was.«

Sie trat zu seiner Anrichte und nahm den Kram darauf in Augenschein: Duftwasserproben, Deodorant, Science-Fiction-Romane, Comics. In den Schubladen entdeckte sie nur zerknüllte Klamotten und einen ungeöffneten Pack Kondome. Keine Zigaretten. Kein Gras. Keinen vermissten Schmuck. Kein Bargeld. Keine Waffen. Keine Spritzen. Damit war sie aber noch nicht ganz zufrieden, wandte sich zu seinem Schrank, der wegen Dreckwäsche nicht ganz geschlossen war. Sie schaltete das Licht darin an und entdeckte seinen einzigen Anzug, seine alte Schuluniform, vier Paar Hosen, aus denen er im Laufe des Sommers rausgewachsen war, eine Skijacke, ein Snowboard in der Ecke, drei Paar gute Schuhe, die schon zu klein waren, einen Pulli von den Boston Red Sox, eine Kiste mit alten Schulunterlagen und handgezeichneten Comics. Nichts davon war interessant. Außer …

TOTES MäDCHEN

Sie kniff die Augen zusammen, um die Buchstaben an der Innenseite des Wandschranks entziffern zu können, schob die Kleidung beiseite. »Verflucht, Max!«, zischte sie, las mehr und mehr, und ihr Puls beschleunigte sich. »Ich habe gesagt, dass die Innenseiten der Schränke und Kammern tapeziert werden sollen, du Hurensohn!«

BÖSER BeNNy BÖSE

TOTES MäDCHEN

Sie erschauderte, bevor sie das Licht ausschaltete. *Was für ein Irrer hat hier gelebt*, fragte sie sich. *Und warum hat Hunter nichts davon gesagt?* Sie stand nachdenklich da und tippte mit dem Fuß auf. *Was verschweigt er noch?*

Auf Händen und Knien sah sie unter seinem Bett nach, aber fand nichts außer dreckigen Socken und noch mehr zerknüllten Taschentüchern. Alle möglichen Verstecke hatte sie damit erkundet. Sie wischte sich die unsichtbaren Flöhe von ihren Yogahosen und schloss die Tür hinter sich.

Margot lief über den handgewebten Teppich für dreitausend Dollar zum Elternschlafzimmer zurück. Sie erwog, sich ein Weilchen hinzulegen, aber trat stattdessen in Myrons geöffnete Kammer. Mit dem Finger fuhr sie die ordentliche Reihe von Anzügen und Hemden entlang und hielt inne, um die Regale zu betrachten. Die Tasche mit aufgerissenen Pillenschachteln war verschwunden, ohne jemals entdeckt worden zu sein, aber etwas in dem Zimmer verwirrte sie. Der Geruch seines Deodorants und seines Parfüms war noch mit etwas anderem vermischt. Sie beäugte den Wäschekorb und nahm dessen Deckel ab, woraufhin ihr der beißende Geruch von Schweiß aus Sportklamotten entgegenschlug. Mit gerunzelter Stirn deckte sie den Korb wieder zu und ging ins große Badezimmer.

Ihr Blick wanderte ziellos umher, bis er auf einem Objekt auf der Anrichte haften blieb. Eine Parfümflasche stand mit abgenommener Kappe etwas abseits. Mit schräg gelegtem Kopf nahm sie die Flasche, schnupperte am Zerstäuber und setzte die Kappe wieder auf, stellte sie an den richtigen Ort zu den vier anderen, seltener verwendeten Düften.

Die Tür zu Myrons Badezimmerschränkchen war einen Spalt offen. Reflexartig drückte sie diese zu. Im nächsten Moment überlegte sie es sich anders, öffnete ihn wieder und schaute hinein. Zahnbürste, Rasierer, Deo, Akne-Creme, Haarwuchsmittel und drei Medikamentenfläschchen. Die medizinischen Begriffe und Anweisungen konnte sie kaum lesen. Sie nahm eine der Flaschen und drehte sie in der Hand. *Levothyroxin 25 mg – einmal täglich nach Bedarf.* Sie begutachtete die anderen beiden mit Neugier, aber ohne echte Sorge:

Sertralin 50 mg, Sildenafil-Citrat 10 mg. Die Worte konnte sie nicht einordnen.

Mit einem leisen Klicken schloss sie den Schrank.

Gelangweilt, aber unruhig prüfte sie im großen, verzierten Spiegel ihr Aussehen, holte ihr Lipgloss aus der Schublade ihres Schminktisches am anderen Ende des Badezimmers. In der Schublade lagen magische Tinkturen im Wert von Hunderten Dollar herum, die dazu da waren, die Fältchen zu verbergen, die bei ihren Augen und ihrem Mund im Laufe der Jahre erschienen waren. Fältchen, die Margot am letzten Abend eine halbe Stunde lang einer kritischen Prüfung unterzogen und sich gefragt hatte, ob es an der Zeit für Spritzen war.

Immer noch unruhig schritt sie im Schlafzimmer zu ihrer Kammer, die mit rosa Damast ausgekleidet war. Ein weiterer Kristallleuchter hing in dem neun Quadratmeter großen Raum voller eingepasster Regale. Er war wie eine Boutique aufgebaut, mit ihren Lieblingsschuhen wie Ausstellware. An normalen Tagen drehte Margot hier Runden, machte sorgfältig eine Bestandsaufnahme und eine gedankliche Liste, was sie noch kaufen musste, katalogisierte Halstücher und Kleider, bis sie das perfekte Outfit gefunden hatte. *Sexy? Schick? Elegant? Sportlich?* An einigen Tagen probierte sie mehrere Outfits durch, bis sie sich für ein Charakterbild entschieden hatte.

Aber etwas war nicht in Ordnung, die Falten auf ihrer Stirn vertieften sich. Ein Schuh befand sich nicht am angestammten Ort. Kleiderbügel waren auf einer Stange zusammengeschoben worden. Eine Bluse lungerte auf dem Boden herum. Der teure Stoff wirkte wie Abfall auf dem polierten Holz. Sie nahm sie an sich und drückte sie an ihre Brust. Langsam drehte sie sich im Kreis. Ein winziger Gipsabdruck einer Kinderhand lag auf der Seite und nicht an dem angestammten Platz neben einer Reihe von Halsketten. Die Hand eines kleinen Mädchens. Sie nahm den Abdruck vorsichtig hoch und hielt ihn einige Sekunden, bevor sie ihn wieder hinlegte, wo er hingehörte. Sie lugte über die Schulter zur Tür, die in den Flur hinausführte.

Eine Schublade war ein Stück geöffnet.

Sie öffnete diese und prüfte den Inhalt. Nachthemden aus Seide und Spitze, *eins, zwei, drei … nicht vier*. Sie stieß die Schublade zu. *Nicht vier*. Rasch schob sie die Bluse auf ihren Bügel und hing diesen zurück an seinen Platz, nahm den Wäschekorb und kippte dessen Inhalt aus. *Nicht vier*.

Sie öffnete alle anderen Schubladen. Strümpfe, Büstenhalter, Socken, Unterhosen, aber kein Nachthemd.

Perplex stürmte sie ins Schlafzimmer zurück, schaute unter den Kissen nach, unter dem Bett, dann in Myrons Wäschekorb. Das Nachthemd hatte sich mit einem weißen, seidenen Flackern in Luft aufgelöst.

Hunter, fragte sie sich. *Aber warum sollte er das tun?*

Daraufhin eilte sie in ratloser Stimmung wieder in Hunters Zimmer. Abermals durchsuchte sie alles, nahm sich diesmal die Zeit, genauestens in jeder Schublade nachzuforschen, unter seinen Kopfkissen, unter der Matratze. Hatte er in letzter Zeit andere Sachen verschwinden lassen? Ihr fiel nichts ein.

»Mom?« Seine Stimme riss sie aus ihren Gedanken. Er stand mit dem Rucksack über der Schulter im Türrahmen. »Was machst du da?«

Sein Gesichtsausdruck voller Schock und Betroffenheit traf sie hart. Sie ließ die ungeöffnete Packung Kondome wieder in die Schublade gleiten, als hätte sie diese nicht registriert und nie angerührt. Schuldbewusstsein zeichnete sich in ihrer Miene ab.

»Ich habe nur etwas gesucht. Hast du vielleicht mein Nachthemd gesehen?« Die Frage war kaum über ihre Lippen, als sie bemerkte, wie dumm sie klang.

»Dein was?«

»Nichts. Ich wollte nur … nur dieses Durcheinander aufräumen, okay?«, erwiderte sie und versuchte mütterlich dreinzublicken. »Donnerstags wird gewaschen, und hier ist Chaos. Louisa kann hier einmal durchsaugen.«

Mit kaum zurückgehaltener Wut starrte er sie an. *Hau aus meinem Zimmer ab, Mom!* Aber er sagte nur: »Okay.«

Margot wischte sich die Hände an den Yogahosen ab, als hätte sie gerade Staub gewischt, und ging an ihrem Sohn vorbei in den Flur hinaus. »Okay. Gut.«

Hunter umgriff die Tür so fest, dass die Knöchel weiß hervortraten, konnte es kaum abwarten, sie zuzuschlagen.

»Also«, räusperte sie sich und versuchte einen Themenwechsel, »wo bist du heute Morgen hingegangen?«

Er wollte nichts sagen. Tausend verschiedene Antworten starben, bevor sie über seine Lippen kamen. Schließlich murmelte er: »Bibliothek.«

»Wie nett, Schatz. Hast du dort jemanden getroffen?«

Ihr sonniger, herablassender Tonfall quälte ihn. Um zu beweisen, dass er sein eigenes Sozialleben hatte, erwiderte er: »Irgendwie. Da hängt manchmal so ein Typ rum.«

»Wirklich? Geht er mit dir auf die Schule?«

»Nee. Ich glaube, er ist auf einer staatlichen Schule.«

»Tja, vielleicht kannst du ihn mal zu dir einladen.« Sie versuchte zu lächeln, aber sie sah seine Ablehnung in Wellen immer wieder stärker werden. Eingeschüchtert probierte sie es noch einmal: »Sag mal, warum hast du mir nichts vom Wandschrank erzählt?«

Er riss die Augen vor Wut auf, als er verstand, dass sie darin auch rumgeschnüffelt hatte. »Was ist damit?«

»Max hat seine Arbeit darin nicht abgeschlossen. Soll ich noch jemanden kommen lassen? Also, um alles zu überstreichen?«

»Weiß nicht. Ist mir egal. Ist doch nur ein Schrank, oder?«

Sie zuckte unschuldig mit den Schultern, ließ ihn brodelnd zurück in dem Zimmer, das wie ein Tatort durcheinander war. Er schlug die Tür hinter ihr zu und drehte sich zu dem Chaos um, das sie durchwühlt hatte. *Sein Chaos*. Er schleuderte die Hälfte seiner zerknüllten Kleider in den Schrank und schloss die Tür, aber vorher las er noch die Worte darin.

BÖSER BeNNy

TÖTE BeNNy

Zurück an seinem Rechner prüfte er dort nach, ob sie rumgeschnüffelt hatte, holte anschließend eine kleine, runde Kamera aus der Schreibtischschublade. Hunters Gesicht erschien auf dem Bildschirm, als er sie eingestöpselt hatte. Er drehte sie so, dass sie sein Zimmer, die Tür und den Flur erfasste.

21

Die Martin-Familie

10. November 2014

»Ava! Ava, schau, was ich gefunden habe!«, rief Toby aus einem der niedrigen Zimmer auf dem Dachboden.

Ava legte die vergilbte Zeitung auf den Boden des Lagerraums. Ein Halbsatz war noch zu entziffern:

> »Nur eine Verrückte könnte Wunden zufügen wie diejenigen, die ich an dem Jungen gefunden habe«, gab der Leichenbeschauer

Sie versteckte die Seite sorgfältig, damit ihr kleiner Bruder nicht die Überschrift aus dem Jahr 1931 lesen konnte. Toby schlief schon schlecht genug, ohne all die schrecklichen Dinge in der Zeitung gelesen zu haben. Die Dinge, die oben auf dem Dach passiert waren. Sie schaute nach draußen in den großen Raum.
»Was?«

»Komm her. Das musst du sehen.«

Sie lief durch die kalte Leere des Dachbodens zur kleinen Tür auf der anderen Seite, wo sie in den niedrigen Raum blickte. »Was hast du gefunden?«

Im schwachen Licht der nackten Glühbirne zeigte er es ihr. Es war eine Pistole. Er hielt sie mit dem Lauf zur hinteren Wand, als wäre sie ein Spielzeug. »Meinst du, die ist echt?«

»O Gott, Toby! Gib her.« Sie nahm ihm vorsichtig die schwere Waffe aus den Händen, hielt den Lauf nach unten. »Wo hast du die gefunden?«

»Da drüben.« Er deutete zur Lücke zwischen den Balken, wo der Fußboden ins Dach überging. »Die war in dem ganzen Wollzeug.«

»Du meinst die Isolierung, Dummkopf?« Sie öffnete die Kammer und bemerkte die silbernen Rückseiten von fünf Patronen. »O mein Gott! Das Ding ist geladen! Toby, du hättest dir das Gesicht wegschießen können!«

»Wow ... was sollen wir damit machen?« Er hockte sich neben ihr hin. Seit sie vor fünf Jahren das unheimliche Haus betreten hatten, waren sie ein *Wir*. Er folgte ihr wie ein Schatten und hasste es, nicht an ihrer Seite zu sein. Jede Nacht, die Mama und Papa es erlaubten, schlief er bei ihr im Bett.

»Ich weiß nicht. Wir können ja nicht zugeben, wo wir sie gefunden haben, oder?«

Sie durften nicht auf den Dachboden. Papa war auf der Arbeit und Mama war in den Laden gefahren, weswegen Ava die Verantwortung für ihren kleinen Bruder hatte. *Denkt an die Regeln. Bleibt im Haus. Geht nicht ans Telefon. Macht die Tür nicht auf. Keine Freunde zu Besuch. Das schafft ihr für Mama, oder? Kann ich euch vertrauen, Schätzchen?*

Der Dachboden war streng tabu, also waren in dem Augenblick, in dem Mama Martin das Haus verlassen hatte, die beiden Kinder zur Dachbodentür gestürzt. Ihre Eltern hatten sie abgeschlossen, aber Ava war inzwischen sehr geschickt im Schlösserknacken geworden.

»Vielleicht sollten wir sie verstecken«, meinte Toby, hielt den Blick auf die Waffe geheftet, gleichermaßen neugierig und verängstigt. Sie wusste, was er dachte. Ava hatte ihn am Vorabend gefunden, wie er sich unter dem Bett versteckt hatte, davon überzeugt, ein Monster würde ihn jagen. *Ich habe es gesehen, Ava. Das Monster war in meinem Zimmer.*

»Yeah. Vielleicht.« Sie wog das Metall in der Hand. Sie wagte nicht, ihm zu sagen, welche schrecklichen Gedanken ihr im Kopf herumspukten – Gedanken daran, dass sie Toby niemals die Waffe anvertrauen konnte; die Vorstellung, welchen Ärger sie mit Papa bekäme, wenn er herausfand, dass sie rumgeschnüffelt hatten. Gedanken daran, was die Waffe anrichten könnte.

»Wir dürfen niemandem davon erzählen, Toby«, verkündete sie schließlich und beobachtete seine Mimik genau. »Niemandem in der Schule. Nicht Mama oder Papa. Niemandem. Verstehst du?«

Der Junge nickte, fühlte die Schwere ihres Geheimnisses fast in seinen geballten Händen.

»Gut. Ich möchte, dass du nach unten und in mein Zimmer gehst. Okay?«

»Aber …«

»Geh nach unten, Toby. Ich habe ein paar Kekse in meiner Sockenschublade versteckt. Willst du welche?«

Als er an so einen seltenen Genuss dachte, vergaß er fast die Waffe und was sie damit anstellen würde. Wann immer sie ihn in ihr großes Zimmer über der Garage einlud, nutzte er die Chance aus. Er rappelte sich auf und warf der Waffe einen letzten Blick zu, bevor er sich zur Treppe bewegte. »Ich hebe dir einen auf!«

»Danke, Kleiner!«, rief sie zurück.

Die nächste Stunde verbrachten sie damit, Radio zu hören und ihr Lieblingsspiel zu spielen: *Erinnerst du dich?* Toby konnte sich kaum daran erinnern, was vor ihrem Leben in diesem Haus gewesen war. Ava war sein Gedächtnis, und sie machte alle Erinnerungen gut. *Erinnerst du dich, wie Mommy dir den blauen Geburtstagskuchen gebacken hat? Erinnerst du dich, wie Mommy dir den großen, gelben Truck zu Weihnachten geschenkt hat? Erinnerst du dich, wie Daddy dich am Bauch gekitzelt hat, bevor du eingeschlafen bist?*

Ihm fiel nie auf, wie sich Tränen in ihren Augenwinkeln sammelten, während sie von den guten Zeiten erzählte, die sie gemeinsam erlebt hatten. Er kuschelte sich einfach nur in ihrer Armbeuge ein, um in einer Zeit zu schwelgen, die vor dem großen Haus an der Lee Road gewesen war. Eine Zeit, in der noch keine Monster in dunklen Ecken gelauert hatten.

Sobald er sie nicht mehr hören konnte, machte sich Ava auf die Suche nach einem Versteck für die Waffe. Sie tastete die unfertigen Wände und Dielen im kleinen Lagerraum ab und begutachtete die Waffe in ihrer Hand wieder. Welcher Gedanke auch immer sie durchlief, er ließ sie zusammenzucken. Es war eine schlechte Idee, sie zu behalten. Unvermittelt von Unsicherheit und Angst erfüllt, spähte sie über die Schulter. Sie sollte jemandem davon erzählen. Das sollte sie, aber dann würde sie auch alles offenbaren müssen.

Mit zusammengepressten Lippen, die eine entschlossene Linie bildeten, suchte sie weiter, bis sie am Kniestock ein loses Brett fand. Sie zog es ab, drückte die Waffe in die lockere, graue Isoliermasse. Als sie das Brett wieder an seinen Ort presste, erschrak sie wegen eines knarrenden Geräuschs hinter sich.

Sie warf den Kopf herum.

»Toby?«, fragte sie leise, und das Herz schlug ihr bis zum Hals. *Papa?* Sie lugte aus dem kleinen Raum heraus und ließ den Blick durch die große Leere unter dem Dach schweifen. Das Gefühl, dass jemand sie beobachtete, ließ die Härchen auf ihren Armen abstehen. »Hallo?«

Doch niemand war hier.

22

Die Spielman-Familie

7. August 2018

»Bist du wach?«, flüsterte eine Stimme.

Warme Luft strömte durch seinen Ohrenkanal, kitzelte sein Hirn. Hunter zuckte, wollte sie wegwischen, aber seine eingeschlafene Hand war wie gelähmt. Alles, was er zustande brachte, war ein gemurmeltes »Mom?«. Das Gefühl, dass eine andere Person im Zimmer war, ein Schatten auf ihm lag, zog seine Wahrnehmung zur Oberfläche des tiefen Ozeans, in dem er träumte.

Wach auf.

Hunters gummiartige Lider öffneten sich schlaftrunken. Das Zimmer war ein gazeartiger Schleier aus Grau und Blau mit dem Geräusch von Zikaden im Garten und … *dem Atmen einer anderen Person?*

Ein Schatten bewegte sich.

Der Junge drückte sich auf die Ellenbogen hoch. Er tastete nach dem Licht auf seinem Nachttisch. Ein schmerzhaft strahlendes Licht jagte alle Schatten nach draußen in den Flur. Er schaute mit zusammengekniffenen Augen ins Gleißen.

Niemand war hier.

Sein Blick schoss von einer Zimmerecke zur nächsten, verharrte auf dem gruseligen Kamin. *Waschbär?* Seine Mäuse hatten sich in die Holzspäne verkrochen, zuckten mit den Nasen, weil sie geweckt worden waren. Er legte die Hand auf sein Ohr, das immer noch von dem heißen Atem eines Flüsterns kribbelte, dann stellte er die nackten Füße auf den Boden.

Die Zimmertür war ein Stück offen. Als er eingeschlafen war, war sie geschlossen gewesen.

Hunter stand auf und bewegte seine schlaksige, gebückte und verunsicherte Gestalt zur Tür. Er schob seine schiefe Nase in den dunklen Flur, dann folgte sein verwuscheltes, hellblondes Haar. Zuerst sah er zum Durchgang in der Wand zur hinteren Treppe runter in die Küche. Dann drehte er den Kopf nach rechts, schaute zum Flur, der zur Garage führte, die Reihe geschlossener Türen entlang, zum bläulichen Leuchten auf der großen Treppe, zum Schlafzimmer seiner Eltern. Dessen Tür stand offen.

Mom? Warst du das?

Er schlich zu ihrer Tür, einen vorsichtigen Schritt nach dem anderen, mit gespitzten Ohren, nach verräterischen Schritten lauschend, ein genervtes Räuspern, raschelndes Papier, aber nichts dergleichen war zu hören.

Drei Schritte weiter erstarrte Hunter oben an der breiten Treppe und spannte die Muskeln an, als rechnete er damit, dass jemand unten stehen würde. Das Licht, das durch das Bleiglasfenster oben im zweistöckigen Foyer fiel, erleuchtete die Eingangshalle zum Teil, ließ diamantscharfe Lichtstreifen über die schiefen Winkel seines Gesichts tanzen. Hunter starrte zu den dunklen Tunneln hinter sich, einer führte hinab zur Küche, ein anderer rüber zur Garage.

Leer.

Er wandte sich wieder zum Schlafzimmer seiner Eltern, klopfte leise an, öffnete die Tür ein paar Zentimeter weiter. Dahinter lagen zwei Leute so weit wie möglich auseinander auf dem Kingsize-Bett. Sein Vater schnarchte abgehackt, als wäre er in einem schrecklichen Traum gefangen. Seine Mutter lag auf der gegenüberliegenden Seite der Matratze, von der Tür abgewandt. Die Bettdecke bewegte sich rhythmisch auf und ab mit ihrem Atem. Hunter trat leise näher und näher heran, bis er am Fußende des Bettes angekommen war.

Er streckte erst die Hand aus, als wollte er sie wecken. Nach einem Augenblick des Zögerns nahm er sie wieder zurück und flüsterte fast nicht hörbar: »Seid ihr wach?«

Sein Vater sog die Luft ein, als wäre er erschreckt worden, aber atmete dann unrhythmisch weiter. Keiner seiner Eltern wachte auf. Hunter verharrte noch fünf pochende Herzschläge lang, bis er wieder hinaus in den Flur trat. Leise schloss er die Tür.

Er hatte schon die halbe Strecke zu seinem Zimmer zurückgelegt, als seine Mutter mit einem Keuchen in die Höhe fuhr und sich panisch im Raum umblickte. Margot strich sich übers Gesicht, wusste nicht, was sie aus dem Schlummer geholt hatte. *Schlecht geträumt.* Sie legte sich auf die Seite und zog die Beine an, schlief wieder ein und atmete gleichmäßig weiter. Myron murmelte etwas, drehte sich auf den Rücken, hatte die Stirn gerunzelt.

Hunter kam gerade an seiner Zimmertür an, als er es hörte. Ein dumpfer Schlag irgendwo unter ihm. *In der Küche?* Er warf den Kopf zur Treppe herum und zuckte verunsichert zusammen, hatte die Ohren gespitzt, wartete auf ein weiteres Geräusch.

Da war ein leises Klicken zu hören, seltsame Schritte ließen die Holzkonstruktion des Hauses leicht erbeben, sodass er es in seinen Beinen fühlte.

Er riss die Augen auf, presste die Hand auf den Mund und sah zum Elternschlafzimmer. *Soll ich sie wecken?* Das trübe Licht im großen Foyer veränderte sich. Ein Schatten bewegte sich über den Gips. Hunter sah ihm mit offenem Mund nach und näherte sich ihm. *Ist da draußen irgendwas?* Durch das große Fenster über dem Eingang konnte er nur die üblichen ausladenden Bäume und den Himmel ausmachen, wie einige Augenblicke zuvor schon. Er untersuchte die langen Schatten im Foyer, doch fand nichts.

Die Stimme seines Freundes Caleb hallte in seinen Gedanken wider: *Was, wenn dein Haus auf all den Leichen gebaut worden ist?* Hunter schüttelte den Kopf. Er würde keinen Bettlaken-Geist finden, der durch die Gänge schwebte, keine Clowns mit spitzen Zähnen. Aber da war etwas anderes. Ein Gefühl. Das Empfinden, dass er nicht alleine war.

Das Haus beobachtete ihn.

Der Junge lehnte sich an die Wand und fühlte sich in seiner Unsicherheit gefangen, wusste nicht, wohin mit seinen Händen. Er war vorzeitig geweckt worden, die Müdigkeit spiegelte sich in seiner krummen Haltung. Auf der Uhr auf dem Nachttisch seiner Mutter hatte 4.16 gestanden.

Noch drei weitere Minuten verharrte er auf der Stelle, bis er sich zurück in sein Zimmer zwang. Ihm folgte ein Singsang, der so leise war, dass Hunter ihn kaum wahrnehmen konnte, sofern er wirklich existierte. Er blieb stehen, riss die Augen auf. Von irgendwo unten schwebte eine zittrige Stimme zu ihm herauf.

> Es ist ein Geschenk der Schlichtheit
> und der Freiheit.
> Es ist ein Geschenk, dort zu sein,
> von Sorgen befreit …

Die Worte verklangen, es blieb nur trällerndes Summen zurück, das wie Wind klang, der über einen verlassenen Friedhof blies, oder wie das Knarren einer unbenutzten Schaukel.

Hunter eilte die schmale Küchentreppe hinab, jagte der Stimme hinterher, während sie verklang, wollte nach wie vor noch nicht ganz seinen Ohren trauen. Wäre er sich sicher, sie gehört zu haben, würde er seine Eltern wecken. Die Polizei rufen. Irgendetwas tun.

Stattdessen folgte er dem Klang in die Küche hinab, wo der neu eingebaute Backofen sein warmes Licht verströmte. Die Arbeiter waren fast damit fertig, die Traumküche seiner Mutter zu bauen. Einer der Schränke stand offen.

»Wer weiß hier denn nicht mehr, wie man Türen schließt«, hatte Margot ihn mehr als einmal gefragt. Hunter machte den Schrank abwesend zu und drehte sich in der kalten Leere aus Marmor und poliertem Stahl im Kreis, versuchte, das Lied erneut zu hören.

Die Andeutung einer Melodie kroch unter der Kellertür heraus. Hunter wirbelte zu ihr herum, aber der Kompressor im Kühlschrank sprang an und erfüllte die Küche mit einem mechanischen Summen. Drinnen im Kühlschrank kippte die Eismaschine die Würfel aus, was wie klirrendes Glas klang. Ein Plätschern folgte, mit dem das Wasser darin wieder aufgefüllt wurde.

Hunter visierte den Kühlschrank an. War das alles gewesen?

Ein gedämpftes Lachen ließ ihn den Kopf drehen. Auf dem Holzboden bei der Küche zeichnete sich flackerndes blaues Licht ab. Es strahlte aus dem Wohnzimmer herüber.

Der Atem blieb ihm im Hals stecken. Hunter zog das größte Messer aus dem Holzblock auf der Anrichte und schlich in Richtung des Geräusches. Noch ein Lachen. Plötzlich drang die gedämpfte Stimme eines Mannes durch die Wand, drei hohe Klingeltöne und dann das Geräusch eines steinigen Flusses. Je näher er kam, desto weiter ließ er das Messer sinken. Der rauschende Fluss war Applaus in einem TV-Studio.

Der Fernseher im Wohnzimmer war nicht abgeschaltet worden.

Von einem tiefen Ausatmen begleitet zog Hunter die Schiebetür auf und entdeckte die Fernbedienung auf dem Beistelltisch. Die Wiederholung irgendeiner Gameshow warf flimmernde TV-Bilder in den Raum. Erschöpft und peinlich berührt ließ sich Hunter auf das Ledersofa fallen. Der Rest von dem, was sein Vater an diesem Abend getrunken hatte, stand noch in einer kleinen Pfütze Kondenswasser auf dem Tisch. Hunter nahm das Glas und strich gewohnheitsmäßig über die Tischplatte. Vorsichtig schnupperte er an dem Getränk – verdünnter Scotch – und kippte den Rest hinunter.

»Scheiße«, flüsterte er zu sich selbst.

»Und was hat er gewonnen, Bob?«, fragte der Moderator und deutete zur hellen Punktetafel.

Hunter schaltete den Fernseher angewidert aus und warf die Fernbedienung neben sich. Das Glas brachte er in die Küche zurück, auch das aus Gewohnheit. Nicht, dass Margot oder Myron es am Morgen bemerken würden. Als er das Glas auf die Marmorfläche stellte, standen die Härchen auf seinem Arm ab, bevor sein Hirn überhaupt den Grund dafür registrierte.

Er drehte sich um und sah die Kellertür offen stehen. Vor einigen Minuten war sie noch geschlossen gewesen.

Immer noch mit dem Messer in der Hand schlich Hunter rüber und schaltete das Licht an. »Hallo?«, rief er laut die Treppe hinunter, kümmerte sich nicht darum, ob er seine Eltern weckte. Ein Teil von ihm hoffte, dass er es tat.

Wieder ließ er den Blick durch die Küche schweifen, über die beiden riesigen Anrichten hin zu der geschlossenen Tür zum neu gebauten Nebenraum, zum Durchgang ins Foyer, zum langen Flur in Richtung Salon und dem Wintergarten, den sie nie benutzten. Nichts entdeckte er, nichts hörte er; schließlich überredete er seine Füße, die Holzstufen in den Keller hinabzusteigen.

Das Untergeschoss des alten Hauses roch leicht nach Mäusen, nach Bleiche mit etwas Schimmel darunter und noch nach etwas Süßem. Dem Parfüm seiner Mutter? Eingepasste Schränke waren an die rechte Wand gebaut worden. Die Türen im ländlichen Stil waren mit einfachen Bolzen aus Holz verschlossen. Lehmziegel mit abblätternder weißer Farbe stabilisierten das Haus auf allen vier Seiten. Zwei Reihen von Stahlträgern und Rohrleitungen erhoben sich in der Mitte. Ein kleiner Weinschrank befand sich zu seiner Linken, dazu individualisierte Weinregale für die größer werdende Sammlung seiner Eltern. Die lamellierte Holztür war geschlossen.

Hunter nahm den ganzen Raum in sich auf: die alten Kisten, den neuen Boiler, den eisernen, krakenartigen, alten Boiler mit seiner Asbestisolierung, den Wassererhitzer, die Sportgeräte, Röhren, Drähte, Spinnweben. Rostige Gitter waren in die Bodenplatten eingelassen. Unter einem Spülbecken in der hinteren Ecke hatte sich eine Pfütze braunen Wassers gesammelt.

Das stetige Tropfen aus dem Wasserhahn des Spülbeckens plätscherte die Sekunden weg.

Am hinteren Ende befand sich eine weitere Tür. Als er sich ihr näherte, fühlte er einen angenehm frischen Luftzug durch den stickigen Keller wehen. Durch das verstaubte Fenster in der Tür zeichneten sich die Umrisse einer Betontreppe ab, die in den Hinterhof hinaufführte. Eine warme Brise pfiff leise durch die Türzarge und einen großen Riss, der unterhalb des Glases horizontal durch das Holz verlief. Er drehte den Türknauf und stellte fest, dass abgeschlossen war. Eine verrostete Sicherheitskette und ein Bolzen waren auch noch eingebaut worden, aber beide waren offen. Ungesichert.

Er warf sich mit der Schulter gegen die Tür, aber sie gab nicht nach. Warme Luft strömte durch das leere Schlüsselloch, das er genauer betrachtete. Nach einigen Versuchen gab er auf und verdrehte wegen sich selbst die Augen. *Was zum Teufel mache ich hier?* Seine nackten Fußsohlen sammelten den braunen Dreck ein, als er über den feuchten Betonboden wieder in Richtung Küche hastete.

Am Ende der Treppe blieb er unvermittelt stehen. Jemand – oder etwas – hatte die Tür hinter ihm geschlossen.

23

Hunter glotzte die geschlossene Tür irritiert an. Sein ganzes Gesicht war eine Frage: *Wer ist da?*

Die nackte Glühbirne, die über der Treppe von einem Draht herabhing, wurde mit einem dumpfen Klicken abgeschaltet. Dunkelheit griff um sich. Hunter hielt die Luft an.

Der Wasserhahn hinter ihm tropfte, tropfte, tropfte. Ein schmaler Lichtstreifen, der unter der Tür durchdrang, erhellte die Treppe ein wenig. Zwei Schatten erschienen in dem fahlen Rechteck. Der Anblick ließ ihn erschaudern. *Füße*.

Die zwei Schatten entfernten sich von der Treppe; leise Schritte knarrten über die Dielen über ihm, entfernten sich zur Küche in Richtung Wohnzimmer.

Hunter konnte immer noch nicht atmen und sah Punkte. Eine Decke klammer Luft legte sich auf seine Haut, während er wie erstarrt dastand. Vom anderen Ende des Kellers war das leise Kratzen von Mäusekrallen auf Beton zu hören, dann ein nagendes Geräusch. *Ich muss hier raus.*

Halb erfroren und mit klappernden Zähnen schlich Hunter die Treppe hoch, wobei jede Stufe trocken knarrte und seinen

Standort verriet. *Iiiek. Iiiek*. Oben angekommen drückte er das Ohr an die Tür und lauschte.

Nach einer längeren Zeit der Stille öffnete er die Tür und lugte vorsichtig um die Ecke in den neu hergerichteten Raum. Es sah eher wie eine Leichenhalle als wie eine Küche aus. Eine Schale mit Äpfeln stand auf einer der Anrichten, bereit für eine Autopsie.

Hunter huschte leise und barfuß über den kalten Marmor; seine Fußsohlen nun fast schwarz von dem Dreck von hundert Jahren.

Beim Klang von Schritten im Foyer wich er wieder in Richtung des Kellers zurück. Die Schritte näherten sich.

Hunter umklammerte das Messer, das er weiterhin in der Hand hielt, hob es auf Schulterhöhe.

Im Durchgang waren ein weißer Stoff und schwarzes Haar zu erkennen.

Hunter wimmerte und machte sich kampfbereit.

Das Licht wurde angeschaltet.

Sein Vater tauchte im Durchgang zur Küche auf, fasste sich in seinem Seidenpyjama an die Brust, als wäre er erschossen worden. »Gottverdammt! Hunter! Du hast mir eine Scheißangst eingejagt! Was zum Teufel machst du hier unten?«

»Ich, äh …« Hunter nahm das Messer runter, fühlte sich plötzlich nackter als zuvor. »Ich hab ein Geräusch gehört. Irgendwen. Also, irgendwer … hat den Fernseher angelassen, glaube ich.«

»Und was zum Teufel hat es mit dem Messer auf sich?« Myron stützte sich an der Wand ab, als wäre er derjenige, der auf frischer Tat ertappt worden war. Er war aus einem Albtraum aufgewacht, hatte stumm *Abigail* geschrien. In seinem Haar hing noch der kalte Schweiß. »Geht es dir gut, Sohn?«

Aufgedreht und zitternd ging es ihm eindeutig nicht gut. »Yeah, alles okay.« Schnell steckte er das Messer zurück in den Block und wandte sich zur Treppe. »Tut mir leid. Das alles.«

Myron blieb einfach nur dort an der Wand, während Hunter mit gesenktem Kopf davonschlich, als hätte er was zerdeppert.

Es dauerte eine ganze Minute, bis Myron in der Lage war, alles abzuschütteln, was ihn ergriffen hatte, dann schlurfte er zur Karaffe mit Whisky im Wohnzimmer. Er nahm ein Glas und füllte es bis zur Hälfte. Er begutachtete die Kristallkaraffe einige Augenblicke lang und rechnete nach. Es fehlte etwas Schnaps. Nachdenklich stellte er sie wieder hin und schaute mit einer Mischung aus Wut und Amüsiertheit zur Decke zu Hunters Zimmer hoch, ließ sich mit dem Drink auf die Couch fallen und schaltete den Fernseher an. Eine Frau in einer Gameshow hatte gerade ein neues Auto gewonnen.

Myron ließ auf der Couch den Kopf nach hinten kippen, der nächtliche Schrecken, der ihn geweckt hatte, kroch wieder hoch. Er erschauderte und nahm noch einen Schluck. »Abigail«, flüsterte er, als ihm die Tränen kamen. Er stellte das Glas hin und barg das Gesicht in seinen Händen. »Bitte, Gott. Vergib mir ...«

Der Schatten eines Mädchens durchquerte hinter ihm den Flur. Ungesehen.

Oben sank Hunter auf sein Bett, stierte seine Hände an und wünschte sich, er hätte das Messer mitgenommen. Seinen Vater getroffen zu haben, beruhigte ihn nicht. Er hatte bemerkt, wie er geschwankt hatte, wie er versucht hatte, gerade stehen zu können. Das war nicht nur Schläfrigkeit gewesen.

Bist du wach, flüsterte die Phantomstimme wieder in sein Ohr, und Hunter wischte die Erinnerung daran weg. Er blickte zu seinen beiden Gefährten. Frodo und Samwise hatten drei

Meter an Tunneln durchquert, um zu den Toilettenpapierrollen zu gelangen, die er im Terrarium auf der Fensterbank deponiert hatte, aber das entlockte dem Jungen kein Lächeln. Stattdessen stand er auf und zog das kleine Bücherregal vor die Zimmertür, was von einem langen, hohen Kratzen begleitet wurde. Sicher verbarrikadiert fiel er wieder auf sein Bett und starrte hoch zu den Rissen im Gips, die wie Spinnweben wirkten und ihn auszulachen, zu verhöhnen schienen, viele unterschiedliche Formen annahmen, als wollten sie einen Sturm ankündigen.

Moment.

Er fuhr von seinem Bett auf und schaltete den Computer an. Nachdem seine Mutter in seinem Zimmer rumgeschnüffelt hatte, hatte er eine Webcam an der Ecke seines Schreibtisches aufgebaut. Mit ein paar Mausklicks scrollte er durch stundenlange Aufnahmen seiner Tür, in denen ständig sein eigenes Gesicht aufblitzte, wie er vorm Computer saß und dann wieder aufstand. Unten auf dem Bildschirm sah er die Stundenanzeige vorbeirauschen, bis das Bild mit einem Ausschalten der Lampe auf seinem Nachttisch um 1.12 schwarz wurde.

Er klickte sich durch die schwarzen Aufnahmen der Minuten, bevor er das Licht wieder angeschaltet hatte, aber es war alles zu dunkel, um etwas zu erkennen. Indem er an den Bildeinstellungen herumspielte, wurde aus dem Schwarz ein körniges Rot, und er verlangsamte die Wiedergabe. Doch auch so konnte er lediglich erahnen, wie die Tür geöffnet wurde. Er kniff die Augen zusammen, nahm weitere Einstellungen vor und spielte wieder alles ab, aber er konnte nur eine verschwommene Gestalt ausmachen, die sich durch die Dunkelheit bewegte.

24

DIE KLUSSMAN-FAMILIE

15. SEPTEMBER 1990

Frannie Klussman fuhr wie vom Blitz getroffen in ihrem Bett hoch und sah zur Digitaluhr, die in der Dunkelheit neben ihr rot leuchtete. 0.22. Das Sicherheitssystem piepste.
Benny?
Sie warf ein Nachthemd über, eilte in Richtung seines Zimmers, aber blieb abrupt nach drei Schritten stehen. Am anderen Ende des Flurs stand seine Tür offen. Unten an der großen Treppe war die Haustür zur Veranda weit geöffnet; das Alarmgeräusch erschallte bis auf die Straße.
Piep. Piep. Piep.
»Benny!«, schrie sie, rannte die Treppe runter. Seit Jahren war er nicht aus dem Haus abgehauen. Letztes Mal hatte sie ihn an der Ecke von Lee Road und South Woodland neben einem Eiscreme-Truck gefunden, wie er von Kindern umringt worden war, die alle geflüstert hatten, während sie ihr Eis schleckten.

Geht's ihm gut? Was ist mit ihm los? Warum zittert er so? Wo ist seine Mom? Sollen wir jemanden rufen?

Danach hatten sie das Sicherheitssystem einbauen lassen.

Angst stach ihr in die Brust, während sie die Stufen nach unten eilte und in den Hof hinaus. *Bill muss vergessen haben, die Tür abzuschließen.* Aber Bill wusste, dass das nicht passieren durfte.

»Benny?«, rief sie aus. Nicht zu laut. Sie konnte den Gedanken nicht ertragen, dass sie die Nachbarn wecken könnte, Fragen beantworten müsste, nochmals Besuch von den Sozialarbeitern erhalten würde. Sie hatten vor sechs Monaten empfohlen, Benny in ein Heim zu geben, nachdem er mit der Faust das Fenster in seinem Zimmer eingeschlagen hatte. Das hatte einen Ausflug in die Notaufnahme und Nähte nach sich gezogen. *Es ist zu seinem eigenen Besten, Mrs Klussman. Für seine eigene Sicherheit.*

Frannie ließ panisch den Blick über den Rasen schweifen, raste den gepflasterten Weg bis zum Bürgersteig entlang. Die Lee Road war leer. In beiden Richtungen war das Blinklicht von Ampeln zu erkennen, aber es gab keine Spur von Benny. Sie öffnete den Mund, um ihn abermals zu rufen, da entdeckte sie ihn.

Ein dunkles Häuflein auf dem Bürgersteig der anderen Straßenseite zuckte heftig herum. Stöhnte. Knallte auf den Asphalt. Barfuß lief sie zu ihm, ging in die Hocke neben der bebenden Hülle eines Mannes, der ewig ein Junge sein würde. Er schlug seinen Kopf auf den Bürgersteig, stierte mit leeren, erfrorenen Augen in den sternenlosen Himmel.

Mein Baby!

Frannie warf einen schnellen Blick in beide Richtungen der Straße, hoffte einerseits auf Hilfe, wollte andererseits auf keinen Fall bemerkt werden. Eine hohe Hecke versteckte sie beide vor den Nachbarn dahinter. Der Bürgersteig war in beide Richtungen leer. Benny knurrte laut und knallte den

Kopf so hart auf den Asphalt, dass Blutspuren auf dem Boden zurückblieben.

Frannie packte ihn unter den Achseln und zwang seinen Kopf vom Boden hoch. Er war zu schwer, als dass sie ihn tragen konnte, also zerrte sie ihn einen quälenden Meter nach dem anderen die Straße entlang, hielt erst inne, um Kraft zu sammeln, als sie die Sicherheit der eigenen Einfahrt erreicht hatte.

Teilweise von den Büschen verdeckt, ließ sich Frannie in das feuchte Gras fallen, atmete schwer. Ihr Gesicht war gerötet von der Anstrengung, siebzig Kilo über den Asphalt zu schleifen. Schluchzen sammelte sich in ihrer Kehle, brach in Wellen aus ihr heraus.

Benny hatte jede Bewegung eingestellt. Sein Körper war gekrümmt und sein Gesicht wie das eines steinernen Wasserspeiers zu einer Grimasse verzogen. Die Hände hatte er regelrecht verknotet. Seine nackten Fersen waren zerkratzt und blutig davon, über Beton und Asphalt gezogen worden zu sein. Eine Haarsträhne war mit Blut verklebt, wo er wiederholt seinen Kopf auf den Boden gedonnert hatte.

Frannies Nachthemd saugte das Blut auf, während sie ihn hielt. Tränen flossen ihr Gesicht herab. »Benny. Warum, mein Schatz? Warum hast du das getan? Es ist hier draußen nicht sicher. Du hättest … von einem Auto angefahren werden können oder …« Sie fand keine Worte, was noch hätte geschehen können. Bilder von Krankenwagen und Fesseln und Bennys panischem Gesicht, wie sie ihn auf eine Trage drückten, ließen sie erzittern. *Nicht noch einmal. Nicht noch einmal. Nicht noch einmal. Nicht mein Baby. Nicht mein süßer Junge.* »Wir müssen dich nach drinnen schaffen, Schatz. Mami muss dich reinbringen.«

Es dauerte zwei Stunden. Sie zerrte Bennys Lebendgewicht ins Foyer, schloss die Tür und verriegelte sie dreifach, spritzte ihm ein Beruhigungsmittel, damit sich seine Gliedmaßen entspannten, wartete darauf, dass die Medizin den gequälten Gesichtsausdruck verschwinden ließ und stattdessen für friedlichen Schlaf sorgte, zerrte ihn Stufe für Stufe die Treppe hoch, ins Badezimmer, zog ihn aus, wusch mit einem Schwamm das Blut und den Schmutz ab, untersuchte und verarztete die Wunden, wuchtete ihn ins Bett, stülpte einen frischen Schlafanzug über seine dürre Figur, weinte heftig wegen all der Verletzungen und Schnitte, putzte das Blut vom Boden und der Treppe weg, schaute nochmals nach ihm, lauschte seinem Atem, küsste ihn auf die Stirn, weinte neue bittere Tränen wegen des Schmerzes und der Ungerechtigkeit seines Zustands, verriegelte seine Zimmertür, nahm eine brennend heiße Dusche und sammelte die blutverschmierte Kleidung auf.

Lag im Bett und starrte an die Decke.

Wie hatte sie zulassen können, dass das passierte? Was würde nächstes Mal geschehen? Was, wenn sie es herausfanden? Was, wenn Bill recht hatte? Was, wenn Benny in einem Heim besser aufgehoben wäre? Was, wenn sie ihn mit Medikamenten vollpumpten, die seine Gedanken und seine Augen vernebelten und auf ewig sein Lächeln verblassen ließen?

Als Frannie endlich in einen schuldgeplagten, betrübten Schlaf fiel, war es schon nach fünf Uhr morgens. Sie hörte nicht, wie auf der Straße vor ihrem Fenster die Polizeiautos eintrafen.

25

Die Spielman-Familie
8. August 2018

»Wie meinst du das, du hast ihn mit einem *Messer* gesehen?« Margot knallte fassungslos die Kaffeetasse auf die Marmorplatte.

Myron bereute sofort, seiner Frau davon erzählt zu haben. »Wir sollten nicht überreagieren. Es war spät. Er hatte ein Geräusch gehört. Dann hat er bemerkt, dass ich es bin, er hat es weggelegt und ist zu Bett gegangen. Ich fand es nur … etwas seltsam. Was er damit vorgehabt hat, weiß ich nicht. Verstehst du?«

Margot schaute zur Decke hoch. Auf der anderen Seite des Gebälks und des Gipses schlief Hunter immer noch, das Regal blockierte die Tür. Sie zupfte an ihrer Lippe. *Er verhält sich seltsam.* »Ich mache mir Sorgen um ihn, Myron. Vielleicht sollten wir ein Sicherheitssystem einbauen.«

Myron zog die Augenbrauen hoch.

»So eins hat doch fast jeder«, sprach sie weiter. »Vielleicht wäre Hunter so weniger nervös, wenn wir ihn hier allein lassen.

Wir könnten diese Kameras kaufen, die mit unseren Handys verbunden sind. So könnten wir jederzeit beobachten, was hier unten passiert. Auch von unserem Schlafzimmer aus.«

»Wirklich? Ist das nicht … Ich meine, was ist mit der Privatsphäre? Verdammt, denk dran, was letztens am Morgen war.« Er deutete zu der Kammer, wo er dabei versagt hatte, sie zu befriedigen. »Willst du wirklich, dass eine Sicherheitsfirma alles ausspioniert, was wir tun?«

Das ließ Margot zögern. Ihr Blick huschte zur Treppe und zu ihrem improvisierten Yoga-Studio. »Wir müssen sie ja nicht in *jedem* Zimmer einbauen. Richtig? Auf alle Fälle nicht in den Schlafzimmern oder Badezimmern, aber im Foyer? In der Küche? Ich hasse es, das zugeben zu müssen, aber ich werde nervös, wenn ich hier alleine bin. Hunters Schule geht in elf Tagen los, dann werde nur ich im Haus sein. Alleine. Bei Gott, oben kann ich nicht mal die Klingel hören. Wie soll jemand davon abgehalten werden …«

Myron hob eine Hand und nickte. »Warum machst du dich nicht darüber schlau? In Ordnung? Sag mir, was es kosten soll, anschließend reden wir darüber.« Weniger Überwachung schien ihm recht zu sein, während er im Geist die Räume durchging, die immer noch sicher wären. *Badezimmer. Wandschrank.*

Es war beschlossen. Margot würde anfangen, diesbezüglich Anrufe zu tätigen. Aber dieser Gedanke beruhigte sie nicht genug, um zu vergessen, warum sie das Thema überhaupt angesprochen hatte. »Was ist mit Hunter? Meinst du, er braucht eine Therapie?«

Myron dachte demonstrativ nach. *Therapie.* Wer ihn genau kannte, wusste, welche Gründe er nun durchging, warum das eine schlechte Idee war: das Stigma, die Kosten, die Vorurteile.

Margot war das egal. Sie drängte weiter. »Ich mache mir Sorgen um ihn. Er wirkt einfach nicht *normal*, oder?«

»Hey, langsam! Schatz, er ist ein Teenager. Die sind launisch. Die sind asozial. Die sind süchtig nach ihren Handys und hassen ihre Eltern. Hast du das vergessen? Das *ist* normal.«

»Was, wenn er Drogen nimmt?« Ihre schrille Stimme hinterließ kleine Kratzer auf Myrons Körper. »Ich meine, er kommt nie zu uns runter und redet mit uns. Er wirkt dauernd irgendwie, ich weiß nicht, *high*. Und ein paar meiner Sachen sind verschwunden. Wie sollten wir es überhaupt wissen, Myron?«

»Nein, das … er nimmt keine Drogen. Wo sollte er sie auch herbekommen? Er kennt hier doch niemanden.« Unbewusst rieb er seine geröteten Augen. Ein leichtes Zittern, das vom Entzug herrührte, erfüllte seine Finger, aber Margot entging es völlig. »Versteh mich nicht falsch. Das habe ich auch schon gedacht. Ich halte meine Augen nach Anzeichen offen. Aber er verliert kein Gewicht. Er denkt klar, wenn wir mit ihm sprechen. Verdammt, letzte Nacht hat er völlig nüchtern auf mich gewirkt. Nur etwas erschrocken. Schaffen wir ein Sicherheitssystem an, okay? Auf diese Weise wissen wir, ob er nachts rausschleicht oder sonst irgendwelche seltsamen Dinge vorgehen.« Der Umriss eines Mädchens glitt durch seine Gedanken. Hatte er wirklich etwas gesehen oder gehört?

Margot nickte, war zufrieden, aber am Rand ihrer Gedanken beunruhigte sie weiterhin etwas. *Es ist das Haus, Myron. Mit dem Haus ist etwas nicht in Ordnung.* Sie öffnete den Mund, um es auszusprechen, aber hielt es doch zurück.

Myron nutzte die Gelegenheit, um das Thema zu wechseln. »Hey, hast du die Streunerkatze gefüttert? Die weiße? Die sehe ich ständig im Garten.«

»Die Katze? Nein.« Sie wich seinem Blick aus.

»Du weißt, dass wir die nie wieder loswerden, wenn wir sie füttern, ja?« Er seufzte, war genervt und erschöpft. Den größten Teil der Nacht hatte er sich auf der Couch im Wohnzimmer hin und her geworfen.

»Ich füttere sie nicht, Myron. Du bist allergisch, ich weiß.«
Er wandte ihr den Rücken zu und sie verdrehte die Augen.

»Gehst du heute in den Klub?« Er stellte seine Kaffeetasse in die Spüle und nahm seine Aktentasche.

»Yeah. Vielleicht. Sehen wir uns dort?«

»Wahrscheinlich so gegen sieben. Ich habe eine späte Besprechung mit den Chirurgen.« Er schaute ihr nicht ins Gesicht, als er das aussprach und so seine Lüge verbarg. Seine Pillen waren aufgebraucht, seine Haut juckte.

»Okay, Schatz. Ich mache Hunter was zu essen und wir sehen uns später«, rief Margot ihm noch über die Schulter zu, während sie schon unterwegs zu ihrem Studio und ihrem Internet-Verehrer war. Sie hatte ihm »heißes, nacktes Yoga« versprochen. Schon bei der Vorstellung glühten ihre Wangen.

26

Hunter wachte von einem dumpfen Bassgeräusch auf. Musik aus dem Studio seiner Mutter ließ die Balken erzittern. Ein gedämpftes Lachen von der anderen Seite der Wand ließ ihn in die Höhe fahren. Daran schloss sich das reduzierte Trällern der Stimme seiner Mutter an. Sie hielt wieder ihre Yogastunde ab. Die Geräusche erfüllten ihn mit Abscheu. Das Regal blockierte nach wie vor die Tür. Die Erinnerung an den bizarren Vorfall letzte Nacht kehrte zurück.

Bist du wach?

Er stand torkelnd vom Bett auf. Frodo und Samwise richteten ihre bebenden Nasen auf, als er sich auf den Stuhl vorm Computer fallen ließ und die Maus bewegte, um den Rechner aufzuwecken. Die beiden Nager verloren schnell das Interesse und setzten ihre Erforschung der langen Röhre und des Terrariums mit frischem Wasser auf der anderen Seite des Zimmers fort. Hunter sah ihnen zu und fühlte in diesem Moment eine überwältigende Einsamkeit in diesem riesigen Haus ohne einen Freund im Umkreis von achthundert Kilometern.

Der Monitor leuchtete auf; er rief noch einmal das Video von letzter Nacht auf, schaute es bei Tageslicht genau an. Der verschwommene Schatten bewegte sich immer wieder an der Kamera vorbei.

»Was bist du?«, flüsterte er, kniff die Augen zusammen. Seine Mutter oder sein Vater konnten es nicht gewesen sein. Die hatten geschlafen.

Mit einem langen, zittrigen Ausatmen schloss er das Video und klopfte mit den Daumen auf den Schreibtisch. Er sank in seinem Drehstuhl nach hinten und überlegte, ob er die Polizei rufen, es seinem Vater erzählen sollte – wenigstens irgendwem.

Caleb war online, chattete was über irgendeine Verschwörungstheorie, in der es um die Regierung und Fluoride ging. Hunter schickte ihm eine Nachrichtenanfrage. Kurz darauf kam vom Computer ein Bestätigungston. Calebs dickliches Gesicht erschien auf dem Bildschirm.

»H-Dog! Was gibt's?« Caleb machte das Teufelszeichen und grinste.

»Hey. Die Scheiße wird immer schräger.« Hunter berichtete, was vergangene Nacht passiert war, und schickte ihm den Link zum Video.

Caleb stieß einen leisen Pfiff aus. »Alter. Ich hab's dir gesagt. Ihr habt einen Geist im Haus. Du musst da raus.« Sein sarkastischer Tonfall und der spöttische Gesichtsausdruck demonstrierten, dass er selbst kein Wort davon glaubte.

»Schnauze!«, zischte Hunter und warf der geschlossenen Tür einen Blick zu. Es konnte gut sein, dass der Geist direkt dahinter war. »Ich mache keine Witze. Was zum Teufel hat die Kamera da aufgenommen, Mann? Was war das für ein Ding?«

»Woher soll ich das wissen? Das ist ja keine Nachtsichtkamera, Alter. Kann alles Mögliche sein. Ein technischer Fehler. Ist da die Klimaanlage angesprungen?«

Hunter runzelte die Stirn. »Weiß nicht. Vielleicht. Zeichnet das Ding auch die Temperatur auf?«

»Glaube nicht. Was hast du dafür ausgegeben? Zehn Kröten oder so für das Drecksding? Vergiss es. Wahrscheinlich ist es nichts.«

»Yeah. Aber es ist noch mehr komischer Kram passiert. Türen, die immer wieder offen stehen oder geschlossen sind. Lichter, die angeschaltet werden … Ich schwöre dir, dass ich letzte Nacht jemanden gehört habe. Entweder bin ich komplett verrückt oder es ist jemand im Haus.«

»Jemand? Oder *etwas*?« Verrückt oder nicht, Caleb fand das alles nach wie vor sehr unterhaltsam. »Was willst du jetzt machen? Die Cops rufen?«

»Nein … ich weiß nicht.« Er wollte wirklich nicht die Cops rufen oder mit seinen Eltern darüber reden. Sie würden es nur so drehen, dass sie am Ende ihm die Schuld geben konnten. »Was soll ich denn sagen? Ich höre nachts Schritte? Jemand hat an meine Tür geklopft? Das klingt doch bescheuert, oder? Ich habe ja niemanden gesehen. Ich habe als Beweis nur dieses beschissene Video und meine Eltern denken schon, ich wäre auf Drogen.«

Caleb lachte. »Bist du?«

»Fick dich!«

»Im Ernst, wie kannst du an diesem Ort nicht durchdrehen?« Als wollte er seine Worte unterstreichen, nahm er seinen Dampfer und einen langen Zug daraus. »Langweilst du dich nicht zu Tode?«

»So ziemlich.« Hunter rieb sich den Nacken. »Aber glaub mir, es liegt nicht nur an mir. Hier. Schau dir diesen Mist an.«

Er nahm die Webcam vom Tisch, drückte darauf ein paar Knöpfe und schaltete das Licht im Schrank an.

»Was zum Teufel ist das?« Calebs Stimme hallte von der Innenseite des Schranks wider, während Hunter den digitalen Augapfel auf die Wände richtete.

»Keine Ahnung. Irgendein Irrer namens Benny hat in diesem Zimmer gelebt? Vielleicht hat er ein Mädchen umgebracht? Daraufhin hat ein anderer Irrer beschlossen, beschissene Gedichte darüber zu schreiben. Ich hab das ganze Netz abgesucht, um rauszufinden, wer ›Böser Benny‹ ist, aber ich finde nichts.« Hunter stellte die Webcam wieder auf den Tisch und sank in seinen Stuhl. Nur mit einer anderen Person zu reden, schien seine Nerven zu beruhigen.

»Hast du nachgeschaut, wem das Haus früher gehört hat?«

»Yeah. Aber hab nicht viel gefunden. Hier.« Hunter öffnete ein Fenster mit der Website der Wirtschaftsverwaltung von Cuyahoga County. Er öffnete eine Unterseite namens *Besitz 14895 Lee Road*. Dort waren alle vorherigen Verkäufe von Rawlingswood mit Namen und Verkaufspreisen bis zu den frühen 1970er-Jahren verzeichnet.

>Verkaufsdatum: 18.5.2018. Käufer: Spielman, Myron und Margaret; Verkäufer: National City Bank.
>Verkaufsdatum: 1.5.2016. Käufer: National City Bank; Verkäufer: Zwangsvollstreckung.
>Verkaufsdatum: 1.2.1994. Käufer: Martin, Clyde und Maureen; Verkäufer: Gesellschaft für Einsparungen, Inc.
>Verkaufsdatum: 1.1.1993. Käufer: Gesellschaft für Einsparungen, Inc.; Verkäufer: Zwangsvollstreckung.

Verkaufsdatum: 1.9.1972. Käufer: Klussman, Henry und Frances; Verkäufer: Bell, Helen.

»Die vorherigen Besitzer sind also … Clyde und Maureen Martin, davor Frances und Henry Klussman und davor eine Helen Bell. Das reicht bis 1972 zurück. Die Unterlagen des Countys kann man online nicht weiter abrufen.« Hunter las die Liste noch einmal. »Zwei Zwangsvollstreckungen. Mann, dieser Ort bringt Unglück.«

Caleb war unterdessen in Boston damit beschäftigt, auf seiner Tastatur zu tippen. »Ich hab gerade Clyde Martin gegoogelt. Was für ein ätzend langweiliges Leben. Im Vorstand des Shaker Country Clubs. Hatte eine Firma namens Shaker Family Construction. Viel mehr gibt's nicht. Hier.«

Auf Hunters Screen erschienen ein paar Links. Er klickte sich durch die Seiten voller Sackgassen und dachte nach. Frodo und Samwise befanden sich auf halber Strecke zum Fensterbrett über seinem Schreibtisch. Er beobachtete sie einen Augenblick lang, dabei kam ihm eine Idee.

Schnell tippte er etwas ein und rief die Website der öffentlichen Bibliothek von Cuyahoga County auf, scrollte durch die Seite, bis er fand, was er gesucht hatte: die elektronische Ausgabe des *Plain Dealer*. Es war das digitale Archiv der Zeitung. Mit ein paar Klicks öffnete er die Suchfunktion und versuchte es wieder mit dem Namen *Clyde Martin*. Diesmal erschienen fünfzehn Artikel. Hunter scrollte einen nach dem anderen durch, bis eine Reihe von Nachrufen auf seinem Bildschirm erschien.

Leise las er vor: »Martin, Clyde – Shaker Heights. Clyde Martin ist gestern in seinem Haus gestorben. Er hinterlässt seine Frau Maureen. Die Familie bittet darum, dass alle Zuwendungen an die Historische Gesellschaft von Shaker

Heights gehen, an der Mr Martin als Treuhänder beteiligt war. Es ist keine Andacht geplant.«

Das Datum der Zeitung war der 6. Dezember 2014. Hunter ging zum vorherigen Bildschirm zurück. Die Bank hatte achtzehn Monate danach die Zwangsvollstreckung durchgeführt. Er rechnete nach, klickte sich zu dem Nachruf zurück, las noch mal die Namen der Hinterbliebenen. *Keine Kinder. Kein Benny.*

»Ist gestern in seinem Haus gestorben?«, wiederholte Caleb aus den Lautsprechern. »Verdammt. Was meinst du, wo genau er den Löffel abgegeben hat?«

Hunter schob sich auf dem Drehstuhl vom Computer weg. »Das ist nicht witzig.«

»Ich lache auch nicht, du Arsch. Was ist mit seiner Frau?«

Sie wiederholten die Suche, aber diesmal nach Maureen Martin. Eine Zeitungsmeldung tauchte auf Hunters Bildschirm auf: »Witwe aus Shaker Heights verhaftet, muss zwangsvollstrecktes Haus verlassen.«

Caleb las vor: »›Die Polizei von Cuyahoga County hat gestern Morgen Dr. Maureen Martin verhaftet, eine allein lebende Frau in Shaker Heights und Universitätsprofessorin der Case Western Reserve, nachdem sie über Monate Hinweise und Warnungen ignoriert hatte und ein zwangsvollstrecktes Haus nicht verlassen wollte. Martin wurde den Behörden zufolge später am Tag in eine örtliche psychiatrische Einrichtung zur Beobachtung eingewiesen.‹ Bla, bla, bla. ›Der Sheriff will keine formale Anklage erheben. Die Universität wollte die Angelegenheit nicht kommentieren.‹« Caleb hielt kurz inne, um die Worte sacken zu lassen.

»Sie ist verrückt geworden«, stieß Hunter hervor. Das war kein gutes Zeichen. Eine arme Frau, die sich im Haus verbarrikadierte, ganz alleine, heimgesucht von … was? Benny? Seinem *ToTEN MäDCHEN*?

Danach tippte Hunter *Frances Klussman Shaker Heights* ins Suchfeld. Das Ergebnis war eine bizarre Ansammlung von Gerichtsmeldungen und Restaurantanzeigen, die alle nichts mit dem kompletten Namen zu tun hatten. Er gab es ebenfalls in der Suche des *Plain Dealer* ein und fand nichts, abgesehen von einer Zwangsvollstreckungsmeldung, die dem Punkt in der Liste der Verwaltung entsprach. Er las sie, suchte nach weiteren Indizien, aber die Meldung bestand nur aus den grundlegendsten Informationen – der Adresse, dem Namen des Besitzers.

»Also fällt Clyde im Jahr 2014 tot um, und in seinem Nachruf steht nichts von Kindern. Über die Klussmans finde ich gar nichts, nur diese Zwangsvollstreckung von 1993. Was davor war, keine Ahnung ...« Hunter rutschte auf seinem Stuhl herum. Er musste aufs Klo und verlor die Geduld. »Wer zum Teufel sind also Benny und dieses tote Mädchen?«

»Hm ... Benny, das ist die Abkürzung von Benjamin, oder?«

»Wahrscheinlich.«

»Lass mich mal in einem Zeitungsaggregator suchen. Vielleicht finden wir was in einer Verbrechensdatenbank.« Caleb tippte wild herum. »Hast du nach toten Mädchen in Shaker Heights recherchiert?«

Hunter beugte sich näher zum Bildschirm. »Nein. Noch nicht.«

»Also, es ist ja ein reicher Vorort, richtig? Ziemlich hochnäsig?«

»Yeah.«

»Dann kann es nicht so viele geben, oder? Ich kümmere mich um die Online-Suche, aber du könntest in der Bibliothek nachschauen. Rufst du mich zurück?«

»Yeah. Ich sollte sowieso mal eine Zeit lang von hier abhauen.«

Hunter trennte die Verbindung und löschte seinen Browserverlauf, danach machte er eine Bestandsaufnahme, welche peinlichen Details seines Lebens herumlagen, welche Objekte ein Eindringling oder Geist stehlen könnte. Er schnappte sich seinen Geldbeutel, sein Handy, seinen Rucksack. Anschließend schob er das Regal aus dem Weg und trat in den Flur hinaus.

Dieser war leer.

Weiter hinten pumpte laute Musik aus kleinen Lautsprechern, bildete eine Klangwand im Yoga-Studio. Ein heißer Atemzug zischte aus den Lautsprechern von Margots Laptop. »Baby. Baby. Baby. Das war der Hammer.«

Margot lag nackt auf der Seite, gerötet und schweißgebadet, und lächelte verträumt in Kamera 2. Mit geschlossenen Augen wirkte sie viel entspannter, als wenn sie in ihren Designerschuhen im Haus patrouillierte. Nicht einmal schlafend, wenn sie die Augenbrauen zusammengezogen hatte, wegen schlechter Träume mit den Zähnen mahlte und alle Ängste hinter ihren Augenlidern wogten, wirkte sie so friedlich. Sie streckte sich wie eine Katze in der warmen Sonne der beiden Kameras. Die Augen hinter ihnen verfolgten jede ihrer Bewegungen, streichelten sie, hielten sie. Verehrten sie wie Kunst.

»Wann kann ich dich wiedersehen? Diesmal persönlich?« Seine Stimme kam stoßweise, seine Lippen waren zu nah am Mikrofon.

Sie kicherte und schlug die Augen auf. »Mach dich nicht lächerlich.«

»Nein. Ich meine es ernst. Wir sollten uns treffen. Ich verspreche dir, es lohnt sich auch.«

Das entlockte ihr einen Lacher und ließ ein wildes Glitzern in ihren Augen erstrahlen. »Ich bin sicher, das würde es, aber, Kevin …« Sie drehte sich zu Kamera 2. »Ich habe es dir gesagt. Ich bin verheiratet.«

Sie schüttelte bei diesem Gedanken den Kopf, wahrscheinlich, weil sie sich vorstellte, wie Myron wütend wurde. Myron – ein Mann, der fast nie den Mumm aufbrachte, laut zu werden. »Tut mir leid, Schätzchen. Das würde nicht funktionieren. Ich bin sicher, das verstehst du.«

»Oh, tue ich das?« Er lachte grunzend ins Mikrofon.

Verärgerung zeichnete sich in Form von Falten auf ihrer Stirn ab. »Kevin, bitte. Mach das nicht kaputt. Ich mag es, mit dir zu chatten.«

»Ich mag es auch, mit dir zu chatten. Willst du sehen, wie sehr?« Das Gesicht auf dem Bildschirm glitt nach oben außer Sicht, als die Kamera nach unten gekippt wurde.

Margot stieß ein kurzes Lachen aus, war zufrieden, seine volle Aufmerksamkeit zu haben. »Also, das ist sehr hübsch.«

»Das ist für dich. Lass mich zu dir kommen und es dir geben.«

»Hmm …« Sie zwinkerte ihm zu. »Ich wünschte, das könntest du.«

»Ich wohne nicht so weit weg. Dein Mann ist nicht zu Hause.«

Sie schüttelte den Kopf in Anbetracht seiner Beharrlichkeit. Das war nicht die Art von Spaß, auf die sie aus war – und plötzlich erfasste sie die ganze Bandbreite seiner Worte. *Ich wohne nicht so weit weg.*

»Du weißt nicht, wo ich wohne«, sagte sie und setzte sich auf.

»Ich weiß mehr, als du denkst, Baby.« Nun klang seine Stimme bedrohlich. »Ich weiß, dass er dich jeden Tag alleine lässt. Ich weiß, dass er zulässt, dass du deinen Hintern im Internet ausstrahlst, und sich einen Scheißdreck darum kümmert. Also … wann kann ich kommen?«

»Kannst du etwas leiser sprechen?« Sie drehte die Lautstärke auf dem Laptop herunter und warf der Tür einen Blick zu. *Hat*

Hunter das hören können? Das Gesicht auf dem Bildschirm verzerrte sich wütend. Die Augen hatten nun einen düsteren Ausdruck angenommen. Plötzlich war sie sich ihrer Nacktheit bewusst. Margot schnappte sich das seidene Nachthemd und legte es sich über die Schultern. »Ich glaube, wir haben für heute genug rumgespielt, Kev.«

»Zum Teufel noch mal! Glaubst du vielleicht, du könntest einen Mann bis kurz vor der Explosion reizen und dann einfach so abhauen?«

»Ja.« Sie lächelte böse in Kamera 1. »Ja, genau das. Exakt darum geht es doch, du Schwachkopf.«

»Wie hast du mich genannt?«

»Einen Schwachkopf. Schlag es nach, Kleiner. Diese Runde ist vorbei.« Sie griff nach der Maus.

»Du Schlampe, ich werde dich finden, dich und deinen verfickten Ehema…«

Die Stimme brach auf einen Klick hin ab.

Margot presste die Lippen zu einer schmalen Linie zusammen, das Zittern in ihren Händen wanderte ihre Arme hinauf. »Verflucht!«, zischte sie. Das war das erste Mal, dass sie sich mit einem ihrer Zuschauer gestritten hatte. Sie ließ den Blick durch den Raum schweifen, als wäre sie darin gefangen. Energisch klappte sie den Laptop zu.

Hunter war schon halb die Treppe runtergegangen, als seine Mutter in ihrem rosa Nachthemd und mit rotem Gesicht aus ihrem Studio auftauchte. Sie erschrak, als sie ihn entdeckte. »Hunter! Hi! Ich meine: Guten Morgen. Gehst du, äh, raus?«

»Ja. In die Bibliothek.« Er schenkte ihr nur einen Seitenblick, während er weitermarschierte.

»Schon wieder?« *Was hat er mitbekommen*, fragte sie sich. »Was machst du dort alles?«

Wenn er etwas gehört haben sollte, ließ er es sich nicht anmerken. »Nachforschen, glaube ich. Rumlaufen.«

»Worüber genau nachforschen?«

Er seufzte ungeduldig. »Tote Leute.«

Sie riss die Augen auf und zog ihr Nachthemd enger zu. »Tote Leute? Welche toten Leute?«

»Die Leute, die hier mal gelebt haben.« Er fühlte ihren besorgten Blick auf sich und beschloss, sein neu erwachtes Interesse an Benny und seinem toten Mädchen nicht zur Sprache zu bringen. »So ein Forschungsprojekt über die Gegend hier. Hast du gewusst, dass sie in der Lee Road beim Laden ein paar Shaker begraben haben? Da ist eine Plakette und so.«

»Wirklich? Die habe ich nicht gesehen.«

»Ist überwachsen von Büschen. Die Grabsteine fallen fast um und sind kaum zu entziffern. Einige reichen bis vor den Bürgerkrieg zurück. Aber sie lagen da nicht immer. Ursprünglich sind sie an einem Ort am Shaker Boulevard oder so begraben worden, und die Stadtverwaltung hat sie ausgebuddelt.« Sein Blick wanderte die Treppe entlang zum Dachboden.

»Wow. Das ist … ziemlich interessant.« *Tote Leute?*

Er zuckte mit den Schultern und schlurfte zur Haustür hinaus, ließ seine Mutter zurück, während sie ihm nachschaute.

27

Die Rawlings-Familie
19. Januar 1931

Jemand war da.

Ella fühlte es, bevor die Faust gegen die Tür schlug. Sie stellte die Teekanne zurück auf die Anrichte und ging ins Foyer. Schon lange hatte niemand mehr bei ihnen geklopft. Seit Wochen nicht mehr.

Sie schaute durchs Seitenfenster zu dem seltsamen Mann auf der Schwelle und entriegelte widerwillig die Tür. Er wirkte wie ein Halunke – unrasiert, blutunterlaufene Augen, zerknitterter, billiger Anzug.

»Tut mir leid, aber Missus Rawlings empfängt heute keine Gäste.« Ella hielt den Türknauf umschlossen, öffnete nur einen Spalt. Fuß und Knie drückte sie ans Holz der Tür.

»Ich bin nicht wegen Missus Rawlings hier.« Der Atem des Mannes stank nach Branntwein. Er deutete zu dem Wäschesack, den er über der Schulter trug. »Big Ange hat mich mit einer Lieferung geschickt.«

Die rundliche Frau seufzte. »Lieferungen müssen nach hinten gebracht werden. Ja? Gehen Sie ums Haus rum.« Rasch schlug sie die Tür zu und schüttelte den Kopf. *Dieses böse Geschäft ist außer Kontrolle geraten*, sagte ihr Gesichtsausdruck, während sie durchs Foyer und in die Küche zur Tür dort schritt. *Die Nachbarn werden bald Vermutungen anstellen.*

Leider hatte Mrs Rawlings demnächst keine Wahl mehr.

Als Ella an der Hintertür ankam, grinste sie der widerliche Mann schon mit gelben Zähnen durchs Fenster an.

»Sie.« Mit einem dicken Finger wedelte sie vor seinem Gesicht herum. »Sie müssen diesem ›Big Ange‹ ausrichten, dass all dieses Kommen und Gehen auffallen wird. Sie sollen beim Wäschedienst Uniform tragen.«

»Ich geb es weiter.« Er drückte sich an ihr vorbei in die Küche. Im Ofen brutzelte ein Schmorbraten und erfüllte die Luft mit dem willkommen heißenden Geruch eines echten Zuhauses. Er atmete tief ein und warf dem Ofen einen begehrlichen Blick zu, aber stapfte weiter. »Wo soll ich das hinbringen?«

So, wie sich der Sack auf seinem Rücken ausbeulte, wusste sie, was er bei sich hatte. »Der Zucker muss nach oben, auf den Dachboden. Hier, ich zeige es Ihnen.« Sie führte ihn die hintere Treppe hoch, hielt im Flur im ersten Stock kurz inne, um sicherzugehen, dass die Tür zum Zimmer des kleinen Walter geschlossen und Mrs Rawlings nicht zu sehen war. Als Ella dieses Geschäft mit Mr Rawlings Schuldnern gemacht hatte, hatte der Buchhalter versprochen, dass die Dame des Hauses und der Junge nicht gestört werden würden.

Halt alles außer Sichtweite. Mach die Nachbarn auf nichts aufmerksam. Lass die Lieferungen hinten ans Haus kommen. Alles muss so aussehen, als wohnte hier noch eine angesehene Familie, verstanden? Der Junge darf überhaupt nichts wissen. Je weniger Georgina erfährt, desto besser.

Vorsichtig schloss sie die Dachbodentür auf. Auf halber Strecke die Treppe hoch schlug ihr der Geruch von brennendem Zucker entgegen. Der Mann von der Firma, Felix, streckte den Kopf aus dem Butler-Zimmer. »Ella? Bist du das?«

»Ja, Felix. Wir haben Besuch.« Sie verabscheute Felix nicht so sehr, wie sie anfangs befürchtet hatte, aber seine Anwesenheit im Haus war trotzdem völlig inakzeptabel. Dummerweise ging es nicht anders. Mr Rawlings hatte zu viele Schulden hinterlassen, die zu tilgen waren. Beim Gedanken an ihn hob sie den Blick zur Decke. Er hing wie ein Fluch über dem Haus.

Ella hatte Walter in dieser schrecklichen Nacht an seinem Schreibtisch im Wohnzimmer gefunden. Der Geruch von Urin und Erbrochenem erhob sich immer noch zwischen den Dielenbrettern, egal, wie oft sie diese schrubbte. Die Polizei hatte es als Herzinfarkt gewertet. *Dank sei den Engeln*, dachte sie, und das tat sie an den meisten Tagen. Die Versicherungspolice, die sie unter seinem Kopf entdeckt hatte, hatte klargestellt, dass ein Selbstmord diese ungültig machen würde.

Keiner der Polizisten und auch nicht der Leichenbeschauer hatten das Fläschchen mit Tollkirsche bemerkt, das er aus ihrem Schrank geholt hatte; das hatte sie sichergestellt. Seine toten Augen hatten sie beobachtet, als sie das Zimmer durchquert und es von der Schreibtischunterlage neben seinem leeren Teebecher genommen hatte. Dem Gewicht des Fläschchens nach zu urteilen, hatte er es ausgetrunken. Ella hatte den braunen Behälter in ihrer Schürze versteckt und seine Pistole wieder in die Schublade gelegt, bevor sie die Polizei gerufen hatte. Bei der Erinnerung daran begannen ihre Hände zu zittern. Dieses Beben würde sie bis ans Ende ihrer Tage begleiten.

Sei verflucht, Walter, schleuderte sie seinem Geist entgegen, während sie auf dem Dachboden stand. Selbst mit dem Geld der Versicherung war zehn Monate später Felix aufgetaucht, mit seiner illegalen Brennerei und den Anweisungen eines Mannes, der nur als Big Ange bekannt war.

»Hast du schon Schnaps fertig?« Der Ganove ließ den Sack mit Zucker achtlos fallen, interessierte sich nicht für die Mutter und das Kind im Stock darunter.

»Einige Liter.« Felix wies zum Badezimmer, wo braune Flaschen und Lehmkrüge in schiefen Reihen standen. »Will Ange heute was?«

»Nur ein bisschen für die Jungs. Der Truck kommt morgen für die ganze Bestellung. Knapp hundert Liter. Schaffst du das?«

Felix pfiff durch die Zähne. »Das wird eng.« Hinter ihm dampfte die improvisierte Brennerei und blubberte mit dem erratischen Ticken einer verrückt gewordenen Uhr. Die Hitze des Boilers ließ die Fenster beschlagen. Ein schwarzes Rohr erstreckte sich von der Brennerei durch ein Loch in der Wand zum Kamin und dem Kämmerchen auf der anderen Seite.

Ella trat in ihren abgetragenen Schuhen unbequem auf der Stelle. Sie hatten mit ihren Säcken voll Zucker, den Glasröhren, den leeren Krügen und Apfelkisten ihr ehemaliges Zimmer in Beschlag genommen. Die beiden Männer sprachen weiter über die Bestellungen und die letzten Neuigkeiten aus der Unterwelt. Während sie plauderten, schwitzte und rülpste der Kessel im Nebenraum beißende Dämpfe. *Tick. Tick. Tick.* Es war nur eine Frage der Zeit, bis etwas in die Luft ging.

Als sie alle geschäftlichen Fragen geklärt hatten, führte die Haushälterin den widerlichen Mann, der drei Krüge mit Schnaps trug, wieder die Treppe runter und verriegelte die Dachbodentür hinter ihm.

Die Stimme des kleinen Walter ließ sie beide im Flur innehalten. »Miss Ella?«

Sie drehte sich zu ihm um und bemühte sich, mit ihrer ganzen Breite den Eindringling zu verstecken. »Ja, Walter?«

»Wer ist dein Freund?«

»Er ist ein Klempner. Er prüft die Rohre für uns. Aber alles ist in Ordnung, ja?« Sie wandte sich an den Mann mit den Krügen.

»Äh. Ja. Keine Lecks hier.« Der Mann richtete sich auf, um wenigstens einen Hauch Ehrbarkeit auszustrahlen. »Vielen Dank, Ma'am. Ich finde schon selbst raus.«

»Ich will noch sichergehen, dass Sie für Ihre Zeit bezahlt werden. Walter? Du bleibst bitte hier. Ich komme gleich wieder.« Ella lächelte und nickte dem Jungen nachdrücklich zu, um glaubwürdig zu sein.

Trotzdem gehorchte Walter und blieb im Flur, beobachtete sie mit den toten Augen seines Vaters, wie sie die hintere Treppe runtergingen. Sobald sie außer Sicht waren, wanderte der Blick des Jungen zur Decke, wo Schritte von einem Ende des Hauses zum anderen zu hören waren. Leise ging der Junge in den hinteren Flur und legte das Ohr an die Dachbodentür.

Felix sang ein italienisches Volkslied, und es war durch das Schlüsselloch zu hören. Mit einem Auge versuchte der Junge, durch die kleine Öffnung etwas zu erkennen, aber dort waren nur die Treppenstufen und das gelbliche Leuchten der Dachbodenlichter. Der Geruch von Zigarettenrauch mischte sich mit etwas, das dunkler war.

Unten in der Küche kramte Ella in der Vorratskammer herum, bis sie einen Jutesack fand. »Hier«, zischte sie. »Tun Sie die Krüge da rein.« Sie reichte ihm auch einen Sack mit Müll. »Das nehmen Sie ebenfalls. Sie müssen wie eine Hilfskraft aussehen.«

Gleichgültig schnappte er sich den Müllsack und schleppte ihn zur Hintertür raus. »Big Ange hat eine Freundin hergeschickt. Die braucht einen sicheren Ort.«

»Eine Freundin?«, wiederholte Ella und ballte die Hände zu Fäusten.

»Yeah. Eine Freundin. Carmen irgendwas. Weiß nicht. Ihr habt hier ja genug Platz, oder?« Er deutete hoch zu den sieben Zimmern im Obergeschoss. »Nur ein paar Tage. Hat er mir gesagt.«

Noch einmal ließ der Mann den Blick durch die Küche schweifen, als suchte er nach Sachen, die er mitgehen lassen konnte, ganz sicher, und dann verdünnisierte er sich. Ella schloss die Tür ab und stieß einen langen Seufzer aus.

Oben lag Georgina auf ihrem Bett und las in einem alten Buch. *Das Göttliche Buch der Heiligen und Ewigen Weisheit* stammte von 1849 und war von den Shakern geschrieben worden, Gläubigen wie Ninny Boyd. Darin flüsterten die Engel, dass das Ende der Welt und der Tag des Jüngsten Gerichts nah sei.

Das Holz in den Wänden erwiderte das Flüstern.

28

Die Spielman-Familie

8. August 2018

»Mom?«, rief Hunter, als er die Haustür öffnete.

Es kam keine Antwort.

Geräuschlos schwang die Tür ins leere Foyer auf. Hunter hielt nach Anzeichen von Leben Ausschau, als ihm das Summen der Sommernacht folgte. Ein ungepflegter junger Mann in schwarzem T-Shirt und zerrissenen Cargohosen schob sich an ihm vorbei und trat ein.

»Verflucht. Du hast keine Witze gemacht!« Seine ungewohnte Stimme hallte durch das zweistöckige Foyer. »Das ist also der Ort. Ich kann nicht fassen, dass du tatsächlich hier wohnst. Wann bist du eingezogen?«

»Vor drei Wochen oder so«, antwortete Hunter, als er die Tür hinter sich schloss. Der Teenager, der vor ihm her schlurfte, hatte ungefähr die gleiche Größe und das gleiche struppige Kinn – er gehörte derselben ungelenken Spezies an.

»Mann. Ich bin früher die ganze Zeit hier gewesen, als es noch leer stand. Wir haben es das ›Mordhaus‹ genannt. Kids sind hier eingebrochen und so.« Der Junge drehte sich im Kreis und starrte die beeindruckende Treppe hoch zum Geräusch einer Dusche. »Ich hab hier ein oder zwei Mal gefeiert ... Mein älterer Bruder hat da oben seinen ersten Joint geraucht.«

Hunter versuchte, seine Stimme unbesorgt klingen zu lassen. »Warum habt ihr es *Mordhaus* genannt?«

Der Junge drehte sich mit einem teuflischen Glitzern in den Augen zu ihm. Bei genauerem Hinsehen gehörte er nicht unbedingt zu Hunters Spezies. Er sah besser aus, war ein besserer Lügner und hatte die Ausstrahlung eines Verkäufers. »Ein Mädchen ist hier gestorben, Kumpel. Und sie war nicht die Einzige.«

Hunters neuer Freund schlenderte in die Küche und öffnete den Kühlschrank, ohne zu fragen. Er holte zwei Bier raus und hielt Hunter eins hin, der es schnell nahm und seinen selbstsicheren Gast zur hinteren Treppe wies.

»Wir sollten da hochgehen, um zu meinem Zimmer zu kommen. Du weißt schon. Die Eltern.« Hunter hatte das Leuchten des Fernsehers im Wohnzimmer und das Rauschen des Wassers in den Rohren über ihm bemerkt.

»Du bist der Boss.« Der Junge zuckte mit den Schultern und folgte ihm nach oben zu seinem Zimmer. »Klasse Treppe für Diener, Mann. In meinem Haus ist ein ganzes Apartment über der Garage für Hausmädchen und so. Wäre das nicht super? Ein heißes Hausmädchen, das mit dir unter einem Dach wohnt?«

Hunter drängte den Jungen in sein Zimmer und warf der geschlossenen Tür seiner Mutter einen nervösen Blick zu. Sobald sie aus dem Flur heraus und in Sicherheit waren, öffnete er den Verschluss seines Bieres und nahm einen tiefen Schluck. »Ich weiß nicht. Wir haben eine Haushälterin, die einmal die

Woche kommt, und die ist nicht heiß.« Hunter erschauderte, als er sich die fünfzigjährige Louisa nackt vorstellte.

Der Junge leerte sein Bier halb, um seine Überlegenheit zu demonstrieren, dann nickte er. »Yeah. Aber stellst du dir das nicht manchmal vor? Wie es war, hier zu wohnen, mit Butlern und all dem Scheiß?« Der Junge ließ sich in den Schreibtischstuhl fallen, wodurch Hunter sich nur noch auf die Bettkante setzen konnte. »Wenn ich der Herr dieses Schlosses wäre, gäbe es nur heiße Hausmädchen.«

Hunter gab ein aufrichtiges Lachen von sich. Solche Gedanken hatte er durchaus schon gehabt. »Also, äh … was hast du gemeint vorhin? Ein Mädchen ist hier gestorben?«

»Das ist das Gerücht. Einer meiner Kumpel schwört, dass man nachts in den Fenstern ihr Gesicht sehen kann. Der ist ein ziemliches Arschloch, aber das hat er gesagt.« Der Junge holte einen Plastikbeutel aus einer der Taschen seiner Cargohosen. Darin waren getrocknete Kräuter. Er fischte einen großen Klumpen raus und atmete den ranzigen Duft ein, als wäre es Ambrosia. »Willst du was?«

Hunter warf der Tür einen schnellen Blick zu, aber versuchte, ungezwungen zu wirken. »Du meinst zum Kaufen?«

Der Junge fixierte ihn ausdruckslos. »Yeah, Dummkopf. Zum Kaufen.«

»Äh, klar. Drei oder vier Gramm, denke ich?«

Der Junge nickte, als hätte er mit dieser Antwort gerechnet, dann legte er die schmale Linie auf Hunters Mauspad, dazu eine weitere. »Brauchst du eine Tüte?«

Hunter betrachtete unruhig die Ware, bis endlich die Frage bei ihm ankam. »Yeah. Das wäre toll.«

Der Junge holte eine Rolle von Plastikbeuteln raus und warf Hunter eine zu. Dabei entging ihm nicht dessen angespannter Gesichtsausdruck. »Mein Gott, mach dich nicht fertig. Die Cops interessieren sich einen Scheißdreck für Gras. Nicht in diesem Teil der Stadt. Pillen und Pulver, das ist ein anderes Thema. Das macht dann fünfzig.«

Hunter nickte und holte seinen Geldbeutel raus.

Der Junge im Schreibtischstuhl erweckte den Rechner zum Leben. »Nettes System, Mann. Zockst du?«

»Ja. Ein bisschen.«

Die beiden sprachen die nächsten fünf Minuten über ihre liebsten Computerspiele, während Hunter versuchte, sich zu entspannen. Er verstaute seine Neuanschaffung in der Tasche und beobachtete besorgt, wie sein neuer Kumpel sich an seinem Schreibtisch einen Joint drehte.

»Gibt's hier einen Ort, wo wir das Ding anzünden können?«

»Also ...« Hunter mahlte konsterniert mit dem Unterkiefer. Würden sie erwischt werden? Würde es seinen Eltern auffallen? »Auf dem Dachboden, glaube ich.«

»Prima. Ich kann es nicht erwarten, Jamie zu erzählen, dass ich im Mordhaus geraucht habe! Das ist komplett irre.« Der Junge steckte den Joint hinter sein Ohr und schlenderte in den Flur. Hunter folgte ihm, als hätte er Blei an den Füßen.

Margots Tür war nach wie vor geschlossen. Von unten war nichts zu hören. Hunter wog flink die Risiken ab. Sein Vater arbeitete wahrscheinlich irgendwo an seinem Laptop und seine Mutter hatte um diese Zeit schon einen Cocktail intus. Eine unangenehme Schuld lastete auf ihm, während sein Blick auf ihrer Tür ruhte. Die beiden vertrauten ihm nicht, und nun war er drauf und dran, es ihnen zu bestätigen.

»Kommst du?«, drängelte der Junge, der schon am Durchgang zum Dachboden stand, mit tadelnder Stimme.

Es war eine Art Prüfung. Hunter war sich dessen bewusst. Wenn er und dieser Junge Freunde werden wollten, musste er sich als würdig erweisen. Und gerade jetzt brauchte Hunter einen Freund.

»Klar!« Er schloss die Dachbodentür hinter sich.

29

»Ist ja heiß wie die Hölle hier oben.« Der Junge saß mit gekreuzten Beinen auf dem Dachboden und reichte den qualmenden Joint an Hunter weiter.

»Ja. Ich glaube, meine Mutter hat keinen Sinn darin gesehen, die Klimaanlage bis hierhin zu verlegen.« Die Gedanken rasten durch Hunters Kopf, als er den eng gerollten Joint entgegennahm. Würde seine Mutter den Rauch bemerken? Würde sie ihn wegen eines Joints schon in die Suchtklinik stecken? Der Blick des Alphamännchens ließ ihn den Rücken durchdrücken und er zog daran, hielt mehr Rauch im Mund als in der Lunge.

»Wir könnten höllische Partys hier feiern, Mann. Sind deine Eltern öfter aus der Stadt weg?«

»Nein. Eigentlich nicht.« Er nahm einen weiteren Zug von dem Joint und hustete eine Rauchwolke aus. »Sie vertrauen mir nicht genug, um mich ein ganzes Wochenende allein zu lassen.«

»Die klingen wie Arschlöcher.«

Hunter lachte dümmlich und nickte. Im Geheimen war er froh, dass sie ihn nicht über Nacht allein ließen, wenn er sich ausmalte, wie er durch das riesige Haus wanderte, mit der Person in der Nähe, die in dieser einen Nacht in seinem

Zimmer gewesen war … oder dem Ding. Er schloss die Augen, um diese unerwünschte Vorstellung abzuschütteln.

Bist du wach?

Seine Lider öffneten sich ruckartig; ein Zittern erfüllte seinen Kopf, legte sich wie ein Ballon aus Blei auf seine Schultern. Das alles war eine schlechte Idee gewesen, wurde ihm klar, als diese Grinsekatze von einem Freund noch mehr Zähne zeigte, aber nun hockte er in der Falle. Er rappelte sich auf und murmelte: »Wir sollten … ein Fenster aufmachen.«

Nachdem das Dachfenster sich einen Augenblick lang gegen hundert Jahre alte Farbe stemmte, gab es schließlich nach und rauschte nach oben, woraufhin ein Luftschwall in den Raum wehte. Hunter sog ihn ein wie ein Ertrinkender ein. Hastig öffnete er noch ein Fenster und hoffte, dass der Rauch sich aufgelöst hatte, bevor seine Eltern ihn bemerkten.

Der Junge auf dem Boden kicherte und hielt ihm die warme, klebrige Papierrolle hin.

Hunter winkte ab. »Nee, Kumpel. Hab genug. Danke.«

Der andere wedelte weiter damit in seine Richtung. Er wirkte dabei wie die Sorte Typ, der auch einem Hund mit einem Stock ins Auge stechen würde, wenn es ihn nur unterhielt. »Jetzt lass mich nicht hängen, Mann.«

»Alter. Ich bin high.« Aber Hunter gehorchte und nahm den Joint. »Diese Scheiße macht mich fertig.«

Der Junge hatte brennend rote Augen und nickte zustimmend, als Hunter noch einen Zug riskierte. »Mein Cousin hat das Zeug aus Colorado mitgebracht. Die dreckigen Hippies dort wissen, wie man das züchtet, Mann.«

Hunter bemühte sich, nicht viel zu inhalieren, als er den Rauch im Mund hielt. Er wartete so lange, dass es ihm wie ein Monat vorkam, dann atmete er aus und reichte das Ding zurück. Das braune Papier hatte seine Fingerspitzen rot angekokelt, aber es dauerte einige Sekunden, bis der Schmerz bei ihm ankam. Hunter verengte die Augen zu Schlitzen und untersuchte seine Fingerspitzen. Die Wirbel, Falten und Täler in seiner Haut waren geschwollen; es war die Hand eines Aliens.

»Hey!« Der Junge schlug ihm auf den Arm, um ihn zurückzuholen. »Wolltest du nicht noch den Rest erfahren?«

»Hä?« Hunter schaute auf, mit einem leeren Gesichtsausdruck wie ein neugeborenes Baby.

»Das Mordhaus, Mann! Die Leichen.«

Übelkeit blubberte von Hunters Magen bis in sein gelähmtes Hirn hinauf. *Zu high. Zu high. Zu high.* Die Stimme ertönte aus einem langen Tunnel, gedehnt und fremd. »Welche Leichen?«

»Also, hör zu. Letzten Sommer, in einer Nacht wie dieser, genau genommen, sind diese Kids hier eingebrochen, um zu feiern, okay?« Der Junge beobachtete Hunters schwankenden Gesichtsausdruck, bevor er fortfuhr. »Jedenfalls nichts Besonderes. Aber am nächsten Morgen sind da all diese Krankenwagen und Polizeiautos vor der Tür. Zwei von den Kids sind tot. Die Cops sagen was von einer Überdosis oder so, wahrscheinlich Fentanyl, wer weiß. Einige Junkies verkraften es einfach nicht gut … Aber ich hab mit einem der Typen geredet, der dabei war, und der hat eine ganz andere Geschichte erzählt.« Der Gesichtsausdruck des Jungen änderte sich von Vergnügen zu Ehrfurcht.

Hunter hörte auf zu schwanken, indem er sich mit beiden Händen auf dem Boden abstützte. »Moment. Moment. Was? Die sind hier gestorben? Das … du verarschst mich doch, Mann.«

»Einen Scheiß mache ich! Warst du hier, Boston? Ich glaube nicht.«

Hunter zwinkerte bei dem Versuch, Feuchtigkeit in seine verklebten Augen zu bekommen, um wieder klar sehen zu können. »Nein, aber … es stand nichts in den Zeitungen darüber. Ich hab nachgesehen.«

»Du hast nachgesehen? Das bedeutet gar nichts. Das hier ist Shaker Heights, Kumpel. Die Familien hier passen auf, dass so was nicht in der Zeitung landet. Schau bei Google nach Niles Gorman und Natalie Cain. Sie haben winzige Nachrufe bekommen, in der Statistik sind sie bei der Opioid-Krise mitgezählt worden.« Der ruhelose Gesichtsausdruck des Jungen entsprach nicht dem Grinsen seines Mundes.

»Tut mir leid, Mann.« Hunter hob die Hände, als wollte er sich ergeben. »Das ist komplett abgefuckt. Hast du die vielleicht gekannt?«

»Irgendwie. Ein bisschen. Ich kannte einen der Typen, der bei ihnen war, und, Mann …« Der Junge schüttelte den Kopf. »Seine Eltern haben ihn für sechs Monate oder so auf die *Hopewell Farm* geschickt.«

»Was zum Teufel ist das? Eine Art Irrenhaus?«

»Ja. So was. Der arme Bastard konnte nicht aufhören, davon zu reden, was er gesehen hatte. Irgendwas mit einem Geist oder Dämon oder so einem Scheiß.« Der Junge lächelte nun nicht mehr.

Hunters Gesicht erlahmte. »Was für ein Geist?«

Der Junge zuckte mit den Schultern. »Keine Ahnung. Aber die Kids hier in der Nachbarschaft denken alle, dass dieser Ort verwunschen ist.«

Weiße Seide blitzte in den Ecken von Hunters Gedanken auf. Er wischte das Wesen weg und schaute sich im Dachboden um. Lauschte es vielleicht?

»Hast du sie gesehen?« Der Junge nahm noch einen tiefen Zug.

»Sie?« Hunter wurde flau im Magen.

»Ja. Der Geist. Hast du ihn gesehen?«

Hunter blinzelte den Jungen an, bevor er den Kopf schüttelte. *Hatte er »sie« oder »ihn« gesagt?*

»Ich kann immer noch nicht fassen, dass du hier wohnst, Mann! Ist irgendwie geil, dass du mich eingeladen hast.« Der Junge stand mit dem Rest des Joints in der Hand auf. »Ist hier oben ein Badezimmer?«

»Äh. Ja. Da drüben.« Hunter deutete zur Badezimmertür, die ein Stück offen stand. Ein Schatten lauerte auf der anderen Seite des Holzes wie eine Vorahnung von Grauen. Das Licht war ausgeschaltet, bemerkte er erst jetzt, als er in die Dunkelheit spähte. Sonst war das Licht nie aus.

Der Junge stieß die Tür auf, drehte den Wasserhahn am Spülbecken auf und schloss ihn wieder. Danach kam er zu Hunter zurück, der dumpf dasaß, und reichte ihm den nassen Joint, den er gerade gelöscht hatte. »Willst du den Stumpf?«

Hunter schüttelte langsam den Kopf.

»Also.« Der Junge legte den Stumpf auf die Fensterbank und lief im Kreis durch den Raum. »Danke für die Tour, Mann.«

»Klar.« Hunter stellte sich auf seine Beine, die sich anfühlten, als gehörten sie einer Vogelscheuche. Das Blut floss von seinem Kopf ab. Ein Kaleidoskop von Bildern toter Teenager blitzte in seinen Gedanken auf. »Scheiße.«

Der Junge schlug ihm auf die Schulter. »Wenn du mehr willst, weißt du, wo du mich findest, klar?«

Hunter nickte blind und wartete, dass die Flecken vor seinen Augen verschwanden.

Ein breites Grinsen teilte das Gesicht des Jungen in zwei Hälften. »Vielleicht nimmst du dir eine Minute Zeit, bis du dich wieder gesammelt hast. Ich geh dann schon mal.«

Bevor Hunter seine Stimme fand, hüpfte der Junge die Treppe runter.

»Moment«, rief Hunter schwach hinter ihm her, stolperte zur Treppe, wobei sein Kopf einen halben Meter über seinen Schultern zu schweben schien.

Sein Freund war verschwunden.

Er kannte ihn kaum und nun lief der Typ in seinem Haus herum und sprach vielleicht sogar mit seinen Eltern. High wie ein Vogel. »Roger?«, zischte er die leere Treppe hinab.

Am Fuß der Treppe angekommen registrierte er, dass die Tür seiner Mutter am hinteren Ende des Flurs offen war. Er sah zur Haupttreppe, ins Foyer, zur Haustür – es gab keine Spur von Roger. Hunter erhaschte einen Blick auf sein eigenes gerötetes Gesicht im Flurspiegel und beschloss, in diesem Zustand besser nicht mit seiner Mutter zu reden. Er drehte sich wieder zur hinteren Treppe und wankte in die Küche hinab.

Margot stand vor dem geöffneten Kühlschrank.

»Oh …«, entfuhr es Hunter, der einen Schritt nach hinten stolperte und sich Sorgen machte, dass er immer noch nach Rauch stinken würde. »Hi, Mom.«

»Hi.« Sie schenkte ihm kaum einen Seitenblick, stierte zu Boden und versuchte zu verbergen, dass ihr Gesicht vom Weinen geschwollen war. »Hast du Essen gehabt?«

Er wartete, ob noch weitere Fragen kämen. *Wer ist dein Freund? Habt ihr Drogen geraucht?* Wäre er selbst nicht in einem Zustand der Panik gewesen, hätte er den gekünstelten Tonfall ihrer Stimme bemerkt, die Falten auf ihrem Gesicht. »Nein, ich hab keinen Hunger.« Er schlenderte in Richtung der Tür so lässig an ihr vorbei, wie er konnte. »Hast du Dad gesehen?« *Oder meinen bekifften Freund?*

»Dad? Oh. Ich glaube, der ist im Wohnzimmer eingeschlafen.«

Hunter hörte nicht zu. Das Foyer war immer noch leer. Er drehte sich zum Wohnzimmer, das sich auf der anderen Seite der Küche befand. Die Wände rauschten verschwommen an ihm vorbei. Der Fernseher flackerte weiterhin blau und grün. Als er näher ranschlich, konnte er die geöffnete Flasche Bourbon auf dem Tisch und die Füße seines Vaters in Kaschmirsocken auf dem Sofa erkennen. Hinter ihm starrte Margot nach wie vor in den Kühlschrank, ließ die kalte Luft ihr geschwollenes Gesicht beruhigen.

Es gab nicht die geringste Spur von Roger.

Oben auf der Treppe wurde eine Tür zugeschlagen.

Eine schlaksige Gestalt eilte die Treppe runter und in atemberaubender Geschwindigkeit zur Haustür hinaus.

Benommen stolperte Hunter hinter ihr her. Rogers schwarzes T-Shirt verschwand zwischen den Bäumen. Hunter rannte die Einfahrt entlang hinter ihm her. »Hey! Wo zum Teufel willst du hin?«

Nach einer gähnend langen Wartezeit lief er zum Haus zurück und schloss die Tür hinter sich.

»Ist jemand da?«, erkundigte sich seine Mutter vom Durchgang zur Küche aus.

»Äh. Ja. Ein Freund ist vorbeigekommen.« Er hielt ihr den Rücken zugewendet, damit sie nicht die unkonzentrierte Panik bemerkte, die sein Gesicht verzerrte. *Was hat Roger da oben gemacht?*

»Oh, das ist schön, Schatz. Ich möchte ihn irgendwann kennenlernen.« Margot nickte knapp und schlurfte in die Küche zurück.

Erleichtert, dass sie nicht weiter darüber reden wollte, folgte Hunter dem Grasgeruch zurück zur großen Treppe und bis zum Schlafzimmer seiner Eltern. Das Gefühl, dass etwas fürchterlich falsch war, drehte ihm die Eingeweide um. Die Wände schienen sich mit jedem Atemzug auszudehnen und zusammenzuziehen.

Im Schlafzimmer seiner Eltern fand beide Arzneischränke geöffnet vor. Pillenfläschchen waren auf der Marmorfläche der Anrichte verteilt.

»Scheiße! Roger?«, zischte er, packte eine Flasche nach der anderen. Leer. Leer. Nur eine hatte noch Inhalt. Panisch stellte er alle an ihren angestammten Ort zurück. Als er den Arzneischrank seines Vaters schloss, bemerkte er im Spiegel etwas. Ein Aufblitzen von weißer Seide.

Als er herumwirbelte, war es verschwunden.

Hast du sie gesehen?

Er wollte loslaufen, um der Person zu folgen, oder was auch immer es gewesen war, aber ein roter Fleck im Waschbecken seiner Mutter ließ ihn nicht einmal den ersten Schritt ausführen. Der Raum schwankte, als er die Farbe zuordnen konnte. Eine rote Lache hatte sich am Abfluss gesammelt. Daneben glitzerte ein Rasiermesser silbrig im Licht.

Blut.

Hunter griff nach der Anrichte, um nicht umzukippen, während die Wände um ihn herum wogten. Es war ein altmodisches Rasiermesser, wie es heute niemand mehr benutzte. Außer in Horrorfilmen. Kalter Schweiß sammelte sich auf seiner Stirn.

Wessen Blut? Roger war mit seinen geklauten Pillen zur Straße rausgerannt. Seine Mutter war in der Küche.

Mit einer zitternden Hand drehte Hunter den Wasserhahn auf und verfolgte, wie das Wasser in das Waschbecken floss, rot und rosa verwirbelte, bis alles sauber war. Er schob das Rasiermesser mit einer Shampooflasche in den heißen Strahl, wagte nicht, es anzufassen, bis es gesäubert worden war. Dann holte er es heraus, klappte die Klinge in den Griff. Das Gewicht in seiner Hand bündelte den Blick seiner blutunterlaufenen Augen.

Er steckte das Rasiermesser in seine hintere Hosentasche und eilte den Flur entlang zu seinem Zimmer. Nachdem er die Tür verbarrikadiert hatte, lief er auf und ab. Er holte sein Handy raus, begann eine Nummer zu wählen, mitten in der Bewegung stoppte er wieder. *Was würde die Polizei tun? Was, wenn es Mom war? Was, wenn sie versucht hat …*

Bei dieser Vorstellung schüttelte er heftig den Kopf.

Atemlos sank er in seinen Stuhl und hob das Telefon wieder hoch. Er scrollte durch die Liste der Telefonnummern, bis er die richtige gefunden hatte. Eine geschlagene Minute hörte er das Klingelgeräusch, daraufhin sprang die Voicemail an. »Hey, Roger! Was zum Teufel war gerade los? Hier ist Hunter. Ruf mich an.«

Die gleiche Nachricht schickte er als Textnachricht, dann weckte er seinen Computer auf. In der Suchmaschine gab er Rogers Name ein. Es kamen keine Ergebnisse, von ein paar unbenutzten Social-Media-Konten abgesehen. *Keine Polizeimeldungen*, dachte Hunter, *aber wie alt ist Roger überhaupt? Was zur Hölle soll ich meinen Eltern wegen der Pillen sagen?*

Hunter erwog noch einmal, die Polizei zu rufen. *Nein. Das Gras. Ich bin high. Scheiße.*

Um seine zitternden Finger zu beschäftigen, tippte Hunter die Namen ein, die Roger runtergerattert hatte: *Niles Gorman Shaker Heights*. Einige Ergebnisse erschienen auf dem Bildschirm. Meldungen über Football. Eine Facebook-Seite. Ein Artikel in der Schülerzeitung der Highschool mit dem Titel »Opioid-Krise erreicht Shaker«. Hunter klickte darauf.

> Angehörige betrauern den Tod der SHHS-Schüler Niles Gorman und Natalie Cain vergangene Woche. Beide Schüler sind mutmaßlich an einer Drogenüberdosis gestorben …
>
> Die Leichen wurden in einem leer stehenden Haus an der Lee Road entdeckt, das als Problemort bekannt ist. Nun sichert die Polizei das Gelände …

Hunter suchte im Artikel nach Erwähnungen eines Geistes oder seltsamer Vorkommnisse, aber fand nur Erinnerungen von Lehrern, was für Schüler sie gewesen waren, und von Freunden, die darauf beharrten, dass keiner von beiden ein richtiges Problem mit Drogen gehabt hatte. Der Rest des Artikels schilderte aktuelle Statistiken der Opioid-Krise in Cuyahoga County, die Familien ruiniert und Kinder ins überlaufene Pflegesystem der Stadt gezwungen hatte.

Hunter strich sich übers Kinn, zupfte am Flaum, drehte sich auf dem Stuhl zur Tür. Er war nicht nüchtern genug, um seinen Eltern unter die Augen zu treten. Er holte das Rasiermesser aus seiner Tasche und nahm es genauer in Augenschein. Vielleicht hatte sein Vater es von seinem eigenen Vater geerbt oder in einem Laden gekauft oder …

Im Flur vor seiner Zimmertür knarrten die Dielen.

Die elektrische Spannung einer anderen Person, die keine vier Meter entfernt war, ließ die Luft summen, kroch auf seinem Rücken hoch; ein Schatten schwebte auf der anderen Seite seiner Tür. Das Gefühl spannte seine Nerven zum Zerreißen. Er rechnete damit, dass jeden Augenblick etwas geschah.

»Was willst du?«, fragte er schließlich, aber seine Stimme war kaum mehr als ein Flüstern.

Es kam keine Antwort.

Hunter konnte fühlen, dass jemand oder etwas durch das Schlüsselloch spähte. Reflexhaft umgriff er das Rasiermesser fester.

Der Schatten entfernte sich knarrend in Richtung der Dachbodentreppe, und das Gefühl, beobachtet zu werden, löste sich auf. Er stand auf, aber zögerte. Verwirrte Gedanken blitzten hinter seinen Augen auf. *Das ist dumm. Ich sollte die Polizei rufen. Wenn das eine Person ist, dann ist es ein Einbrecher, und wenn es eine tote Person ist …*

Aber sein Kopf fühlte sich immer noch nicht am rechten Ort an. Er schloss fest die Augen und blinzelte sie wieder auf. Das Weiße darin war weiterhin brennend rot. In diesem Zustand konnte er nicht die Polizei rufen. Er konnte nicht einmal mit seinen Eltern reden. Vielleicht hatte er sich alles nur eingebildet. Da wurde ein zusammenhängender Gedanke angeschwemmt.

Die Kamera.

Hunter wandte sich wieder zu seinem Computer und vergrößerte das Fenster mit dem Bild der Webcam, auf dem sein eigenes Gesicht den Bildschirm anstarrte. Hastig spulte er die Aufnahmen zu einem Zeitpunkt früher am Tag zurück, aber war sich nicht sicher, was er finden würde. Auf dem Bildschirm stand die Tür offen. Er spulte weiter nach vorne. Nichts. Nichts. *Moment.*

Ein kleines Stück sprang er zurück, dann fand er es. Auf dem Bildschirm wurde seine Tür geöffnet. Der Flur draußen war dunkel und körnig, aber dort bewegte sich etwas – ein weißer Stoff. Noch mal spulte er zurück und aktivierte die Zeitlupe. Eine Schulter. Ein weißes Nachthemd. Eine Strähne blonden Haares. Danach nichts. Kein Gesicht. Er versuchte, die Helligkeit anzupassen, aber das brachte nichts.

»Beschissene Kamera!«, zischte er.

Das konnte auch seine Mutter sein. Zumindest würden das alle sagen. Aber wie er das Standbild mit dem eingefrorenen Profil anglotzte, seine eigene Nase lediglich Zentimeter vom Bildschirm entfernt, war er sich sicher, dass es nicht sie war.

30

Die Martin-Familie

15. Februar 2014

Ava wachte beim Klang von Schritten auf, die sich durch den gekrümmten Flur ihrer Tür näherten. Sie konnte die schweren Schritte sogar über den summenden Kastenventilator neben ihrem Bett hinweg hören.

»Ava, Schatz? Bist du wach?« Papa Martin war durch die offene Tür leise zu hören. »Ich dachte, ich hätte dich weinen gehört.«

Sie antwortete nicht. Stumm stand sie vom Bett auf und schlich auf Katzenpfoten zu dem Schrank an der anderen Seite des Raums, hielt dabei die Luft an.

Der Schlüssel klapperte im Schloss. Das Geräusch gab ihr Deckung. Sie machte die Schranktür hinter sich zu. In der atemlosen Dunkelheit schob sie sich durch die hängenden Kleider zur Wäscheklappe, die sich einen halben Meter über dem Boden befand. Hinter der Holzklappe war der Wäscheschacht. Sie griff in die Öffnung, um die Klappe auf der anderen Seite des Schachts zu öffnen. Die kalte Kellerluft, die nach oben strömte, kühlte ihre Haut. Mit einem leisen Quietschen öffnete sich die Klappe zur benachbarten Kammer. Ava zuckte bei dem Geräusch zusammen.

Die Tür zu ihrem Zimmer wurde knarrend geöffnet. Sie konnte fühlen, wie Papas Schritte den Fußboden erzittern ließen, als er ins Zimmer stampfte. »Alles okay, Mädchen? Hast du was dagegen, wenn ich mich hier ein wenig hinlege? Das Bett ist so leer, wenn Maureen nicht in der Stadt ist … Ava?«

Die Wäscheklappe war gerade groß genug, dass sie sich durchquetschen konnte, und im Stillen dankte sie Gott, dass sie so klein geblieben war. Selbst mit fast sechzehn Jahren wurde sie oft für viel jünger gehalten. Sie versteckte ihre Kurven unter weiten Kleidern und einem bewussten Schlurfen. So leise wie möglich stemmte sie sich über den sechs Meter tiefen Abgrund des Kellers und in die Kammer auf der anderen Seite. Die Stapel aus Handtüchern und Decken dämpften das Geräusch, mit dem sie kopfüber auf dem Boden landete.

Hinter ihr wurde die Schranktür aufgerissen, bevor sie die Wäscheklappe ihrerseits zuziehen konnte. *Zu spät.*

»Ava? Was zum Teufel machst du da?« Papa Martins Stimme dröhnte durch den Schrank. Mit einem metallischen Kratzen wurden die Kleiderbügel zur Seite geschoben. Ein fleischiger Arm schoss durch die Wäscheklappe. Die Hand erwischte fast ihr Nachthemd, als sie aus der Kammer und in den Flur hinausstürzte.

»Ava!«, rief er ihr hinterher.

Sie blickte nicht zurück. Mit fliegenden Füßen eilte sie den Flur entlang zur hinteren Treppe. Draußen fiel Schnee und sie hatte nackte Füße. Weit würde sie nicht kommen, das war ihr klar, als sie die Treppe runter zur Küche lief. Trotzdem öffnete sie die Tür und schaute in die Einfahrt. Der Schnee fiel in großen Flocken und schmolz auf dem dunklen Asphalt. *Gut. Keine Fußspuren.*

Sie schnappte ihre Schuhe und den Mantel vom Haken und ließ die Tür weit aufstehen. So leise wie möglich schlich sie die Kellertreppe hinab. Papa Martin hätte sie aber wegen seines wütenden Stampfens und genervten Keuchens sowieso nicht gehört.

»Verflucht, Ava!«, brüllte er die hintere Treppe hinab. Mama Martin war nicht in der Stadt, also konnte er niemanden wecken, von Toby abgesehen. Der Gedanke an den Jungen, der in seinem Zimmer eingesperrt war und sich wegen des Aufruhrs wunderte, stach wie ein Messer auf Ava ein, während sie in den Keller rannte.

Aber er hat nie eine Hand gegen den Jungen erhoben, redete sie sich ein, während sie den Mantel und die Schuhe in einem Schrank versteckte und sich selbst in einem anderen. *Was zum Teufel mache ich hier?*

Papa rumpelte durch die Küche und stieß die Sturmtür auf. »Ava?«, brüllte er in die Einfahrt. Die Nachbarn zu wecken, würde nicht helfen, sah er ein, und schloss die Tür wieder. »Jesus Christus!«

Er stürmte zurück in die Küche und riss das Telefon an sich. Seine Stimme wanderte die Kellertreppe hinab zu Avas Versteck, wo sie neben seinen Overalls und Werkzeugen in die Hocke gegangen war. »Al? Ja, hier ist Clyde. Hör mal, kannst du einen Wagen herschicken? Ava ist aus dem Haus geschlichen … Wenn ich das mal wüsste! Ich glaube, es geht um einen Jungen aus der Schule … Glaub mir, sie bekommt einen Monat Hausarrest. Lass die Jungs einfach die Augen nach ihr offen halten … Wir sehen uns am Samstag am Schießstand? Okay. Danke.« Er legte auf.

Ava sank an der Schrankwand herab. *Was jetzt?* Die Polizei würde sicherlich Clydes Version Glauben schenken. Sie wusste sowieso nicht, ob sie überhaupt die Nerven hatte, jemandem die Wahrheit zu erzählen. Dazu hätte sie schon öfter die Gelegenheit gehabt.

In der muffigen Luft im Schrank hörte sie, wie Papa Martin ein Bier aus dem Kühlschrank holte, dann dessen Tür fest genug zuschlug, dass der Boden erzitterte. Mit wütenden Schritten entfernte er sich aus der Küche. Im Wohnzimmer wurde der Fernseher angeschaltet und die gedämpften Geräusche einer Gameshow drangen bis an Avas Ohren. Sie fragte sich, was sie nun tun konnte. *Weglaufen? Was ist mit Toby? Jemanden anrufen? Aber wen?*

Die endlosen Fragen und Sackgassen wirbelten um sie herum in der erstickenden Dunkelheit, bis sie jedes Zeitgefühl verloren hatte. Jede Vernunft verließ ihre Gedanken, als sie in einen Albtraum der unterschiedlichen Möglichkeiten abtauchte. Ava, wie sie auf der Rückbank eines Polizeiautos saß. Toby, wie er im Wald herumirrte. Papa Martins Hände, die ihren Hals zusammendrückten, bis sie nicht mehr atmen konnte. Ava, wie sie in einem schwarzen, schwarzen Meer ertrank.

Stunden später traf sie plötzlich ein Luftzug. Licht strahlte sie an, und wie von einer Ohrfeige war sie wach. In der unvermittelten Helligkeit musste sie blinzeln, um die breite Brust von Papa Martin erkennen zu können, der in der Tür stand.

»Da bist du ja«, sagte er.

31

Die Spielman-Familie

8. August 2018

Mit trüben Augen begutachtete Myron sich selbst im Badezimmerspiegel, suchte nach Symptomen von Gelbsucht, dachte nach. Er musste wirklich aufhören. Das wusste er, aber trotzdem öffnete er den Arzneischrank. *Morgen.* Morgen würde er es besser machen, aber gerade heute …

Er nahm eine der braunen Flaschen und schüttete den Inhalt in seine Handfläche. Die Flasche, die vor zwei Tagen noch mit weißen Pillen unterschiedlicher Größe gefüllt gewesen war, war nun fast leer.

»Verflucht! Wer hat meinen Kram geklaut?« Myron drehte sich im leeren Raum im Kreis, suchte nach jemandem, dem er die Schuld geben konnte. Die kleine Digitaluhr neben dem Waschbecken zeigte 23.27 an.

Einen Stock tiefer schlief Margot dank der zwei Martinis, die sie sich beim Essen genehmigt hatte, auf der Couch. Die Wiederholung, die im Fernseher lief, ließ ihr Gesicht flackernd grün-braun leuchten. Er hatte nicht den Mumm, sie zu wecken oder zu riskieren, dass sie etwas ahnte.

Mit gerötetem Gesicht stürmte er den langen Flur entlang bis zu Hunters Zimmer und stieß, ohne zu klopfen, die Tür auf. »Hunter!«

Der Junge erschrak in seinem Drehstuhl vorm Computer und klickte schnell den Artikel über Poltergeister weg. »Was?«

»Komm mir nicht mit *was*.« Myron hob die fast leere Pillenflasche in Richtung seines Sohns. »Hast du meine Medikamente geklaut?«

»He?« Der vorwurfsvolle Blick seines Vaters ließ ihn schrumpfen; sein Blick raste von der Flasche zum geröteten Gesicht. *Verflucht, Roger!*

»Ich habe gefragt: Hast du *meine Pillen* gestohlen?«

»Nein!« Hunter wurde blass. Das Gras, das er mit dem Dieb Roger geraucht hatte, war fast aus seinem Körper verschwunden, aber Panik erfüllte ihn trotzdem.

Myron stürmte vor und packte den Arm des Jungen mit seiner manikürten Hand. Fest. »Lüg mich nicht an! Hast du sie genommen?« Er suchte im Gesicht des Jungen nach Signalen. Verheimlichung? Rausch? Sucht? »Wenn du ein Problem hast, musst du es mir sagen, Sohn. Die Medikamente anderer Leute zu nehmen, ist gefährlich. Es kann dein Leben ruinieren. Dich sogar umbringen. Verstehst du mich?«

»Ja, Sir«, erwiderte Hunter und versuchte, seinen Schrecken darüber, erwischt worden zu sein, zu verbergen. Die Tüte mit Marihuana war in der Schachtel Kleintierfutter versteckt.

»Muss ich dich zum Drogentest schicken?«

»Was?« Hunter öffnete fassungslos den Mund. *O Gott!* »Nein! Dad! Ich nehme keine Drogen!«

Und das tat er wirklich nicht. Zumindest sonst nicht. Hunters einzige Sucht leuchtete hinter ihm mit dem grellen

Versprechen, alles zu zeigen, was sein fiebriges Hirn sehen wollte, und auch vieles, was er gar nicht sehen wollte.

Myron erforschte die Augen des Jungen auf ärztliche Weise, hielt nach den verräterischen Signalen Ausschau. Pupillen. Hautfarbe. Ausgeglichenheit. Augenbewegungen. Traute ihm keine Sekunde über den Weg.

Hunter wand sich unter diesem Mikroskop, bis sein Vater den Griff lockerte.

Der Mann richtete sich auf, als ihm bewusst wurde, wie er aus Perspektive des Jungen wirken musste. Das leichte Zittern in seiner Hand, das er schnell zu verbergen suchte, indem er beide Fäuste samt der Flasche in den Taschen seines Nachthemdes vergrub, war ein untrügliches Zeichen. Myron bemühte sich um den Tonfall des besorgten Vaters. »Mir gefällt nicht, wie viel Zeit du hier drin verbringst. Die ersten paar Wochen? In Ordnung. Aber es wird langsam lächerlich. Deine Mutter und ich sind krank vor Sorge.«

Die Aufmerksamkeit des Jungen drehte sich sofort nach innen. Die Missbilligung seines Vaters zeichnete erdrückende Worte auf sein Gesicht. *Versager. Schwach. Enttäuschung. Loser.*

»Ich will, dass du morgen dieses verdammte Zimmer verlässt. Geh raus. Lauf rum. Triff dich mit ein paar Leuten deines Alters. Spuk hier nicht rum wie Eddie Munster. Klar?«

Diese Verachtung traf den Jungen an Stellen, die niemals jemand sehen würde. Hunter nickte, schaute seinen Vater nicht an. Er erwähnte erst gar nicht, dass er den ganzen Nachmittag außer Haus verbracht oder sich mit einem Freund getroffen hatte, der sich als Dieb entpuppt hatte.

Das Gefühl der Schande, das Myron gerade ausgelöst hatte, ließ ihn selbst das Gesicht verziehen. Er war wütender über sich als über seinen Sohn, aber hielt sich nicht damit auf, diese beiden Gefühle zu erforschen. Er griff an seinem Sohn vorbei und nahm seine drahtlose Tastatur vom Tisch. »Die nehme ich mit, bis du mir beweist, dass du dich verantwortungsvoll genug verhältst, damit du sie zurückhaben kannst. Verstanden?«

Hunter starrte mit offenem Mund zur Tastatur und danach zu seinem Vater. Wut übertönte die Erniedrigung durch die Standpauke seines Vaters. »Hey! Die gehört mir.«

»Nein, Sohn. Die gehört mir. Was glaubst du, wer für all das hier bezahlt, hm?« Myron machte eine ausholende Handbewegung durch das Zimmer voller Poster, Bücher, dem unheimlichen Kamin und dem Mäuselabyrinth. »Wir haben einen Deal, weißt du noch? Du machst deinen Job und ich meinen. Und jetzt gerade ist mein Job, dich aus diesem Zimmer zu befördern. Und dein Job ist, dir nicht mehr das Hirn durchzubrennen. Jetzt geh schlafen. Und halt dich verdammt noch mal von meinem Arzneischrank fern!«

Hunter blickte seinem Vater grimmig hinterher, als dieser aus dem Zimmer stürmte. Sobald die Tür geschlossen war, stand der Junge auf und wühlte in seinem Schrank herum.

TOTES MäDCHEN BÖSER BeNNY

BÖSE BÖSE BÖSE

Er fand seine alte schnurgebundene Tastatur in einer Kiste, unter alten Videospielen und einem Foto von einem kleinen Jungen, der auf dem Schoß einer älteren Schwester saß. Er betrachtete es eine Zeit lang, bevor er es in die Kiste zurücklegte. Kurz darauf schloss er die Tastatur hinten an seinem Rechner an und setzte sich mit neu erwachter Entschlossenheit vor den Bildschirm. *Scheiß auf ihn!*

Ins Suchfenster tippte er ein: *Zeichen von Pillensucht.*

Weiter hinten im Flur, im Elternschlafzimmer, warf sich Myron den Rest der weißen Pillen ein, dann schob er die Tastatur seines Sohnes in der Sockenschublade ganz nach hinten. Er würde nicht mit Margot über diese Auseinandersetzung reden. In seiner Vorstellung konnte er schon ihre Vorwürfe hören: *Bist du sicher, dass es die beste Lösung war, ihm den Computer zu verbieten?* Ihre zweifelnde Stimme brachte so viele Zahnräder in ihm zum Drehen, dass es ihn fast zerriss. Er ließ sich aufs Bett fallen und wartete darauf, dass die Pillen wirkten und das Kabelfernsehen seine Schuld sowie seine gequälten Gedanken wegschwemmte.

Eine Stunde später weckte ihn ein Geräusch. »Margot?«, murmelte er, aber ihre Seite des Bettes war leer.

Wieder hörte er das Geräusch und setzte sich benommen auf. Es kam aus dem Badezimmer. Myron schwang die verschwitzten Füße auf den kalten Holzboden, stemmte sich hoch und tappte leise in der Dunkelheit dorthin.

In der geisterhaften Reflexion des Lichts vom weißen Marmor stand eine Gestalt am Waschbecken – ein Mädchen. Myron stockte der Atem und er verharrte in der Tür. Nackte Beine. Langes, helles Haar. Weißes, dünnes Kleid. Eine Andeutung von Rauch. »Margot?«, flüsterte er.

Er behielt den weiblichen Schatten im Blick und machte einen vorsichtigen Schritt nach vorne. Sie verschwand in der Kammer mit dem leisesten Lachen, das er je gehört hatte. Ein Atemstoß durch das schwächste Lächeln hindurch.

Nicht Margot.

»Hey!« Er tastete nach dem Lichtschalter, der nicht da war. Der befand sich auf der anderen Seite der Wand, aber sein benebeltes Gehirn hatte es vergessen. »Wer ist da?«

Er folgte dem Schatten zum anderen Ende des Badezimmers und linste in den Durchgang zur Kammer. Dabei roch er Margots Parfüm, aber in der Luft lag noch etwas anderes. Etwas, das süßlich und rauchig war.

»Ich mache keine Scherze.« Myron trat in der Dunkelheit unsicher nach vorne, suchte nach dem Lichtschalter der Kammer. »Wer bist du? Und was zum Teufel tust du in meinem Haus?« Seine Stimme klang undeutlich, weil er geschlafen hatte und die Wirkung der Pillen spürte.

Er versuchte, seine Sicht durch Blinzeln aufzuklaren und im schwachen Licht, das durch die Gardinen hinter ihm hereinfiel, etwas zu erkennen. Zwischen seinen Anzügen bewegte sich jemand. Kam näher. Verschwand wieder. Verschmolz mit den Schatten.

»Wer bist du? Was zur Hölle machst du hier drin?«, fragte er wieder, fingerte immer noch nach dem Plastik des verdammten Lichtschalters.

Die Tür am anderen Ende der Kammer, die in den Flur hinausführte, wurde geöffnet. Im Türrahmen tauchte der Umriss eines Mädchens auf, das innehielt und sich zu Myron drehte. Er blieb wie gelähmt stehen. *Ist das ein Traum?*

Endlich fand er den Lichtschalter und drückte ihn. Ein schmerzhaft grelles Weiß erstrahlte. Die unvermittelte Helligkeit stach ihm in die Augen. Er musste zwinkern, um wieder etwas zu erkennen. Nichts war mehr zu sehen.

Margots Stimme weckte ihn endgültig auf. Sie ertönte aus ihrem Yoga-Studio. Sie redete nicht mit ihm. Myron trat in den Flur und fand die Tür zu diesem Zimmer geöffnet vor. Ein bläulicher Schimmer lockte ihn. Als er näher kam, wurde ihre Stimme deutlicher.

»Spürst du, wie die Dehnung der Schulter bis zu deinen Füßen reicht?«, fragte sie leise. »Fühlt sich das nicht gut an?«

Er verharrte in der Tür und sah den Laptop geöffnet in der Mitte des Raums auf dem Boden.

»Die Atmung ist wichtig«, gurrte Margot ihn vom Bildschirm an, mit hinter dem Kopf verschränkten Beinen.

»Atme aus deiner Wirbelsäule heraus, entspann die Muskeln beim Ausatmen. Du machst das gut. Noch zwei Atemzüge …«

Myron suchte das Zimmer nach dem Eindringling ab, war sich immer noch nicht sicher, ob er ihn wirklich gesehen hatte. *Margot?* Im nächsten Moment beobachtete er wieder auf dem Bildschirm, wie sich seine Frau in eine andere unbequeme Pose drehte. Er ging in die Hocke und entdeckte bei dem Video einen anderen Link. Als er ihn anklickte, erschien Margots gerötetes Gesicht groß auf dem Bildschirm.

»Ist das für mich?« Sie lächelte kokett.

»Wieso? Willst du es?« Eine andere Stimme ertönte von irgendwo neben der Kamera.

Myron sank auf den Boden, war vom Anblick seiner Frau gebannt, die irgendeinen Fremden anlächelte. Die mit den Wimpern klimperte, wie sie es tat, wenn sie von ihm etwas wollte. Was auch immer er gerade noch in der Kammer gesehen hatte, löste sich in seinen Gedanken auf, als ihr nackter Körper den Bildschirm ausfüllte.

»Es spielt keine Rolle, was ich will«, sagte sie schnurrend. »Ich bin eine Ehefrau.«

32

Am nächsten Morgen hörte Hunter das Telefon seines Vaters in der Küche klingeln. Er setzte sich im Bett auf und lauschte.

»Hier ist Dr. Spielman … Nein, ich hatte noch keine Gelegenheit, es anzuschauen … Ich bin sicher, dass es überzeugend ist … Natürlich, die Geschworenen werden davon gerührt sein. Hören Sie, haben Sie mir nicht erzählt, dass eine traurige Geschichte nicht ausreicht? … Bin unterwegs ins Büro. Ich melde mich später wieder.«

Hunter verzog das Gesicht, als er hörte, wie aufgewühlt sein Vater klang. Er war die halbe Nacht aufgeblieben und hatte sich gefragt, wie er mit den Vorwürfen seines Vaters umgehen sollte, mit Roger und den gestohlenen Pillen, mit dem toten Mädchen in seinem Haus. Er hatte einen Rucksack mit ein paar Klamotten sowie dem Gras gepackt und diesen über die Schulter geworfen. *Er wird mich umbringen. Ich kann nicht hierbleiben.*

Ein kratzendes Geräusch hinter ihm ließ ihn bei der Tür innehalten. Frodo und Samwise machten sich über eine Toilettenrolle her. Die zerrissene Pappe raschelte in den

Holzspänen. Mit ihren winzigen Krallen kratzten sie an den Rändern.

»Scheiße«, flüsterte er, holte einen Karton mit Nagerfutter und deponierte davon mehrere Haufen in dem Labyrinth aus Röhren und den drei Behältern. Genug für eine ganze Woche. »Tut mir leid, Leute«, bedauerte er und strich mit dem Finger über das Glas. »Ich komme wieder, sobald ich weiß, was ich tun soll.«

Unten in der Küche murmelte Myron etwas in seinen Morgenkaffee. »Die können keinen Kunstfehler nachweisen, solange sie keine Verfehlung in den Standardverfahren belegen ... Die Krankenschwester sagte, sie hätte die Nähte geprüft, verflucht.«

Er bemerkte nicht, wie sein Sohn durch die Seitentür aus dem Haus schlüpfte und mit dem Rucksack über den Schultern die Einfahrt entlanglief. Er trank an der Spüle stehend seinen Kaffee aus und machte sich zur Arbeit auf.

Zwei Stunden später trottete Margot halb schlafend und von einem Kater geplagt in die Küche. Sie stand in ihrem Nachthemd da und musterte wütend die dunklen Ringe, die Myron auf dem Marmor neben der Kaffeemaschine zurückgelassen hatte.

In ihre Genervtheit hinein klopfte es an der Haustür.

»Sind Sie Margaret Spielman?«, fragte der Mann vom Lieferdienst durch einen riesigen Strauß roter Rosen. Mindestens zwei Dutzend davon.

Margot stellte ihren Kaffeebecher auf den Tisch bei der Tür. Ihr Gesicht wurde so rot wie das der Blüten. »Ja?«

»Dann sind die für Sie.« Der dunkelhäutige Mann reichte ihr die Vase mit den Blumen.

»Meine Güte!« Sie bestaunte die Größe der Blumen, die dicken Stängel, wie die Blüten einen schweren Schirm aus der

Farbe bildeten, die auch Blut hatte. Das Arrangement platzierte sie auf dem größeren Tisch bei der Treppe, den sie speziell für große Blumengebinde angeschafft hatte. Es war keine Karte zu sehen. *Sind die von Myron?* Diesen Gedanken verwarf sie so schnell, wie er gekommen war. Große Gesten waren nicht sein Stil. *Aber von wem dann?*

»Können Sie hier unterschreiben, Ma'am?«

Margot fühlte etwas Widerwillen bei dem Wort *Ma'am*, aber schenkte ihm ein Lächeln und nahm Stift und Klemmbrett entgegen. »Ist eine Karte dabei?«

»Mir ist keine mitgegeben worden.«

Er streckte die Hand nach dem Klemmbrett aus, aber sie betrachtete es noch, suchte nach einem Namen außer ihrem. »Sind Sie sicher, dass es nicht irgendeinen Namen gibt? Die müssen doch hundert Dollar gekostet haben! Ich kann mir nicht vorstellen, dass das jemand tut, ohne wenigstens einen Namen anzugeben. Sie vielleicht?«

Der Mann zuckte mit den Schultern. »Weiß nicht. Kann nicht vorhersagen, was die Leute tun und was nicht, oder? Ich hab in dem Job schon ein paar seltsame Sachen erlebt.«

»Können Sie für mich jemanden in dem Laden anrufen?« Sie blinzelte ein paarmal und verschränkte die Arme, um ihre Brüste ein wenig zusammenzudrücken. »Ich würde es hassen, wenn ich nicht wüsste, wem ich danken soll.«

»Ich wüsste nicht, was das bringen soll. Wir bekommen die Bestellungen übers Internet. Die Leute geben keinen Namen an.« Er hob den Kopf ein wenig und begutachtete ihren Ausschnitt. Dieses Spielchen kannte er, aber er wollte es nicht spielen. Er zog eine zerknitterte Visitenkarte aus seiner Gesäßtasche. »Diese Nummer können Sie anrufen, wenn Sie möchten.«

Sie nahm die Karte mit einem Seufzen entgegen und schloss die Tür.

Der gewaltige Blumenstrauß warf einen roten Schatten an die Wand des Foyers, in dem sie alleine dastand. Je länger sie ihn anschaute, desto ungemütlicher fühlte sie sich, und schließlich schnappte sie sich ihre Kaffeetasse und hastete in die Küche zurück, wo ihr rosa Handy auf der kalten Marmoranrichte auf sie wartete. Sie warf der Visitenkarte in ihrer Hand noch einen Blick zu, schleuderte sie in den Mülleimer und wählte eine Nummer aus dem Gedächtnis.

»Ja. Guten Morgen. Kann ich bitte mit Dr. Moriarty sprechen? ... Ja, ich warte.«

Sie legte das Gerät auf die Anrichte und schaltete die Freisprechfunktion ein. Klassische Klaviermusik quäkte aus den kleinen Löchern aus dem Plastik und auf den Boden. Chopin. Die unheimlichen Noten krochen die Treppen hoch und die Flure entlang, bis zu Hunters leerem Zimmer.

Margot trommelte nervös mit den Fingerspitzen aneinander, ging in die Vorratskammer, wo sie ein Glas mit Bio-Erdnussbutter holte. Während die unheimliche Begräbnismusik spielte, aß sie zwei Löffel und füllte ihre Kaffeetasse auf.

Endlich dröhnte eine tiefe Stimme durch den Lautsprecher. »Moriarty.«

»Alan? Hier ist Margot.«

»Margot? Was, äh ... Wie geht es dir?«

Sie schaltete die Freisprechfunktion aus und schnappte sich das Handy. »Gut. Hör mal, Alan, du hast nicht etwa ...«, sie tippte mit dem Absatz auf den Boden und zögerte, »mir Blumen geschickt. Oder?«

Es schloss sich eine lange Pause an, während sie seiner Antwort lauschte.

»Ja. Ich weiß. Ich habe gerade diese Rosen erhalten und dachte ... Ich weiß nicht.« Ihre Wangen leuchteten rosa.

Eine weitere Pause.

»Natürlich. Nein. Ich werde nicht … Pass auf dich auf, okay? Danke.« Sie drückte hektisch einen Knopf auf dem Telefon und ließ es auf die Anrichte fallen, als wäre es plötzlich heiß. Danach schüttelte sie den Kopf über sich selbst und brachte die Erdnussbutter weg. »Dämlich«, flüsterte sie. »So verdammt dämlich.«

Nachdem sie das Frühstücksgeschirr weggeräumt hatte, lief Margot in der Küche im Kreis, von Schuldgefühlen geplagt, ruhelos und besorgt. *Ich lebe nicht so weit entfernt.* Sie erschauderte bei dem Gedanken, dass Kevin ihre Adresse kennen könnte. Es war unmöglich, dass ein Fremder sie im Netz hätte ausfindig machen können. Da war sie vorsichtig gewesen.

Zwei Runden später nahm sie wieder das Handy. Zwei Tasten. Dreimal klingeln. »Myron? … Nein, alles in Ordnung. Ähm …« Sie spähte rüber zu den Blumen im Foyer und fragte sich abermals, ob sie ihn darauf ansprechen sollte. »Yeah. Nein, tut mir leid. Ich weiß, dass du arbeitest. Es ist nur … Ich *passe* schon auf mich auf! Mein Gott, ich bin keine Invalidin! Ich bekomme nur einen Lagerkoller in diesem Haus … Ich weiß, dass es mein eigener Entschluss war zu kündigen. Es ist bloß …«

Myrons Stimme schallte laut und aufgewühlt aus dem Lautsprecher.

Margot umgriff das Telefon fester, wurde wütend. Ihn anzurufen war ein Fehler gewesen. »Okay. Gut. Wir reden später!«

Aufgebracht legte sie das Handy hin und trat wieder ins Foyer. Die Blumen standen immer noch an ihrem Platz, aber wirkten nun noch raumgreifender als zuvor. Unmöglich, sie irgendwo zu verstecken. Sie bluteten ihr Rot auf die Wände. Vor ihnen stehend zupfte sie an ihrer Unterlippe und überlegte, was sie tun konnte. Wie sie mit ihrem Pferdeschwanz und den nackten Beinen im zweistöckigen Foyer stand, wirkte sie sehr klein und mädchenhaft.

Gedankenverloren trottete sie die erdrückende Treppe hoch und ließ sich ein heißes Bad ein. Das Haus war leise, während sich das Badezimmer mit Wasserdampf füllte. Sobald Margot tief in das heiße Wasser geglitten war, schloss sie die Augen und lauschte den Geräuschen von der Straße draußen, wie der warme Wind die Schiebefenster in ihrem Schlafzimmer erzittern ließ, wie aus einem Block Entfernung ein Rasenmäher summte. Ein silberner Wassertropfen fiel ins Wasser, ließ kleine Wellen an ihren Hals schlagen. Margot lag steif da, befahl ihren Muskeln die Entspannung, aber ihre Gedanken schossen wild umher.

Ich wohne nicht so weit weg.

Ein lautes Krachen, mit dem eine Kiste auf dem Dachboden umstürzte, ließ sie hochfahren. Sofort stieg sie aus der Badewanne, schnappte sich im Gehen ein Handtuch. Durch den Flur laufend rief sie: »Hunter? Bist du das?«

Unten an der großen Treppe war die Haustür geschlossen. *Habe ich daran gedacht, sie abzuschließen*, fragte sie sich. Die Rosen warteten an ihrem Platz im Foyer nach wie vor auf eine Erklärung.

»Hallo?«, rief sie wieder aus.

Die Stille des Hauses antwortete.

Margot zitterte unter ihrem Handtuch, wusste nicht, was sie jetzt tun sollte, machte drei Schritte vorwärts. Die Tür zu ihrem Studio stand weit offen. Das verwirrte sie einen Augenblick lang. Nie ließ sie die offen. Als sie einen Blick in den Raum warf, schien alles in Ordnung zu sein.

Im Flur, der über die Garage führte, stand die Tür zum Dachboden offen. Selbst bei Tageslicht hasste Margot es, nach oben zu gehen. Durch ihre Gedanken kreisten Gerüchte und Graffitis, als sie trotzdem hochstieg und imaginäre Spinnweben wegwedelte. Der Geruch von Bauarbeitern und halb toten Hausbesetzern, die hier mal geschlafen hatten, schien immer noch in der Luft zu hängen – Schweiß und Zigaretten und chemische Gifte. Ein Stapel alter Decken war in der Ecke zurückgeblieben. Margot beäugte sie kritisch und nahm sich vor, sich bei Myron deswegen zu beklagen.

Am anderen Ende war wieder das Licht im Badezimmer an. »Hallo? Jemand hier oben?«

Mit tropfnassem Haar arbeitete sich Margot Zentimeter für Zentimeter durch den höhlenartigen Dachboden zum Badezimmer vor. Rechts von ihr standen beide Zimmer offen. Die zweite Tür sah sie blinzelnd an. Diese war verschlossen gewesen, seit sie das Anwesen gekauft hatten. Sie erinnerte sich an Max' Worte während der Hausbegehung. *Hat jemand Ihnen den Generalschlüssel gegeben?*

Das hatte niemand, aber da war die Tür, die nun offen stand.

Eine verstaubte Kiste lag auf der Seite mitten im Raum, war offensichtlich runtergefallen. War die für den Knall verantwortlich gewesen, den sie gehört hatte? Fragend begutachtete sie die Kiste. Das war keine von ihnen. Sie war zu alt und dreckig, lag genau in dem Rechteck aus Tageslicht, das durch das winzige Fenster hereinfiel. Draußen wogten Äste faul im Wind.

Entnervt durchsuchte Margot so schnell wie möglich den Dachboden. Der Geheimraum mit den alten Kisten, das Zimmer mit ihrer Weihnachtsdekoration und das Hauptzimmer waren leer. Sie schaltete das Licht im Badezimmer aus, nachdem sie auch in der Badewanne und hinter der Tür nachgesehen hatte. Ein großer Schatten auf dem Boden des Badezimmers ließ sie innehalten. Es war eine Stelle, wo der Dreck dunkler als im Rest des Zimmers war. Margot wollte sich gar nicht ausmalen, welche Flüssigkeit dorthin gespritzt war, und achtete darauf, mit ihren nackten Füßen über den Fleck zu steigen.

Beruhigt, dass der Dachboden leer war, musste sie beim Gedanken an ihr ruiniertes Vollbad seufzen. »Dieses verflucht gruselige Haus!«, stöhnte sie und ging zur Treppe zurück.

Auf der Treppe kam es ihr dunkler als eben noch vor. Es dauerte einen Augenblick, bis sie verstand, warum. Die Tür war zugefallen. Ruckartig schoss Angst durch ihren Körper. Sie hielt in dem leeren Raum Ausschau nach irgendeiner Waffe. Aber kein Baseballschläger und kein Golfschläger waren auszumachen.

»Scheiße«, zischte sie und schritt so leise wie möglich die Stufen hinunter.

Ich wohne nicht so weit weg.

Sie hielt das Ohr an die Tür und versuchte zu lauschen, ob auf der anderen Seite ein Einbrecher war. Nichts. Mit einem tiefen Atemzug drehte sie den Türknauf und drückte gegen die Tür. Sie rührte sich nicht. Abermals versuchte sie es, drückte fester. Mit einem lauten *Klack* schlug der Bolzen gegen das Messingschloss.

Es war verriegelt.

33

Margot schlug gegen die Tür, bis ihre Faust wehtat. »Hallo? Hunter? Gottverdammt! Lasst mich hier raus!«, brüllte sie. Ihre Stimme hallte von der kahlen, gewölbten Decke und dem harten Boden wider. »Es reicht jetzt, Hunter! Ich hab die Schnauze voll! Lass mich sofort hier raus, oder ich schwöre bei Gott …«

Den Satz beendete sie nie, denn sie trat und hieb fest genug gegen die Tür, um eines der Paneele darin zu zerbrechen. Das Knacken des Holzes erschreckte sie dermaßen, dass sie damit aufhörte. Angewidert schaute sie genauer hin, fuhr mit einem Finger die Fuge zwischen Paneel und Verzierung entlang. *Diese Türen alleine sind ein Vermögen wert*, hatte die Innenausstatterin verkündet, während sie die Runde gemacht hatte. *Fünfzehnhundert Dollar pro Stück, mindestens!*

Margot sank auf einer Stufe nieder. *Ist er überhaupt zu Hause? Habe ich ihn weggehen sehen? Kenne ich ihn überhaupt noch?* Beim Gedanken an den linkischen, schlaksigen Hunter, der sich in sein Zimmer eingeschlossen hatte, konnte sie nur zweifelnd dreinblicken. *Aber wer sonst?* »Hunter? Bist du da?«

Ihre Hände zitterten. Das Handtuch hatte sie in ihrer Panik auf die Treppe fallen lassen. Sie sah auf ihren nackten

Oberkörper und danach hoch zur Decke. Es würden noch Stunden vergehen, bis Myron von der Arbeit nach Hause kam. Und das auch nur, wenn er nicht noch ins Fitnessstudio ging oder wohin auch immer. »Das ist doch alles nicht zu fassen!«

Ein elektronisches Trällern eines Liedes war durch die verschlossene Tür zu hören. *Das Handy.* Sie hatte es unten in der Küche liegen lassen und beugte sich in Richtung des Klangs vor. *Hunter? Myron?*

Unvermittelt brach das Lied ab. Flach atmend wartete sie, dass es wieder ertönte, aber nur Stille kam durch die Dielen herauf. Wieder sank sie auf die Stufen, schwitzte in der Hitze des Obergeschosses. Die Sonne war am Himmel höher gestiegen, schien auf das dunkle Schieferdach, kochte Holz und Gips. Sie schluckte schwer.

Schließlich stand sie auf und stieg wieder nach oben, um sich einen Überblick zu verschaffen. Vor einem Dachfenster rasten die Autos jenseits der Bäume die Lee Road entlang. Ein Lastwagen rumpelte vorüber. Jedes Dachfenster war in einen charmanten, aber sinnlosen Alkoven eingelassen, der zu klein für einen Schreibtisch oder einen Lesesessel war, man konnte es sich nur frustriert ausmalen. Sie öffnete eines der Fenster und rief: »Hallo? Kann mich jemand hören?«

Die Autos fuhren unbeeindruckt weiter.

In der Zwischendecke aktivierte sich die Klimaanlage, erfüllte die Luft mit einem elektrischen Summen und dem Geräusch eines Wasserfalls, mit dem Luft durch die Rohre in den Wänden gepumpt wurde. Ein Schweißtropfen floss Margots Rücken herab.

Vor dem Badezimmerfenster waren nur Fenster und der Schatten des Nachbarhauses zu erkennen. Der Fensterrahmen ließ sich problemlos öffnen. Viele Zigarettenstummel lagen auf der Fensterbank; von ihnen stieg im Luftzug Asche auf und wehte ihr ins Gesicht. Margot wich zurück, spuckte aus und wischte sich übers Gesicht. »Max! Du Arschloch!«

Nachdem sie die Asche von ihrem Gesicht und den Lippen gestrichen hatte, drückte sie ihren Kopf an den Fensterrahmen und rief: »Hallo? Irgendjemand? Hilfe! Ich brauche hier oben Hilfe! Hallo?«

Die einzige Antwort war das Rauschen der Autos und das Quietschen der Bremsen vom Pendlerbus. Beim Nachbarhaus rührte sich nichts. Die Spielmans hatten ihre Nachbarn nie zu sich eingeladen, nie Hallo gesagt oder mit ihnen telefoniert. Die Nachbarn arbeiteten lange und verreisten oft. Das einzige Lebenszeichen am anderen Haus waren die Gärtner, die jede Woche kamen, um alles zu pflegen.

»Hallo? Irgendjemand? Hilfe! Bit...« Sie unterbrach sich, als sie den seltsamen Mann entdeckte, der zwischen den Bäumen auf dem Bürgersteig lief. Sie versteifte sich und schaute an sich hinab, wie sie dastand. Nackt.

»Scheiße.« Sie entfernte sich vom Fenster und setzte sich auf den Toilettensitz. Der dunkle Fleck am Boden breitete sich vor ihr wie eine getrocknete Pfütze aus. *Schimmel? Abwasser?* Ein kalter Luftzug kam durchs Fenster hereingeweht.

»Was zum Teufel soll ich tun?«, murmelte sie erschöpft, schritt über den Fleck auf den Holzboden vor dem Badezimmer.

Die Balken über ihr knarrten, während sie sich in der Hitze der Augustsonne ausdehnten. Margot erschrak bei dem Geräusch und wirbelte herum, als rechnete sie damit, dass jemand hinter ihr stand. Hunter mit einem Messer in der Hand. Myron mit ihrem Telefon und darauf die geöffnete Nachricht, die er nicht sehen sollte. »Kevin« mit den Rosen.

Niemand war dort.

Ihre nackte Haut kribbelte wegen des Gefühls, beobachtet zu werden. Langsam drehte sie sich weiter im Kreis und überlegte, was sie tun konnte. Kein Telefon. Keine Nachbarn. Kein

Schlüssel. Kein Hunter. Louisa würde erst morgen kommen. *Allein. Allein. Allein.* Ihre einzige Hoffnung war, das Schloss zu knacken oder die Tür einzuschlagen.

Sie stürmte in Ellas altes Zimmer und hielt Ausschau nach etwas, das sie als Werkzeug benutzen konnte. Das einzige Objekt im Zimmer war eine unbenutzte Vorhangstange. Margot nahm sie von der Wand und suchte nach Federn, Schrauben oder sonst irgendwas. Es war einfach nur eine Stange aus Stahl, aber als sie deren Gewicht in den Händen fühlte, wurde ihr klar, dass sie mit ihr vielleicht die Tür aus den Angeln heben konnte. Sie lehnte sie an die Wand als letzte Option und forschte im anderen Zimmer weiter.

Die Kiste, die mit dem lauten Knall runtergefallen war, lag auf der Seite und wartete darauf, von ihr aufgerichtet zu werden. Sie schlich auf Zehenspitzen über den verstaubten Boden und ging bei ihr in die Hocke. Eine Schnur lag um den rissigen Karton herum.

Sie schaute zu den sechs weiteren Kisten, die in der Ecke gestapelt waren. Keine davon war beschriftet. Davon abgesehen befand sich nur ein Aschenbecher mit sechs Zigarettenstummeln hier, die aussahen, als wären sie vor Kurzem geraucht worden. Margot kniff die Augen zusammen und setzte das auf ihre Beschwerdeliste für den Bauunternehmer. An der Wand über ihr gab es ein Loch im Gips von der Größe einer Salatschüssel. Sie machte sich lang und schaute in die Dunkelheit hinein. Es waren ein Dachzimmer im Rohbau und der Schatten eines gemauerten Kamins zu erkennen. Sie zupfte an der zerrissenen Tapete an den Rändern des Lochs und fragte sich, was es damit auf sich hatte. Es war zu sauber geschnitten, als dass es ein Unfall gewesen sein könnte. Ruß klebte an den Wänden. *Kaminofen?*

Sie kehrte dem Geheimnis den Rücken zu, trat zur Kiste und stellte sie richtig herum hin. Vergilbte Zeitungen fielen dabei heraus. Margot ließ sie liegen und hob noch weitere aus der Kiste, suchte in ihr nach einem Schraubenzieher, einem Dietrich, einem Generalschlüssel. Abendausgaben der *Cleveland Press* und des *Plain Dealer* landeten auf dem Boden. Sie stammten alle aus den späten 1920er- bis 1930er-Jahren.

Unter den Zeitungen entdeckte sie eine große Broschüre der Van Sweringen Company. Sie schlug sie auf und schaute auf filigrane Zeichnungen und sorgfältig gesetzte Schrift, die ein Leben der Ruhe weit weg vom Trubel und dem Grauen der Stadt versprach.

Dorthin, jenseits der Stadt, wo Friede herrscht.

Margot blickte mit einem Gefühl der Leere auf das, was in den 1920er-Jahren als Größe und Reichtum galt. Weiß gekleidete Diener. Weiße Handschuhe. Weiße Säulen. Weiße, protestantische Angelsachsen. *Was würden sie davon halten, dass eine abtrünnige Katholikin und ein nicht praktizierender Jude jetzt hier wohnen*, dachte sie grinsend.

Doch die Broschüre der Grundstücksfirma gewährte Margot einen wunderlichen Einblick: die Vorstellung eines Utopia, das sich ausgerechnet direkt vor Cleveland, Ohio befand. Ihre Freunde in Boston würden darüber lachen, dachte sie und legte die Broschüre zur Seite.

Am Boden der Kiste fand sie einige ungeöffnete Briefe, die alle zwischen 1929 und 1932 abgestempelt worden waren. Viele Umschläge waren an Walter Rawlings adressiert. Ein paar Briefe waren in einer filigranen Handschrift an Georgina Rawlings gerichtet. Unbezahlte Rechnungen. Weihnachtskarten. Geburtstagskarten. Mit schuldbewusstem Zögern öffnete Margot einen Brief mit dem Stempel vom 5. Januar 1930. Es war eine handgeschriebene Karte, auf der ein betender Engel in Creme- und Goldfarben abgebildet war. Darauf stand:

Liebste Georgina,

die Nachrichten brechen uns das Herz. Möge das neue Jahr für dich besser werden. Gott möge uns in seiner Gnade durch diesen schrecklichen Winter führen.

Viel Liebe an dich und den kleinen Walter,
Mr und Mrs Herbert Cline

Margot warf die Karte zurück in die Kiste und schob weitere Briefe zur Seite. Zwischen den Karten und Rechnungen entdeckte sie eine alte Zigarrenkiste. Sie war erstaunlich schwer, als sie diese heraushielt und auf ihrem Schoß absetzte. Als sie die Kiste öffnete, sog sie überrascht die Luft ein.

Eine Waffe. Vier Kugeln rollten neben ihr herum.

Erschrocken klappte sie die Kiste wieder zu und verstaute sie unter den Rechnungen, als befände sich eine lebende Schlange darin. *Eine Waffe. In diesem Haus. Nicht annehmbar.* Kopfschüttelnd stapelte sie die alten Zeitungen, ging im Geiste schon den Streit mit Myron durch, wann und wie sie dieses Ding loswerden konnten. Das war nicht unbedingt etwas, das man der Wohlfahrt spenden konnte. Sie besaßen keinen Waffenschein oder so was und durften das Ding nicht einmal rumtragen.

Ihre nervösen Hände erstarrten, als sie verstand, was ihre Augen da sahen. Die Überschrift auf der Zeitung vor ihr lautete: »Witwe tötet Sohn und sich selbst: Krankheit und Geldprobleme offenbar Grund für Rawlings-Selbstmordversuch.«

Nochmals musterte sie den Namen: *Rawlings*.

Margot nahm die Zeitung und las.

Der versuchte Selbstmord von Mrs Georgina Rawlings und die Leiche ihres getöteten Sohnes, Walter Rawlings jr., 6, wurden am letzten Abend im Anwesen 14895 Lee Road, Shaker Heights, gefunden. Leichenbeschauer Pearse zufolge zeigen tiefe Schnitte in den Händen und Fingern des Jungen, dass er den wahnsinnigen Angriff seiner Mutter abwehren wollte.

»Nur eine Verrückte könnte Wunden zufügen wie diejenigen, die ich an dem Jungen entdeckt habe«, gab der Leichenbeschauer zu Protokoll …

»Mein Gott!«, flüsterte Margot, nahm die Geschichte ein zweites Mal in sich auf. »Der Junge wurde auf dem Bauch liegend in einem Badezimmer für Bedienstete gefunden.«

Mordhaus!

Ihr Blick wanderte zum Badezimmer und dem dunklen Fleck auf dem Boden darin. Sie atmete flach und abgehackt, ihr Herz schlug ihr bis zum Hals, als sie verstand, was geschehen war. *Mein Gott. Das ist Blut.*

Eine leise Stimme schien durch die Ritzen in den Dielen von unten heraufzusteigen. Margot hielt den Atem an und lauschte. Es war ein Singen.

> … von Sorgen befreit
> Und wenn wir uns am richtigen Ort wiederfinden
> Wird uns das Tal der Liebe und Freude verbinden …

Die Stimme wurde leiser, musste durch weitere Holzschichten dringen, als sich Schritte im ersten Stock entfernten. Die Zeitung hatte sie fallen gelassen. Jemand war noch im Haus, und es war nicht Hunter.

Die Schwingungen eines anderen Menschen, der unter ihr herumlief, krochen Margots gebeutelte Wirbelsäule empor. Sie fuhr in die Höhe und schloss die Tür des Lagerraums, schob den Stapel schwerer Kisten davor. Dann holte sie die Waffe aus der Zigarrenkiste und drückte sich in eine Ecke. Die Waffe zitterte in ihren Händen, als sie diese auf die Tür richtete. Panisch wurde ihr bewusst, dass sie überhaupt nicht wusste, wie man damit umging. *Gibt es eine Sicherung? Ist die überhaupt geladen?* Sie zitterte zu heftig, um nachsehen zu können, und beim Versuch hätte sie sich vielleicht am ehesten selbst angeschossen. Margot nahm die Waffe runter und unterdrückte ein Schluchzen.

Myron wird in ein paar Stunden zu Hause sein, sagte sie sich, presste die Augenlider zusammen, betete, dass die Person, wer auch immer es war, sie nicht hier oben nackt finden würde. *Nur noch ein paar Stunden*. Margot zog die Beine bis zu ihrer Brust hoch, hatte die Waffe neben sich, ihr Denken kapselte sich ein. *Ein Traum. Das ist alles ein fürchterlicher Traum. Die Stimme. Das Lied. Das Blut. Der Mord.*

Die erdrückende Hitze in dem Lagerraum stieg auf über dreißig Grad, während die Nachmittagssonne stetig weiter auf das Dach knallte. Margot saß da, kochte mit den alten Zeitungen. Vor ihrem inneren Auge spielten sich unentwegt Szenen aus dem Jahr 1931 ab. *Er war nur ein kleiner Junge.*

Drei Meter unter ihr wanderte ein Schatten von Zimmer zu Zimmer und summte leise vor sich hin.

34

Die Rawlings-Familie

24. Januar 1931

Georgina Rawlings wachte auf, weil jemand sang. Sie setzte sich auf und hielt die Luft an, lauschte. Es kam aus dem Hof.

Sie trat ans Fenster, drückte die Nase gegen das kalte Glas und schaute auf die Schneedecke, die ihren Garten bedeckte. Die Rosen waren zu toten Zweigen gestutzt worden. Die Tulpen und Narzissen lagen schlafend unter dem Schnee. Auf der perfekt weißen Fläche hielt sie Ausschau nach Lebenszeichen, Fußspuren, Schatten, aber sah nichts. Mit offenen Augen konnte sie den Gesang kaum hören, also schloss sie die Lider, aber ließ sie einen Spalt offen, um den Ursprung zu finden.

Unter der kaum hörbaren Melodie war der Rhythmus marschierender Füße zu hören, der tief im Boden vibrierte, durch das steinige Fundament bis in die Balken wanderte. Sie hielt die Augen geschlossen, ihre Gesichtszüge erschlafften, als könnte sie alles vor sich sehen. Die Gesänge der Gläubigen, wie sie im Sternenlicht ihre Kreise zogen, die Engel anflehten, ihnen ein Zeichen zu geben. Die Schule der Shaker und das Gemeinschaftshaus: brennend.

Sie sind auf die falsche Weise gestorben.

Als sie ihre Augen auf einmal wieder öffnete, rechnete sie damit, die Gläubigen zu erkennen, wie sie im Garten umherliefen. Ihre Haut wirkte blass im Licht des Vollmonds, der wie ein ewig offenes Auge des Himmels auf sie herabblickte. Es gab keine Wolken, die verbergen konnten, was dort geschehen war. Sie starrte ins Mondlicht, bis ihre Augen feucht wurden. »Es tut mir so leid«, flüsterte sie.

Ein entferntes Lachen ertönte irgendwo über ihr durch die Decke. Georgina erwachte aus ihrer Trance. Über ihr waren leise Schritte zu hören. Die Dame des Hauses entfernte sich vom Fenster, zog ihr Nachthemd enger zu. Wieder war das Lachen zu hören, nun deutlicher, wie es sie verspottete.

Ninny hatte sie alle gewarnt. *Die Toten ruhen hier nicht einfach.*

Für Georgina ergab alles einen Sinn, nachdem sie Ninnys Geschichten gehört hatte. Nach dem schrecklichen Tod ihres Mannes und dem anschließenden finanziellen Ruin. Nach allen Babys, die sie verloren hatte. Nach dem Lesen der wundervollen Shaker-Geschichten über singende Engel und die Wiederkehr. Die Wahrheit war in Wellen des Verstehens bei ihr angekommen, eine nach der anderen, indem sie sich hingesetzt und gelesen und zugelassen hatte, dass das Fieber sie offener für neue Gedanken machte.

Sie legte eine Hand auf den Mund, um kein Geräusch zu verursachen. »Sie sind hier ... sie kommen zu uns«, flüsterte sie in ihre Handflächen, trat in eine Ecke, suchte den dunklen Raum nach Zeichen von ihnen ab.

Am anderen Ende des Hauses setzte sich der kleine Walter in seinem Bett auf. Er schlief nicht mehr durch, seit er seinen toten Vater am Schreibtisch im Wohnzimmer gefunden hatte.

Jetzt war er um 2.15 Uhr hellwach, saß in der Dunkelheit und lauschte ebenso.

Georgina öffnete die Tür ihres Zimmers und spähte in den Flur hinaus. Die Angst, die sich auf ihrem Gesicht abzeichnete, war mit Vorahnung gemischt, als sie im dunklen Foyer nach Ninnys Toten oder dem Schatten ihres Mannes Ausschau hielt. Pfützen von Mondlicht sammelten sich auf der Treppe und den gewienerten Holzdielen des Foyers. Der geschnitzte Handlauf warf lange Schatten an die Wände.

Das Gelächter fiel wieder von der Decke herab. Es klang nun tiefer. Bedrohlicher.

Georgina wich zur Wand zurück, fühlte das Herz in ihrem Brustkorb pochen. Eine tiefe Männerstimme ertönte in der Dunkelheit. Die Worte waren gedämpft, aber die Absicht eindeutig. *Hör zu. Gehorche*. Ihre Augen weiteten sich. *Walter ist aus dem Grab zurückgekehrt*. Schwere Schritte waren über ihrem Kopf zu hören. Alles Blut in ihrem Körper schien von ihrem Herzen zu den Füßen abzufließen.

»Lieber Gott. Was willst du von mir?«, flüsterte sie und schluchzte leise in die Hand. Dann, nach einem tiefen Atemzug, sprach sie einen Vers aus dem Gebetbuch der Shaker, das auf ihrem Nachttisch lag. »Die Toten kommen zu mir, auf dass ich sehe. Seine Engel tragen goldene Früchte vom Baum des Paradieses und das Wort aus dem Königreich des Himmels …«

Tapfer machte sie einen Schritt den Flur entlang. Während sie sich der Dachbodentür näherte, wirkte Georgina selbst wie ein Geist. Sie schwebte in ihrem weißen Nachthemd an dem hinteren Flur vorbei, wo Ella sich befand, mit blasser Haut, die straff an ihrer dünner werdenden Figur hing, mit Augen, die wie Höhlen in ihrem Schädel lagen.

Die Haushälterin bemerkte nichts. Erschöpft von einem Tag voller Sorge und Geheimnissen sowie in Erwartung, dass die harte Faust des Gesetzes an die Haustür klopfte, drehte sich

Ella nur mitten in einem Traum um und schnarchte in tiefem Tonfall weiter.

Der kleine Walter versteifte sich beim Geräusch von Schritten vor seinem Zimmer. Rasch schob er sich von seinen Kissen herunter und schlich zur Tür. Durch das Schlüsselloch konnte er einen Blick auf weißen Stoff und die dünne Hand seiner Mutter erhaschen, als sie um die Ecke zum Dachboden bog. Der Ring, den sein Vater ihr geschenkt hatte, funkelte im Mondlicht.

Ella hatte wie üblich am Abend die Dachbodentür abgeschlossen und den Schlüssel auf dem Türrahmen darüber deponiert. Georgina tastete die Kante ab, bevor sie überhaupt den Türknauf ausprobierte. Sie hatten die Tür verschlossen gehalten, seit vor vielen Monaten Ella den kleinen Walter oben mit der Waffe seines Vaters gefunden hatte.

Hinter der Tür flüsterten Stimmen miteinander. Sie hielt das Ohr ans Holz, um zu hören, was die Toten aushecken. Wütend. Rachsüchtig. *Was wollen sie von uns?*

Sie verstummten, als sie mit dem Schlüssel im Schloss fuhrwerkte. Sie hielten inne, als sie die Tür aufstieß und die Treppe hinauf zu dem Leuchten der einzelnen Glühbirne ging, die am anderen Ende des Dachbodens erstrahlte.

Georgina bemerkte nicht, wie das kleine Gesicht ihres Sohnes am Fuß der Treppe auftauchte. Mit besorgten Augen schaute er ihr nach. *Mutter?*

35

Die Spielman-Familie

9. August 2018

Margot wachte aufgeschreckt auf. Heiße Luft strömte dick und suppig in ihre Lungen. Ihr nackter Körper war klebrig von Schweiß und Staub. Schockiert betrachtete sie die fremdartigen Wände, bis ihr alles wieder einfiel. Der Dachboden. Der Mord. Der Gesang. Der Eindringling. Die Waffe auf dem Boden.

Schrecken und Verwirrung zeichneten sich auf ihrem Gesicht ab. *Habe ich den Verstand verloren?* Sie rappelte sich auf, schaute misstrauisch zu der verbarrikadierten Tür. *Ist jemand noch da draußen?*

Myrons Stimme war schwach von zwei Stockwerken weiter unten zu hören. »Hallo? Margot? ... Jemand zu Hause?«

Ihr ganzer Körper erschlaffte. *Gott sei Dank.* Sie schob die Kisten zur Seite und stieß die Tür des Lagerraums auf. »Myron! Myron, hier oben!«

Sie eilte über den Dachboden zur Treppe, fiel sie fast hinunter. Als sie an der Tür ankam, prügelte sie mit ihren geschundenen Händen auf sie ein. »Myron! Hilfe! Ich bin hier oben! Ich bin eingesperrt!«

»Was?« Es war zu hören, wie er die hintere Treppe hocheilte und im nächsten Augenblick durch den Flur rannte. »Margot?«

Der Knauf wurde gedreht, die Tür schwang mit Leichtigkeit auf. Eine Welle Kaltluft traf sie ins Gesicht. Ihr Mund öffnete sich. Ihr nackter Körper wich überrascht zurück. *Es war gar nicht abgeschlossen?*

»Was zum Teufel machst du da oben?« Myron musterte verblüfft ihr schweißgebadetes Gesicht und ihren nackten Körper. Er hob das Handtuch von der Treppe auf. »Mein Gott. Alles in Ordnung mit dir?«

Er glotzte sie an, als wäre ihr ein zweiter Kopf gewachsen. Ihre Augen waren wild. Ihr Haar war ein verklebtes Durcheinander. Ihre Hände waren geschwärzt vom Staub und der Zeitungstinte. Margot riss das Handtuch an sich und versuchte, sich zu bedecken. Große Erleichterung wandelte sich zu jämmerlichem Zorn.

»Nein! Nein, mit mir ist nichts in Ordnung! Jemand hat diese Scheißtür abgeschlossen! Ich war stundenlang da oben eingesperrt!«

»Aber …« Myron deutete zum Schloss, das eindeutig nicht verriegelt gewesen war, und sah sie fragend an.

»Aber was?«, brüllte sie. »Willst du andeuten, dass ich stundenlang einfach grundlos da oben geblieben bin? Bist du *durchgeknallt*?«

Myron antwortete nicht, aber sein Gesichtsausdruck machte deutlich, dass er seinerseits ihre geistige Gesundheit anzweifelte.

Rasend vor Wut stürmte Margot den Flur entlang zum Schlafzimmer. Widerwillig folgte Myron ihr. Die Badewanne war immer noch gefüllt mit schon lange erkaltetem Wasser. Sie zog den Stöpsel heraus und tippte mit dem Fuß auf, damit sie nicht dem Drang nachgab, gegen etwas zu treten.

»Jemand war hier!«, entfuhr ihr. »Ich habe Leute im Haus gehört! Jemand hat mich auf dem Dachboden eingesperrt.«

»Moment. Wovon redest du da?« Myron hob die Hände, als wollte sie ihn erschießen.

»Jemand war hier!«, rief sie aus. »Jemand muss den Generalschlüssel für diesen verfluchten Ort gefunden haben. Hat Max nicht was von dem Schlüssel gefaselt?«

Er staunte sie einfach nur an, als würde sie in Zungen reden. »Nein. Hat er nicht. Wir haben keinen Schlüssel gefunden. Das weißt du.«

»Und noch was! Die Maklerin hat uns angelogen, Myron! Sie hat verdammt noch mal *gelogen*. Es gibt nicht nur *Gerüchte*, dass dieses Haus verflucht ist. Die erste Besitzerin hat hier ihren Sohn *umgebracht*! Sie hat ihn oben auf dem Dachboden umgebracht! Auf dem verdammten Boden ist noch der Blutfleck zu sehen! Kein Wunder, dass niemand diesen verfluchten Ort kaufen wollte!« Sie richtete anklagend einen Finger auf ihn. »Aber du musstest das Haus einfach haben. So ein großartiger Preis. Was für eine Investition! Fuck, Myron! Ein sechsjähriger Junge ist da oben gestorben! Sechs!«

Ihr Gesicht war rot angelaufen und sie brüllte so laut, dass er kaum ihren Worten folgen konnte. *Mord? Junge?* Klar war nur, dass sie ihm etwas vorwarf. Es war alles seine Schuld.

Endlich bekam er seinen herabhängenden Unterkiefer unter Kontrolle und Worte heraus. »Hey! Ich habe keine Ahnung, wovon zum Teufel du eigentlich redest. Du musst dich jetzt erst mal beruhigen.«

»Ich muss mich beruhigen?«, kreischte sie. »Ich – fick dich, Myron! Hör …« Sie begann zu zittern. Das Handtuch fiel zu Boden, ihr Körper sank hinterher, glitt an der Wand nach unten.

»Hey, hey.« Seine Stimme wurde weicher. »Ganz ruhig. Lass mich dich anschauen.« Er drehte ihr gerötetes Gesicht zu seinem. Der Arzt in ihm nahm eine Untersuchung vor. Ausgetrocknet, rissige Lippen, erweiterte Pupillen, gerötete Haut, Zusammenhanglosigkeit. »Du bist dehydriert und vermutlich ausgehungert. Hier.« Er trat zur Spüle und füllte für sie ein Wasserglas.

Sie nahm es entgegen und vergoss Tränen hinein, als sie es an die Lippen hob. Das Gefühl, wie seine Arztaugen sie analysierten und wie er sich mentale Notizen machte, während sie redete, wie er nach Zeichen von Wahnsinn, Verwirrung oder Schizophrenie Ausschau hielt, machte sie fertig. Das Glas glitt aus ihren Händen.

Nun war Myron völlig bestürzt und hob es für sie auf. Er setzte sich neben sie auf die Fußbodenmatte und legte einen Arm um ihre Schulter, zog sie an sich. Sie hatte keine Energie mehr, um ihn zurückzuweisen. »Okay. Einfach atmen. Fangen wir von vorne an, okay?«

Als Margot schließlich die ganze Geschichte zusammengefasst und eine heiße Dusche genommen hatte, war Myron derjenige, der aus der Spur war.

»Glenda? Hey, hier ist Myron Spielman. Das Haus an der Lee Road? … Yeah, also, wir haben ein Problem.« Myron schenkte sich einen Scotch ein und nahm einen tiefen Schluck, damit er nicht anfing herumzuschreien. Margot saß hinter ihm auf dem Sofa und gönnte sich ihrerseits einen Drink. Sie hatte beschlossen, dass am besten er den Anruf tätigen sollte. *Ich würde nur rumbrüllen. Außerdem telefonieren die Leute lieber mit einem Mann.*

Nachdem er einen Augenblick zugehört hatte, sprach er weiter: »Also, das Problem ist, dass Sie uns ein Mordhaus verkauft haben. Diese ›Gerüchte‹, die Sie erwähnt hatten? Wir haben rausgefunden, dass ein Junge auf unserem Dachboden umgebracht worden ist ... Wann? Spielt das eine Rolle? ... 1931 ... Ja, ich weiß, dass das lange her ist ... Ich interessiere mich einen Scheißdreck dafür, was Ihre Firmenrichtlinie ist, darüber hätten wir in Kenntnis gesetzt werden müssen! Es ist auch zu einigen seltsamen Vorfällen gekommen ... Nein, ich rede nicht von Geistern, verflucht ... Meine Frau hat einen Haufen Zeitungen oben auf dem Dachboden gefunden und außerdem eine Waffe, verdammt noch mal! Eine Pistole! ... Nein, ich denke nicht, dass Sie dafür verantwortlich sind, was im Haus herumliegt, aber welcher Art soll die ›großartige Investition‹ sein, wenn wir dieses verdammte Anwesen verkaufen wollen, hm? ... Außerdem vermuten wir, dass ein Eindringling hier ist. Jemand mit einem Schlüssel ... Natürlich haben wir die Schlösser ausgetauscht, ich meine einen Generalschlüssel für die Türen im Haus selbst ... Ich möchte Kontakt zum Vorbesitzer haben ... Tja, dann werden Sie von meinem Anwalt hören!«

Er legte auf und knallte das Telefon auf den Tisch.

»Was hat sie gesagt?«, fragte Margot dumpf.

»Was meinst du wohl, was sie gesagt hat? ›Nicht mein Problem! Das war vor fast hundert Jahren!‹ Bla, bla, bla.« Er stürzte den Rest seines Drinks herunter. »Sie darf keine Informationen über den Vorbesitzer rausgeben, nur das, was im Vertrag steht ... Hat Max nicht irgendwas erzählt? Während der Renovierung, hat er da nichts von irgendwelchen Problemen erwähnt?«

»Ich weiß nicht mehr.« Margot starrte mit leerem Gesichtsausdruck in ihr Glas. *Wir sind gelinkt worden. Das ist ein Mordhaus und wir sind Gefangene darin.*

»Kann nicht schaden zu fragen, oder?« Myron war entschlossen, für seine verstörte Frau den Mann der Tat zu geben, und nahm das Telefon wieder zur Hand.

»Max? Hier ist Myron. Spielman. Das Haus an der Lee Road in Shaker Heights? ... Yeah ... Nein. Alles funktioniert bestens. Danke noch mal, dass Sie all die Überstunden reingesteckt haben, wir sind wirklich glücklich damit, wie alles geworden ist … Genau. Hören Sie, wir haben ein kleines Problem mit dem Haus an sich entdeckt. Hat nichts mit Ihnen zu tun, aber ich kann mich erinnern, dass es ein paar Probleme unter den Männern gab, wegen Gerüchten oder bösen Zeichen oder so was? … Haben die Männer jemanden auf der Baustelle gesehen? Vielleicht einen Eindringling? … Nein? Also, wir haben gerade herausgefunden, dass es auf dem Dachboden zu einem Mord gekommen ist, zu der Zeit, als es neu gebaut worden war. Klingelt da was? … Wirklich? Wie war ihr Name? Können Sie mir ihre Nummer schicken? Ich glaube, wir würden gern mit ihr reden … Okay. Danke!«

Dieser Austausch hatte Margot neugierig gemacht. »Was?«

Myron sank neben ihr auf die Couch und atmete frustriert aus. »Ich hatte recht. Irgendwas hat die Männer verängstigt. Er hat irgendeine Wahrsagerin hergebracht, die den Fluch von dem Haus nehmen sollte.« Er lachte gekünstelt. »Kannst du dir so einen Mist vorstellen?«

»Nein, kann ich nicht … er hat dir also ihre Nummer geschickt?«

Myron nahm sein Telefon und scrollte durch die Nachrichten. »Noch nicht. Er meinte, er sendet sie mir, wenn er morgen im Büro ist. In der Zwischenzeit sollten wir über dieses Sicherheitssystem nachdenken. Hast du deswegen telefoniert?«

»Yeah«, murmelte sie mit geschlossenen Augen. »Die können erst am Montag herkommen.«

»Hast du noch eine andere Firma probiert?«

»Nein, Myron. Ich habe sonst niemanden probiert«, erwiderte sie bissig. »Wenn du jemand anderen probieren willst, dann mach das, verdammt noch mal. Okay?«

Ihr Gift ließ ihn zusammenzucken.

»Du bist einfach total mitgenommen«, meinte er mehr zu sich selbst als an sie gerichtet. »Keine Sorge, Schatz. Wir bekommen das in den Griff. Morgen mache ich frei, dann bist du nicht alleine hier. Wir lassen das Sicherheitssystem einbauen und tauschen alle Schlösser aus. Alles wird gut. Versprochen.«

»Nein. Es wird nicht alles *gut*. Was machen wir mit diesem Haus, Myron?«

»Hey. Glenda sagte, dass solche Stigmata von Häusern normalerweise nach ein paar Jahren verschwinden. Es wird schon okay sein. All das ist doch uralte Geschichte.«

Er tätschelte ihr Knie. Sie schenkte ihm ein wenig überzeugendes Lächeln für seine Mühen, das sofort aus ihrem Gesicht fiel, als er wegschaute. Dann richtete sie ihren leeren Blick zum Fenster in den Hof und entdeckte die weiße Katze, die auf einem Zaunpfahl saß. Sie beobachtete das Haus.

36

Später am Abend war Hunter immer noch nicht nach Hause gekommen. Myron goss seiner Frau einen weiteren Martini ein und begab sich wieder nach oben, um nach dem zu sehen, was sie gefunden hatte, und um irgendwelche Eindringlinge aufzuscheuchen – ob sie echt oder eingebildet waren.

Es gab keine Anzeichen von Beschädigungen an der Tür zum Dachboden. Es existierten keine Spuren, dass irgendjemand in den Räumen oder Kammern umgegangen wäre. Myron untersuchte nochmals das Schloss in der Dachbodentür und fragte sich, ob Margot ihm wirklich die ganze Wahrheit erzählt hatte. Nahm sie ihre Medikamente? Verlor sie den Verstand?

Trotzdem rief er einen Schlosser an und hinterließ eine Nachricht. »Wir hätten gern einen Kostenvoranschlag für den Austausch der Schlösser in einem Haus, das 1921 gebaut worden ist. Ich bitte um Rückruf, damit wir einen Termin im Laufe der nächsten Tage vereinbaren können. Es ist dringend.«

Die Zeitungen oben auf dem Dachboden bewiesen, dass Margot nicht fantasiert hatte, zumindest nicht diesen Teil ihrer Geschichte. Myron schaute sich den dunklen Fleck im Badezimmer an, wo der kleine Walter gestorben war, und schüttelte den Kopf. *Sechs Jahre alt.* Er musste an Hunter denken, als der in diesem Alter gewesen war. Hunter, wie er lachte. Hunter mit seinen Spielsachen. Hunter erfüllt von den goldenen Versprechen der frühen Jugend. Es war herzzerreißend in jeder Hinsicht.

Myron entdeckte die Waffe dort, wo Margot es ihm geschildert hatte. Er nahm die silberne Pistole in die Hand, richtete sie auf die gegenüberliegende Wand, zielte mit einem Auge über Kimme und Korn, stellte sich vor, wie es wäre, den Abzug zu betätigen. Mit einem Blick in die Kammer stellte er fest, dass die Pistole nicht geladen war. Er fand die vier Kugeln und legte die Waffe in die Zigarrenkiste zurück. Margot hatte er versprochen, dass er sich »darum kümmern« würde. Daraufhin hatte sie nur genickt. Das war eine so seltene Geste ehelicher Zustimmung ohne Widerspruch gewesen, dass er zweimal hatte hinsehen müssen.

Während er mit der Zigarrenkiste in der Hand oben an der Treppe stand, waberte eine leise Melodie zu ihm. Sie stammte aus dem Erdgeschoss. Er folgte dem Geräusch nach unten bis zum Foyer, doch da verklang sie.

»Schatz?«, fragte er leise.

Es kam keine Antwort.

Die gedämpften Stimmen aus dem Fernseher im Wohnzimmer brummten vor sich hin. Er drehte sich langsam um die eigene Achse und bemerkte die roten Rosen im Foyer und den dicken, schweren Geruch, den sie verströmten. Verwundert schaltete er den Kronleuchter an und nahm sie genauer in Augenschein.

Margot saß in einer Ecke der Couch und gönnte sich einen Drink, ignorierte die Sendung über Innenausstattung, die vor ihr lief. *Hunter, wo bist du? Geht es dir gut? Wir müssen dich hier rausschaffen, bevor dir was passiert. Mein Gott, der arme Junge …*

Myron stellte die Zigarrenkiste mit der Pistole auf dem Schrank aus Mahagoni ab und schenkte sich noch einen Scotch ein, den er direkt zur Hälfte trank. Danach öffnete er eine der Schubladen und deponierte die Kiste darin. *Bis ich weiß, was ich damit machen will*, redete er sich selbst ein.

Er setzte sich aufs andere Ende des Sofas und tätschelte Margots Knie. »Also … von wem sind die Blumen?«

Die Benommenheit verschwand aus ihren Augen. »Was?«

»Die Rosen. Im Foyer. Sie sind hübsch. Geheimer Verehrer?« Er sah sie fragend an. Was er auf ihrem Laptop entdeckt hatte und was er alles vermutete, verschwieg er. All das hielt er im Dunkeln, während er auf ihre Antwort wartete.

Die Frage ließ sie zögern, aber in seinen Augen lag kein funkelndes Wissen, das ein Anzeichen dafür wäre, dass er sie gelinkt hatte, nur eine vage Traurigkeit und ein Beigeschmack eines anderen Gefühls. *Eifersucht*, fragte sie sich, verwarf diesen Gedanken aber schnell. Sie stieß ein freudloses Lachen aus. »Wenn es das wäre! Die sind von Mom. Ich vermute, sie hatte ein schlechtes Gewissen, weil sie uns kein Geschenk zum Einzug geschickt hat.«

»Wie nett von ihr.« Er lächelte, um sie abzulenken. Hätte sie genauer hingesehen, wäre ihr nicht entgangen, dass er mit den Zähnen knirschte.

»Finde ich auch.« Sie leerte ihren Martini und schob das Glas auf den Wohnzimmertisch. Mit der anderen Hand nahm sie seinen Drink weg und legte ihren Kopf an seinen Hals. »Kannst du mich halten?«

Er öffnete die Arme, küsste sie auf den Kopf. Sie kuschelte sich an ihn und konnte nicht wahrnehmen, wie er wütend die Lippen zusammenpresste und welcher Zorn in seinen Augen stand, als er sich an das Bild von Margots nacktem Körper auf dem Laptop-Bildschirm erinnerte. *Ich bin eine verheiratete Frau.*

Nachdem er die Türen dreimal abgeschlossen hatte, nachdem er ihr versichert hatte, dass Hunter zurückkommen würde, nachdem Margot nach ihrem dritten Martini eingeschlafen war, nachdem Myron die letzten seiner weißen Pillen genommen hatte und in einen Abgrund gesegelt war, schlich ein Schatten in ihr Schlafzimmer. Er schwebte über ihnen, schaute ihnen beim Schlafen zu.

Margot runzelte die Stirn, aber der Alkohol verhinderte, dass sie aufwachte.

Myron fühlte überhaupt nichts.

37

Die Klussman-Familie
15. September 1990

Frannie Klussman schlief weiter, als die flackernden Lichter sich in den frühen Morgenstunden mehrten und die Polizeiautos zu hören waren, die sich an der Straße sammelten. Alle Geräusche vermischten sich mit den Krankenwagen und Bussen, die täglich die Lee Road entlangfuhren, zu einem Rauschen.

Stunden später saß sie mit Bill am Küchentisch und sie tranken ihren Frühstückskaffee. Ihre Augen waren von letzter Nacht gerötet und geschwollen. Die Linien in ihren Händen und die Ränder ihrer Fingernägel waren rot und schwarz von Bennys Blut und dem Dreck aus dem Hof. Die Erinnerung daran, wie ihr Sohn seinen Kopf auf den Boden schlug, wiederholte sich endlos in ihrem benebelten Kopf.

Er hatte letzte Nacht einen ziemlich heftigen Anfall. Das war alles gewesen, was sie der Pflegehilfe mitgeteilt hatte. Dass Benny aus dem Haus geflüchtet war, hatte sie verschwiegen.

Bill hatte ihr versichert, als er an diesem Morgen gekommen war, dass nichts genäht werden musste, aber er hatte empfohlen, dass sie ihn sicherheitshalber ins Krankenhaus bringen sollte. Frannie hatte sich bei diesem Ratschlag versteift. Das Krankenhaus würde Fragen stellen, die sie nicht beantworten wollte. *Warten wir ab, wie es heute Abend aussieht.*

Nach einigen Momenten des Schweigens sagte Bill: »Es tut mir wirklich leid, dass ich gestern Abend nicht hier war. Ich hätte bleiben sollen.«

»Oh, das ist nicht Ihr Fehler.« Er würde sicher die Sozialarbeiter informieren, wenn sie ihm die gesamte Geschichte schilderte. »Er hatte bloß einen Albtraum.«

»Sie müssen das nicht alles alleine stemmen.« Bill strich über eine Stelle auf dem Tisch neben ihrer Hand. »Es gibt Orte, an denen er sein könnte. Orte, wo er sicher wäre, Mrs Klussman.«

Nachdrücklich schüttelte sie den Kopf. »Sie werden ihn mit Medikamenten vollpumpen, bis er nichts mehr spürt. Sie fesseln ihn. Das haben sie letztes Mal getan. Sie haben gesehen, was sie machen. So kann ich ihn nicht leben lassen … Welche Mutter würde ihr Baby an so einem Ort lassen? Das kann ich nicht tun. Ich würde …«

Ein Klopfen an die Tür unterbrach sie. Frannie stand auf, Bill ebenso.

»Soll ich öffnen?«

Sie wischte die Tränen aus ihren geschwollenen Augen und schüttelte den Kopf. »Nein … trinken Sie Ihren Kaffee. Alles okay mit mir.«

Auf schwachen Beinen stakste sie durch die Küche zum staubigen Foyer und lugte durch eines der hohen Bleiglasfenster der Hausfront. Ein Polizist stand auf der anderen Seite. Mit gerunzelter Stirn öffnete sie die Tür.

»Guten Morgen, Ma'am.« Der Beamte lächelte entschuldigend und hob seine Marke. *Shaker Heights Police Department.*

Seinen Namen konnte sie nicht ausmachen. »Hätten Sie etwas dagegen, wenn ich Ihnen ein paar Fragen stelle?«

Reflexhaft warf Frannie einen Blick über die Schulter zu der Treppe, bevor sie in ihrem Bademantel auf die Veranda heraustrat. Benny hasste fremde Leute, laute Geräusche und irgendeine Störung seiner täglichen Routine. Ein bellender Hund konnte bei ihm einen Anfall auslösen. Leise schloss sie die Tür hinter sich. »Worum geht es?«

Hinter den Bäumen und Büschen, die das Haus vom Rest der Welt abtrennten, waren viele Polizeiautos versammelt. Frannie sah erst diese fragend an, dann den Polizisten auf ihrer Schwelle.

Der hielt ein Klemmbrett hoch und schaute nach ihrer Hausnummer. »Sind Sie Frances Klussman?«

»Ja?« Sie schluckte schwer, linste zu den Blaulichtern mit einem wachsenden Gefühl des Grauens.

»Ich muss nur ein paar Fragen stellen.«

»Worum geht es?«, wollte sie nochmals wissen. Panik wuchs in ihrem Magen. Sie hielt sich am Türgriff fest, damit ihre Knie nicht schlotterten.

»Es tut mir leid, Ihnen sagen zu müssen, dass letzte Nacht eine junge Frau getötet worden ist.«

Sie wich gegen die Tür zurück. Der Bronzeklopfer mit dem Kindergesicht stieß hart in ihren Rücken zwischen den Schulterblättern. »O mein Gott! Hier?«

»Auf der anderen Straßenseite.« Er wies zu dem Haus dort. Gelbes Flatterband war über den Bürgersteig gezogen worden. Ein Team von Polizisten hastete im Garten umher, vor und hinter der hohen Hecke. »Haben Sie gestern Abend zwischen elf und ein Uhr nachts etwas Ungewöhnliches bemerkt?«

Langsam schüttelte sie den Kopf. *Benny. Benny draußen auf dem Bürgersteig.* Auf der anderen Straßenseite war ein Polizist dort in die Hocke gegangen, wo er seinen Kopf auf den Asphalt geschlagen hatte. *Getrocknetes Blut.* »Nein. Da fällt mir nichts ein.«

»Keine Schreie? Keine lauten Geräusche?«

Dass letzte Nacht eine junge Frau getötet worden ist.

Ihre Hand packte den langen Türgriff aus Bronze fester. »Nein. Ich habe geschlafen. Der Fernseher lief in meinem Zimmer, aber ich bin von nichts geweckt worden.«

Der Polizist notierte etwas auf seinem Klemmbrett. »Wohnen Sie mit jemandem sonst hier?«

»Nur mit meinem Sohn, aber er ist … er ist geistig behindert. Er, ähm …« Ihre Stimme brach und ihr stiegen wieder Tränen in die Augen, weil sie das laut aussprechen musste. »Er kann nicht sprechen. Er verlässt das Haus auch nicht.«

Der Beamte sah nicht von seinem Klemmbrett auf. »Kann ich mit ihm reden, Mrs Klussman?«

Ein Blutstropfen floss aus ihrer Handfläche auf den Bronzegriff. Ein Grat darauf hatte die Haut geritzt. Sie versuchte, gerade stehen zu bleiben, ihre Stimme nicht zu schrill klingen zu lassen, ihre Beine zu stabilisieren. »Er schläft, fürchte ich. Er, ähm … tut mir leid, es war eine harte Nacht. Er hatte wieder einen Anfall. Wir mussten ihn ruhigstellen. Sie können seine Krankenakte von der Cleveland Clinic erhalten. Benjamin Klussman. Er ist vierundzwanzig Jahre alt.«

Der Polizist blickte nun von seinen Unterlagen auf und sein Gesichtsausdruck wurde freundlicher. »Tut mir leid, das zu hören, Ma'am. Waren Sie beide letzte Nacht zu Hause?«

»Ja.«

»Haben Sie letzte Woche hier in der Gegend seltsame Leute oder Autos beobachtet?«

»Da fällt mir nichts ein.« Wieder schüttelte sie den Kopf und drückte den Schmerz in ihre Handfläche. *Dass letzte Nacht eine junge Frau getötet worden ist.* »Mein Gott. Wer? Wer war sie?«

»Eine Schülerin von der Highschool. Aus Fernway, ein Block entfernt. Wir können noch keine Details veröffentlichen. Haben Sie in den letzten Wochen eine junge Frau beobachtet, die spätabends mit ihrem Fahrrad hier unterwegs war? Schlank. Hübsch. Rennrad?«

Frannie drehte den Kopf ein wenig zum Haus, dessen viele Augen zur Straße gerichtet waren. Bennys Fenster befand sich direkt über ihrer Schulter. »Kann ich nicht behaupten, aber wir gehen hier ziemlich früh zu Bett.«

»Gibt es einen Mr Klussman, mit dem ich reden könnte?«

Sie atmete lachend aus. »Nein. Er ist vor fünf Jahren schon verschwunden. Ich glaube, er ist jetzt in Lakewood. Sie können versuchen, sich mit ihm in Verbindung zu setzen, aber … er besucht Benny nicht.«

Der Polizist nickte, machte noch eine Notiz. Nach einer respektvollen Pause bemerkte er: »Mir ist noch ein zweites Auto in der Einfahrt aufgefallen?«

»Das ist unsere Pflegehilfe, Bill. Er kommt, um mir mit Benny zu helfen.«

»War er gestern Abend hier?«

»Nein. Er trifft immer morgens ein. So gegen acht Uhr war er hier. Möchten Sie mit ihm sprechen?« Sie verlagerte so unauffällig wie möglich das Gewicht, um sich an die Tür zu lehnen. Ihr Herz schlug gegen das Holz. Bill könnte vielleicht berichten, was letzte Nacht geschehen war. Das Blut. Die Wäsche. Bennys Momente der Gewalttätigkeit. *Es kann nicht Benny schuld sein. Oder?* Die blauen Flecken an Frannies Rippen jagten einen fast nicht bemerkbaren Schauder durch ihren Körper. Vor drei Tagen hatte Benny sie getreten. Ihr ganzer Körper war eine Landkarte alter Wunden.

Was, wenn mich jemand gesehen hat, wie ich Benny zum Haus gezerrt habe? Der Gedanke hing wie ein Keuchen in der Luft zwischen ihnen.

Bill saß in der Küche, füllte ein Kreuzworträtsel aus. Er hielt sich aus Frannies Angelegenheiten raus. Das hatte er jedenfalls an diesem Morgen auch seiner Frau am Telefon in der Küche erklärt, während Frannie geschlafen hatte. Er hatte die blutige Wäsche gefunden und war unsicher gewesen, ob er das jemandem melden sollte. *Sie möchte nicht, dass die Sozialarbeiter kommen … Ich kann da nichts machen, das ist nicht meine Angelegenheit … dafür bezahlen sie mir nicht genug.* Aber dann hatte er aufgelegt und für sie und den armen Benny mit gesenktem Haupt ein Gebet gesprochen.

Frannie deutete zum Haus mit Bill darin – ein halbherziges Angebot, für den Polizisten die Tür zu öffnen.

»Nein. Das wird jetzt nicht nötig sein. Vielleicht haben wir später noch weitere Fragen. Wäre das für Sie in Ordnung?«

Nein. Nein. NEIN. »Natürlich. Weiß man schon, wer das getan hat?« Ihr Blick wanderte zur anderen Straßenseite, wo das Team von Forensikern damit beschäftigt war, eine Probe von Bennys Blut zu nehmen.

Er fasste den Schrecken in ihrer Stimme als normale Reaktion auf diese Neuigkeiten auf. »Noch nicht. Aber machen Sie sich keine Sorgen, Ma'am. Die besten Leute von Shaker Heights beschäftigen sich mit dem Fall. Wir holen auch die Forensiker aus der Hauptstelle des Countys. Wer auch immer das war, wird uns nicht entkommen. Das kann ich Ihnen versprechen.« Er schenkte ihr die Art von breitem Lächeln, das ältere Frauen wie sie charmant finden sollten. Vielleicht war er fünfundzwanzig Jahre alt. Die Tatsache, dass er ungefähr das Alter ihres Sohnes hatte, machte dieses Lächeln fast unerträglich.

Sie nickte und senkte den Kopf, damit er ihr nicht ins Gesicht schauen konnte. Ein Blutstropfen fiel von ihrer Hand auf den Sandstein der Treppe. Der Cop-Junge bemerkte es nicht.

»Danke für Ihre Zeit, Ma'am, und tut mir leid wegen Benny. Sie wissen ja, dass man sagt, dass der Herr uns nie mehr auferlegt, als wir ertragen können. Ich wünsche Ihnen noch einen schönen Tag.«

Sie wagte nicht, sich zu rühren, während der junge Mann in der Einfahrt verschwand. Sie bewegte sich nicht, als er auf dem Bürgersteig an den Büschen und dem Silberahorn neben dem Haus vorbeischritt. Sie war immer noch erstarrt, als er in dreißig Metern Entfernung an die nächste Haustür klopfte.

»Guten Morgen, Ma'am. Könnte ich Ihnen kurz ein paar Fragen stellen …«

Sie hörte dem Gespräch zu, hielt den Türgriff weiterhin umklammert. Die gleichen Fragen, eine nach der anderen. Die Reaktion ihres Nachbarn war: »O wie schrecklich! Das kann doch nicht wahr sein! Waren es die Gangs? Oh, die armen Eltern!«

Frannie konnte sich erst wieder rühren, nachdem sie die Antwort auf die nächste Frage vernommen hatte. »Nein. Wir haben gar nichts gehört. Schatz? Oder hast du letzte Nacht was gehört?«

Nein, hatten sie auch nicht.

Als der Polizist weiterging und außer Hörweite war, ließ Frannie endlich den bronzenen Türgriff los. Der Kratzer in ihrer Handfläche war eine gezackte Linie. Sie wartete, bis sich das Blut in der Handfläche gesammelt hatte, danach ging sie hinein.

»Wer war das?« Bill schaute von seinem Kreuzworträtsel auf. Obwohl er es nicht wollte, sorgte er sich um sie. *Mrs Klussman ist die einsamste Person, die ich je gesehen habe.*

»Was?« Frannie nahm ein Taschentuch für den Schnitt in ihrer Hand, hielt Bill den Rücken zugewandt, damit er das Blut nicht bemerkte. Bill würde es herausfinden. Alle würden das irgendwann tun. Aber in diesem Augenblick konnte sie den Tatsachen noch nicht ins Auge sehen.

»An der Tür. Wer war das? Die Cops?«

Sie nickte zur Spüle hin.

»Ich habe sie heute Morgen ankommen sehen. Was wollten sie? Gab es einen Verkehrsunfall oder so was?«

»Nein. Es … ein Mädchen ist gestorben. Sie klopfen an alle Türen in der Nachbarschaft.«

Er erhob sich, als er den seltsamen Klang ihrer Stimme hörte, trat zu ihr, begutachtete mit dem geschulten Auge einer Pflegekraft ihr kreidebleiches Gesicht. Das Taschentuch in ihrer Faust war rot getränkt. »Sie sehen nicht gerade gut aus. Vielleicht sollten Sie sich hinlegen.«

»Ja. Sie haben sicher recht. Das sollte ich tun.«

Sie schleppte sich wieder die Treppe hoch. *Das ist alles nicht wahr. Das kann nicht sein.* In ihrer Erinnerung schwang Benny die Fäuste. Blitzschnell hob sie die Hand zu der Narbe an der Seite ihres Halses, wo er sie versehentlich mit einem Kuli gestochen hatte. Nach diesem Vorfall war er fast ein Jahr lang eingewiesen worden. *Jetzt würden sie ihn mir für immer wegnehmen.* Das Blut floss schlagartig aus ihrem Kopf ab.

»Oh.« Bill fing sie auf, als die Knie unter ihr nachgaben. »Machen Sie langsam. Sie sind einfach erschöpft, Mrs Klussman. Schaffen wir Sie ins Bett.«

Bill half ihr die Treppe hoch in ihr Schlafzimmer.

Am anderen Ende des Flurs runzelte Benny im Schlaf die Stirn. Sein Gesicht war verzerrt durch den Schrecken eines Albtraums, der sich in seinen Gedanken abspielte, und die Erinnerung an ein Mädchen, das irgendwo draußen schrie.

38

DIE SPIELMAN-FAMILIE

9. AUGUST 2018

Kurz vor Mitternacht wurde ein Schlüssel ins Schloss der Seitentür des Hauses neben der Kellertreppe eingeführt. Die Stifte darin drehten sich, bis sie mit einem metallischen Klicken einrasteten. Hunter stand draußen und lauschte eine ganze Minute, wie der Kühlschrank summte und wie sein eigener Atem an dem Holz der Tür widerhallte.

Immer noch nicht dem Haus trauend, drückte er die Nase am Glas platt und prüfte die dunkle Kellertreppe vor sich und den kleinen Teil der Küche, den er durch die Kellertür rechts von sich ausmachen konnte. Das Licht war ausgeschaltet. Hunter drehte den Knauf, von einem leisen Quietschen begleitet, öffnete die Tür nur einen Spalt und wartete ab. Anschließend schob er sie einen Zentimeter auf. Dann dreißig Zentimeter. Die gewaltige Küche seiner Mutter war leer.

Noch einige Zeit wartete er, bis er die Tür hinter sich schloss und den Riegel vorschob.

Er stellte seine großen Schuhe neben der Kellertür hin und schlich in Socken über die kalten Marmorfliesen. Plötzlich verharrte er. *Sind das Schritte über mir?* Das Rauschen von Wasser in einem Rohr in der Wand signalisierte ihm, dass jemand gerade oben die Toilette gespült hatte. Schritte. Kurz darauf herrschte Stille.

Es war seine Mutter, die halb schlafend zurück ins Bett wankte. Margot verkroch sich für ein paar weitere unruhige Stunden unter den Decken. Neben ihr hatte sich Myron am Bettrand zusammengerollt, mit dem Rücken zu seiner Frau. *Dreh dich um, Myron. Du atmest mich schon wieder an.*

Nachdem das Geräusch der Toilettenspülung verklungen war, fasste Hunter den Mut, sich wieder zu rühren. Er öffnete den Schrank und holte eine Plastiktüte raus, die Margot massenweise besaß, und füllte diese mit Müsliriegeln, Chips, Saftkartons. Wie ein guter Dieb achtete er darauf, nichts komplett auszuräumen, damit es nicht auffiel. Als die Tüte voll war, wagte er es, den Kühlschrank zu öffnen. Im weißen Licht holte er ganze Scheiben Käse und Schinken raus, stopfte sie in den Mund, sodass kaum noch Platz zum Kauen war.

Ein Knarren in der Decke über ihm ertönte, als er gerade schluckte. Langsam schloss er die Kühlschranktür wieder und entfernte sich, schaute zur Decke hoch, als fürchtete er, ein Geist könnte durch eine der im Gips eingelassenen Lampen schweben.

Wieder rauschte Wasser oben durch die Rohre, diesmal näher am Zimmer über der Garage. Hunter sah kritisch zur Decke. Niemand hatte in diesem Gästezimmer geschlafen, seit sie eingezogen waren. *Wer ist da*, fragte er sich. Das Geräusch des fließenden Wassers verklang.

Verängstigt hob Hunter die Tüte mit dem gestohlenen Essen auf. Chips raschelten. Plastikverpackungen knisterten. Bei den

Geräuschen zuckte er zusammen, schlich eilig zur Kellertreppe und schloss die Küchentür wieder so leise wie möglich.

Imaginäre Schritte rasten die Decke entlang zur hinteren Treppe. Das Phantom rannte durch die Küche, riss die Tür auf, stürzte mit Hunter die Treppe runter, der auf den Rücken fiel. Zähne in seinem Nacken. Klauen in seiner Brust.

Doch nichts regte sich im Haus.

Die Seitentür, durch die er hereingekommen war, befand sich neben der Kellertreppe und führte in die Einfahrt hinaus. Er schob den Schnurvorhang beiseite. Die Einfahrt war leer. Das Nachbarhaus war dunkel. Er schaltete die Glühbirne am Fuß der Kellertreppe an.

Mit seiner Beute stieg er die Treppe hinab in die kalte Luft, die sich über dem Zementboden sammelte. Die Tüte stellte er im angeberischen Weinkeller seiner Eltern ab. In einer Kiste am Boden befanden sich viele billige Flaschen. *Danke für den günstigen Fusel*, hatte sein Vater ins Telefon gelacht, als das Geschenk eingetroffen war.

Hunter schnappte sich eine billige Flasche und drehte sie auf. Er roch am säuerlichen, dünnen Wein und nahm einen tiefen Schluck. Es schmeckte wie Säure, aber er trank trotzdem noch mal. Es war ein langer, schrecklicher Tag gewesen. Nach einigen weiteren Schlucken lockerten sich seine Schultern ein wenig und sein Herzschlag verlangsamte sich, sodass er sich besser fühlte.

Die Erschöpfung kam mit dem Schwirren des Weins. Er sank an der Kellerwand zu Boden und aß einen Müsliriegel. Anschließend drückte er die Stirn gegen seine angezogenen Knie. Er war zurückgekommen, obwohl sein Vater ihn anschaute, als wäre er drogenabhängig und ein Dieb, trotz des Eindringlings, den seine Kamera im Flur aufgenommen hatte. Es gab sonst keinen Ort, an den er gehen konnte.

Er hob wieder den Kopf und blickte zur hinteren Wand, als könnte er sie dort stehen sehen. Wer auch immer sie war.

»Ich glaube nicht an Geister«, flüsterte Hunter.

Er drehte den Verschluss auf die Weinflasche und stand auf. In den Schränken bei den Treppen bewahrte seine Mutter die Ski- und Campingausrüstung auf, deren Teile alle aussahen, als wären sie niemals benutzt worden. Er holte zwei Schlafsäcke raus, rollte beide übereinander im Weinkeller aus. Hier fühlte es sich sicherer an, beschloss er. Vier Wände und eine Tür. Außer Sicht von jedem und allem, was umgehen konnte, während er schlief.

Dieser Gedanke ließ ihn noch mal zur Tür am anderen Ende des Kellers schauen. Mit fest zusammengebissenen Zähnen schlich er hin und stierte durchs Fenster zum Hof, der sechs Stufen über ihm lag. Blaue Schatten von Bäumen und ein silbrig scheinender Mond waren durch das verdreckte Glas auszumachen. Zwischen den Häusern war das Aufblitzen von Scheinwerfern zu erkennen, als ein Auto in dreißig Metern Entfernung in die South Woodland einbog. Im Schein des Lichts entdeckte Hunter etwas hinter den Bäumen. *Der Umriss einer Person? Ein Hirsch?* Er kniff die Augen zusammen, aber das Auto war schon abgebogen und hatte alles in tiefer Dunkelheit zurückgelassen. Er nahm die lockere, verrostete Sicherheitskette der Tür, führte sie mit einem Kratzen in die Schiene. Dem leeren Hof schenkte er noch einen schnellen Blick, dann ging er wieder zu seinem improvisierten Bett.

Im Weinkeller schloss Hunter die Holztür und wünschte sich, er könnte sie verriegeln. Streifen gelben Lichts fielen durch die Ritzen in den Brettern. Er war froh, dass er im großen Zimmer das Licht angeschaltet gelassen hatte. Nach wie vor verängstigt baute er die halb leere Weinflasche an der Tür als einfache Falle auf. Er hatte allerdings nicht die geringste Ahnung, was er tun würde, wenn ein Eindringling die Flasche mitten in der Nacht umstieß.

Er holte das altmodische Rasiermesser aus seiner Tasche und klappte es auf. Sicherheitshalber stellte er auch noch eine weitere Flasche des billigen Weines in Reichweite, falls er damit jemanden zu Tode prügeln musste. Unsicher wog er die Flasche in der Hand. Nun konnte er nichts weiter tun als warten, also legte er sich hin und fiel fast augenblicklich in den Abgrund des Schlummers.

Hunter hörte nicht die näher kommenden Schritte und sah nicht, wie mit einem scharfen Klicken das Licht ausgeschaltet wurde.

39

Die Martin-Familie

12. August 2016

»Was machst du hier drin, Sohn?«

Eine Taschenlampe blendete Toby, der sich in einer Ecke des Lagerraums im Keller zusammengerollt hatte. Die Stimme stammte von einem Polizisten. »Alle suchen nach dir.«

Der kleine Junge schreckte vor dem Licht zurück und dem Mann, der es in der Hand hielt. Sein Gesicht war dreckverschmiert. Seine Kleidung war verdreckt. Seit zwei Tagen hielt er sich im Keller versteckt. Er hatte sich vor der Polizei verborgen gehalten, seit die seltsame Frau die schrecklichen Neuigkeiten überbracht hatte.

Wir haben ein neues Zuhause für dich gefunden, Toby. Eine wirklich nette Familie, die es kaum erwarten kann, dich kennenzulernen.

Aber das hier ist mein Zuhause. Ich will bei Ava bleiben! Wo ist sie?

Natürlich war das weder seine Entscheidung noch die des Polizisten, sondern die der Computer. Es war die Entscheidung der Lehrer an seiner Schule und wie die Regeln und Gesetze aussahen, was Kinder in unsicherem Umfeld anging. Nicht einmal Mama Martin konnte ihn retten. Ein Räumungsbefehl von der Bank war im Januar an die Haustür gehängt worden.

Der Polizist packte den Jungen am Arm. »Komm schon, Sohn. Machen wir das nicht schwerer, als es sein muss.«

»Aber ich kann hier nicht weg. Zwingen Sie mich nicht.« Der Junge begann, große, hässliche Tränen zu weinen, als das Herz ihm in der Brust zersprang. »Das ist mein Zuhause. Ich wohne hier.«

Papa Martin war vor anderthalb Jahren gestorben und seitdem war nichts mehr richtig. Mama Martin hatte aufgehört zu essen. Sie holte nicht mehr die Post. Sie ging nicht mehr zur Arbeit. Sie wusch Tobys Wäsche nicht mehr und kochte nicht mehr. Sie verbrachte Stunden oben auf dem Dachboden, redete mit sich selbst. *Ich weiß nicht, was ich tun soll, Clyde. Gott, bitte sag mir, was ich tun soll. Es hätte nicht so kommen dürfen …*

»Mrs Martin ist gerade nicht hier. Ihr gehört nicht einmal mehr dieses Haus, sondern der Bank. Das weißt du. Sie wird ins Krankenhaus gebracht, wo sie alle Hilfe erhält, die sie braucht, und sie möchte, dass du in Sicherheit bist.«

Toby hatte sie oben schreien gehört, als die Polizei die Haustür aufgebrochen hatte und hereingestürmt war.

»Es ist gegen das Gesetz, dass du hier bist. Ein Junge wie du braucht eine richtige Heimat und Aufsicht.« Der Mann verlor die Geduld. Toby konnte das Ticken der Bombe in seiner Stimme hören. Es war das dritte Mal, dass sie ihn im Haus aufgriffen. »Du darfst gar nicht mehr hier sein, Sohn.«

Da hatte der Mann recht. Das Haus war für ein Kind seines Alters nicht mehr sicher. Die Ärzte hatten Mrs Martin Pillen gegeben, die gegen ihre Trauer helfen sollten. Durch sie hatte sie die ganze Zeit geschlafen. Sie hatte ihn einmal in seinem Zimmer eingeschlossen und den ganzen Tag lang vergessen. Dann war in einer Nacht der Krankenwagen ihretwegen gekommen und am nächsten Tag die Sozialarbeiter seinetwegen. Das war vor über einem Jahr geschehen.

Drei Nächte später war er im Schutze der Dunkelheit nach Rawlingswood zurückgekehrt, aufgewühlt und verletzt, auf der Suche nach seiner Schwester. Alle paar Wochen kam er hierher zurück.

»Aber ich gehöre hierher. Ich will zu meiner Schwester. Ich will Ava«, flüsterte er, auch wenn er wusste, dass es nicht viel bringen würde. »Warum kann ich nicht bei ihr bleiben?«

Offiziell hatte niemand seine Schwester aufspüren können, aber das sagte der Polizist nicht. »Wir müssen los, Kleiner. Du kannst nicht hierbleiben. Also, wir können das locker oder unangenehm erledigen. Deine Wahl.« Der Polizist hielt den Strahl der Taschenlampe auf das niedergeschlagene Gesicht des Jungen geheftet. Eine Pistole und ein Paar Handschellen waren am Gürtel des Mannes befestigt.

Das flackernde Licht in den Augen des Jungen war erloschen. Sie hörten ihm nie zu. Er rappelte sich auf. Der große Mann zerrte ihn aus dem Keller und die Treppe hoch. Toby überlegte, ob er sich losreißen und wegrennen sollte, doch er tat es nicht. Er würde schon wieder einen Weg hinein finden, sprach er sich selbst Mut zu. Das tat er immer.

Hinter ihm, in der entferntesten Ecke des Kellers, beobachtete ein Schatten alles aus seinem Versteck und zitterte vor Tränen. Er hatte den Umriss eines Mädchens.

40

Die Spielman-Familie

10. August 2018

Das dumpfe *Tink, Tink, Tink* einer Weinflasche, die auf dem Betonboden rollte, ließ Hunter die Augen aufreißen. Der Raum war kalt und dunkel. Zu dunkel.

Er fuhr hoch und blinzelte, um sich zu orientieren. Das war der Weinkeller seiner Eltern. Die Ereignisse des Vortages kamen ihm wieder in den Sinn. Er war weggelaufen. Sozusagen. Niemand wusste, dass er da war. Er kniff in der Dunkelheit die Augen zusammen und spähte zu dem grauen Rechteck, das sich vor der Schwärze abhob. Die Tür zum Weinkeller stand offen.

Das Gefühl, dass jemand in seiner Nähe war, ließ ihn am Holzregal mit Wein in sich zusammensinken. Er öffnete den Mund, als wollte er etwas äußern, doch nicht einmal Luft kam heraus. In der offenen Tür bewegte sich ein Schatten. Er hatte den Umriss eines Mädchens. Ein Hauch von weißem Stoff.

ToTES MäDCHEN.

Mit aufgerissenen Augen und blutleerem Hirn schüttelte er den Kopf. *Ich träume*, erklang der Wunsch zwischen seinen Ohren, gemischt mit vielen anderen Gedanken. *Bitte. Geh weg. Nicht. Nicht ich. Geh.*

Ihr Schatten glitt in die Ecke des Weinkellers, wo ihr Umriss mit den Wänden verschmolz, bis er sich komplett aufgelöst hatte.

Hunter versuchte, in der Dunkelheit etwas zu erkennen. Der Wein summte in seinem Kopf, während er sich bemühte, den Atem des Dings zu hören, aber es war nur das Tropfen des Waschbeckens im Nebenraum auszumachen. Doch er fühlte es. Den magnetischen Puls eines anderen Wesens, das dort stand, einen Meter von ihm entfernt. Er tastete auf dem kalten Betonboden nach dem Rasiermesser, aber fand es nicht.

»Wer bist du?«, flüsterte er in die Dunkelheit. *Was bist du?* »Bist du … echt?«

Ein leises Lachen durchschnitt die Stille.

Seine Verbindung zwischen Körper und Geist zerbrach durch dieses Geräusch, und der Junge saß da, gefangen in seiner eigenen, schlotternden Haut. *Hilfe! Irgendjemand! Helft uns!* Seine gehetzten Augen hefteten sich auf die offene Tür. *Lauf.*

Das Ding hob seine Falle vom Boden auf und öffnete den Verschluss. Es waren Schlucke zu hören, unflätig laut und bedrohlich in der Dunkelheit. Das Geräusch jagte Schreckenswellen durch das in die Ecke getriebene Reh, das Hunter war. *Blut. Vampire. Zähne.*

Er war immer noch gelähmt, verspürte weder einen Kampf- noch Fluchtinstinkt, konnte kaum atmen. Was sollte er auch tun, wie er mit dem Rücken am Weinregal dasaß, halb in seinen Schlafsack gewickelt, in der Dunkelheit blind? Der Gedanke an das Rasiermesser ließ seine taube Hand noch einmal über den Beton gleiten. Langsam, ganz langsam, damit der Poltergeist es nicht merkte.

Seine Finger ertasteten schließlich kaltes Glas, seine Finger umgriffen einen Flaschenhals. Zuschlagen. Zertrümmern. Töten. Sterben. *Werde ich sterben?* Sein Blick wanderte unwillkürlich zur Decke – voll aussichtsloser Hoffnung. *Mom? Dad?*

Der warme Geruch nach dem zuckrigen Parfüm mit Vanillearoma seiner Mutter wehte zu ihm auf den Boden herab, während er die Flasche umklammerte. Aber das war sie nicht. Seine Mutter würde das Licht anschalten. Seine Mutter würde rumbrüllen.

»W-warum bist du hier?«, stieß er atemlos hervor.

Das Gefühl einer weichen Hand, die über seine Wange strich, ließ ihm die Flasche aus der Hand gleiten, die klimpernd auf den Boden kullerte. »Ich brauche deine Hilfe.« Die Stimme erwärmte seine Ohrmuschel, war weich und weiblich.

Er wich vor ihr zurück. »Meine Hilfe?«

Der Schatten bewegte sich und schwebte über ihm. »Ich möchte, dass wir Freunde sind. Ich habe dich beobachtet, Hunter. Du könntest einen Freund wie mich brauchen.«

Der Geruch von Wein in ihrem Atem und die Wärme ihrer Haut, lediglich Zentimeter von ihm entfernt, brachte ihn wieder zu Sinnen. Er hob einen Finger und ertastete das feste Fleisch ihres Arms. Dünn und weich. *Kein Geist.* »Wer bist du? Was tust du hier?«

Ihr Schatten sank auf den Schlafsack neben ihm. »Willst du das trinken?« Sie tippte die Flasche auf dem Boden an.

Er hielt sie mit zitternden Händen dem Schatten eines Mädchens in der Dunkelheit hin. Sie nahm sie, drehte sie langsam auf. Das Geräusch, wie sie trank, klang nun viel leiser, weicher, hübscher. Danach drückte sie die Flasche wieder in seine Hand, und er griff zu. Sein Mund war vor Schrecken wie ausgetrocknet. Hunter nahm einen tiefen Schluck. Das Blut floss in seine Gliedmaßen zurück. *Vampire trinken keinen Wein. Sie ist nur ein Mädchen.*

Eine neue Angst ergriff ihn. *Dieses Mädchen wird mich für einen totalen Weichling halten.*

»Jetzt aber mal ernsthaft«, stammelte er, versuchte verzweifelt, wie ein normaler Teenager zu klingen, der mit einer völlig fremden Person zu tun hatte. Einem Eindringling. »Was zum Teufel ist hier los? Wie bist du reingekommen?«

»Ich wohne hier«, flüsterte sie, nahm wieder die Flasche.

»Wie meinst du das, du *wohnst* hier?«

»Ich meine, das ist mein Zuhause.«

»Aber … *wir* wohnen hier.«

Ein Lachen glitzerte in der Dunkelheit.

»Wie heißt du?«

Der Umriss des Mädchens drehte sich zu ihm. Die Silhouette ihres Gesichts war zu erkennen, zart und fein. »Spielt das eine Rolle?«

»Wie sollen wir Freunde werden, wenn ich nicht mal deinen Namen kenne?«

Sie seufzte. »Ava.«

»Okay, Ava. Schön, dich kennenzulernen. Was zum Teufel machst du hier?«

»Was machen alle anderen hier?«

Hunter atmete genervt aus und nahm noch einen Schluck, um sich Mut anzutrinken. »Ich habe genug von den Spielchen! Warum bist du hier?«

»Ich warte. Wie du.«

»Du wartest«, wiederholte er. *Wartest darauf, abhauen zu können? Wartest darauf, ins College zu verschwinden und ein neues Leben zu beginnen?* »Worauf wartest du?«

»Das würdest du nicht verstehen.«

Er musterte den Umriss neben sich mit gerunzelter Stirn. Plötzlich wirkte sie so klein und jung. »Wie alt bist du? Weiß irgendwer, dass du hier bist?«

Sie lachte leise. »Du brauchst nicht das Sozialamt anzurufen, okay? Ich bin neunzehn.«

»Wie lange lebst du schon in diesem Haus?« Hunter wählte seine Worte mit Bedacht. Er nahm noch einen Schluck Wein. Machte keine plötzlichen Bewegungen. Keine Vorwürfe. Stellte einfach freundliche Fragen. Er rutschte auf seinem Platz herum und wünschte sich, er könnte sein Telefon rausholen und sie aufzeichnen.

»Seit ich neun Jahre alt bin.«

»Aber die Martins haben hier gewohnt. Die haben das Haus 1994 gekauft. Ich habe die Aufzeichnungen gelesen.« Ihm wurde klar, dass er sie vor den Kopf stoßen könnte, und versuchte, sich lockerer zu geben. »Ich meine, ich glaube nicht, dass sie Kinder hatten.«

Ihr Schatten bewegte sich. Die Flamme eines Feuerzeugs erschien, warf gelbliches Licht auf die Hälfte ihres Gesichts, abrupt erlosch sie wieder. Er hatte einen guten Blick auf ihre Augen werfen können, die so dunkel und leblos wie die eines Hais gewirkt hatten. Nachdem sie eine Rauchwolke ausgestoßen hatte, sagte sie: »Das bedeutet nicht, dass hier keine Kinder gelebt haben.«

»Wie meinst du das? Haben sie …« *Moment?* Er zuckte zusammen. »… dich entführt?«

»Nicht ganz.« Ihre Zigarette glühte rot im Dunkeln. »Rauchst du?«

»Nein, danke. Was ist mit deinen Eltern passiert?«

»Was ist mit deinen passiert?« Ihre Stimme klang schwer, ein wenig betrunken.

»Wie meinst du das?«

»Sie sind total daneben. Oder?«

»Yeah.« Hunter versteifte sich. »Ja, ich schätze, das sind sie.«

»Was ist mit deiner Schwester passiert?«

»Hm?« Die unerwartete Frage ließ ihn in sich zusammensacken.

»Deine Schwester. Was ist passiert?«

»Sie, äh … sie ist gestorben. Leukämie.« Er blinzelte die Tränen weg, deren Anwesenheit er nicht einmal bemerkt hatte. »Sie war elf Jahre alt.«

»Tut mir leid.« Ava schwieg einen Augenblick lang. »Deswegen ist deine Mutter so traurig. Und dein Vater auch.«

»Schätze schon, ja.« Ein Schaudern lief durch seinen Körper. Sie hatte ihn wochenlang beobachtet, in allen Ecken rumgeschnüffelt, jedes Wort mitgehört. Sie war es gewesen, wurde ihm klar. Sie hatte letztens den Laptop seiner Mutter benutzt. Wie sie in weißem Stoff dasaß. *Das Nachthemd von Mom.* Margots Gesichtsausdruck, wie sie sein Zimmer gefilzt hatte, blitzte in seinen Gedanken auf.

»Hat Myron wirklich dieses Mädchen getötet? Abigail?« Noch eine Rauchwolke wehte zu ihm rüber. »Das Mädchen in Boston?«

Wie gelähmt saß er da und konnte erst nach einiger Zeit antworten. »Er hat niemanden *getötet*. Eine Patientin ist an Komplikationen gestorben. Das ist wirklich traurig, aber das kommt vor.«

»Aber er wird wegen eines Kunstfehlers verklagt. Bist du deswegen bis nach Ohio verschifft worden?«

»Ich weiß nicht.« Hunter fühlte, wie sich Wut in ihm sammelte, aber er musste sie weiterreden lassen. »Mein Vater hat diesen neuen Job bekommen. Ein Umzug ist ja nicht ungewöhnlich.«

»Du weißt, dass mit ihm etwas nicht stimmt, oder? Er versteckt etwas.« Sie ließ ihre Worte zwischen ihnen hängen und bohrte weiter: »Deine Mom auch. Was ist mit ihr los? Von deiner Schwester abgesehen, meine ich.«

»Fick dich, klar?«, bellte er sie an. »Warum bist du immer noch hier? Clyde Martin ist an einem Herzinfarkt gestorben. Maureen in ein Krankenhaus gekommen.«

»Du meinst, in ein Irrenhaus.«

Die Verletzung in ihrer Stimme ließ ihn ein wenig weicher werden. »Ja. Ist sie immer noch dort?«

»Ich weiß nicht.« Sie flüsterte jetzt fast. »Es ist mir egal.«

»Warum bist du hier?«

Sie ignorierte die Frage. »Es war kein Herzinfarkt.«

»Bei wem? Mr Martin?«

»Dieser Ort hat ihn umgebracht.«

Hunters Zorn verwandelte sich zu Verwirrung. »Was?«

»Dieses Haus ist schlecht für Männer und für Jungs. Sie alle sterben hier. Fast jeder Einzelne. Und die Frauen werden verrückt. Hast du das gewusst?«

Hunters Mund wurde wieder trocken. Er nahm einen weiteren Schluck Wein, bevor er seiner Stimme wieder vertraute. »Ich, äh ... also, Walter Rawlings ist hier gestorben.«

»Ja. Sie beide.«

»Und Clyde. Und Niles Gorman.«

»Benjamin Klussman ist verschwunden. Hast du etwas über ihn herausgefunden?«

»Benny?«

»Er ist einen Tag nach dem Tod eines Mädchens namens Katie Green verschwunden. Seltsam, oder?«

ToTES MäDCHEN. BÖSER BeNNy.

Hunter dachte darüber nach. »Hat Benny es getan?«

»Du hast die Worte im Schrank gesehen, richtig? Das Mädchen wurde direkt neben seinem Haus ermordet. Er ist an dem Tag verschwunden, an dem ihre Leiche gefunden wurde.«

Hunter versuchte, trotz seines Schwipses durch den Wein und des berauschenden Geruchs neben ihm seine Gedanken zu sortieren. »Wie kannst du so viel darüber wissen?«

»Ich habe es dir erklärt. Ich wohne schon seit Jahren hier.« Sie schwieg kurz und schaute ihn von ihrem dunklen Platz beim Weinregal an. »Hast du gewusst, dass die Shaker mit den Toten geredet haben?«

»Die Shaker?«

»Dieser Ort war eine religiöse Kommune oder ein Kult oder so was. Sie haben an den Himmel auf Erden geglaubt. ›Das Tal des Gottessegens.‹ Sie haben draußen im Mondlicht getanzt, bis sie Visionen hatten.«

»Das ist ziemlich schräg.«

Die Zigarettenspitze leuchtete in der Dunkelheit auf. Sie beschrieb mit ihr einen Kreis in der Luft. »Die haben geglaubt, dass man die Toten reden hört, wenn man in einem Ring aus Bäumen singt und tanzt.«

Pilgerfrauen zuckten in seinem Kopf. Er schüttelte sie ab. »Das klingt wie ein Haufen Bullshit.«

»Nein. Es ist wahr. Du hast darüber in der Bibliothek gelesen. Ich habe dich dort gesehen.« Sie richtete die Zigarettenspitze auf ihn.

»Du bist mir gefolgt?« Er atmete ein. »Warum? Warum kümmert dich das alles? Warum bist du hier? Warum beschattest du uns?«

Ava schwieg eine Zeit lang und gab schließlich zu bedenken: »Was, wenn sie recht hatten?«

»Recht womit?«

»Mit den Toten zu reden.«

Hunter hielt kurz die Luft an. *Sie ist verrückt.* »Redest, ähm ... du mit ihnen?«

Ihr Schatten antwortete nicht.

»Was hast du vorhin gemeint? Als du sagtest, dass du wartest. Worauf wartest du?«

Die unangenehme Stille zwischen ihnen wurde immer länger. Eine betäubende Traurigkeit ließ Hunter wehrlos, untröstlich und schließlich wütend werden. Er rutschte herum und fragte sich erneut, ob er die Polizei rufen sollte. Einbruch. Diebstahl. *Körperverletzung?*

»Hast du Roger … geschnitten? Im Badezimmer meiner Mutter? Da war Blut. Und ein Rasiermesser.« Abermals tastete er den Boden nach dem Rasiermesser ab, während er das aussprach. Es war nicht da. »Er hatte einen Verband an seiner Hand, als ich ihn zuletzt vor der Bibliothek gesehen habe.«

»Er hat sich selbst geschnitten, als er es mir wegnehmen wollte. Ihm ist nichts passiert.« Sie lachte rauchig. »Ich glaube, ich habe ihm Angst eingejagt.«

Hunter stellte sich vor, wie Roger sich zu dem seltsamen Mädchen umdrehte, das ihn im Spiegel beobachtete, nach der Klinge griff, sich an ihr schnitt. *So könnte es passiert sein*, beschloss er, wollte sich keine Alternativen vorstellen. »Er wollte mir nicht erzählen, was los war.«

»Du weißt, dass er dich bestohlen hat, oder?«

»Yeah. Er ist ein Arschloch.« Hunter runzelte die Stirn. *Hast du mich nicht auch bestohlen?* »Weiß jemand außer mir, dass du hier bist?«

»Nein.«

»Das ist doch irre, Ava. Du solltest gar nicht hier sein, klar? Du musst hier weg. Du brauchst Hilfe.«

»Hilfe von wem? Niemand würde mir glauben.« Sie drückte wütend die Zigarette auf dem Boden aus. Er beobachtete sie dabei und wusste, dass sie ihm die Schuld für den Brandfleck und den Zigarettengeruch in der Luft geben würde. »Das tun sie nie.«

»Was würden sie nicht glauben?«

Die Stille, die dieser Frage folgte, breitete sich von seinen Ohren bis zu seinen Lungen aus. Ablehnung umgab sie wie ein Kokon. Schließlich antwortete sie: »Hör zu. Ich brauche deine

Hilfe.« Eine kleine Hand fiel auf seinen Oberschenkel und ließ all seine Gedanken zerbersten.

»Hilfe? Wobei?«

Ihr Atem war ganz nah, süß vom Wein, fiel auf seine Wange, als wäre sie kurz davor, ihn zu küssen. Sein Puls beschleunigte sich.

»Kannst du ein Geheimnis für dich behalten?«, fragte sie.

Die Wärme ihres Körpers neben ihm ließ jeden seiner Nerven vibrieren. Er atmete ihren süßen, rauchigen Geruch ein und wünschte sich etwas. »Vielleicht.«

»Du darfst niemandem erzählen, dass du mich gesehen hast.«

Hunter rückte von ihr weg, um darüber nachzudenken. »Für wie lange?«

»Bis ihr geht. Deine Familie muss dieses Haus verlassen. Es gehört euch nicht.«

»Wie meinst du das, es gehört uns nicht?«

Sie ignorierte die Frage. »Du musst sie davon überzeugen, dass ihr weggeht, Hunter. Bevor es zu spät ist. Sag ihnen, dass du zurück nach Hause willst, nach Boston.«

»Oh, klar. Ich bin sicher, dann packen sie sofort die Koffer. Warum zum Teufel glaubst du, dass sie auf mich hören? Das sage ich doch schon seit Wochen. Ich wollte nie hierherkommen.« Er fühlte sich gleichzeitig wütend und hilflos und verwirrt. *Bevor es zu spät ist?*

Sie stand auf, nahm die Wärme ihres Körpers mit sich. Der weiße Stoff erstrahlte in der Tür. Dann ein Schimmer langen Haares. Eine schlanke Silhouette. »Komm morgen nach Hause. Sie machen sich Sorgen um dich.«

»Warte.« In all dieser Zeit hatten seine Eltern nicht bemerkt, dass dieses seltsame Mädchen mit ihnen im Haus lebte. Sie hatten dauernd ihm die Schuld gegeben für verschwundenes Essen, angeschaltete Lichter, gestohlene Kleidungsstücke. Die ganze

Zeit war sie das alles gewesen. »Wenn du hierbleibst, kannst du dann vielleicht … nicht mehr so Sachen tun, für die ich Ärger bekomme?«

Ava lachte. »Wann hast du schon richtigen Ärger gehabt? Geh schlafen. Sie stehen bald auf.«

Er war zu verwirrt und gelähmt von diesem Austausch, um sich zu rühren, und lauschte ihren Schritten auf der Kellertreppe. Die leisen Verse eines Liedes schwebten hinter ihr die Treppe herab.

> Einst flüsterte ein Engel mir ein.
> > Die Toten kennen dich, tagaus, tagein
> > Erstrahlt ihr Mondlicht
> > Dringt tief in dich …

41

Die Rawlings-Familie

24. Januar 1931

Georginas bleiches Gesicht erschien auf der Dachbodentreppe.

Zwei Fremde rauchten Zigaretten auf ihrem Dachboden. Sie saßen vor dem Badezimmer auf alten Stühlen in einem Rechteck aus Licht. Die seltsame Frau trug lediglich Unterwäsche, und der Mann saß in einem Unterhemd und Shorts da. Nicht der Geist ihres Mannes. Nicht die ruhelosen Toten, vor denen die alte Shaker-Frau sie gewarnt hatte. Bloß Fremde.

Ihr Anblick raubte ihr den Atem und ließ sie fast die Treppe runterfallen. Sie griff sich an den blanken Hals, war nur in ihr Nachthemd gekleidet.

Der heiße Geruch von Schweiß und Qualm vertrieb jeden Gedanken an Geister aus ihren Gedanken. An diesen beiden Leuten, die dort saßen, war nichts Übernatürliches. Oder doch? Sie betrachtete sie genau, danach blickte sie zur Tür des alten Hausmädchenzimmers. *Ella*, dachte sie. *Ella mit den Schlüsseln. Ella hat sie reingelassen.* Das Klopfen an der Hintertür, das sie ständig gehört hatte, wie auch die nächtlichen Schritte sah Georgina nun in neuem Licht. Sie verstand, dass Ella ihr alles verheimlicht hatte, und nun schlief Ella ein Stockwerk tiefer.

»Wer seid ihr?«, fragte Georgina flüsternd.

»'n Abend, Ma'am«, erwiderte der verschwitzte Mann schließlich und tippte sich an den imaginären Hut. »Tut mir leid wegen des Lärms. Wir haben bloß geredet.«

Die Frau neben ihm sagte nichts, sondern grinste die schaurige Dame des Hauses stumm an und zog an ihrer Zigarette.

»Was machen Sie hier?«, forderte Georgina zu wissen, blieb auf der Treppe stehen, bereit, um zu fliehen. »Wer sind Sie?«

»Mein Name ist Felix. Das ist Carmen. Ich passe für Ange hier auf alles auf. Sie wissen schon, Big Ange?«, fragte der ruppige Mann mit einem Grinsen voller Zahnlücken. Er wirkte eher, als wollte er das Haus ausrauben, als auf etwas aufzupassen. »Ich glaube, er war ein Freund Ihres Mannes?«

Georginas Schock und Empörung verkümmerten merklich, als sie versuchte, sich zu erinnern. Der Buchhalter hatte von »verschiedenen Schuldnern« geredet, als sie sich vor drei Monaten im Wohnzimmer zusammengesetzt hatten. Das war gewesen, nachdem der Brief der Bank eingetroffen war, in dem in kryptischer Sprache mitgeteilt worden war, dass das Geld der Versicherung aufgebraucht war. Der Brief hatte wochenlang mit den anderen ungeöffneten Rechnungen und Einladungen auf Walters Schreibtisch gelegen. Georgina hatte sich geweigert, ihn zu lesen.

»Walter hat sich immer um diese Sachen gekümmert«, hatte sie dem streng dreinblickenden Buchhalter hilflos eröffnet, als er auf ihrer Schwelle erschienen war.

Walter ist nicht hier. Oder?

»Verzeihen Sie mir, aber ich kannte Walters Freunde nicht sehr gut. Oder seine Geschäftspartner.« Ihre Stimme klang dünn und brüchig. Georgina nahm auf wackligen Beinen die letzten beiden Stufen. Das warme, gelbe Licht lockte sie. Sie konnte hören, wie Wasser hinter dem Lagerraum kochte, aber sie fragte sich, was es damit auf sich hatte. Da bemerkte sie, dass Ellas Zimmer voller Kisten stand, die sie nicht kannte. »Was machen Sie hier?«

»Uns um die Destille kümmern.« Der Mann deutete zur geschlossenen Tür.

»Die Destille?«, wiederholte sie.

Er stand auf – und sie versuchte zu ignorieren, dass er nur Unterwäsche trug – und öffnete die Tür. Dahinter erstreckte sich ein kompliziertes Netz aus Rohren und Kesseln. Ein improvisierter Kamin war hinten durch die Wand verlegt worden. »Ist nicht ganz legal, aber in so einem netten Haus wie diesem fällt es nicht auf. Oder?«

Georgina starrte die monströse Apparatur an, die blubberte und dampfte. Säcke mit Zucker waren auf dem Boden gestapelt, dazu eine Ansammlung von Krügen mit selbst gebranntem Schnaps. »Wie lange sind Sie schon hier oben?«

Felix begutachtete die Dame aus der feinen Gesellschaft von oben bis unten, die nur ein dünnes Nachthemd trug. Nach einer Weile zwang er sich, den Blick abzuwenden. »Ein paar Wochen, glaube ich. Aber die hier kam vor zwei Tagen erst.«

Die fremde Frau lächelte verhalten in Georginas Richtung. Sie hatte die nackten Beine wie eine Hure übereinandergeschlagen. Der dünne Träger ihres Oberteils glitt auf ihren Ellenbogen hinunter. Georgina schätzte sofort ihre Stellung im Leben ein. *Nicht einmal gut genug, um ein Hausmädchen zu sein.* »Waren Sie auch mit Walter befreundet?«

»Ich habe ihn vielleicht ein oder zwei Mal getroffen.« Die Lippen der Hure bildeten ein kleines Lächeln. Nachdem sie die ältere Frau taxiert hatte, die dünn und steif wie ein Bügelbrett dastand, setzte sie nach: »Kann man sich wohl leicht vorstellen, weswegen, nicht wahr?«

Georginas Wangen röteten sich, ohne dass sie dafür gleich einen Grund erkennen konnte. Es würde nichts bringen, weitere Fragen zu stellen. Sie konnte kaum welche in Gedanken formulieren und unmöglich aussprechen. Die Vorstellung, wie Walter mit dieser Frau in irgendeiner Form zusammen war, verschlug ihr die Sprache. »Also, das ... er ist nicht hier. Nicht mehr. Daher kann ich mir nicht vorstellen, was Sie hier machen.«

Georgina hörte nicht, wie der kleine Walter hinter ihr die Treppe hochkam und über die oberste Stufe linste.

»Der Boss hat gemeint, es wäre das Beste, wenn wir uns erst mal bedeckt halten.« Die Frau warf ihrem männlichen Gegenstück einen Blick zu und zog an ihrer Zigarette, bis die Glut fast ihre Fingerspitzen erreichte, danach warf sie die Kippe in eine verrostete Dose. Sie stand auf und schob ihren runtergerutschten Träger wieder auf die Schulter. »Wo ist die Hexe?«

»Die was?« Georgina machte einen Schritt nach hinten.

Der kleine Walter verdrückte sich in den Schatten.

»Die alte Hexe. Die uns hier Tag und Nacht einsperrt. Wo ist sie?« Carmen zog fragend die Augenbrauen hoch.

Felix rutschte auf seinem Stuhl herum. Der Streit zwischen den beiden hing noch im Dunst über ihnen. *Mir ist egal, was Ange sagt. Er ist gar nicht hier, oder? Was soll uns davon abhalten, einfach die Kohle dort zu schnappen und uns im nächsten Zug zu verpfeifen, hm? Soll sich die Hexe mit ihm rumschlagen.*

Carmens Handgelenk war immer noch rot, wo Felix sie gepackt hatte. *Wo genau sollen wir hin? Was glaubst du, von wem du da klaust? Big Ange hat Augen in jeder Stadt, und ich lasse mich nicht wegen einer kleinen Nutte einbuchten.*

Daraufhin hatte sie ihn geohrfeigt.

Ermutigt machte die Hure einen Schritt auf ihre Gastgeberin zu. »Schläft die Hexe? Was ist mit dem Kleinen? Pennt der auch?«

Georgina verlor jede Farbe und ihr stockte der Atem. *Kleiner Walter.*

Die grässliche Frau holte ein Rasiermesser aus ihrer Gürteltasche und klappte es auf. »Was meinst du, lassen wir ihn schlafen, Puppe? Du bleibst schön still und niemand wird irgendwie gestört. Verstanden?«

Der halb nackte Mann machte einen Schritt auf sie zu. »Mach langsam, Carmen.«

»Schnauze, Felix«, blaffte sie zurück, ohne ihn anzusehen. Sie hatte ihn für einen Narren gehalten in dem Moment, in dem sie ihn das erste Mal gesehen hatte, wie er mit dumpfem Blick dagesessen und die Destille beäugt hatte. *Keine Fantasie, der Kerl!* »Das geht nur mich und Missus Walter hier an. Oder?«

Georginas wilder Blick schoss von der blitzenden Klinge zum frechen Grinsen der Frau. Sie presste die Lippen aufeinander und nickte.

»Gib uns den Schlüssel für die Tür, Kleine.« Carmen streckte ihr die Hand hin.

Georgina glotzte dumpf zum Messingschlüssel in ihrer Hand, den sie völlig vergessen hatte. Mit flehendem Blick reichte sie ihn weiter. *Nicht Walter. Nicht mein süßer, kleiner Walter.* Das Phantomgeräusch eines weinenden Babys kam von tief aus dem Haus. Niemand außer Georgina hörte es.

Mit dem Schlüssel in der Hand nickte Carmen ihr zu. »Gut. Jetzt erzählst du Big Ange, dass ich gehen musste. Okay?« Mit diesen Worten nahm sie ihre Tasche vom Boden und schlenderte in Ellas ehemaliges Zimmer. Felix und Georgina verfolgten sprachlos, wie sie die Tasche mit dem Geld füllte, das in den Apfelkisten lag, bis diese fast platzte.

»Hey. Hey!«, bellte Felix. »Was sollen wir Big Ange über die Kohle erzählen, die du an dich reißt, hä?«

Georgina wandte sich zu ihm, in der Hoffnung, dass er wusste, was zu tun wäre, aber da er beim Laufen schwankte und seine Stimme lallte, wurde deutlich, dass er sich die ganze Nacht an den Krügen vergangen hatte. Als er mit hochrotem Kopf in Richtung der Hure stolperte, stieß er mit dem Fuß einen davon um.

Carmen kicherte ihn an. »Was soll mich das kümmern, was du ihm vorquatschst? Kannst doch behaupten, dass du zu betrunken warst, um mich aufzuhalten. Sag ihm, dass du gepennt hast. Sag ihm, was du willst. Ich bleibe nicht mehr hier.«

»Du weißt verflucht gut, dass ich das nicht tun kann.« Er schlug mit seiner Faust hart zu, aber sie konnte mühelos in Georginas Richtung ausweichen, die erstarrt und mit offenem Mund dastand.

Mit ihren rauen Händen packte Carmen die kleinere Frau am Hals und hielt die Klinge an ihre Kehle. »Und du weißt verflucht gut, was passiert, wenn du dich nicht raushältst, Felix. Was meinst du, wird Big Ange mehr vermissen? Ein paar Tausender oder diesen hübschen, kleinen Unterschlupf? Hm?«

Der kalte Stahl an ihrer Kehle ließ Georginas Wahrnehmung in einen Schock abstürzen. Wie von weit weg, wie von außerhalb des Dachfensters stierte sie in den Raum. Das war alles gar nicht möglich. Die Hure in ihrem Haus, der betrunkene Handlanger, der herumstolperte, als versuchte er, seine Optionen abzuwägen. Ihr distanzierter Blick wanderte zu den Kisten mit Geld, die einfach so auf ihrem Dachboden herumstanden. Genug, um all die Schulden ihres Mannes zu bezahlen und noch etwas übrig zu haben. Alles dort, hier unter ihrem Dach.

»Nehmen Sie einfach, was Sie wollen«, hörte sie sich flüstern. Jedes Gefühl verließ ihre Haut, als sie das Gefühl hatte, dass sich ihre Knochen auflösten. *Fühlt sich so das Sterben an,* fragte sie sich. *Dass man von unter der Erdoberfläche zur Welt hochblickt?* Ihre Wahrnehmung versank tiefer im Loch.

»Whoa. Mach langsam, Mädchen. Denk nach. Okay? Denk nach.« Schweiß hatte sich auf Felix' Stirn gesammelt. Die Aussichten für ihn waren düster. Seine Waffe steckte in seinen Hosen im Nachbarzimmer. Sie war so clever gewesen, so verdammt clever, ihn davon fernzuhalten. »Du kommst nicht mit allem durch. So nicht!«

Carmen drückte das Messer fester an den Hals der armen Frau. Die geschärfte Klinge ritzte Georginas Haut in einer Linie, aus der kaltes Blut strömte. »Danke, dass du uns deine Gedanken mitteilst, Felix. Entweder tust du jetzt, was ich sage, oder du kannst dich von unserer Dame hier verabschieden.«

»Nein!«, brüllte eine kleine Stimme. Walter schoss von der Treppe heran, mit fliegenden Fäusten. »Halt! Du lässt sie in Ruhe!«

»Wal-ter«, brachte Georgina erstickt hervor, wurde bei seinem Anblick fast ohnmächtig. Ihre Stimme versagte, ihr Körper erschlaffte. Carmen ließ sie zu Boden gleiten und packte Walter am Arm.

Er drehte sich herum, trat, brüllte: »Ella!«

»Du bist aber ein lebhafter kleiner Kerl!« Carmen zog ihn näher an sich heran, während sie immer noch das Rasiermesser in einer Hand hielt, an dem er sich mit seinen wedelnden Händen kleine Schnitte zuzog.

Georgina verfolgte fragmentarisch, wie sich die grässliche Szene vor ihr entfaltete, sie drückte ihre Nase an der Realität dieses Augenblicks platt, konnte sich nicht rühren und nicht sprechen. *Nicht mein Baby. Nein. NEIN!*

»Ich haue ab, Lady.« Die Gliedmaßen des kleinen Jungen bewegten sich wild hin und her, während sie sprach. »Ich will, dass du mir jetzt sagst, w…«

Der hartnäckige kleine Walter stampfte auf den Fuß der Hure. Als er sich fallen ließ, um Carmens Griff zu entkommen, sank die Klinge in seinen Hals.

Walter!

Die Augen des Jungen wurden groß, als der Stahl in seine Haut eindrang.

»O Gott!«, zischte Felix. »Carmen … was hast du getan?«

42

Die Spielman-Familie

10. August 2018

Das Dachfenster hob sich mit gelbem Schimmer vom blassen Morgenhimmel ab. Das Badezimmer für Bedienstete blickte von seinem Hochsitz unter dem Giebel auf Hunter herab, der in der Einfahrt stand.

Er lief rückwärts, bis er mit dem Rucksack an den Zaun zum Nachbargrundstück stieß. Ein Schatten glitt über die Decke des Dachbodens. Ein Umriss rührte sich in der Ecke des Fensters. Die unsichtbaren Fäden des Gefühls, beobachtet zu werden, folgten, als er zur Haustür schritt.

Der Wein, den er am Vorabend getrunken hatte, pochte in seinen Schläfen. Die Erinnerung an ihren Schatten im Türrahmen, an den Klang ihres Lachens und ihr heißer Atem an seinem Hals zogen Schleifen in seinem verwirrten Hirn.

Kannst du ein Geheimnis für dich behalten, wiederholte ihre Stimme, während er die Tür öffnete.

»Hey, Mom? Ich bin wieder da!« Seine Stimme schallte die Haupttreppe hoch und die leeren Flure entlang. Niemand antwortete. »Mom?«

Er fand sie im Wohnzimmer sitzend, mit glasigen, verkaterten Augen. Myron war vor einer Stunde gegangen, um sich wegen eines Sicherheitssystems zu erkundigen. *Kommst du klar, wenn ich eine Weile weg bin?*

»Du bist wieder da«, stellte sie tonlos fest, sah ihn nicht an.

»Äh. Ja. Sorry, ich war nur …« Er hatte sich keinen guten Grund überlegt. *Wo war ich wohl?*

Sie stand auf und schwebte an ihm vorbei zur Küche. »Du wirst Hunger haben. Hast du was gegessen?«

»Nein. Ich bin am Verhungern.« War er das wirklich? Er konnte seinen Magen nicht spüren. Als er ihr folgte, bemühte er sich sehr, nicht zur Kellertür zu schauen. Er stellte seinen Rucksack so leise wie möglich in eine Ecke der Küche. Dann ließ er sich auf einer der Hocker an der riesigen Marmoranrichte mitten im Raum nieder und wartete darauf, dass das Gebrüll begann.

Margot richtete ihm wie in Trance ein Sandwich her. Die Wut und die Angst, die sie empfunden hatte, als sie am Vortag auf dem Dachboden eingesperrt gewesen war, fühlte sie nicht mehr. Erleichterung und Erschöpfung hatten ihren Platz eingenommen, während sie die Zutaten aus dem Kühlschrank holte. Ihr Kind war zu Hause, so wie sie dafür gebetet hatte. Aber war er es wirklich? Der verdreckte Teenager bei der Anrichte war eher ein Fremder als ihr Kind. Sie hielt inne und musterte ihn.

Hunter wurde nervös. *Was?*

Ihren kleinen Jungen gab es nicht mehr. Diese traurige Erkenntnis traf sie wie jedes Mal, wenn sie eine Veränderung an ihm registrierte. Jeder Zentimeter, den er wuchs, und jedes Haar in seinem Gesicht waren Erinnerungen an den Jungen, der er nicht mehr sein konnte. *Verloren. Alles an ihm gleitet davon.* Sie wandte sich ab und griff nach dem Brot.

Das Gebrüll kam nicht. Es war zu leicht. Hunters Muskeln entspannten sich einer nach dem anderen, als es immer wahrscheinlicher schien, dass sich alles im Sande verlaufen würde. Die Stille zwischen den beiden wurde von Sekunde zu Sekunde größer und drängender, während er sich verlegen in der Küche umsah.

Der Kalender, dessen Bilder ihren Skiurlaub in Aspen letztes Jahr zeigte, hing an der Pinnwand über dem kleinen Schreibtisch neben dem Kühlschrank. Margot wirkte gerötet und lebendig in ihrem rosa Parka, der sich vom Schnee abhob. Der Juli war schon vorbei, doch niemand hatte an den Kalender gedacht. Niemand in der Familie beachtete ihn. Wozu auch, wo Computer und Handys dauernd griffbereit waren. Hunter wusste sowieso nicht, was er im Kalender hätte eintragen sollen. Nichts, außer …

Oh.

Sein Blick raste von dem leeren Kästchen im Kalender zum Rücken seiner Mutter. *29. Juli.* Das war letzte Woche gewesen, und er hatte es ignoriert. *Ich bin ein schrecklicher Sohn.* Er wünschte sich verzweifelt, dass er die richtigen Worte für sie finden würde. Etwas, das ihr mitteilte: *Es tut mir leid, dass sie nicht mehr lebt. Es tut mir leid, dass es nicht mich erwischt hat. Es tut mir leid, dass ich es nicht ändern kann. Es tut mir so, so leid …* Doch einem Teil von ihm tat es gar nicht leid. Ein Teil von ihm war es nur leid, dass ihm sein ganzes Leben leidtun musste. Ein Teil von ihm hasste sie dafür, dass sie ihn nicht an ihrer statt liebte, und für das Gefühl der Schuld, am Leben zu sein. Die ganze Geschichte zeichnete sich auf seinem Gesicht ab. Seine schlaksige Gestalt wurde davon niedergedrückt. *Ich hätte es sein müssen, der stirbt. Du wünschst dir, ich wäre es gewesen.*

»Hattest du letzte Nacht Spaß?« Die Stimme seiner Mutter hallte dumpf von der Marmoroberfläche.

»Klar«, gab er zurück. Er war weggelaufen. Er hatte Ärger. Er war ein schlechter Sohn. »Yeah. Ich, äh, hab mich mit ein paar Freunden getroffen. Tut mir leid … ich hätte anrufen sollen.«

Margot schaute beim Wort *Freunden* im Fliesenspiegel zu ihm auf. Hastig senkte sie wieder den Blick zum Brot auf dem Teller. »Ja. Das hättest du tun sollen.«

Sie drehte sich um und knallte den Teller vor ihm hin. Schinkensandwich mit Käse, ohne Senf. Genau so, wie er es gemocht hatte, als er klein gewesen war.

»Danke.« Er versuchte, sie mit einem Lächeln aus der Reserve zu locken. *Geht es ihr gut*, fragte er sich. Angst bildete sich in den Ecken seines Gesichts ab – eine Vorsicht, als könnte etwas Schlimmes geschehen, eine neue Hiobsbotschaft eingetroffen sein. »Hey, Mom?«

»Hm?« Margot sah mit geheucheltem Interesse von der anderen Seite der Arbeitsplatte auf. Ihre Augen waren blutunterlaufen und schwer.

»Hast du, ähm …« Er verlor die Nerven und schaltete im Kopf das Thema um. »Weißt du irgendwas über die Leute, die hier gelebt haben? Also, vor uns?«

»Eigentlich nicht. Warum?« Sie verengte die Augen und fragte sich, welche seltsamen Dinge er im Haus gesehen und gehört hatte. Die Erinnerung an den Eindringling und die singende Stimme krochen in sie zurück. *Hat er es auch gehört?*

»Wegen einer Sache, die Roger erzählt hat.« Er versuchte, beiläufig zu klingen. »Ich hab ein wenig in den Unterlagen des Countys rumgesucht und rausbekommen, dass die Vorbesitzer Clyde und Maureen Martin waren. Weißt du, ob die Kinder hatten?«

»Davon weiß ich nichts, Schatz. Die Bauarbeiter haben ungeöffnete Post gefunden … ich glaube, dein Vater hat sie irgendwo deponiert. Lass mich nachsehen.«

Mit gerunzelter Stirn schaute er ihr nach, wie sie ins Wohnzimmer ging. *Sollte ich was von dem Eindringling erzählen*, fragte sie sich. *Nein. Kein Grund zur Panik oder Überreaktionen. Es würde ihn nur beunruhigen. Und davon abgesehen … vielleicht habe ich niemanden gesehen.*

Myron hatte sie an diesem Morgen zu beruhigen versucht. *Das Sicherheitssystem wird vierundzwanzig Stunden am Tag überwacht. Uns kann nichts mehr passieren.*

»Ich will dieses Haus verlassen, Myron«, flüsterte sie zu sich selbst.

Ein Zettel auf der Schreibtischunterlage fiel ihr auf, als sie die Dokumente in den Schubladen durchsuchte. *Max' traditionelle Wahrsagerin – Madame Nala* und eine Telefonnummer standen in Myrons gehetzter Handschrift dort. Sie nahm den Zettel und las ihn abermals, rasch steckte sie ihn ein.

Hunter hatte es geschafft, das halbe Sandwich zu verdrücken, bevor sie zurückkam.

»Hier!« Sie reichte ihm einen Aktenordner. »Den kannst du durchgucken, wenn du magst. Warum interessiert dich auf einmal das Haus? Zuerst die toten Shaker und jetzt die Vorbesitzer?«

Er zuckte so unverbindlich wie möglich mit den Schultern. »Weiß nicht. Bin nur neugierig. Der Ort hier ist irgendwie seltsam.«

»Ja, das ist er wirklich.« Sie sprach nicht aus, was ihr über das Gebäude im Kopf herumschwirrte. Beim Gedanken an die Zeitungsmeldungen über den kleinen Jungen, der auf dem Dachboden ermordet worden war, wurde ihr übel. *Wie könnte eine Mutter so etwas tun?* Sie setzte ihrem Sohn zuliebe ein tapferes Lächeln auf und sagte: »Wo du schon all diese

Nachforschungen anstellst, könntest du einen deiner Essays fürs College darüber schreiben.«

»Ja. Vielleicht ... Ich glaube, ich gehe erst mal duschen.« Er hatte es zweifellos nötig. Wenn Margot genauer hingesehen hätte, wäre ihr aufgefallen, dass der Dreck aus dem Keller an seinen Händen und Kleidern klebte und die Schuld ihm ins Gesicht geschrieben stand.

»Okay, Schatz.«

Erleichtert, sich von ihr und den Erinnerungen an seine tote Schwester und dem Gewicht der Lügen entfernen zu können, griff er sich seinen Rucksack und stieg die Treppe hoch. Im Flur blieb er kurz stehen, lauschte, spähte in alle dunklen Ecken und zu den geschlossenen Türen. *Sie könnte überall sein.* In einem Haus, das groß genug für zwölf Leute war, konnte sie sich leicht verborgen halten und nie entdeckt werden.

Deine Familie muss dieses Haus verlassen ... bevor es zu spät ist.

Unten in der Küche rührte Margot sich nicht. Sie starrte das halb gegessene Sandwich wie in Trance an. Das Geräusch von Wasser, das durch ein Rohr abfloss, brach den Bann. Sie schaute zur Treppe und zum leeren Hocker, öffnete den Mund, um ihren Sohn anzubrüllen, dann schloss sie ihn, ohne ein Geräusch von sich gegeben zu haben.

Hunters Dusche trommelte über ihr auf den Boden.

Sie warf das Sandwich in die Spüle und schritt ins Foyer. Die große Treppe erhob sich über ihr, düster und reglos. Sie hatte das Gefühl, in einem Beerdigungsinstitut zu stehen. Die blutroten Rosen blühten lasziv auf dem Tisch. Verhöhnten sie. Zeigten hier ein wenig Pollen, ließen dort ein paar Blütenblätter fallen. Zogen sich langsam, langsam, langsam aus.

Die Phantomstimme eines Mannes hauchte in ihr Ohr. *Ich wohne nicht weit weg.*

Mit einem angewiderten Atemstoß griff sie den fetten Blumenstrauß am Kragen. Riss ihn aus der Vase, die Stiele tropften Dreckwasser auf den Boden, während sie damit in die Küche stürmte, dort einen Schrank aufriss und die unerklärlichen Rosen in den Müll drückte. Die Dornen zerfetzten das Plastik, als sie alles bis auf den Boden des Mülleimers presste und danach die Tür zuwarf.

Rote Tropfen rieselten auf den weißen Boden. *Tipp. Tipp.*

Margot betrachtete die Farbe, die auf den Marmorfliesen erblühte, und verstand da erst, dass es Blut war. Blut, das aus einer Wunde in ihrer Handfläche zu Boden tropfte. Sie beobachtete mit einer ungesunden Faszination, wie es herabfiel. Unwillkürlich drückte sie die Hand zur Faust zusammen, zu einem Ball des Schmerzes, sah zum ersten Mal an diesem Morgen ganz klar. Der Schmerz fühlte sich gut an. So gut. So viel besser als zuvor. Sie öffnete die Hand und untersuchte die Wunden, als wünschte sie sich mehr davon. Ein Block mit scharfen Messern war auf der Marmoranrichte nur einen Meter entfernt und wartete auf seine Chance. Sie atmete zischend aus und schüttelte den Kopf.

Margot schnappte sich eine Papierserviette und verfolgte, wie die weißen Fasern in ihrer Handfläche zu strahlendem Rot wurden. Auf dem Boden tauchten die roten Blüten in die kristallinen Tiefen des Marmors ab, fanden jede Ritze, drangen bis ins Holz darunter vor.

Der Schatten eines Mädchens beäugte alles von der hinteren Treppe aus, aber als Margot den Kopf dorthin drehte, war er verschwunden.

43

Hunter ließ das heiße Wasser laufen, bis das Badezimmer mit Dampf erfüllt war. Nach kurzem Zögern öffnete er die Tür und lauschte, ob er die Schritte seiner Mutter hörte. Beruhigt trat er in den Flur hinaus und schlich zur Dachbodentreppe.

Unten entfernten sich die Schritte seiner Mutter von der Küche in Richtung Wohnzimmer. Er nutzte die Gunst der Stunde, um die Dachbodentür zu öffnen. Einen vorsichtigen Schritt nach dem anderen stieg er ins Obergeschoss hinauf. Sein Kopf erschien langsam zwischen dem Treppengeländer im leeren Raum. »Hallo?«, flüsterte er.

Staub tanzte im Licht der Morgensonne, die durch die Fenster in die große Leere fiel. Am hinteren Ende erstrahlte die Glühbirne durch die offene Tür. Aber niemand war darin. Er kam oben an der Treppe an und hielt im Hauptraum Ausschau nach Anzeichen von Leben. Eine der niedrigen Türen zwischen den Dachfenstern stand offen. Er ging hin und öffnete sie.

»Hallo?«, flüsterte er in den Raum mit Balken und Isoliermaterial. »Ava?«

Gedämmte Schächte verliefen unter den Balken, leiteten kalte Luft zu den Zimmern darunter. Rechts von ihm lag ein

Haufen Decken in dem niedrigen Raum. Links lag der Schuh eines kleinen Jungen. Dessen rissiges braunes Leder und mottenzerfressene Schnürsenkel sahen fast so alt wie das Haus selbst aus. Er beugte sich vor, um ihn besser betrachten zu können. Der hatte einem kleinen Kind gehört, einem Jungen von vielleicht fünf oder sechs Jahren.

Er hatte sich zur Hälfte in den flachen Raum geschoben, als er hörte, wie hinter ihm die Dachbodentür geschlossen wurde.

Hart stieß er sich den Kopf an den Dachbalken. Nur verschwommen sehend kroch er rückwärts raus und wirbelte zu dem leeren Raum herum. »Hallo?«

Nichts.

Frust vermengte sich mit dem Schmerz, als er sich aufrappelte und die Treppe herunterlief. Zu seiner Erleichterung – fast zu seiner Überraschung – war die Tür nicht abgeschlossen. Er stieß sie fest auf, war entschlossen, sich nicht von irgendeinem verrückten Mädchen Angst einjagen zu lassen.

Der Flur im ersten Stock war leer.

Hinter ihm beschrieb der Flur eine Kurve zum Gästezimmer, dort war es still und dunkel. Den Hauptflur entlang waren alle sieben Türen geschlossen. Bis auf die des Elternschlafzimmers. Leise bewegte er sich darauf zu. Als er seine Mutter an der Haustür lehnen sah, drückte er sich in die Schatten der hinteren Wand. Er sollte eigentlich unter der Dusche stehen. Er sollte eigentlich viele andere Dinge tun. Seine Mutter drehte sich in seine Richtung um; schnell schob er sich in das Badezimmer und aus ihrer Sicht.

Margot ließ den Blick durch Foyer, Esszimmer, den Durchgang zur Küche, die Treppe, den Flur im ersten Stock schweifen. Jemand war dort und beobachtete sie. Dessen war sie sich sicher. Aber das einzige Geräusch war Hunters Dusche und ihre wütenden Schritte, mit denen sie über den Holzboden zur Küche eilte.

Hunter schloss die Tür, ohne dabei ein Geräusch zu verursachen, und strich sich über den angeschlagenen Kopf. »Es gibt keine Geister«, sagte er zu seiner wolkigen Silhouette im Spiegel. »Verrückte Mädchen? Ja. Geister? Nein.«

Trotzig zog er sich aus, obwohl er das stechende Gefühl hatte, beobachtet zu werden, und trat unter die heiße Dusche. Breite Schultern. Lange, schlaksige Beine. Vier Brusthaare schon. Massig Pickel auf dem Rücken. Dunkles Haar unter den Achseln. Er seifte alle Teile seines Körpers ein, der ihm plötzlich fremd vorkam. Als werde er observiert.

Ein kalter Luftzug strich über seinen Rücken, ließ ihn erzittern. Hinter dem Glas stand eine kleine Gestalt in der Ecke neben dem Spülbecken. Hunter konnte nichts durch die beschlagene Tür der Duschkabine erkennen. Doch er fühlte sie. Instinktiv wischte er das Kondenswasser mit der Hand weg.

Nichts war zu sehen außer seiner eigenen ungelenken Gestalt im Spiegel. Die Badezimmertür stand einen Spalt offen. Dadurch kam Kaltluft herein und kühlte ihn.

Er stellte das Wasser ab, nahm ein Handtuch vom Regal und stürzte in den Flur hinaus.

Immer noch leer.

Hunter rannte den Flur entlang zur Dachbodentür und lauschte vom Fuß der Treppe, ob er Schritte hörte, oder Atmen. Unten in der Küche wurde eine Schranktür zugeschlagen. Er nahm zwei Schritte auf einmal und kam mit nassen Füßen auf dem Marmorboden an, doch der Raum war leer. Vom Wohnzimmer aus flackerte der Fernseher. Seine Mutter, vermutete er. Der Rest des Schinkensandwichs lag in der Spüle.

Rote Punkte waren auf dem Boden verstreut.

Der Atem stockte ihm. Nicht nur die rote Farbe schockierte ihn, sondern auch, dass sie den gepflegten Marmor seiner Mutter verschandelte. Er hockte sich hin und tippte einen Tropfen mit der Fingerspitze an. Er war immer noch feucht.

Dünn und kalt tränkte das Blut die Haut, befleckte sie. Er fuhr in die Höhe, Furcht zeichnete sich auf seinem Gesicht ab.

»Mom?« Er hastete ins Wohnzimmer. »Mom? Alles klar?«

Der Fernseher leuchtete im Schrank und zeigte gerade, wie Leute Fliesen für ihr Badezimmer aussuchten. Die Couch war leer. Der Kristalldeckel der Whiskyflasche lag auf der Seite auf dem Tisch. Die Flasche war leer.

»Mom?«, rief er wieder aus, schoss zur Haupttreppe und über den roten Teppichboden zu ihrem Schlafzimmer. Die Tür war geschlossen. Mit den Fäusten hämmerte er panisch dagegen. »Mom? Bist du da drin?«

Es kam keine Antwort.

Er drückte sein Ohr an die Tür und hörte Wasser in ihrem Badezimmer fließen. Aus Furcht wurde Panik. *29. Juli. Blut auf dem Boden*. Wieder schlug er gegen die Tür.

»Mom!«

44

Die Martin-Familie

13. Juni 2015

»Notruf. Wie kann ich helfen?«

»Wir brauchen einen Krankenwagen. Bitte! Sie verblutet!«

»Wer blutet?«

»Mama Martin. Maureen.«

»Und wie ist dein Name, Miss?«

»Kommen Sie einfach. Sie verblutet!«

»Bist du in Gefahr?«

»Nein. Bitte! Beeilen Sie sich!«

»Ist jemand bei dir?«

»Nein …« Papa Martin war vor einigen Monaten gestorben. Auch da war ein Notruf nötig gewesen. *Wir brauchen Hilfe! Er atmet nicht!* Avas Stimme hallte über die weißen Fliesen. »Wir sind alleine.«

»Wie ist die Adresse?«

»14895 Lee Road. Beeilen Sie sich!«

»Ich schicke einen Krankenwagen, aber je mehr du mir sagen kannst, desto besser können wir helfen. Verstanden? Wo ist sie jetzt?«

»Im Badezimmer. Oben.«

»Okay. Wo blutet sie?«

»An den Handgelenken.«

»Hat sie die Handgelenke aufgeschnitten?«

Ein erstickter Schluchzer hallte durch den kalten, kahlen Raum. »Ich weiß nicht.«

»Ist sie wach?«

»Ich, ähm, ich weiß nicht. Nein. Glaube nicht.«

»Mit welchem Gegenstand hat sie es getan?«

»Ich bin nicht sicher … Moment … es ist ein Rasiermesser.«

»Hat sie es noch bei sich?«

»Es liegt auf dem Boden.«

»Hör gut zu. Ich möchte, dass du das Messer aus ihrer Reichweite trittst. Okay? Heb es nicht hoch. Verstanden? Fass es nicht an.«

Auf ein Klimpern von Metall auf Fliesen folgte ein zittriges: »Okay.«

»Ich möchte jetzt mit dir versuchen, die Blutung zu stoppen, ja? Der Krankenwagen ist in fünf Minuten da, aber wir müssen ihr jetzt helfen. Siehst du Handtücher?«

»Äh. Ja. Hier ist eins.«

»Wir brauchen zwei. Okay?«

»Ja.«

»Gut. Ich möchte, dass du ein Handtuch um ihr rechtes Handgelenk wickelst, und zwar fest. Mach einen Knoten. Verstanden?«

»O Gott. Es blutet so stark. Äh … okay. Ich hab's drumgewickelt, aber kann es nicht verknoten. Es geht nicht. Es ist zu dick.«

»Das ist in Ordnung. Schieb die Enden des Handtuchs unter, so fest es geht. Okay. Dann machst du das auch mit dem linken Handgelenk.«

»Okay. Okay. Okay. O Gott. Ich glaube, sie atmet nicht.«

»Der Krankenwagen kommt. Ich möchte, dass du ihre Arme über den Kopf hebst. Halte sie höher als ihr Herz, verstanden?«

»Okay.«

»Gut, Schätzchen. Du machst das großartig. Ist die Haustür entriegelt?«

»Äh ... ich weiß nicht.«

»Ist irgendeine Tür offen?«

»Weiß nicht ... vielleicht die Hintertür?«

»Okay. Wo genau bist du im Haus?«

»Im ersten Stock. Im Badezimmer. Links.«

»Gut, dann bleib dort, Schätzchen. Sie sind bald da. Hörst du sie?«

Der Klang lauter werdender Sirenen ließ das Haus erzittern.

»Ja.«

»Okay. Gut ... jetzt sag mir deinen Namen, Schätzchen.«

Es kam keine Antwort.

»Hallo? Bist du da?«, zirpte die Telefonistin aus dem Lautsprecher auf dem Boden neben der Wanne. »Hallo? ... Alles in Ordnung?«

Die dünne Stimme drang durch die offene Tür in die langen Flure von Rawlingswood.

Zwei Minuten später stürmten uniformierte Männer mit donnernden Stimmen und stampfenden Füßen in das Haus. Das Mädchen hatte sich mit ihrem Bruder in einem Schrank zusammengerollt und lauschte, wie sie kamen. Sie flüsterte in sein Ohr: »Pst ... alles wird in Ordnung kommen. Mama fühlt sich nicht gut ...«

45

Die Spielman-Familie

10. August 2018

»Mom!«, brüllte Hunter wieder und hämmerte gegen die Tür. »Alles in Ordnung?«

Margot drehte den Kopf zu dem Geräusch. Sie wollte ihn nicht sehen. Nicht so. »Stopp! Hör auf, Hunter! Mir geht es gut!«, rief sie durch die Badezimmertür.

Hunter beruhigte sich, als er gedämpft ihre Stimme hörte. Langsam nahm er seine Faust runter, aber war sich nicht sicher, ob er gehen sollte. Sie klang nicht, als wäre sie in Ordnung. Er griff nach dem Türknauf, zögerte jedoch. Sie wäre wütend, wenn er reinstürmte.

Margot wandte sich wieder zu ihrem blassen Spiegelbild im Badezimmerspiegel und öffnete ihren Teil des Schränkchens, um die Verbände für ihre Hand herauszuholen. Beigefarbenes Pflaster und Tinkturen sowie Packungen verteilten sich auf dem Regal, als sie ihre Wunden verband. Eine kleine braune Flasche mit der Aufschrift *Benzodiazepin* stand im obersten

Fach. Sie nahm sie und schüttelte sie. *Leer.* Dann nahm sie den Verschluss ab und starrte in die leere Flasche, sie wusste nicht mehr, wann sie die letzte genommen hatte. *Gestern? Am Tag davor?* Sie schaute die dunklen Ringe unter ihren Augen an, die vom Schlafmangel, zu viel Wodka oder beidem stammten. Mürrisch warf sie die leere Flasche in den Abfalleimer und schlurfte ins Schlafzimmer. Im Nachttisch befand sich eine weitere braune Flasche. Sie warf eine große Dosis ein und schloss die Schublade wieder.

Die Rinnsale in ihren Handflächen waren schon bis an die Ränder der Verbände geblutet.

»Warum?«, flüsterte sie, blickte zur Tür, von der nun kein Geräusch mehr kam. Sie hoffte, dass Hunter es richtig verstanden hatte und sie in Ruhe ließ. *Die Rosen.* Sie musste verhindern, dass die Rosen wieder angesprochen wurden, bevor Schlimmeres geschah. Bevor Myron es herausfand. Bevor … sie wagte nicht, daran zu denken.

Ich wohne nicht so weit weg.

Margot ging in ihre Kammer und schloss die Tür. Mit dem Telefon in der Hand sank sie auf dem weichen, beigefarbenen Teppich in sich zusammen, wusste nicht, wen sie anrufen sollte. In der Kammer waren Fremde aufbewahrt – eine selbstbewusste Person, eine glamouröse Person, eine flirtfreudige Person, eine jüngere Person, eine Person, die immer noch eine Tochter hatte. Aber all diese Personen, die sie so gern sein wollte, wurden schon lange vermisst, waren in Stücke gerissen worden und zufällig neu zu grotesken Collagen aus Seide und Wolle und Stoff zusammengewürfelt.

Margot stockte der Atem, als sie eine Erkenntnis überkam. Jemand war hier drin gewesen. Jemand hatte ihre Kleider neu angeordnet. Blusen hingen in einer anderen Reihenfolge. Röcke waren durcheinander. Schuhe waren umgeworfen.

Es ist eine Nachricht, dachte sie beim Anblick des Durcheinanders. Sie lautete: *Hau ab!*

Drei Meter weiter stand Hunter weiterhin vor der Tür und haderte, ob er reingehen und mit ihr reden sollte. Über ihm knarrte eine Diele. Er richtete sich auf, wickelte das Handtuch um seine Hüfte, beäugte den Flur und die Türen.

Das Haus war völlig ruhig – wartete, wartete, wartete.

Die Klimaanlage erwachte zum Leben, die Härchen auf seinen Armen und Beinen stellten sich im plötzlich kalten Luftzug auf. Entblößt und nackt drückte er noch einmal sein Ohr an die Tür seiner Mutter. Das Wasser floss nicht mehr. Er hörte ihre Stimme aus der Kammer zu seiner Linken.

»Myron«, sprach sie in ihr Handy. »Du musst nach Hause kommen. Okay? Ich drehe durch … Ich weiß. Werde ich. Okay.«

Sie legte auf und erhob sich vom Boden, trat ins Schlafzimmer zurück, Stimmen summten dabei in ihrem Kopf. Der tote Junge auf dem Dachboden. Ihre tote Tochter. Myrons tote Patientin. Ihre tote Ehe. Myrons seltsamer Gesichtsausdruck gestern. *Er weiß etwas.*

Erleichtert, dass sein Vater auf dem Weg nach Hause war, ging Hunter zurück in sein Zimmer. Er schob wieder das Bücherregal vor die Tür, dann durchsuchte er schnell das Zimmer nach dem seltsamen Mädchen. Unter dem Bett war niemand. Der Schrank war leer. Er las abermals die merkwürdige Schrift und fragte sich, ob der kleine geschriebene Text von dem seltsamen Mädchen vom Dachboden stammte.

Wenn du die Toten siehst, sehen die Toten dann dich?

»Das ist irre!« Er bewegte die Maus und chattete Caleb an.

Während er auf eine Antwort wartete, öffnete er den Aktenordner mit verlorener Post, den seine Mutter ihm gegeben hatte. Abgelaufene Pizza-Coupons, Gartenarbeiten, Anzeigen von Malern, eine Telefonrechnung an Clyde Martin – er ging den Kram durch, bis er etwas Interessantes fand: eine Aufnahmebestätigung der Ohio University für Ava Turner. Er öffnete den Brief.

> Liebe Miss Turner,
> es ist uns eine Freude, Sie an der Ohio University willkommen zu heißen. Basierend auf Ihrer Frühbewerbung …

Es war eine Frühzulassungsbestätigung vom 1. Dezember 2017. Hunter las den Namen nochmals und öffnete den Webbrowser. Er gab den Namen *Ava Turner* ein, als gerade Calebs grinsendes Gesicht in der Ecke des Bildschirms erschien.

»Hey, Alter! Noch nicht vom Axtmörder erwischt worden?«

»Noch nicht, aber fast.« Hunter erzählte ihm von Roger, den beiden toten Teenagern und dem Mädchen im Keller.

»Alter! Entweder habt ihr einen Geist oder eine Hausbesetzerin.« Calebs vorschnelles Lachen zeigte, dass er ihm kein Wort geglaubt hatte. »Ist sie heiß?«

»Fresse«, zischte Hunter und warf einen Blick zur geschlossenen Tür. »Ich mache keine Witze. Die hat hier gelebt, glaube ich, und sie hat ein paar echt wilde Sachen darüber gesagt, wie das Haus hier die Leute tötet und in den Wahnsinn treibt. Sie will wirklich, dass wir verschwinden.« *Bevor es zu spät ist.*

»Whoa, langsam. Willst du mich verarschen?« Calebs Grinsen verblasste ein wenig. »Also, was willst du tun? Die Cops ihretwegen rufen?«

»Nein.« Vielleicht lag es an der Einsamkeit des Hauses oder der Stadt, aber er wollte weiter mit ihr reden. Er wollte wissen, wer sie war, dieses Mädchen, das einzige Mädchen, mit dem

Hunter seit Monaten von Angesicht zu Angesicht gesprochen hatte. Er erschauderte ein wenig bei der Erinnerung an ihren warmen Atem an seiner Wange. »Ich glaube, ihr Name ist Ava Turner. Ich google sie gerade …«

Verschiedene Mädchen mit diesem Namen tauchten mit ihren Profilen in verschiedenen Social-Media-Kanälen auf, aber keine davon schien die Richtige zu sein.

Caleb begann auch, auf seinem Computer zu tippen. »Wie alt ist sie?«

»Neunzehn, hat sie gesagt.«

»Wenn es Daten über sie gibt, dann sind die wahrscheinlich nicht öffentlich abrufbar.« Caleb tippte weiter. Sein Vater war ein Anwalt, also hielt er sich für einen Experten in vielen Sachen. »Warum hat sie bei den Martins gewohnt?«

»Ich weiß nicht. Hat sie nicht gesagt. Ich hab sie gefragt, ob sie entführt worden ist, und sie meinte: ›Nicht ganz.‹ Was zum Teufel soll das bedeuten?« Hunter überflog die nächste Seite mit Suchergebnissen und klickte noch etwas an. Kein Glück.

»Ist sie adoptiert worden?«

»Vielleicht.«

»Hm … dieser Website zufolge sind Adoptionsunterlagen nicht öffentlich, also kommt man ohne einen Gerichtsbeschluss kaum ran.«

»Aber wäre sie in Clydes Nachruf nicht als Angehörige genannt worden, wenn sie adoptiert ist? Hätte sie dann nicht ihren Nachnamen geändert?« Hunter warf einen Blick zum Brief.

»Ja. Wahrscheinlich. Was ist, wenn … könnte sie so was wie ein Pflegekind gewesen sein?«

»Kann sein. Würde Sinn ergeben, oder?«

»Ja. Ich hab letztens erst online einen Artikel gelesen über Pflegekinder, die achtzehn und dann direkt obdachlos werden, weil sie aus dem System fallen. Sie haben keine Familie ... kein Geld.«

Hunter nickte langsam. »O Gott. Sie ist neunzehn.«

»Genau! Es passt. Aber Pflegekinder sind ein heißes Thema. Ich glaube nicht, dass wir online oder in Zeitungen darüber Unterlagen finden. Du musst vielleicht das Sozialamt anrufen und probieren, ob sie dir was sagen ...« Calebs Stimme verklang, während er etwas tippte. »Hey, schau mal. Ich glaube, ich habe sie gefunden. Ich schicke dir einen Link.«

Die Nachricht erschien auf Hunters Bildschirm. Sie führte zu einer Datenbank mit vermissten Personen von der Staatsanwaltschaft Ohio. Das Foto eines spindeldürren blonden Mädchens mit einem Nasenring und dem Namen *Ava Turner* erschien.

> Vermisst seit 29. Oktober 2016. Alter beim Zeitpunkt des Verschwindens: siebzehn. Derzeitiges Alter: neunzehn.

»Ist sie das?« Caleb beugte sich vor. »Sie ist irgendwie heiß.«

»Ich bin nicht sicher. Vielleicht.« Hunter kniff die Augen zusammen. Ihre hellen Augen wichen dem Blick der Kamera aus, waren müde und vorsichtig. Eine Telefonnummer der Polizei von Cleveland wurde angezeigt. »Sie sagte, sie wäre hier, weil sie auf etwas wartet oder so.«

»Worauf wartet?«

»Keine Ahnung.«

Hunter sank nach hinten, entfernte sich von dem Gesicht auf dem Bildschirm, versuchte, alles zusammenzufassen. Pflegekind. Verschwunden. Obdachlos. *Arme Ava.*

»Glaubst du, dass sie durchgeknallt ist?« Caleb zog eine Augenbraue hoch.

»Ich weiß nicht.« Hunter rang den Wunsch nieder, im Flur vor seinem Zimmer nachzusehen. »Sie hat ein paar ziemlich seltsame Sachen darüber losgelassen, die Stimmen der Toten zu hören.«

»Alter. Was, wenn die schizophren ist? Bilden die sich nicht Zeug ein?«

»Ja. Ich glaube schon.« Hunter gab ein paar Worte über seine Tastatur ein und eine neue Seite erschien. »Eingebildete Geräusche kommen vor. ›Teenager entwickeln solche Symptome oft in einem Zustand großer Belastung.‹ Hier, ich schicke dir den Link.«

Ist sie verrückt? Hunter runzelte die Stirn und schüttelte den Kopf. Er wollte nicht, dass sie es war.

Calebs Blick glitt über den Artikel. »Oh, oh. Hier steht, dass Marihuana den ersten psychotischen Zusammenbruch auslösen kann. Wir sind *komplett* im Arsch.«

»Schnauze.« Hunter strich sich übers Gesicht und fasste zusammen, was er wusste. »Clyde Martin ist gegen Ende 2014 gestorben und Maureen Martin wurde in die Psychiatrie gesteckt, weil sie 2016 nicht das Haus räumen wollte. Wenn Ava über ein Jahr mit einer verrückten Frau alleine war, könnte sie das in den Wahnsinn getrieben haben. Aber das würde jedem so gehen, oder? Ich glaube jedenfalls, dass sie klug ist. Sie wurde ins College aufgenommen.« Er hob die Annahmebescheinigung, damit Caleb sie lesen konnte.

»Frühzulassungsbestätigung. Beeindruckend … Moment. Du *verarschst* mich doch, oder, Kumpel?«

»Nee.«

»Du meinst, die Kleine ist jetzt gerade bei dir auf dem Dachboden?« Caleb beäugte Hunter. »Heilige Scheiße. Das ist verrückt! Du musst die Polizei rufen, bevor die Schlampe dir im Schlaf die Kehle durchschneidet.«

»Pst! Fresse, Caleb.« Hunter linste abermals über die Schulter zur geschlossenen Tür. »Ich glaube nicht, dass sie das tun würde.«

»Wie zum Teufel kannst du das wissen, hä? Sie wohnt in deinem verfluchten Haus, Mann. Das ist *nicht* normal.«

»Ach was. Aber vielleicht braucht sie Unterstützung. Soll ich versuchen, ihr zu helfen?« Hunter rief noch einmal die Aufnahmen seiner Webcam auf und scrollte durch, bis er sie entdeckte. Ein Mädchen in einem weißen Nachthemd lief an seinem Zimmer vorbei. Er starrte sie mit morbider Faszination an, wie sie eingefroren war, bis Calebs Stimme ihn rausriss.

»Bist du weggepennt?«

»Nein … ich hab nur überlegt. Ich meine, wenn sie mich umbringen wollte, hätte sie es längst tun können. Richtig?«

»Wenn du das sagst, Kumpel.« Caleb tippte genervt die Webcam an. »Hey. Willst du überhaupt hören, was ich über den anderen rausgefunden habe?«

»Welchen anderen?«

»Dieser Junge, Benny. Ich hab ihn.«

Hunter setzte sich in seinem Stuhl auf und verkleinerte das Bild von Ava auf seinem Bildschirm. »Du hast ihn gefunden? Wie?«

»Benjamin Thomas Klussman, Alter vierundzwanzig, aufgenommen ins St. Dominic's Hospital in El Paso, Texas, am 15. Oktober 1990. Viele Wunden im Gesicht, Schleudertrauma, nicht ansprechbar. Seine Mutter, Frances Jane Klussman, wurde beim Eintreffen im Krankenhaus für tot erklärt. Autounfall.«

»Verflucht. Wie hast du das rausgefunden?«

»Suche in Zeitungen. Mein Vater hat ein Abo.«

»Also war er 1990 im Krankenhaus. Was ist danach mit ihm passiert?«

»Es war eine ziemlich große Geschichte. Die wussten nichts mit ihm anzufangen. Seine Mom war tot. Sie konnten keinen Vater rausfinden. Er konnte nicht reden. Sie sagten, er hätte Zerebralparese und es wäre noch viel anderer Mist mit ihm nicht in Ordnung.« Caleb ratterte die Fakten durch das Mikrofon herunter. »Sie konnten keine Familie oder Freunde in der Gegend auftreiben. Es sah so aus, als wäre Bennys Mom in Richtung Grenze unterwegs gewesen. Sie haben im Auto Koffer und Bargeld entdeckt. Einen Haufen Medikamente. Wochenlang haben sie Anzeigen in den Zeitungen und im Fernsehen geschaltet.«

»Ohne Scheiß.« Hunter sank in seinem Stuhl in sich zusammen und schaute zur Schranktür. *ToTES MäDCHEN*. »Ich frage mich, ob er sie wirklich umgebracht hat.«

»Wen umgebracht?«

»Katie Green. So ist wohl der Name des Mädchens, das im Haus auf der anderen Straßenseite gestorben ist. Also, wenn wir das glauben, was Ava behauptet.«

Caleb gab den Namen auf seiner Tastatur ein und las einen Artikel. »Katie Green wurde am 14. September 1990 erstochen. Scheiße. Das ist echt brutal. Das Mädchen schleicht aus dem Haus, um sich mit ihrem Freund zu treffen, und dann endet sie tot im Gebüsch … Alter!«

»Was?«

»Hier steht, dass man ihren Mörder nie geschnappt hat. Und wir haben Benny und seine Mom, die einen Monat später mit ihrem ganzen Scheiß aus dem Land rasen wollen. Das sieht nicht gut aus, oder?«

Hunter schüttelte den Kopf. »Weißt du, was mit ihnen passiert ist?«

»Im letzten Artikel, den ich recherchiert habe, steht, dass irgendein Wohnheim in Kalifornien angeboten hat, ihn aufzunehmen. Die Golden Heart Ranch in Pasadena.«

Hunter schrieb es auf.

»Rufst du da an?«

Hunter starrte aus dem Fenster, Bennys Fenster, zu den Büschen auf der anderen Straßenseite.

Dieses Haus ist schlecht für Männer und für Jungs. Sie alle sterben hier.

»Ja. Ich muss wissen, was passiert ist.«

46

»Golden Heart Ranch, kann ich Ihnen helfen?«

»Ich weiß nicht. Hoffe ich.« Hunter räusperte sich. »Ich bin auf der Suche nach Benjamin Klussman?«

»In welcher Einheit ist er?«, fragte die Frau in verkniffenem Tonfall. »Langzeitpflege? Tagespflege?«

»Ich vermute Langzeitpflege?«

»Ich stelle Sie durch. Bitte bleiben Sie dran.«

Hunter aktivierte den Freisprecher seines Smartphones und legte es auf den Schreibtisch, während Musikberieselung herausquoll. Auf seinem Rechner stöberte er weiter im Netz nach Ava Turner, aber fand nichts.

»Hallo?«, dröhnte eine Männerstimme aus dem Handy.

»Ja. Hi. Ich suche nach Benjamin Klussman?«

»Benny? Sie suchen nach Benny? O mein Gott! Das ist unglaublich! Wissen Sie, dass er seit fast dreißig Jahren hier ist, ohne dass ein einziges Mal jemand seinetwegen angerufen oder ihn besucht hat? Woher um Himmels willen kennen Sie meinen süßen Benny?«

»Eigentlich gar nicht. Es ist ziemlich … kompliziert. Ich wohne in diesem alten Haus in Cleveland. Ich habe ein paar seiner Kritzeleien an den Wänden gefunden und habe versucht, ihn ausfindig zu machen. Ist er wirklich dort?«

»Ja, das ist er. Aber Sie gehören nicht zur Familie. Verstehe ich das richtig?«

»Nein, tue ich nicht.«

»Und er kennt Sie überhaupt nicht?«

»Nein«, gestand Hunter ein. Das alles musste sich irre anhören.

»Also … warum wollen Sie dann mit Benny reden?«

»Es ist nur so, dass er in meinem Zuhause gelebt hat. Er hat, äh, seltsame Notizen über ein Mädchen hinterlassen.« Den Rest erzählte Hunter nicht. *Ein Mädchen, das er umgebracht haben könnte.*

Es herrschte kurz Stille in der Leitung. »Mein Gott, Benny. Ich bin mir nicht sicher, ob das eine gute Idee ist.«

»Darf er … am Telefon sprechen?«

»Aber natürlich darf er das! Dies ist eine Pflegeeinrichtung, kein Gefängnis. Es ist nur so, dass er Überraschungen nicht gut verkraftet. Er hat Probleme.«

»Er hat Zerebralparese. Stimmt das? Ist er geistig behindert?«

»Tut mir leid, aber ich kann keine Details über Patienten offenlegen, Datenschutz und so weiter. Ich bin sicher, Sie verstehen.«

»Okay. Also … was kann ich tun?«

»Warum nennen Sie mir nicht Ihren Namen und Ihre Nummer, und ich melde mich bei Ihnen in ein paar Tagen.«

Hunter gab seine Daten durch.

»Und Sie sagten, es geht um ein Mädchen?«

»Ja. Ein Mädchen aus Shaker Heights. Ich glaube, er hat sie gekannt.«

Als Hunter auflegte, hörte er ein Knarren vor seiner Tür. Leise stand er auf und schlich so leise wie möglich zur Tür. Er ging in die Hocke und lugte durch das Schlüsselloch.

Ein blasses blaues Auge erwiderte den Blick.

»Jesus!« Er fiel mit pochendem Herzen auf seinen Hintern. Es dauerte viele abgehackte Atemzüge, bis er seine Nerven wieder im Griff hatte und aufstehen konnte. *Sie ist nur ein Mädchen. Sie ist nur ein Mädchen.* Er schob das Regal zur Seite und öffnete die Tür.

Sie war weg.

»Ava?«, rief er hinter ihr her. »Wo bist du?«

Er eilte den Flur entlang und blieb stehen, als die Tür vom Schlafzimmer seiner Mutter geöffnet wurde. Margot trat verhärmt und mit blutunterlaufenen Augen heraus. »Mit wem sprichst du da, Schätzchen?«

Er sah, wie besorgt seine Mutter dreinblickte. *Kannst du ein Geheimnis für dich behalten?* »Ähm. Einem Mädchen. Am Telefon.« Er holte zum Beweis sein Smartphone aus der Tasche. »Wir hatten sozusagen einen Streit.«

Margot sah ihn fragend an, aber ließ das Thema dann fallen. »Wollen wir ein wenig von hier verschwinden? Irgendwohin, wo du sein möchtest? Ich fahre.«

Hunter dachte darüber nach. Er erinnerte sich an ein blasses Auge, das ihn durch ein Schlüsselloch ansah. »Yeah. Ich würde gern von hier verschwinden.«

47

Die Klussman-Familie
15. September 1990

Ihre Hand schmerzte. Frannie nahm den blutigen Verband in ihrer Handfläche in Augenschein, wo sie sich an diesem Morgen geschnitten hatte. Es dauerte einen Augenblick, bis ihr wieder einfiel, wie es passiert war. Sie hatte die Stelle bewusst aufgeritzt, als sie mit dem jungen Cop gesprochen hatte. Über das Mädchen. Das tote Mädchen.

Sie setzte sich im Bett auf und blickte zur hinteren Wand in Richtung Bennys Zimmer. Ihr fiel wieder ein, dass sie seine Tür abgeschlossen hatte, und stürzte mit einem Schuldgefühl aus dem Bett, wie es nur eine Mutter empfinden konnte. Wie viele Stunden lang hatte sie ihn dort eingesperrt? Wie hatte sie ihn nur allein lassen können? Wie hatte sie ihn nur das Haus verlassen lassen können?

Als sie bei Bennys Zimmer ankam, versuchte sie hektisch, den Schlüssel ins Schloss zu führen, und rief aus: »Benny?

Benny, hier ist Mommy. Tut mir leid, dass ich dich allein gelassen habe. Geht es dir …«

Ihre Worte verklangen, als sie die Tür öffnete. Wütende schwarze Striche erstreckten sich über die Wand. Riesige, krumme Buchstaben brüllten.

MäDCHEN! FaHRRaD! ToT! BüSCHe!

Schwarze und grüne Buntstift- und Kulistriche waren auf jede feste Oberfläche geschrieben. Sogar auf den Fenstern. Mädchen auf Fahrrädern fuhren über die Wände.

»Benny!« Das Wort kam als Atemstoß, als müsste sie sich eines giftigen Gases entledigen. »Was tust du da?«

Benny stand da, hatte die Wange an die Wand gedrückt. Er ließ den Kuli in seiner Hand fallen und drehte sich zu ihr. Sein Mund öffnete sich, um es zu erklären, im nächsten Moment schloss er ihn wieder. Die Worte würden niemals kommen. Stattdessen deutete er durchs Fenster zu den Polizeiautos, die sich auf der anderen Straßenseite versammelt hatten, und stöhnte laut, verdrehte verzweifelt die Augen. *Sag es ihnen! Sag es ihnen!* »SAAIIIH!«

Frannie trat einen Schritt zurück, ihre Gesichtszüge erschlafften. »Was hast du getan, Benny?« Tränen ließen die an den Wänden brüllenden Worte verschwimmen, als sie sich von ihm entfernte. Zu Tode bestürzt.

Benny riss die Augen auf, als sie rückwärts aus dem Zimmer wankte. *Sie hat Angst vor dir*, flüsterte der Beobachter in seinem Hinterkopf. Protestierend stolperte er in ihre Richtung, zwang seine Beine zu den Schritten und breitete die Arme aus. *Nein. Nein. NEIN.*

Sie schlug die Tür zu, bevor er sie erreichen konnte, und schob den Riegel vor.

Alles Leben schwand aus Bennys Augen. Es blieben lediglich Zuckungen in seinen Augennerven zurück. Ein Muskel nach dem anderen begann zu zittern, sein Körper fiel auf das Bett und rutschte zu Boden.

Draußen im Flur entfernte sich Frannie von dem dumpfen *Bumm, Bumm, Bumm*, mit dem der Kopf des armen Benny auf den Boden knallte, hielt ihr Schluchzen mit einer Hand auf dem Mund zurück. Sie schaute durch das hohe Bleiglasfenster zu den Polizeiautos auf der anderen Straßenseite. Zweifellos untersuchten die Polizisten gerade in diesem Augenblick die Blutspuren in einem Labor. Spuren, die ihren Sohn mit dem Tatort in Verbindung bringen würden. Sie blickte zurück zu seinem Zimmer, wo er Geständnisse an die Wände geschrieben hatte.

»Alles in Ordnung da oben?«, rief Bill von der Küche.

Frannie wischte sich Tränen von den Wangen und setzte ein Lächeln auf. »Alles bestens. Er ist nur … Sie wissen schon … etwas verärgert.«

Dankenswerterweise hatte das Knallen auf den Boden in Bennys Zimmer aufgehört. Der stechende Schmerz in seinem Schädel von letzter Nacht brachte alle Stimmen zum Schweigen. Er lag wie erstarrt da, glotzte mit toten Augen zur Decke, mit verletztem Gehirn, hörte alles und nichts gleichzeitig.

»Warum gehen Sie nicht nach Hause?«, fragte sie Bill, als sie unten ankam. Sie versuchte, unbeschwert zu klingen. »Benny und ich kommen heute Abend schon zurecht.«

Bill blickte sie kritisch an. Er hatte erlebt, dass Jungs wie Benny von denjenigen verletzt wurden, die sie am meisten lieben sollten. Er hatte Kinder gesehen, die fast erwürgt worden waren. *Diese Kinder, sie zerren das bei einem an die Oberfläche, Mrs Klussman. Glauben Sie mir. Ich habe es erlebt. Manchmal ist das Beste, was man tun kann, wegzugehen und sich zu beruhigen. Gehen Sie erst rein, wenn Sie bereit sind.* Er hatte ihr diesen

Ratschlag einige Male im Laufe der letzten zwölf Monate gegeben. Aber nie hatte er erlebt, dass Frannie auch nur einen Finger gegen ihr Kind erhoben hätte. Nicht ein einziges Mal.

»Sind Sie sicher? Es war eine ziemlich lange Nacht.«

Wieder nickte sie. »Und danke, dass Sie mich haben schlafen lassen. Dieses Nickerchen hat eine Menge gebracht. Bitte. Gehen Sie nach Hause und grüßen Sie Jackie.«

Bill nickte langsam. In ihrem Tonfall war kein Zittern mehr. Er beobachtete sie, wie sie von der Treppe trat. Ihre Augen waren noch vom Weinen aufgedunsen, aber es lag mütterliche Wärme darin. »Wirklich, Bill. Es geht mir gut.«

Er atmete lange aus. »Na gut. Aber ich lasse den Pager an. Wenn Sie ein Problem haben, egal welches, dann rufen Sie mich an.« Er schaute sie streng an, um zu signalisieren, wie ernst es ihm war, allerdings nicht so böse, dass er einer weißen Lady Angst einjagen würde. »Aber wirklich. Jederzeit, auch nachts. Sie rufen an.«

Langsam nickte sie, presste die Lippen aufeinander, verlor fast die Fassung. »Das werde ich. Versprochen.« Ungelenk legte sie eine Hand auf seine Schulter und drückte zu – ein wenig zu fest für seinen Geschmack. »Vielen Dank, Bill. Wirklich. Danke für alles, was Sie in den letzten Monaten für uns getan haben. Ich weiß nicht, was ich ohne Sie machen würde.«

Es war ein Abschied, und ein Teil von ihm wusste es. Seine gerunzelte Stirn entspannte sich ein wenig und er sah kurz zu Bennys Zimmer. »Mache nur meinen Job«, erwiderte er und trat zur Tür. »Wir sehen uns morgen? Übliche Zeit?«

Sie nickte. »Das wäre großartig. Bis dann.«

Frannie verfolgte, wie ihre Pflegehilfe davonging, danach kehrte sie über die Treppe zu ihrem Sohn zurück.

Benny lag reglos auf der anderen Seite der Tür, mit pochendem Kopf, wartete auf die Nadel, wartete auf den Krankenwagen. Auf irgendwas. Diesmal war es anders. Der Beobachter wusste es. Seine glasigen Augen sahen ein fürchterliches Bild nach dem anderen, das er gemalt hatte. Die schrecklichen Worte an den Wänden stierten anklagend auf ihn hinab. *Das Mädchen. Das Mädchen. Das Mädchen.* Die Erinnerung daran, wie sie auf der Straße auf ihrem Fahrrad vor seinem Fenster fuhr, immer wieder. Er wagte nicht, sich zu rühren.

Frannie starrte die geschlossene Tür einen Augenblick lang an. Es war einmal ihr Spielzimmer gewesen. Vor Jahrzehnten, als sie sechs Jahre alt gewesen war, hatte sie darin mit ihren Puppen gespielt, Lieder gesungen, Matthew – ihren älteren Bruder – angebrüllt, wenn er sie beim Kartenspielen geschlagen hatte. Der Schatten des Mädchens, das sie einmal gewesen war, hüpfte an ihr vorbei den Flur entlang zu ihrem früheren Zimmer. Sie folgte ihm, als wäre sie in Trance. Die Geräusche, wie ihre Mutter in der Küche unten Kekse backte – klirrende Pfannen und Schüsseln, die auf die Anrichten gestellt wurden, das Ticken der Ofenuhr –, hallten durch den Boden herauf.

Sie kam an dem Zimmer vorbei, in dem ihre Mutter vor acht Jahren gestorben war, bevor Frannies Mann sie und Benny aufgegeben hatte, bevor er in das Gästezimmer über der Garage gezogen war, als sie noch eine Art Familie gewesen waren. Sie hielt inne und betrachtete das traurige Doppelbett unter dem Fenster zum Hof. Ihre arme Mutter, Helen Bell. Brustkrebs hatte sie zum Ende hin auf graue Haut und hohle Knochen reduziert.

Das kann für Benny nicht gut sein, hatte sich ihr Mann beschwert.

Was soll ich denn machen, Hank, sie einfach in einem Pflegeheim abladen? Sie hat uns dieses Haus geschenkt. *Das ist das Mindeste, was wir tun können.*

Das hatte natürlich einen weiteren Streit ausgelöst. Hank hatte nie in Rawlingswood wohnen wollen. Wäre er etwas anderes als ein Buchhalter im mittleren Dienst bei einer mittelgroßen Firma gewesen, hätte er vielleicht darauf bestanden, dass sie an einem anderen Ort wohnten, aber so hatten sie einen regelrechten Palast in einem Bezirk mit guten Schulen geerbt. Schulen, auf die sie letztlich ihr Kind nicht schicken konnten.

Frannie ließ sich auf dem Sterbebett ihrer Mutter nieder und schaute zur Vogeltränke im Hof. Jahrelang hatten sie versucht, die Zimmer des Hauses mit Kindern zu beleben. So viele Ärzte, so viel Streit und dann schließlich Benny.

Eine Träne floss ihre Wange hinab, als sie sich selbst als Mädchen im Garten spielen sah, wie sie ihre Zierpflanzen pflegte, mit ihrer Mutter in der Erde buddelte, um Karotten und Tomaten anzupflanzen. Das Vogelbad starrte ausgetrocknet und leer zum Himmel hoch.

Wieder im Flur kam sie an ihrem früheren Zimmer vorbei, das immer noch rosa gestrichen war und geblümte Vorhänge hatte. Sie hatte lange gehofft, selbst ein kleines Mädchen zu bekommen. Ihre Lieblingsbücher und Puppen waren noch in die Regale eingeräumt, warteten auf das Eintreffen einer Phantomtochter. Jetzt im reifen Alter von neunundfünfzig wartete sie nicht mehr. Nach Bennys Jahr im Krankenhaus hatte sie jede Hoffnung aufgegeben. Sie hatte die Hoffnung verloren an dem Tag, als Hank gebrüllt hatte: *Bist du mit mir verheiratet oder mit Benny? Denn ich bin es leid, ewig der Letzte zu sein!*

Es hatte noch zehn Jahre gedauert, bis er den Mut aufgebracht hatte, tatsächlich endgültig zu verschwinden, aber da hatte er sie längst verlassen gehabt. Er hatte sie verlassen an dem Tag, als der Kinderarzt diagnostiziert hatte, dass man nichts tun konnte.

Frannie blieb vor dem alten Zimmer ihres Bruders stehen und zögerte, bevor sie die Tür öffnete. Es war nach wie vor unverändert, so, wie er es vor all den Jahren zurückgelassen hatte. Hank mochte ein Bastard gewesen sein, aber er hatte sie nie dazu gedrängt, den Raum neu zu gestalten. Staub lag auf den Fotos, den Baseballauszeichnungen, seinem Bett. Mit gerade achtzehn Jahren war er einer der letzten amerikanischen Soldaten gewesen, die im Zweiten Weltkrieg gestorben waren. Sie war vierzehn gewesen, als er sich entgegen den Wünschen seiner Eltern freiwillig gemeldet hatte. *So eine verdammte Verschwendung! Hätte der blöde Hurensohn nur noch sechs Monate gewartet!* Ihr Vater hatte seine Faust gegen die Wand im Foyer gedroschen, als der Brief gekommen war. Die gefaltete Flagge, die dem Brief beigefügt war, lag im Regalfach über dem Bett.

Sie hatte immer Angst davor gehabt, sie zu berühren. Selbst jetzt konnte sie sich nicht dazu bewegen, dieses letzte Andenken an ihren Bruder anzufassen.

Musst du wirklich gehen? Sie hatte auf der Bettkante gesessen, mit Tränen in den Augen, ihren Helden und Retter verschwommen angeschaut, am Tag, bevor er gegangen war. Genau dort ließ sie sich nun nieder und stellte sich vor, wie er neben ihr saß.

Ja, das muss ich. Er hatte den Arm um ihre Schulter gelegt. *Dieses Leben, dieses Haus, diese Stadt … das ist nicht die echte Welt, Frannie. Hast du nicht auch dieses Gefühl? Dass das alles nur ein hübsches Bild ist, in dem wir leben, dass alles nur vorgetäuscht ist? Da draußen sterben Menschen. Da draußen verhungern Menschen. Ich werde nicht in diesem Puppenhaus sitzen bleiben und Tee trinken.*

Vier Monate später hatte jemand an die Tür geklopft.

Ihr Blick wanderte durch den Raum und sie flüsterte: »Das ist alles nur vorgetäuscht.«

Ihre Mutter hatte die originalen Tapeten an den Wänden belassen. Darunter befanden sich Gips, die Isolierung aus Glaswolle, die Drähte, die Rohre, das Holzskelett. Dieses Gebäude, dieses »Haus der Kindheit«, war nur ein Haufen Holz, eine sorgfältig aufgebaute Lüge.

Sie barg ihr Gesicht in den Handflächen und unterdrückte ein Schluchzen, drückte die Tränen in die Augen zurück. Ihr Bruder Matthew hatte es im Alter von achtzehn Jahren gewusst. Sicherlich konnte sie sich mit neunundfünfzig der gleichen Wahrheit stellen. Es war nur ein Zimmer. Es war nur ein Haus. Sie nahm das kleine, gerahmte Bild ihres Bruders – es war sein letztes Foto von der Shaker Heights Highschool – und klemmte es unter den Arm.

Damit trat sie wieder in den Flur und ignorierte die anderen Räume. Das Gästezimmer, wo Bill manchmal schlief, war karg. Sie hasste den Raum über der Garage, wo Hank in ihren letzten gemeinsamen Jahren verbittert geschlafen hatte, zu sehr von Schuldgefühlen geplagt und zu feige, um zu gehen. Seine Stimme hing immer noch darin. *Ich lasse nicht zu, dass du mich hier zum Bösewicht erklärst!*

Sie stürmte an diesen Erinnerungen an ihren Ex-Mann vorbei zur Dachbodentür. Ihr Vater hatte niemandem von ihnen erlaubt, nach oben zu gehen. *Es ist einfach nicht sicher. Da sind offene Drähte, lockere Bodenbretter* ... Das eine Mal, als er ihren Bruder und sie dabei erwischt hatte, hatte es für die beiden die Gerte bedeutet.

Damals, als ihr Vater, Marcus Bell, im Jahr 1936 das Haus gekauft hatte, hatte er beschlossen, die blutige Vergangenheit für sich zu behalten. Er hatte Frannies Mutter nie von dem Mord auf dem Dachboden erzählt. *Warum einem geschenkten Gaul ins Maul schauen*, hatte er sich gesagt, als die Bank ihm die Schlüssel ausgehändigt hatte. Er hatte das Haus zu einem Spottpreis erstanden.

Natürlich waren alle Nachbarn zu höflich gewesen, um bei ihr die Sprache auf den Mord zu bringen. Helen Bell musste sich fragen, warum ihre Einladungen zum Tee oder zum Dinner stets höflich abgelehnt wurden. Als sie sich bei ihrem Mann darüber beschwerte, wischte er es weg. *Du weißt, wie diese hochnäsigen Leute sein können. Mögen keine Katholiken. Mögen keine Juden. Mögen keine Neureichen. Halt den Kopf hoch, Schatz. Sie werden schon irgendwann zusagen.*

Marcus war einer der Wenigen gewesen, der aus der Weltwirtschaftskrise gut herausgekommen war. Er hatte in den Flats eine bankrotte Werkzeugbaufirma gekauft. Die Familie seiner Frau war so irisch-katholisch, wie es nur möglich war, und Helen und Marcus verbrachten die folgenden mehr als zwanzig Jahre damit, sich der Nachbarn als würdig zu erweisen.

Frannie fischte den Dachbodenschlüssel vom Türrahmen und dachte nach. Sie schaute zurück zu Bennys Zimmer und lauschte, ob etwas von ihm zu hören war.

Doch er rührte sich nicht. Er lag einfach bloß da und zählte ihre Schritte. Er nahm wahr, wie sie in unterschiedlichen Zimmern anders klangen, fragte sich, ob sie zu ihm zurückkommen würde.

Sie drehte den Schlüssel und mit etwas Rütteln und Drücken bewegte sich der Bolzen schließlich. Die abgestandene Luft vom Dachboden waberte in den Flur herab, als sie die Tür öffnete – Mottenkugeln und Staub und gefangenes Sonnenlicht und erstarrtes Harz und Tod. Jeder Schritt knarrte, Staub wirbelte in der Luft auf. Seit über zehn Jahren war sie nicht hier oben gewesen. Es war nie nötig gewesen. Sie hatte auch nach all den Jahren noch Angst vor dem Zorn ihres Vaters.

Marcus Bell hatte Frannie und ihre Mutter zwei Monate nach dem Tod ihres Bruders verlassen. Alles, was ihre Mutter zu dieser Angelegenheit später sagte, war: *Er war ein guter Mann. Er hat sich um uns gekümmert, Frannie. Er hat dieses Haus abbezahlt und die Steuern für dieses Haus für jedes Jahr getragen, bis du geheiratet hast.*

Oben an der Treppe angekommen, ließ Frannie den Blick durch den Hauptraum unterm Dachfirst schweifen. Eine

Dose kullerte auf dem Boden vor dem Badezimmer herum, gefüllt mit Asche. In den beiden kleinen Räumen lagen ein paar Sachen herum. Ein zerrissenes Seidenhemd. Eine leere Apfelkiste. Eine Aktenkiste. Mäusekötel verschmutzten die Zimmerecken. Die Fenster zum Hof waren voller Ruß und Spinnweben.

Frannies Spuren, die sie im Staub hinterließ, vermischten sich mit denen ihres Bruders und denen des kleinen Walter, während sie mitten in der Vergangenheit stand. *Was glaubst du, was da oben ist? Willst du Verstecken spielen? Was, wenn sie uns erwischen?*

Sie beäugte die geschlossene Tür am hinteren Ende des Hauptraums. Sie führte zum Badezimmer. Nach kurzem Zögern schritt sie dorthin und drehte den eingerosteten Türknauf. Die Tür öffnete sich in ein Netz aus Spinnweben, die durch ein kleines Fenster angestrahlt wurden. Verdreckte Porzellanarmaturen waren an den Wänden angebracht, ein fauler Geruch hing in der Luft. Sie machte einen Schritt nach hinten, legte eine Hand auf Nase und Mund, um den Gestank nicht direkt einatmen zu müssen. Das Zimmer war seit Jahrzehnten nicht geöffnet worden. Nicht, seit die Polizei den kleinen Walter auf dem Bauch liegend darin gefunden hatte.

Die Verwalter, die die Bank 1932 angeheuert hatte, hatten das Wasser in dem Badezimmer auf dem Dachboden und überall sonst im Haus abgelassen und alles winterfest gemacht, und ihr Vater hatte nie gewagt, alles wieder instand zu setzen. Staub, Gipsstücke, abgeblätterte Farbe und tote Fliegen bedeckten den Boden. Ein großer Fleck verdunkelte die Fugen der Porzellanfliesen.

Frannie verzog das Gesicht und entfernte sich von dem alten Badezimmer. Sie wusste nicht mehr, was sie erwartet hatte, hier oben zu finden. Versteckte Schätze? Antworten? Den

Geist ihres Bruders? Es gab nichts, was sie von hier mitnehmen wollte. Nach vierundfünfzig Jahren, die sie in diesem Haus gelebt hatte, wollte sie nichts außer dem Foto ihres Bruders.

Sie fixierte eine der niedrigen Türen. Nie hatten sie einer Seele von der Waffe erzählt, die sie gefunden hatten. Der Schock, sie nur zu halten, so kalt und schwer, hatte sich wie ein Verbrechen angefühlt. Fünfzig Jahre später fühlte sie sich nach wie vor schuldig.

Die Waffe muss immer noch dort sein, wurde ihr klar. All die Jahre hatte sie diese als letzte Option im Hinterkopf gehabt. Eine Tür, die sie niemals öffnen würde, es sei denn …

Ein Stockwerk weiter unten starrte Benny zur Decke hoch, als könnte er sie über sich stehen sehen. Frannie griff nach der niedrigen Tür und schloss die Augen, als betete sie.

Ich werde nicht zulassen, dass sie ihn wegsperren.

Ein winziger Schuh lag darin. Der Schuh eines kleinen Jungen. Sie fuhr zusammen, war von dem Anblick vor den Kopf gestoßen. Ein kleiner Junge rannte durch ihre Gedanken, ein kleiner Junge mit einem schiefen Lächeln, der einen gelben Truck umklammerte. Ein kleiner Junge ohne jede böse Ader in seinem Körper. Sie warf die Tür zu und raste die Treppe hinab, nur mit dem Bild ihres Bruders in der Hand.

Benny hörte die Schritte zu seiner Tür hasten, registrierte das Klimpern der Schlüssel und bereitete sich auf die Nadel vor, auf ihr erschrockenes Gesicht, auf irgendeine grässliche Sache, die nun folgte.

Sie fiel neben ihm auf die Knie. Frannie hob seinen geprellten Kopf in ihre Arme und küsste seine Stirn. »Benny, oh, mein süßer, süßer Junge. Was auch immer du getan hast, es kümmert mich nicht. Alles wird gut werden. Wir gehen an einen anderen Ort. Einen Ort, wo es schön und warm ist und wir den Ozean sehen können. Wäre das nicht wunderbar? Ich suche dir ein richtig großes Fenster raus, mein Schatz. Ich verspreche es. So oder so, alles wird gut werden.«

Benny konnte nicht antworten und sich nicht rühren. Alles, was er tun konnte, war, über ihre Schultern zu seinen Kritzeleien des Mädchens zu spähen. Wieder und wieder glitt sie auf ihrem Fahrrad an ihm vorbei. Alles, was er tun konnte, war, es zu beobachten.

48

Die Spielman-Familie

10. August 2018

Eine Stunde später schlingerte Myron durch die Hintertür herein, blieb mit ans Ohr gedrücktem Handy in dem kleinen Durchgangszimmer hinten am Haus stehen.

»Wie meinst du das, sie wollen noch eine Anhörung?«, forderte er zu wissen, warf einen Blick in die Küche und war erleichtert, dort niemanden anzutreffen. Er ließ die Einkaufstasche aus einer Hand gleiten. »Welche Informationen brauchen sie denn noch? Die Anhörung zur Morbidität und Mortalität war vor achtzehn Monaten, George. Ich bin freigesprochen worden … Nein. Ich bin freiwillig gegangen. Du kennst den Vorstand, verflucht. Das war bloß politisch, sonst nichts … Wie meinst du das, es gibt neue Beweise? Welche Beweise … Um Gottes willen. Die wollen nur eine höhere Auszahlung erreichen, okay? … Muss ich bessere Anwälte finden? … Nein, ich will nur, dass du deinen verdammten Job ordentlich machst!«

Er legte auf und strich mit beiden Händen über sein gerötetes Gesicht, dann schlug er so hart gegen die Wand, dass er ein Loch hinterließ. Der aufblitzende Schmerz in seinen Knöcheln klärte seine Gedanken. Er stand da, sprach leise mit sich selbst, gab sich Anweisungen, beruhigte sich, brachte sich auf Spur, bis er seine Fassung wiedererlangt hatte. Nach einer Weile prüfte er, ob seine Finger gebrochen waren, aber das war nicht der Fall. Erst jetzt betrat er die Küche.

»Jemand zu Hause? Margot?« Es war weniger eine Frage als ein Sichergehen, dass er allein war.

Niemand antwortete.

Erleichtert schlenderte er ins Wohnzimmer und zum Schnapsschrank. Die leere Karaffe auf dem Tisch fiel ihm auf, danach erst, dass der Fernseher noch lief. Frustriert und ein wenig besorgt wegen des fehlenden Whiskys trat er ins Foyer und rief nun entschlossener die Treppe hoch: »Hey! Jemand da? Margot? Hunter?«

Das Haus antwortete mit höhlenartiger Stille.

»Danke, dass ihr mir einen Drink übrig gelassen habt, ihr Bastarde«, murmelte er.

Ein weißes Aufblitzen nebenan ließ ihn den Kopf dorthin drehen. Doch es war schon weg, lediglich die Luft war noch vom Summen der Bewegung erfüllt. Ein dumpfes Pochen rechts von ihm ließ ihn in das Esszimmer rennen, wo er eine weiße Katze auf dem Tisch sitzen sah.

»Wie zum Teufel bist du hier reingekommen?«, zischte er sie an.

Es gelang ihm nach einigen Versuchen, sie am Schwanz zu fassen. Das Biest fauchte und kratzte ihn am Arm.

»Au! Verdammt!« Er packte sie im Nacken, fing sich zwei weitere Kratzer ein. Mit dem zappelnden Tier lief er zur Haustür und warf es raus. Ein leeres Schälchen stand auf der Treppe. Er nahm es und grummelte. »Gottverdammt, Margot.«

Zurück im Wohnzimmer holte er eine weitere Flasche mit dunklem Schnaps aus dem Regal und hielt sich nicht damit auf, den Inhalt in die dekorative Karaffe zu gießen. Auf Formalitäten hatte er sowieso noch nie Wert gelegt. Das war alles Margots Sache – das Silbertablett, die Karaffe aus Kristall. Myron knallte die Flasche auf den Tisch und stürzte den doppelten Whisky runter. *Es ist ja nicht so, als hätten wir überhaupt mal Gäste, Margot.*

Das stimmt nicht, erwiderte die Margot in seinen Gedanken. Der Streit von vor ein paar Tagen wiederholte sich in seinem Kopf. *Nächste Woche haben wir Gäste zum Dinner. Das hast du nicht vergessen, oder?*

Aus nächster Woche war morgen Abend geworden. Das Letzte, was er gerade noch brauchte, war es, Gäste zu haben. »Fick die Zavodas!«, verkündete er und untersuchte die dünnen Blutspuren auf seinem Unterarm.

Er schenkte sich drei weitere Fingerbreit Whisky ein und ließ sich auf den Lederstuhl hinter dem Schreibtisch fallen. Da fiel ihm die Waffe auf.

Walter Rawlings' silberne Pistole lag auf der Lederunterlage auf dem Schreibtisch, als hätte sie jemand dort vergessen. Der Schock, sie hier zu erblicken, schoss durch seine Adern. Er stellte seinen Drink ab und nahm die Waffe. Langsam stand er auf und lief wie in Trance zu der Schublade, wo er sie versteckt hatte, riss sie auf und fand die Zigarrenkiste, wo er sie deponiert hatte. Aber nun war sie leer. *Die Patronen.*

Die Farbe kehrte in sein Gesicht zurück, als Myron vorsichtig den Zylinder öffnete. Die Rückseiten von drei Patronen starrten ihn aus ihren Kammern an. Nicht vier. Eine fehlte. Mit nun zitternden Fingern warf er die übrigen Patronen in die Schachtel. Schnell schloss er die Schublade, drehte sich um, nahm das Zimmer in Augenschein. Die Bücher waren immer noch an ihrem Ort. Die Lampe war nicht zerbrochen. Der

Fernseher war in Ordnung. Keine Löcher in den Fenstern. Kein Blut auf dem Boden. Der Schreibtisch …

Er erschrak, als er den Schreibtisch genauer untersuchte.

Unterlagen waren darauf verstreut, die er wegen der Waffe zunächst nicht bemerkt hatte. Als er näher herantrat, erkannte er, dass sie alle aus der gleichen Akte stammten. Auf ihr stand in Ärztehandschrift *Allison Lordes Spielman*. Myron setzte sich wieder hin und schaute alles durch: die Arztrechnungen, die Sterbeurkunde, die Unterlagen vom Bestattungsunternehmen, die Todesanzeige mit dem Bild eines kleinen Mädchens, die Margot aus dem *Boston Chronicle* ausgeschnitten hatte. Seine Finger glitten über sein Gesicht, er nahm sein Whiskyglas und leerte es.

»Mein Gott, Margot. Was hast du da gemacht?«

Wütend schüttelte er den Kopf, sammelte alle Unterlagen ein und steckte sie in den Ordner zurück, den er auf der Schreibtischplatte rüttelte, um alles darin auszurichten. Dabei knickte er eine Ecke ab, die er mit dem Finger wieder zu glätten versuchte. Als sein Blick in die Leere zwischen der Schreibtischplatte und dem Boden wanderte, traf es ihn wie ein Schlag.

Er fuhr vom Stuhl auf und raste aus dem Zimmer. »Margot!«

Einen Raum nach dem anderen prüfte er, als er durch den Flur eilte. Jeder war leer. Die Tür von Hunters Zimmer stand offen, darin war das übliche Durcheinander. Der Junge hatte seine Dreckwäsche auf dem Badezimmerboden verteilt, aber von ihm selbst fehlte jede Spur. Oder von ihr.

»Margot? Wo bist du?«

Myrons Gesicht war vor Anstrengung und Panik fast lila angelaufen, seine Lippen waren weiß und dünn, als er unentwegt ihren Namen brüllte. Zum Dachboden hoch nahm er zwei Stufen auf einmal, stürmte in den heißen Raum, kalter Schweiß floss seinen Rücken runter. Die Zimmer waren leer, leer, der niedrige Raum auch leer. Im Badezimmer war wieder das Licht an. *Dieses verfluchte, lächerliche Dreckslicht.*

Wütend legte er den Schalter um, drehte die heiße Glühbirne aus der Fassung, verbrannte sich dabei die Finger. Die Glühbirne warf er ins Waschbecken, wo ihr dünnes Glas sofort klirrend zerbarst.

»Gottverdammt!«, tobte er und erhaschte einen Blick auf sich selbst im Spiegel. Die Sonne des späten Nachmittags, die durchs Fenster hereinfiel, tauchte sein verzerrtes Gesicht zur Hälfte in Schatten. Er sah wie ein Irrer mit wildem Blick aus. So weit war es schon gekommen.

Adrenalin schien schlagartig aus seinem Blut zu verschwinden, als etwas, das schwerer war, von ihm Besitz ergriff. Ein Gefühl von Verderben. Seine Frau war nicht hier. Sie war schon seit Jahren nicht mehr richtig hier gewesen. *Aber wo …*

Er durchquerte den Hauptraum in Richtung der Treppe. Die Dachfenster warfen goldene Rechtecke an die gegenüberliegende Wand. Myron fiel es im ersten Moment nicht auf.

Oben an der Treppe stand eine kleine Gestalt im Schatten. Sie sah wie ein Mädchen aus. Ihr weißes Hemd hob sich von der dunklen Wand ab.

»Sie ist weg«, sagte das Mädchen. »Sie beide sind weg. Du solltest auch gehen.«

Er gaffte sie mit offenem Mund an, konnte sich nicht rühren.

»Wenn du bleibst, wird dieser Ort dich töten«, flüsterte sie, dann glitt sie die Treppe hinab.

»Hey!«, rief er ihr nach. »Wer zum Teufel bist du?« Blind stolperte er zur Treppe. Die Hitze auf dem Dachboden im Verbund mit dem Alkohol erzeugte Schwindel bei ihm. Fast wäre er gestürzt. Zitternd bekam er gerade so den Handlauf zu fassen.

Von irgendwo unten wehte eine leise Melodie herauf.

Myron riss sich zusammen und lief die hintere Treppe zur Küche hinab, zur Vorratskammer, ins Wohnzimmer, ins Esszimmer und zurück in die Küche. Die Kellertür lockte ihn, in die Eingeweide von Rawlingswood zu steigen. Oben an der Treppe blieb er stehen und lauschte.

Stille.

»Was machst du in meinem Haus?«, schrie er hinab in die Kälte.

Er schaltete das Licht an und linste von oben in den unfertigen Raum. Dort rührte sich nichts. Langsam stieg er hinab, blieb am Fuß der Treppe stehen, hörte das Tropfen am Waschbecken, aber niemand war hier.

Ein paar leere Flaschen standen am Boden vor dem Weinkeller. Myron betrachtete sie fragend und schloss die Tür hinter sich.

Ein Kitzeln in seinem Nacken ließ ihn herumwirbeln, aber er sah dort auch nur eine leere Holzwand, von der weiße Farbe abblätterte, weil die Feuchtigkeit aus der Erde auf der anderen Seite hindurchdrang. Er fuhr sich mit einer schlottrigen Hand durchs Haar und begutachtete die offen liegenden Rohre und die Balken über sich. Hier war niemand. Nicht Margot. Nicht Hunter. Nicht das seltsame Mädchen.

Aber sie war hier gewesen. Dessen war er sich sicher.

Er stieg aus dem Keller wieder hoch in den Flur, wo er eine Einkaufstüte abgestellt hatte. Deren Inhalt schüttete er auf den Boden aus. Überwachungskameras. Funkalarmanlagen.

»Ich werde dich schnappen, wer auch immer du bist«, murmelte er atemlos.

Die nächsten Stunden verbrachte er damit, angestrengt und hektisch vier drahtlose Kameras aufzubauen, die das Erdgeschoss überwachten. Sie waren mit seinem Smartphone verbunden, und er überprüfte jede einzelne doppelt. Jegliches Knarren im Haus ließ ihn zusammenfahren und das Schlachtermesser heben, das er aus der Küche geholt hatte. Es war das Messer, das Hunter gehalten hatte, und er sah damit wie ein Serienmörder aus.

Als er zum fünften Mal erschrak, stürmte er schließlich ins Wohnzimmer, um die Pistole zu holen. Er fragte sich, ob er sich wirklich überwinden könnte, sie zu benutzen. Könnte er tatsächlich auf ein junges Mädchen schießen? Ein Mädchen, das so sehr aussah wie … sie.

Nein. Konnte er nicht.

Er legte die Waffe wieder in die Schublade und schaute zu seiner Uhr. Sicherlich kam Margot jeden Augenblick zurück. Sie würde sich fragen, was zum Teufel er mit dem Messer da tat, warum seine Hände verschwitzt waren und zitterten. Die Übelkeit, die sich in seinem Magen ausbreitete, übertönte schließlich die Angst und ließ sie anders wirken.

Er konnte nicht zulassen, dass Margot oder Hunter ihn so sahen – gezeichnet vom Entzug. Er konnte in dem Zustand auch nicht die Polizei rufen. *Die Polizei rufen und denen was genau sagen?*

»Was hast du gesehen, Myron?«, flüsterte er leise. »Was kannst du beweisen?« Er prüfte noch einmal auf dem Smartphone die Kameras. Noch nichts.

Myron stieg wieder die Treppe hoch zum langen Flur und betrat seine Kammer, seine heiligste Zuflucht. Er brauchte Medizin. Nur eine kleine Dosis würde ihn schon wieder auf Spur bringen. Er schloss die Tür hinter sich, hockte sich auf den Holzboden der Kammer und zog seine Sporttasche hinter dem Wäschekorb hervor. Schon vor Tagen waren ihm die Pillen ausgegangen. Es sah so aus, als würde er keine Probepackungen mehr erhalten. Jemandem musste es aufgefallen sein.

Er holte eine kleine Ledermappe mit Reißverschluss heraus. Darin befanden sich eine Spritze, ein Löffel, ein Feuerzeug und eine kleine Plastiktüte mit einem braunen Pulver. Mit klammen, weißen Fingern bereitete er den Schuss vor, dosierte das braune Pulver, tippte die Luftblasen aus der Nadel. *Wie viel ist zu viel?* Er überlegte, wie viele Milliliter nötig waren. Schweißtropfen sammelten sich auf seiner Oberlippe, während er alles herrichtete. Gleichzeitig hielt er die Ohren gespitzt, ob sich im Flur, im Foyer, in der Garage, bei der Haustür etwas rührte. Er zog seine linke Socke aus und schob die Nadel in die dicke Ader, die sich auf dem Spann seines Fußes abzeichnete.

Dann entglitt ihm alles. Zu tief. Zu schnell. Zu viel. Seine Gesichtszüge erschlafften, als die große Dosis sein Gehirn flutete. Sein Körper sank zu Boden. *Atme. Atme weiter*, sagte er sich, als er die Augen nach hinten verdrehte.

Aus der Tiefe seiner Benommenheit fühlte Myron eine Veränderung in der Luft. Er hörte das Klicken einer Tür. Er fühlte, wie sich in der Nähe ein Schatten bewegte, aber seine Augen konnten nichts fokussieren. Seine Lippen murmelten etwas, während er das *Zuzz* hörte, mit dem ein Reißverschluss zugezogen wurde.

Langes Haar strich über sein Gesicht und der Umriss eines Kopfes schwebte über ihm. Ein kalter Finger zog sein linkes Augenlid hoch, ließ einen schmerzhaften, weißen Lichtstrahl eindringen. Danach das rechte Auge. Das herabhängende Haar und der süße Geruch entfernten sich von ihm. Während er dalag, nicht schlafend, aber auch nicht wach, hörte er eine Stimme leise singen.

> … und wenn sie liegen auf deinem Grab
> Grüßen die Bäume, die Blätter fallen
> ab …

Myron lag wie festgenagelt auf dem Boden, während Ava den Flur zum Gästezimmer über der Garage entlangschritt, mit der Ledermappe in der Hand.

»Armer Hunter«, flüsterte sie, blieb beim Anblick der geöffneten Tür seines Zimmers kurz stehen. Er hatte keine Ahnung, wie schlimm die Dinge noch werden sollten.

Sie ging um die Ecke und betrat den Teil des Hauses, der nicht in Benutzung war. Nur durch sie. Die Bauarbeiter hatten die Zugangstür zu den Rohrleitungen nicht angerührt und wussten nicht, dass der Raum dahinter groß genug war, dass sich darin eine Person aufhalten konnte, ohne entdeckt zu werden. Niemand hatte den Schacht bemerkt, der in den Dachraum über der Garage führte, nicht einmal der Gutachter.

Das Mädchen öffnete die kleine Tür und schob sich in den schmalen Raum, holte eine Taschenlampe heraus. Wäre sie etwas größer, würde sie nicht mehr reinpassen. Die Rückseite der gusseisernen Wanne befand sich hinter einigen Röhren. Getrockneter Gips schlug Blasen und fiel von den Holzbrettern. Das Brett, das zwischen die Balken geklemmt war, bildete eine Leitersprosse, die sie hochstieg, um in den Luftschacht und zu dem unfertigen Dachboden zu gelangen. Haufen von Decken, Kleidern und gestohlenem Essen befanden sich auf einer Seite und ein improvisiertes Bett auf der anderen. Sie ließ sich auf dem Haufen alter Decken und Schlafsäcke nieder und betrachtete die Ledermappe in ihrer Hand.

Das Holz an der anderen Seite des Hauses bewegte sich. Sie lenkte den Lichtkegel ihrer Taschenlampe ins Gebälk des Hauptdachbodens. Er schimmerte durch Staub und Spinnweben in dem Wald aus Querbalken und Dachsparren, glitt über die nackten Wände. Sie sah zu den beiden Türen, die zu den Dienstbotenräumen führten, hielt die Luft an und lauschte.

»Toby? Bist du das?«

49

Das Mordhaus

5. Oktober 2017

»Was hat es mit dem alten Kasten auf sich?«, fragte der Teenager, der mit anderen jungen Leuten durch den zugewachsenen Hof schlich. Sie beäugten die Häuser zu beiden Seiten und rechneten damit, dass eine Tür aufgestoßen wurde und ein Nachbar brüllte: *Wer ist da?*

»Weiß nicht. Das steht seit über einem Jahr leer. Ich hab gehört, dass der Besitzer gestorben ist oder so.«

Einer von ihnen rauchte eine Zigarette und führte die Gruppe zu einem Nebeneingang mit einem zerbrochenen Fenster in der Tür. Er griff hindurch, um den Riegel wegzuschieben, und öffnete die Tür.

»Passt auf, wo ihr hintretet«, flüsterte er und deutete zu einem Loch im Boden. »Die Treppe führt in den Keller.«

Eines der Mädchen rümpfte die Nase. »Das riecht schrecklich hier drin! Bist du sicher, dass das eine gute Idee ist? Es ist so dunkel.«

»Hast du Angst?«, neckte der Anführer sie. Diese ganze Expedition war eine Mutprobe.

Sie antwortete nicht. Stattdessen wandte sie sich mit flehentlichem Blick an das andere Mädchen in der Gruppe. »Hältst du das für eine gute Idee?«

Das Mädchen mit den schwarz gefärbten Haaren zuckte nur mit den Schultern. Ihre Ohren waren mehrfach gepierct und sie trug blutroten Lippenstift. »Schauen wir es uns an.«

Die sechs Eindringlinge schritten an der Kellertreppe vorbei und durch die Küche. Zwei von ihnen benutzten Handys als Taschenlampen, um etwas zu sehen. Einer von ihnen legte einen Lichtschalter um, aber egal, wie oft er klickte, es passierte nichts.

Sie erreichten den Salon, wo die Straßenlampen von der Lee Road den Boden unter den Fenstern erleuchteten. Die Vorbesitzer hatten eine Couch und ein paar Stühle zurückgelassen, die irgendwer vor dem Kamin in einem Halbkreis angeordnet hatte. Reste einer Anrichte lagen verrußt im Kamin.

»Wow. Seht euch das an ... wohnt jemand hier?« Einer der Jungs deutete zu dem erloschenen Feuer.

»Nee. Hier kommen Leute her, um zu feiern.« Der Anführer grinste und zündete sich eine weitere Zigarette an. Er ließ seinen Rucksack auf den Boden fallen und warf sich auf eines der Couchteile.

»Niles«, jammerte das nervöse Mädchen. »Ich will nicht von einem obdachlosen Junkie angefallen werden. Das ist verrückt.«

Niles holte eine Whiskyflasche und einen Sixpack Bier aus seiner Tasche und hielt ihr eine Dose hin. »Wir sind zu sechst. Glaubst du wirklich, ein zugedröhnter Typ würde uns alle hier anfallen? Na komm. Entspann dich, Sammy. Ich war letztens erst nachts mit ein paar Freunden hier.«

Sammy setzte sich auf einen der Stühle und öffnete ihr Bier. Das andere Mädchen entfernte sich von der Bedenkenträgerin und ließ sich neben Niles nieder. Die anderen drei Jungs verteilten sich im Raum, lasen die Graffitis an den Wänden, tranken ihr Bier. Ihre Stimmen hallten vom nackten Gips wider und die Treppe in den ersten Stock hoch.

»Sieht so aus, als hätte jemand das Haus leer geräumt. Alle Heizkörper sind weg. Frage mich, ob sie sogar die Rohre rausgerissen haben.«

»Hey. Hier hat jemand *Mordhaus* hingeschrieben. Schaut euch das an.«

»Hier ist jemand *ermordet* worden?« Der Junge stieß ein hexenhaftes Kichern aus.

»Hör auf, Steve! Du sorgst noch für einen Herzinfarkt bei Sammy.«

»Fickt euch alle!«, protestierte Sammy und nahm einen Schluck Bier.

»Wer hat denn die Stimmungsaufheller für die Party mitgebracht, Mann?«, fragte einer von ihnen, als er zum erloschenen Feuer lief.

Niles holte eine Plastiktüte aus der Vordertasche seines Rucksacks. Daraus holte er einen fest gerollten Joint, den er anzündete, nach rechts weiterreichte, danach zündete er einen weiteren an und reichte ihn nach links. »Lasst es euch schmecken.«

Die Kids rauchten abwechselnd und husteten dabei stinkende Qualmwolken aus. Sie plauderten eine Zeit lang über die Herkunft des Grases – es stammte von einem Freund von Niles' Bruder. Plötzlich fragte der stillere Junge: »Was glaubt ihr, wo der Typ gestorben ist?«

Sammy atmete eine weitere dünne Rauchwolke aus und verzog das Gesicht. »Was für ein Typ?«

»Du weißt schon. Der Vorbesitzer. Meinst du, er ist hier drin gestorben?« Der Junge drehte sich langsamer um die eigene Achse, als eine nüchterne Person es tun würde, betrachtete die

Wände und die Decke. »Ich hab gehört, man scheißt sich voll, wenn man stirbt.«

»Das ist sehr hübsch, Cliff«, erwiderte das Mädchen mit den Piercings und nahm einen Schluck aus der Whiskyflasche.

»Das ist noch gar nichts. Willst du wissen, was ich weiß?« Niles legte eine bedeutungsschwangere Pause ein. »Ich hab gehört, ein Junge ist hier gestorben. Umgebracht von seinen Eltern.«

»Nein. Das hast du dir ausgedacht«, protestierte Sammy.

»Ich schwöre es. Der Junge soll oben auf dem Dachboden getötet worden sein. In irgendeinem kranken Ritual, bei dem der Teufel beschworen werden sollte. Er ist auf dem Boden komplett ausgeblutet.« Er nahm noch einen tiefen Schluck Whisky und erzählte seine Geistergeschichte leise weiter, damit sie noch besser wirkte. »Angeblich ist seitdem jedes Kind gestorben, das hier gelebt hat. Sie werden krank. Sie bringen sich um. Niemand von ihnen ist hier … lebend rausgekommen.«

Der größere Junge lachte. »Bullshit! Das hast du in einem Film gesehen oder so.«

»Okay. Vielleicht … aber würdest du nachgucken wollen?« Niles sah die anderen drei Jungs herausfordernd an.

Der Große warf Sammy einen Blick zu, die wie erstarrt am Rande ihres Platzes kauerte. »Sollte nicht einer von uns hierbleiben und Wache halten?«

Sammys Schultern sanken erleichtert herab. »Ich kann das machen, wenn jemand bei mir bleibt.«

»Mir egal, ihr Weichlinge«, stieß Niles lachend hervor. »Kommt der Rest von euch mit auf einen Forschungsausflug?«

»Klar«, antwortete einer.

Der andere zuckte mit den Schultern.

»Was ist mit dir, Natalie? Machst du mit?«

Das Mädchen mit den Piercings nickte langsam, zugedröhnt, stand auf. »Klar. Ich liebe verwunschene Häuser.«

»Alles klar. Wir kommen nachher zu euch Bitches zurück.« Damit führte Niles seinen Forschungstrupp durch das Foyer und die Treppe hoch.

Sammy schaute ihnen nach, wie sie weggingen, biss auf ihrer Unterlippe herum. Ihr besorgter Blick wanderte zur Straße vor dem Haus und schließlich zu ihrem neuen Partner auf der Couch.

»Also.« Der große Typ ließ sein Grinsen aufblitzen. »Willst du so weit weg sitzen bleiben?«

Sie wurde rot, als ihr bewusst wurde, wie sie auf der Kante hing, und ging zu dem leeren Platz neben ihm. Um zu beweisen, dass sie kein völliger Loser war, nahm sie die Whiskyflasche und trank daraus.

Er deutete ein Lächeln an und gönnte sich auch etwas davon. »Wie findest du den Unterricht von Mr Aldridge?«

»Hm?«

»Chemie. Ich sitze drei Reihen hinter dir.«

»Oh. Ja. Ist in Ordnung, glaube ich.« Ihr Blick wanderte wieder zum Foyer, wo ihre anderen Freunde verschwunden waren. Sie versuchte, sich nicht zu versteifen, als der Junge neben ihr einen Arm um ihre Schultern legte.

»Weißt du, ich hab dich immer hübsch gefunden.« Er lächelte sie träge an, sein Blick lief von ihrem Mund zu ihren Brüsten und wieder hoch.

Einen Stock höher schritten die vier anderen den langen Flur entlang, öffneten eine Tür nach der anderen. Ein Zimmer war leer. Eines zur Hälfte mit Kisten gefüllt. In einem lag eine dreckige Matratze auf dem Boden. Graffitis verunstalteten die Wände. Die Tür bei einer Abzweigung des Flurs führte zum Dachboden hinauf.

»Hey, Leute«, rief Niles zu den anderen. »Schaut euch schon mal oben um. Ich will Natalie hier was zeigen.«

»Yeah, jede Wette«, murmelte Cliff. Er holte sein Handy raus, schaltete dessen Lampe an und stieg mit dem anderen Jungen die Treppe hinauf.

Niles legte den Arm um Natalies Taille.

Sie drehte sich grinsend zu ihm. »Was willst du mir zeigen?«

»Ich habe etwas Besonderes mitgebracht, nur für dich«, erwiderte er leise, zog sie zum Zimmer mit der Matratze.

»Wow. Du glaubst wirklich, es wäre so leicht, was?« Sie machte einen Schritt nach hinten und verschränkte die Arme. Das Lächeln, das auf ihren Lippen tanzte, in Kombination mit ihrem kurzen Rock schlossen nicht aus, dass es so sein könnte.

»Das meine ich gar nicht, okay?« Er hob beide Hände. In einer hielt er eine kleine Plastiktüte. »Ich dachte nur, du könntest interessiert sein, die Regler der Party etwas höher zu drehen.«

Sie beäugte die kleine Tüte und dann ihn. »Ist es das, was ich denke?«

»Nur das Allerbeste.«

Sie folgte ihm in das Zimmer mit der Matratze und schloss die Tür.

Niles holte etwas Alufolie heraus und schüttete das Pulver darauf, dann reichte er ihr eine Glasröhre. Während er die Flamme seines Feuerzeugs unten an die Folie hielt, atmete sie den entstehenden Rauch ein. »Mach langsam. Die haben gesagt, das wäre ziemlich starker Shit.«

Innerhalb von Sekunden erschlafften Natalies Muskeln. Sie sank auf der Matratze zurück, während der beißende Geruch ihr Gehirn flutete.

»Das ist gut, oder?«, kicherte Niles, bevor er seinerseits einen Zug nahm.

Oben auf dem Dachboden richteten die beiden anderen Jungs ihre Smartphones auf die Wand, wo jemand etwas mit einem Kugelschreiber hingeschrieben hatte.

Und wir werden vier Bäume pflanzen, einen in jeder Ecke, in der ein Engel spricht.

»Was zum Teufel ist das?« Die Schrift war verschmiert und stellenweise schwer zu entziffern. »Cliff, schau dir das an.«

»Ich hab keine Ahnung, Mann. Aber es gibt noch mehr davon.« Cliff deutete mit seinem Handy zur gegenüberliegenden Wand.

Bereite einen Stein vor für den Kopf der Quelle.

Im Wäldchen werden wir zu dir singen ...

»Es sieht so aus, als hätten sie hier Zaubersprüche aufgesagt oder so was. Glaubst du, dieser Junge ist hier gestorben? Du weißt schon. Der aus der Geistergeschichte?«

»Du meinst, wenn Niles nicht nur komplette Scheiße erzählt hat?« Cliff lachte. »Das waren wahrscheinlich nur Junkies oder Kids. Wie das Graffiti unten und die Heizkörper.«

»Genau.« Cliffs Freund nahm im Licht seines Handys den Rest des Dachbodens in Augenschein. »Trotzdem ziemlich unheimlich ... Aber auch langweilig. Ich gehe wieder runter. Kommst du mit?«

»Yeah. Gleich.« Er leerte das Bier in seiner Hand und marschierte ins Badezimmer, um sich zu erleichtern, bevor sie wieder nach unten gingen.

Er bemerkte nicht, dass hinter ihm eine niedrige Tür leise aufschwang.

Unten blieb der Junge vor dem Zimmer stehen, in das Niles Natalie geführt hatte. Unter der geschlossenen Tür drangen keuchende Atemgeräusche hindurch. Niles gab ein gedämpftes Grunzen von sich. Der Junge im Flur rümpfte die Nase und lachte leise.

Ein panischer Schrei durchschnitt die Luft.

Das Geräusch rennender Füße schloss sich an, die die Dachbodentreppe runterrasten. Im Flur wurde eine Tür aufgestoßen. »Lauft!«, brüllte Cliff. »Hier ist jemand! Leute! Wir müssen raus! Sofort!«

Cliff eilte an seinem Freund vorbei und donnerte die Treppe hinab.

Jemand ist hier?

Eine Gestalt erschien neben der Dachbodentür. Sie stand da, war nur eine Andeutung von Weiß in den dunklen Schatten des Flures. Sie hatte den Umriss eines Mädchens.

Der Junge im Flur wich stolpernd zurück und stürmte die Treppe hinab hinter Cliff her. »Verdammte Scheiße! Verdammte Scheiße! Wer war das?«

Im Wohnzimmer schob Sammy den Jungen von sich runter, setzte sich mit geöffneter Hose auf, als Cliff hereinbrach.

»Los, Leute! Jemand ist hier!«

Der große Junge zog seine Hand unter Sammys Oberteil heraus. »Was?«

»Ich hab jemanden gesehen. Auf dem Dachboden. Wir müssen weg. Wo sind die anderen?«

»Ich dachte, sie wären bei dir.«

Der andere Junge stellte sich hinter Cliff, war vor Schrecken stocknüchtern. »Ich hab es gesehen, Mann! Bei Gott, ich hab es gesehen. Ich scheiße auf Niles. Ich bin raus. Kommt ihr?« Er wartete keine Antwort ab, sondern rannte direkt zur Hintertür. Die anderen beeilten sich, ihm hinterherzukommen, und ließen Niles und Natalie zurück.

Ava näherte sich der Treppe, als die vier Teenager aus dem Haus und in die Nacht hineinliefen. Als sie Niles würgen hörte, trat sie an die geschlossene Tür heran. Sie öffnete sie und fand zwei Teenager auf der Matratze, die zuckend dalagen.

»Was habt ihr getan?«, flüsterte sie.

Sie schob sich in den Raum, während das Paar durch die Wirkung dessen, was auch immer sie geraucht hatten, immer wilder herumzuckte. Ava blieb einen Augenblick lang über den beiden stehen. Ihre Atemzüge waren flach und dünn. Das Blut war aus ihren Gesichtern geflossen. Kotze hatte sich im Haar des Mädchens gesammelt. Die Alufolie und die Glasröhre sowie weißes Pulver lagen auf dem Boden herum.

Das Handy des Jungen lag neben seiner zitternden Hand. Ava nahm es, da dröhnte eine schrille Stimme aus dem Lautsprecher. »Notruf. Wie kann ich Ihnen helfen? … Hallo? Sind Sie da?«

»Kommen Sie sofort.« Taubheit breitete sich in Avas Blut aus. *Nicht schon wieder. Nicht schon wieder.* »Zwei Jugendliche. Sie sterben. Es ist eine Überdosis.«

»Überdosis wovon?«

»Ich weiß nicht … irgendein Pulver.«

»Bleiben Sie dran. Wir orten Ihr Telefon«, verkündete die körperlose Stimme von der Matratze aus. »Können Sie mir eine Adresse sagen?«

»14895 Lee Road.«

Ava ignorierte die weiteren Fragen. Sie wischte ihre Fingerabdrücke vom Handy ab und legte es wieder neben Niles. Als sie direkt neben seinem Ohr in die Hocke ging, verdrehte der Junge die Augen nach hinten.

»Was siehst du?«, flüsterte sie. »Kannst du sie sehen?«

Seine Antwort war nichts als ein hohes Pfeifen, mit dem er Luft einsog. Ein Gurgeln.

Als die Sirenen sich näherten, versteckte Ava sich zwischen den Bäumen hinter dem Haus und schaute zu, während schwere Stiefel die Wände erzittern ließen und die Kegel von Taschenlampen über die Decken tanzten und durch zitternde Fenster strahlten. Draußen auf der Straße trafen rote und blaue Warnlichter das Haus und den Himmel.

50

Die Spielman-Familie

10. August 2018

Spät in dieser Nacht blitzten blaue und grüne Lichter am hinteren Ende des Hauptflurs.

Margot schlurfte mit schweren Füßen von der Küche zu dem zuckenden Leuchten aus dem Fernseher und Myron, der auf der Ledercouch im Wohnzimmer eingeschlafen war. Sie sah auf ihn hinab, war erleichtert darüber, dass er nicht bei Sinnen war. Aufatmend stieg sie die Treppe hoch.

Hunters Tür war geschlossen, aber sie erkannte an seiner gedämpften Stimme, dass er mit jemandem redete. Er war vor einer Stunde zu Fuß nach Hause gekommen und hatte sich direkt an seinen Rechner verzogen.

Margot schloss ihre Badezimmertür und lehnte die Stirn gegen das Holz, zwang ihre Lunge, die Luft durch den Knoten in ihrem Hals ein- und auszuatmen. Im gnadenlosen Glanz des weißen Bades streifte sie ihre Kleider ab und steckte sie in den Wäschekorb. Sie stanken nach Zigaretten, verschüttetem

Wodka und dem Schweiß einer anderen Person. In der Dusche schrubbte sie ihre Haut, als versuchte sie, die oberste Schicht abzukratzen, und begutachtete die kleine Beule auf ihrer linken Brust. Sie schüttelte den Kopf. Tränen sammelten sich in ihren Augen. *Es war ein Fehler. Das alles. Ein schrecklicher Fehler, und jetzt …*

Mit bebenden Lippen hielt Margot ihr Gesicht in den heißen Wasserstrahl und hoffte, dass er alles wegschwemmte. Warum? *Warum?* Sie ließ den Schluchzer heraus, zu dem sie die ganze Woche noch nicht in der Lage gewesen war, während sie das Foto ihrer verlorenen Tochter hielt. Sie riss den blutigen Verband von ihrer Handfläche und zwang sich, die Wunde unter das Wasser zu halten, ließ zu, vom strahlenden Schmerz geblendet zu werden. Sie grub ihre Fingernägel in die blasse Linie, die die Narbe an ihrem linken Handgelenk bildete, als wollte sie sie wieder aufreißen. Sie sank in der Dusche zu Boden und weinte.

Sobald sie das heiße Wasser abgedreht hatte, zog sie sich hoch und machte sich daran, die Spuren des Geschehens zu beseitigen. Sie schrubbte die Blutflecke vom Boden des Badezimmers, vom Waschbecken, ihrem Schrank. Während sie den Schwamm auswusch, wurde sie auf eine seltsame Ledermappe aufmerksam. Sie lag auf der Anrichte, zwischen ihrem Waschbecken und dem von Myron. Sie trocknete ihre Hände ab, bevor sie die Mappe anfasste.

Eine Spritze. Ein Löffel. Ein Tütchen mit Pulver.

»O mein Gott!«, entfuhr ihr, als sie die Sachen anstarrte. Sie wirbelte herum, als rechnete sie damit, Myron dort stehen zu sehen, dann wandte sie sich wieder zurück. Panisch nahm sie die Mappe auf, steckte sie in eine von Myrons Schubladen neben seinen Rasierschaum und stieß die Schublade zu. »Myron?«, flüsterte sie zu sich selbst.

Voller Misstrauen durchsuchte sie das große Badezimmer, öffnete und schloss Schränke und Schubladen. Sie drehte sich zu seiner Kammer um und stürmte hinein, schob Anzüge und Hemden zur Seite, untersuchte Regale, leerte den Wäschekorb, öffnete Schubladen. In der untersten, unter seinen alten Sportsachen, fand sie einen Stapel Akten.

Die erste enthielt Ausschnitte und Zeitungsartikel, auf denen ein viel jüngerer Myron zu sehen war, der zum leitenden Chirurgen im Boston General ernannt worden war. Er hatte vorher im Johns Hopkins Hospital gearbeitet und Artikel im *New England Journal of Medicine* veröffentlicht. Der letzte Ausschnitt stammte aus einer viel kleineren Zeitungsmeldung.

>Arzt wegen Tod einer Patientin befragt

Margot legte die Ausschnitte weg, um sich die Akten darunter anzuschauen.

>Kunstfehler-Klage – Abigail Marty
>Mortalität-Morbidität-Bericht – Abigail Marty
>Patientenakte 372-XX-8444

Margots Blick schoss zwischen den Aktennamen hin und her. Sie wusste von der drohenden Klage, aber die tatsächlichen Unterlagen zu sehen, fühlte sich anders an. Auf einer Akte prangte der Stempel: *Vertraulich*. Sie öffnete diese.

Untersuchungsergebnisse. Krankenhausberichte. Bei dem Wort *Todesursache* schaute sie genauer hin.

>Blutungen an Operationsstelle und Einsaugungen in Lunge. Ungleichmäßige Nähte

führten zu Aufplatzen … Chirurgischer Fehler möglich, weitere Untersuchung empfohlen.

Sie blätterte um.

Anmerkungen: Als noch beunruhigender als die Möglichkeit eines chirurgischen Fehlers bewertet der Vorstand, dass die Diagnose einer chronischen Mandelentzündung bestenfalls zweifelhaft ist und die anschließende Operation dadurch ungerechtfertigt. Weitere Untersuchungen haben in dieser Abteilung eine statistisch ungewöhnliche Anzahl von Mandelentfernungen ergeben, was auf unangebracht hohe chirurgische Intervention und die Möglichkeit einer unethischen medizinischen Arbeitsweise hindeutet. Erhöhter Gewinn ist eine direkte Folge dieser hohen Rate chirurgischer Eingriffe. Der Vorstand empfiehlt die Suspendierung von Dr. Myron Spielman mit sofortiger Wirkung, bis weitere Untersuchungen abgeschlossen sind.

Ihre Kinnlade sackte nach unten, als sie die Worte noch einmal las und versuchte, ihre Tragweite zu erfassen. »Myron«, flüsterte sie. »Was hast du getan?«

Frische Tränen brannten in ihren Augen, als sie die Unterlagen wieder zurücklegte. Sie atmete immer schneller, während in ihren Gedanken ein Kartenhaus einstürzte. Die tote Patientin, die Klage, der Umzug, die Drogen, ihre Ehe. *Hunter.*

Sie lief zurück ins Badezimmer, wo sie sich kaltes Wasser ins Gesicht rieb. Beim Abtrocknen fiel ihr ein rosiges Objekt auf der Marmoranrichte auf. Neben ihren Parfümfläschchen lag ein Handabdruck aus Gips. Er stammte von einem kleinen Mädchen, ihrer Tochter. Sie wirbelte herum, denn sie war sich sicher, dass er vorher noch nicht dort gelegen hatte.

Die Tür zum Flur stand offen.

Sie rannte hindurch in den Flur hinaus. Jenseits des Geländers erstreckte sich das leere Foyer. Eine Tür nach der anderen stieß sie auf, bis sie an Hunters Zimmer ankam. Mit den Fäusten hämmerte sie an seine Tür, bis sie ihn antworten hörte: »Ja?«

»Hunter? Warst du gerade bei mir im Badezimmer?«

Die Tür wurde einen Spalt weit geöffnet. »Mom? Was ist los?«

Sie sah erschrocken aus. Die Haut gerötet, die Augen verquollen. In seinem verwuschelten Haar und dem überrumpelten Gesichtsausdruck suchte sie nach Anzeichen von Schuld, aber fand keine. »Nichts. Es ist nur …« *Hast du die Drogen deines Vaters gesehen? Warst du in meiner Kammer? Hast du einen Eindringling gehört?* »Dein Vater muss ein paar Sachen umgeräumt haben. Kann ich reinkommen?«

Er trat von einem Fuß auf den anderen und öffnete die Tür.

Margot setzte sich auf die Bettkante und sah zu seinem Computertisch. Ein Zeitungsartikel füllte den Bildschirm aus. Es war ein Bericht über den kürzlichen Tod eines Jungen. »Was liest du da?«

»Nichts.« Hunter klickte das Bild weg. »Mache nur weiter Nachforschungen.«

»Über das Haus?«

»Ja. Sozusagen.«

»Hör zu, Hunter …«

Das Geräusch einer Toilettenspülung im Badezimmer nebenan unterbrach sie.

Margot verengte die Augen. »Ist jemand hier?«

Hunter öffnete den Mund, um etwas zu sagen, aber bevor er nur ein Wort herausbrachte, erschien ein Mädchen im Türrahmen. Sie war blond und zierlich und hatte einen beunruhigend wilden Ausdruck in den Augen. Sie trug Hunters T-Shirt und Leggings. »Hi, Mrs Spielman. Ich bin Ava.«

»Ava?« Margot warf Hunter einen Blick zu, in dem sich Verwirrung und Erleichterung vermengten. Der Name weckte etwas in ihrem Hinterkopf, was sie nicht ganz zu fassen bekam. »Nun, hallo.«

»Äh ja. Mom, das ist Ava.« Hunter versuchte, vor seiner Mutter zu verstecken, wie erschrocken er war, indem er zu dem Mädchen schielte, das sein T-Shirt trug. *Was machst du da?*

Ava ignorierte ihn und lächelte Margot vom Türrahmen aus an, gab ihre bestmögliche Darbietung eines normalen Mädchens. »Wir haben uns vor ein paar Wochen in der Bibliothek getroffen. Ich hoffe, es ist in Ordnung, dass ich rübergekommen bin. Hunter meinte, es würde Ihnen nichts ausmachen.«

»Oh, nein. Überhaupt nicht.« Margot strich ihre Kleidung glatt und stand auf, war sich plötzlich bewusst, wie ungepflegt sie aussehen musste. Sie begutachtete abermals das Gesicht ihres Sohnes. Er schien wie versteinert zu sein, weil ein Mädchen seines Alters anwesend war. »Es ist wirklich schön, dich kennenzulernen, Ava. Sag Margot zu mir. Du kannst gern bleiben, solange du magst. Ich meine, vorausgesetzt, dass deine Eltern wissen, dass du hier bist?«

Ava nickte schüchtern und setzte sich auf dem Bett dorthin, wo gerade noch Margot gesessen hatte.

»Okay. Also, ich lasse euch dann alleine.« Margot wandte sich mit einem angedeuteten Lächeln an Hunter. »Aber lasst die Tür offen, okay?«

»Äh, klar, Mom.«

Margot drehte sich auf dem Absatz um und ging aus dem Zimmer, fühlte sich töricht und überrumpelt und völlig durcheinander. Auf dem Weg zurück zu ihrem Schlafzimmer fiel ihr die Dachbodentür auf. Sie war geöffnet und schien sie zu verhöhnen, als sie vorbeiging.

Diese verfluchte Tür!

Sie stürmte zurück zu ihrem Zimmer und kippte den Inhalt ihrer Handtasche auf dem Bett aus, suchte darin herum, bis sie eine kleine Papiertüte des Schlossers gefunden hatte. Darin befanden sich drei Generalschlüssel aus Stahl. Sie probierte sie nacheinander an der Zimmertür aus. Endlich fand sie einen, der passte. Mit einem Stöhnen, in dem sich Triumph und Erleichterung mischten, trat sie wieder hinaus in den Flur und verriegelte die Dachbodentür mit einem befriedigenden *Klick*.

Die leisen Stimmen von Ava und Hunter waberten vom hinteren Ende des Flurs herüber. Margot stand still da und lauschte.

»Bist du sicher, dass das eine gute Idee ist?«

»Ich weiß nicht, warum ich nicht früher darauf gekommen bin. So ist es viel besser. Du wirst sehen. Ich habe genug vom Rumschleichen. Jetzt müssen wir uns nicht mehr so viele Sorgen machen«, meinte das Mädchen.

Margot blinzelte ungläubig und amüsiert. *Hunter ist hier rumgeschlichen. Hunter hat eine Freundin.* Alle Hinweise auf einen Eindringling im Haus sah sie nun in einem anderen Licht. *Wie lange läuft das schon?*

Sie musterte den Schlüssel in ihrer Hand und fühlte sich unvermittelt paranoid und hysterisch. Vielleicht gab es eine vernünftige Erklärung dafür, warum sie am Vortag auf dem Dachboden eingeschlossen worden war. Ein Materialproblem. Verzogenes Holz. Aber jemand hatte Objekte bewegt. Dessen war sie sich sicher. Sie fragte sich, ob Hunter dieses Mädchen im Haus herumgeführt hatte? Hatten die beiden in ihrer Kammer herumgewühlt, so wie sie in seinem Schrank? Sie erwog, die beiden dazu auszuquetschen, aber konnte den Gedanken nicht

ertragen, ihren Sohn vor dem Mädchen zu blamieren, das als
Erste überhaupt sein Zimmer betreten hatte.

Müde schlurfte Margot zu ihrem Zimmer zurück. Als sie
auf ihr Kissen sank, schaute sie zu Myrons leerer Hälfte des
Bettes. *Myron. Was hast du getan?*

»Verflucht«, flüsterte sie und stand wieder auf. Zurück im
Badezimmer holte sie seine Drogenmappe aus seiner Schublade
und deponierte sie in ihrem Schrank.

Einen Stock unter ihr rutschte Myron auf der Ledercouch
herum. Sein Gesicht war verzerrt, in seinen Brauen hing
Schweiß; er murmelte etwas, verloren in einem dunklen und
grässlichen Traum. Walters Waffe lag auf dem Tisch neben ihm.
Sie war geladen.

51

Ava lag neben Hunter auf dem Bett, starrte zu den Rissen in der Decke. Die Wärme, die von ihrer Haut abstrahlte, ließ seinen Körper elektrisch flirren, aber er bemühte sich, es zu ignorieren.

»Also … wirst du mir jemals erklären, warum du hier bist?«, fragte er vorsichtig. Er beschloss, nicht den Artikel zu erwähnen, den er im Netz aufgestöbert hatte, oder was er bei seinen Nachforschungen herausgefunden hatte. »Worauf wartest du in diesem gruseligen, alten Haus?«

Ava antwortete nicht. Stattdessen rollte sie vom Bett und schritt zu seinem Wandschrank. Darin schaltete sie das Licht an und schaute zu der Schrift, die Benny hinterlassen hatte. »Ich kann nicht fassen, dass er noch lebt.«

»Wer?«

»Benny. Ich frage mich, was er dir sagen wird.« Sie fuhr seine Schrift mit einer Fingerspitze nach.

TOTES MäDCHEN

Sie ging in die Hocke, holte etwas aus einer Kiste und kam damit zurück zum Bett. »Ist das deine Schwester?«

Hunter betrachtete das Foto in ihrer Hand. Ein kleiner Junge saß auf dem Schoß eines Mädchens mit blonden Locken. »Ja. Das ist Allison.«

»Was hast du getan, als sie gestorben ist?« Ava ließ sich neben ihm auf das Bett sinken, sah das Mädchen auf dem Foto an und dann in Hunters Gesicht.

»Wie meinst du das?«

»Ich meine, hast du alles getan, was du tun musstest?«

»Was musste ich denn tun?« Er stützte sich auf einem Ellenbogen ab und blickte sie mit gerunzelter Stirn an. Es gefiel ihm nicht, in welche Richtung sich das Gespräch entwickelte.

»Du weißt schon. Hast du für alle bei der Beerdigung geweint? Hast du dem Kinderpsychologen von *allen* deinen Gefühlen darüber berichtet? Bist du direkt wieder zur Schule gegangen und hast so getan, als wäre alles in Ordnung? Was hast du gemacht?«

Sein Gesichtsausdruck verdunkelte sich. »Ich bin mir nicht sicher, was zum Teufel das mit allem zu tun haben soll.«

»Hast du geglaubt, dass sie wirklich tot ist? Oder hast du nach ihr Ausschau gehalten … in der Schule? Auf dem Spielplatz? In den Läden?«

Er fühlte sich unwohl und durchschaut, stierte auf seine nackte Brust runter, auf der sich die Rippen abzeichneten und ein paar peinliche Härchen wuchsen. Er hatte sich fürs Bett fertig gemacht, als sie unangekündigt und uneingeladen aufgetaucht war. »Fick dich, okay? Ich war noch ein Kind! Was zum Teufel ist dein Problem?«

»Versuchst du immer noch, mit ihr zu reden?« Ava blickte vom Foto zu ihm auf. Eine Träne war einem ihrer blassen, leblosen Augen entkommen. Er wollte sie berühren. Er wollte sie wegwischen.

»Nein. Das habe ich seit Jahren nicht getan. Ich glaube aber, dass ich es gemacht habe.« Er setzte sich auf. Beim Anblick ihrer zitternden Lippe vergaß er, dass er wütend war. Er wollte sie in den Arm nehmen. »Ava … alles in Ordnung?«

Sie schaute von ihm weg und legte das Foto neben ihm aufs Bett. »Wir sehen uns morgen«, wisperte sie und verließ das Zimmer.

52

Die Rawlings-Familie
24. Januar 1931

Vom Bürgersteig aus gesehen hob sich das Haus dunkel und friedlich vom Nachthimmel ab. Das einzige Zeichen von Ärger darin waren die sich bewegenden Schatten, die das gelbliche Strahlen in den Dachfenstern verdunkelten. Die bedrohlichen Umrisse zeichneten sich immer wieder größer oder kleiner werdend an der Decke ab. Ein gedämpfter Schrei wurde vom Wind getragen und verschwand im Rascheln der nackten Bäume, fiel leise auf die Schneedecke im Hof.

Die Straßenlampen in beiden Richtungen der Lee Road leuchteten. Die letzte Stunde des Schlafes entfaltete sich in Stille. Keine Seele lief über die Bürgersteige in diesen ruhigen Augenblicken, bevor das erste Auto des Morgens erschien und die Milchmänner und Zeitungsausträger mit ihren Runden begannen. Die Häuser beiderseits von Rawlingswood schliefen ruhig mit dunklen Fenstern. Ein dicker Waschbär schlich durch den Hof, schnupperte am Vogelbad, kratzte über den Stein.

Die Hintertür wurde aufgestoßen und scheuchte den Waschbären in den Schutz der Bäume.

Ella Rady, blass und mit gehetztem Blick, schob ihre schwere Gestalt eilig über den Hof. Ihre zittrige Stimme zerriss die reglose Luft, echote von den Bäumen und den Rückseiten der Häuser. »Hilfe! Helft uns!« Ihr grünes Gewand flatterte. Ihre nackten Füße zeichneten eine gezackte Linie in den Schnee zum Nachbargarten.

Die Hintertür des Hauses stand wie ein stummer Schrei offen.

Ein halb angezogener Mann erschien in diesem Mund, starrte Ella nach, als sie zwischen den Bäumen verschwand. »Scheiße«, murmelte er und eilte hinter ihr her.

Stotternd wurde ein Holzfenster zwei Stockwerke höher geöffnet. Eine Frau steckte ihren Kopf hindurch und zischte ihm zu: »Felix! Vergiss es. Wir müssen weg. *Jetzt!*«

Er blieb stehen und drehte sich um. Carmen warf ein kleines Objekt aus dem Fenster. Felix verfolgte dumpf, wie ein dünnes Metallstück mit blitzendem Stahl in den Schnee schnitt und eine rote Spur zurückließ. *Das Rasiermesser.* Er wagte nicht, es anzufassen, und ging zurück ins Haus.

Zwei Minuten später tauchten Felix und Carmen wieder auf, diesmal in ihre Mäntel gekleidet, und trugen Apfelkisten voller Bargeld. Felix öffnete das Garagentor, die beiden stiegen in seinen Truck, warfen ihre Beute auf die Ladefläche.

»Warum?«, brüllte er ihr über den Lärm des aufheulenden Motors entgegen. Mit der Handfläche hieb er auf das Lenkrad. »Warum hast du das getan? Big Ange wird uns umbringen. Er wird uns finden und uns kaltmachen.«

»Das wird er, wenn du einfach nur dahockst, du Idiot! Halt die Klappe und fahr los!«, brüllte sie zurück. Ein Blutspritzer verunzierte ihren Rock. Sie schielte zu ihren Händen hinab, hob ein Tuch vom Boden auf und begann, das Rot von ihren Fingernägeln zu putzen.

»Mein Gott. Das Kind! Das arme Kind!« Felix starrte mit leeren Augen durch das Fenster in den Hof.

Georgina lag auf dem Dachboden über ihnen, eingeschlossen im Badezimmer mit ihrem toten Sohn, mit aufgeschlitzter Kehle, aber nicht tief genug, sie blutete aus, jedoch nicht schnell genug. Das leblose Gesicht des kleinen Walter spiegelte sich in ihren Augen, während ihr Geist auseinanderfiel.

Die Prostituierte fletschte die Zähne und presste Felix den Lauf seiner eigenen Waffe an seine Schläfe. »Felix, ich schwöre, dass ich dich eigenhändig umbringe, wenn du nicht mit diesem verdammten Wagen losfährst.«

Der Truck rollte quietschend aus der Garage, brauste die Einfahrt entlang, traf fast einen Baum. Mit kreischenden Bremsen schlingerte der braune Ford die Einfahrt weiter bis zur leeren Straße. Sie fuhren nach Süden, von der Stadt weg.

Das Haus erzitterte in der Kälte. Die Garage stand weit offen wie ein Mund, durch die Hintertür wurde warme Luft zum Nachthimmel hinausgeatmet, als der beißende Wind durch die Küche fuhr. Mit einem leeren Glühen schauten die Dachfenster in die Nacht auf. Kein Schatten regte sich.

Zehn Minuten später glitt ein Auto des Sheriffs leise die Lee Road entlang. Ohne Sirenen. Ohne Warnlichter. Nichts zerschlug die Ruhe der friedlichen Shaker Heights. Ein zweites Auto folgte; beide Wagen blieben vor Rawlingswood stehen. Blamiert und beschämt machte das große Haus sich klein, während Ella die Polizisten zur Hintertür führte.

»Gehen wir noch mal alles durch.«

Eine Stunde später saß der Detective Ella gegenüber an Mr Rawlings' Schreibtisch und machte sich Notizen.

Eine schreckliche Sonne war über die Bäume gestiegen. Sie hatten Georgina auf einer Liege herausgetragen. Ella hatte einen Blick auf den Schrei in den Augen der Frau erhascht, die Schockstarre eines Tieres im Schlachthof, während sie mit Verbänden um den Hals in den Krankenwagen gehievt wurde, mit dem Nachtgewand, das um ihre nackten Beine gewickelt war, rot vor Blut. Selbst wenn sie ihren Körper retteten, war die Seele der armen Frau auf immer verloren.

Sie bedeckten das Gesicht des kleinen Walter, bevor sie ihn raustrugen.

»Miss Rady?«

Ella erzitterte vor Abscheu. Auch ihre Seele war fast zerbrochen. *Mein Baby. Mein süßer Shavo.* Eine harte Träne kroch über ihre Wange. Dumpf schüttelte sie den Kopf, konnte es nicht fassen, wiederholte alles ständig in ihren Gedanken, suchte nach einer Möglichkeit, es zu beenden. Der Moment, als sie den Jungen auf dem Boden des Badezimmers gefunden hatte. Der Moment, in dem sie den Schrei gehört hatte. Wieder und wieder wurde der Lauf von Felix' Waffe auf sie gerichtet und die Frau dahinter knurrte wütend.

»Miss Rady? Wir müssen wirklich weitermachen.«

Ihr glasiger Blick fixierte den Mann im Wollanzug. Dieser sagte schon viel über ihn aus. Gut geschnitten. Perfekt angepasst. Viel zu teuer für einen ehrlichen Gesetzeshüter. Zwei Stockwerke über ihnen sammelte ein Team von drei Deputys die Beweise ein. Schaffte die illegale Brennerei und die leeren Kisten in einen Truck hinter dem Haus. Ella verfolgte aus dem Augenwinkel, wie sie die Waren durch die Hintertür trugen. Hinten raus, nicht vorne.

»Mrs Rawlings hat also alleine gelebt?«, fuhr er fort.

»Ja. Mr Rawlings ist gestorben. Vor achtzehn Monaten, glaube ich.« Sie erkannte ihre eigene Stimme nicht mehr. Trocken wie Staub. Leblos wie ihr Körper.

»Hat sie sich Ihnen gegenüber zu Geldproblemen geäußert?«

»Nein. Mir gegenüber nicht. Aber dem Buchhalter hat sie so etwas gesagt. Er ist gekommen und hat alles erklärt. Wir mussten Geld an Investoren von Mr Rawlings zurückzahlen, an die Leute, die er betrogen hat. Einen Mann namens Big Ange. Er hat diese schrecklichen Leute hergeschickt. Er hat diese Maschine dort oben aufbauen lassen. Wenn wir nicht kooperieren, meinte der Buchhalter zu Missus Rawlings und …« Sie brachte den Namen des Jungen nicht über die Lippen und schluckte ihn herunter. »Er sagte, dass wir das Haus verlieren.«

Der Mann hielt beim Schreiben inne. Er studierte ihren leeren Gesichtsausdruck und die Schwielen an ihren Arbeiterhänden. »Haben Sie jemals diesen ›Big Ange‹ getroffen?«

Ella schüttelte den Kopf.

»Soweit Sie also wissen, könnte es diesen Mann auch überhaupt nicht geben. Richtig?«

Ella stierte ihn einfach nur an. Das Zucken eines Lächelns in seinem Mundwinkel passte zu dem Glitzern des Goldrings an seinem kleinen Finger. Sie linste hinab auf seinen Notizblock und sah, wie wenig er geschrieben hatte, und da war es klar.

»Stimmt es, dass eine Freundin von Mrs Rawlings bei ihr gewohnt hat?«

Ella zog die Augenbrauen hoch, aber sagte nichts dazu.

»Eine Miss Eveline Prentice, glaube ich?«, fuhr er fort. Der Name war von jemandem gewählt worden, der einen Plan hatte. »Sie sagt, dass sie wochenlang hier gewohnt hat. Ich kann sie herbringen lassen, wenn das Ihrem Gedächtnis auf die Sprünge hilft.«

Ella verkrallte ihre Hände ineinander, bis ihre Knöchel weiß hervortraten.

»Miss Prentice hat uns eine schriftliche Aussage gegeben, in der Mrs Rawlings' erratisches Verhalten der letzten Zeit dokumentiert ist«, erklärte er weiter.»Haben Sie kürzlich seltsame Charakterzüge bei Mrs Rawlings beobachtet?«

Ella senkte den Blick. Es stimmte. Georgina war in den vergangenen Monaten nicht sie selbst gewesen. Aber es wurde mit jedem Wort klarer, dass die Wahrheit irrelevant war. Wer auch immer dieser Big Ange war, er hatte den Detective in der Tasche, und die Bestechung war gelaufen. Sie registrierte, wie eine weitere Ladung Kisten aus der Hintertür herausgetragen wurde.

»Außerdem habe ich gehört, dass Mrs Rawlings einen Brief hinterlassen hat.« Der Detective holte ein Dokument aus einer Ledermappe. »Die Anweisungen an ihren Bruder hier sind, dass das Haus und all sein Inventar versteigert werden und die Einnahmen für wohltätige Zwecke gespendet werden sollen. Erkennen Sie diese Handschrift?«

Ella nickte und schaute das Dokument nicht einmal an, das er ihr hinhielt. Er sammelte keine Beweise mehr und sie wusste es. Er demonstrierte nur seine Waffen und machte deutlich, welche Rolle sie spielen sollte.

»Nun, ich sehe hier keine Anweisungen für eine Abfindung an Sie, ihre vertraute Haushälterin, für Ihre guten Dienste. Aber meiner Meinung nach ist das nicht fair. Ich bin sicher, dass Ihre liebe Arbeitgeberin wollen würde, dass Sie gut versorgt sind, damit Sie sich erholen können von diesem gewaltigen … Schock.«

Sie verfolgte mit versteinertem Herzen, wie er einen Stapel Hundertdollarscheine vor ihr auftürmte. Ihr Blick wanderte durch die offenen Türen des Wohnzimmers zum Foyer, wo sie Georgina auf einer Liege rausgetragen hatten. Sie konnte nicht gerettet werden. Nicht jetzt. Was auch immer sie den Zeitungen, dem Richter oder dem Gouverneur erzählte, nichts spielte noch eine Rolle. Nichts würde den Jungen zurückbringen. Die Wahrheit würde nur auch noch Ella umbringen.

Sie nahm das Geld, ohne ihrem neuen Besitzer in die Augen zu blicken. Stattdessen konzentrierte sie sich auf die Stelle am Schreibtisch, wo sie Mr Rawlings in einer Pfütze seines eigenen Urins gefunden hatten. *Der Feigling.*

Sie schaute wieder zu den Fenstern und ihr stockte der Atem, als sähe sie Ninnys ruhelose Toten. Als stünden jenseits des Glases die Geister von zwei Männern, einer jungen Frau und einem Baby. Die Kehlen der Mutter und des Babys waren aufgeschlitzt.

»Wenn die *Mulo* kommen«, flüsterte sie, »dann hoffe ich, dass sie zu dir kommen.«

»Wie bitte?« Der Mann setzte sich auf.

Sie blickte ihm nun direkt in die Augen. »Sagen Sie Ihrem Angelo, dass er dieses Haus niederbrennen soll.«

Damit stand sie auf und ließ den Detective am Schreibtisch mit den gefälschten Briefen und unvollständigen Notizen zurück. Sie lief den Hauptflur entlang und die hintere Treppe hoch zum Zimmer des kleinen Walter.

Darin fuhr sie mit der Hand über sein Bett, seine Bücher, sagte ein Gebet in ihrer Sprache, in der Gewissheit, dass niemals jemand auf ihren Rat hören würde. Das Haus, das auf Lügen und mit gestohlenem Geld gebaut war, war zu viel wert, selbst wenn es mit Mord befleckt war.

Mit geschlossenen Augen stellte sie sich vor, wie ein anderer Junge in diesem Zimmer lebte. Ein anderer Walter, nicht ihrer. Über ihr tränkte Walters Blut die Fugen in den Badezimmerfliesen, drang durch das Holz und die Isolierwolle in die toten Räume zwischen Boden und Decke. Sie bekreuzigte sich und ließ die Tränen fließen.

Gott schütze die armen Seelen, die hier nachfolgen.

Ella Rady verließ Rawlingswood mit ihrem kleinen Koffer in der Hand. Die leeren Augen des Hauses sahen ihr hinterher, während sie langsam mit gebrochenem Herzen die Lee Road hinabschritt.

53

Die Spielman-Familie

11. August 2018

Am nächsten Tag klopfte eine gebückte, alte Frau an die Haustür.

Margot nickte ihr durch das Glas neben der Tür zu und schloss auf. »Guten Morgen! Sie müssen Nala sein. Danke, dass sie noch mal gekommen sind.«

»Haben Sie das Geld?«, fragte die Frau.

»Natürlich!« Margot ging zurück in die Küche und kehrte mit zwei Fünfzigdollarscheinen zurück. »Bitte, kommen Sie herein. Möchten Sie einen Kaffee oder Tee?«

»Nicht nötig.« Die alte Frau bekreuzigte sich, bevor sie über die Schwelle trat. Verhalten beäugte sie die Decke über sich. »Was ist es, das Sie brauchen?«

»Könnten Sie mit mir in den Salon kommen?« Margot wies der Frau den Weg in den tadellos eingerichteten Raum, der links von der Haupttreppe lag. Seidenvorhänge, maßgefertigte

Polster, ein importierter Teppich. Margot hatte monatelang über der Einrichtung dieses Raums gebrütet, aber sich nur zweimal darin aufgehalten. Sie entschied sich für eine Stelle auf dem langen Sofa und hoffte, dass die Frau sich neben sie setzen würde.

Madame Nala nahm allerdings auf dem Rand des Stuhls Platz, der sich am nächsten zur Tür befand, und drückte sich ihre große Handtasche an die Brust, vorgebeugt wie ein Bussard. Der starke Dialekt der Frau klang nach Osteuropa, aber Margot konnte ihn nicht ganz verorten.

»Sind Sie sicher, dass ich Ihnen nichts holen kann?«, versuchte Margot es noch einmal.

»Nein.« Die alte Frau ließ ihre Augen durch den eleganten Raum schweifen und durch die Tür zurück zum Foyer. Sie entdeckte Hunter, der durch das Geländer oben einen Blick zu erhaschen versuchte, wobei der größte Teil seines Körpers im Schatten des Flurs verborgen blieb. Die alte Frau nickte ihm kurz zu und wandte sich wieder an Margot. »Was kann ich für Sie tun, Mrs Spielman?«

Margots Lächeln verblasste ein wenig, aber sie versuchte, ihre Stimme hell klingen zu lassen. »Unser Bauunternehmer, Max Tuttle, sagte, dass Sie während der Renovierung eine wertvolle Hilfe waren.«

»Ja. Ich komme. Ich versuche zu helfen. Ich sehe, dass es nicht geholfen hat.«

Margot nickte, als hätte sie erwartet, dass sie das sagte. »Soweit ich weiß, hat es ein paar verstörende Vorfälle gegeben.« Sie atmete durch, rang nach den richtigen Worten. »Wir haben selbst ein paar bestürzende Dinge über das Haus herausgefunden.«

In der bedeutungsschwangeren Pause, die sich anschloss, erwiderte die alte Frau nichts. Sie starrte Margot einfach nur mit ihren dunklen Augen und dem faltigen Gesicht an und wartete.

In der Stille rutschte Margot unbequem herum und fuhr schließlich fort. »Es sieht so aus, als hätte uns die Maklerin einige Details aus der Geschichte des Hauses verschwiegen. Hier ist ein Mord geschehen. 1931 hat Georgina Rawlings ihren Sohn ermordet.«

Die Neuigkeit schien die alte Wahrsagerin nicht zu erschüttern, denn sie nickte nur. *Der Dachboden. Es ist auf dem Dachboden geschehen.* »Und wie können wir das wissen?«

»Wir haben einige alte Zeitungen gefunden. Eine Mutter, die ihren einzigen Sohn umbringt, hat für einige Schlagzeilen gesorgt, schätze ich.«

»Hm.« Die alte Frau schaute zur Decke hoch. »Sie sind eine Mutter. Glauben Sie, eine Mutter könnte das tun?«

»Glaube ich … ich weiß nicht.« Margot zuckte zusammen, als sie sich vorstellte, ein Messer an Hunters Kehle zu halten. *Nein.* »In der Zeitung stand, sie wäre verrückt geworden.«

»Die Geschichten, die die Leute den Zeitungen erzählen, selbst die Geschichten, die sie sich selbst einreden, sind nicht immer die wahren Geschichten. Aber egal. Was kann ich für Sie tun?«

Margot streckte die Hände aus, die Handflächen zur Decke gerichtet, fühlte sich dabei töricht. »Irgendwie glaube ich, dass Sie uns helfen können.«

Die alte Frau verengte die Augen zu Schlitzen. »Wie helfen?«

»Das Pech vertreiben, glaube ich. Es fühlt sich einfach falsch hier an. Es fühlt sich an, als würde jemand … ich weiß nicht.« *Uns beobachten. Uns verurteilen.* »Es ist kein gutes Gefühl. Ich kann mir nicht helfen, ich glaube, dass dieses Haus einen Exorzismus braucht.«

»Ich habe keine Magie für dieses Haus. Ich versuche Rauchzeremonien. Ich bemühe mich, Ruhe ins Holz zurückzubringen. Dieses Haus, es hat Erinnerung, die weit zurückreicht. Zurück zu der Erde, auf der es steht.«

»Wie meinen Sie das, die Erde, auf der es steht?«

»Wir Roma, wir haben Geschichten. Wir erzählen sie weiter. Einige gehen verloren. Einige ändern sich. Nachdem ich Yanni nicht geholfen habe, gehe ich zurück. Ich frage meine *Bibio*. Ich frage *Baba Natalia*. Wir haben Geschichten über diesen Ort. Eine alte *Drabarni* hat hier gelebt, sagt die Geschichte.«

Margot atmete tief ein bei dieser Enthüllung. »Welche Geschichte?«

»Dieser Ort ist *mahrime*, unsauber. Heimgesucht von vielen *Mulo*.«

»Mu-lo?«, wiederholte Margot.

»Wie sagen Sie? Geister?«

»Ah.« Sie bemühte sich, nicht die Augen in Richtung der alten Frau zu verdrehen. Es laut ausgesprochen zu hören, ließ sie erkennen, wie lächerlich alles klang. Doch dies war der Grund, warum sie die Frau überhaupt gerufen hatte. »Wie kann ich diese *Mulo* dazu bringen, dass sie weggehen? Können Sie etwas tun? Wir bezahlen natürlich.«

Margot redete sich ein, dass selbst der Spaß daran den Preis wert wäre. Vielleicht könnte sie einige mögliche Freunde einladen, um die Arbeit der alten Hexe zu beobachten. Sie könnte daraus eine Cocktailparty mit Ouija-Brettern und Trockeneis machen.

»Das ist kein *Bujo*, kein Trick. Ich habe keine Heilung für Sie. Diese *Mulo* sind sehr alt. Die Geschichten sagen, dass Knochen hier sind. Tief in der Erde. Von bevor das Haus gebaut war. *Mahrime*!«

»Was?« Margot bekam den Mund nicht zu. »Welche Knochen?«

»Die Toten wurden hier begraben. Unter den Steinen.« Die alte Frau deutete zur Rückseite des Hauses.

»Welche Toten?« Margot drehte sich auf ihrem Platz um, damit sie zur Wand schauen konnte.

»Ich kann es nicht beantworten. Ich weiß nicht. Die Geschichte ist einfach eine Geschichte, das fühle ich. Ich sehe die Schatten sich bewegen. Ich fühle sie im Wald. Dieses Haus …« Die alte Frau streckte ihre knotige Hand nach Margot aus. »Sie müssen dieses Haus verlassen.«

54

»Wer war an der Tür, Schatz?«, fragte Myron. Sein Haar war noch tropfnass vom Duschen. Er hielt ihr den Rücken zugewendet, während er sich einen Kaffee einschenkte, damit sie nicht sah, wie kränklich blass seine Haut war und wie seine Hände zuckten. Er hatte an diesem Morgen seine Ausrüstung nicht finden können, auch nicht, nachdem er eine Stunde lang die Kammer abgesucht hatte. Er wollte nicht darüber nachdenken, wo sie gelandet sein könnte. *Reiß dich zusammen. Alles wird auftauchen*, redete er sich ein.

»Die verrückte Hexe, die Max angeheuert hatte. Ich habe sie angerufen.« Margot schenkte sich eine weitere Tasse Kaffee ein und vermied es, ihn anzusehen. *Ist er gerade high*, fragte sie sich. Sie hatte seine Drogen versteckt, die sie letzte Nacht gefunden hatte, aber vielleicht hatte er noch mehr davon im Haus verstreut. *Was zum Teufel soll ich tun?*

»Hat es was gebracht?«

»Äh. Kaum. Du kannst dir nicht vorstellen, was für einen Quatsch sie mir verkaufen wollte. Sie hat es klingen lassen, als wäre das hier ›Amityville Horror‹.« Sie holte die Kaffeesahne aus dem Kühlschrank und gönnte sich so lange einen Schluck

Kaffee, dass sie das Thema wechseln konnte. »Vergiss nicht, dass heute Abend die Zavodas und die DeMarcos kommen.«

»Das ist heute Abend?«

»Ja, Schatz. Ich habe es dir vor über einer Woche im Kalender eingetragen.« Margot verdrehte die Augen. *Vielleicht warst du zu beschäftigt damit, dir einen Schuss zu setzen, um dich daran zu erinnern.* Sie schüttelte den Gedanken ab. *Myron würde niemals Heroin nehmen, dafür ist er zu klug. Oder? Es muss eine Erklärung geben. Vielleicht spritzt er sich Vitamin B oder so was?* Sie konnte sich nicht dazu bringen, ihn danach zu fragen. »Ich habe das Catering vom Klub bestellt. Für sechs Leute kann ich gerade nicht kochen.«

»Sechs? Was ist mit Hunter?«

»Was soll mit Hunter sein? Ich bin sicher, das Letzte, was er wollte, wäre, mit einem Haufen mittelalter Eltern rumzuhocken, die über Tennis reden. Ich mache für ihn einen Teller fertig. Keine Sorge. Oh, und hör dir das an: Hunter hat eine Freundin.«

»Wirklich?« Myron strahlte. »Wen?«

»Ich weiß nicht. Irgendein süßes, kleines, blondes Mädchen namens Ava. Ich glaube, er hat sie öfter heimlich ins Haus gebracht. Hast du sie gesehen?«

Süßes, kleines, blondes Mädchen. Myron runzelte die Stirn, als er sich erinnerte. *Das Mädchen in der Kammer. Das Mädchen oben an der Dachbodentreppe. O Gott, was hat sie Hunter erzählt?* Er räusperte sich, um seine Stimme zu stabilisieren. »Äh. Nein. Habe ich nicht. Müssen wir mit ihm reden?«

»Reden? Ich dachte, es freut dich, wenn er Umgang hat.«

»Natürlich freue ich mich darüber, aber heimlich Mädchen ins Haus bringen? Ist uns das recht?«

»Ich habe keine Ahnung mehr, was uns überhaupt recht ist. Wir leben in einem gottverdammten Mordhaus, Myron! Ich möchte mich hinsetzen und ernsthaft besprechen, was wir deswegen unternehmen. Diese Hexenfrau glaubt, dass dieser Ort uns umbringt, Herrgott noch mal!« Eine Million Sachen, die Margot noch nicht ganz aussprechen konnte, drängten sich an ihre Lippen. »Ich wünschte wirklich, wir wären niemals hierhergekommen.«

»Mein Gott, Margot! Müssen wir an jedem verdammten Tag den gleichen verdammten Streit austragen?«

Niemand der beiden bemerkte, dass der Junge auf der hinteren Treppe stand und dem Gezeter lauschte. Hunter drehte sich um und schlich die Treppe hoch zurück zu seinem Zimmer. Nachdem er eingetreten war, schloss er die Tür ab und pingte auf seinem Computer Caleb an. Es war erst zehn Uhr morgens, und als sein Freund auf dem Bildschirm erschien, wirkte er zerknittert und gähnte.

»Was ist los, Mann? Es ist scheißfrüh!«

»Sorry. Aber das wirst du mir nicht glauben.« Hunter erzählte ihm von der alten Roma-Frau und dem Gerede von Knochen, die irgendwo im Hof begraben waren.

»Ich hab es dir gesagt, Mann! Hab ich es dir gesagt oder nicht? Ein verfickter Friedhof! Unglaublich. Was wirst du jetzt tun?« Calebs pickliges Gesicht erstrahlte vor perverser Schadenfreude. »Wirst du jetzt nach denen buddeln oder so?«

»Warum zum Teufel sollte ich das tun?« Hunter starrte ihn an. »Bist du bekloppt?«

»So wird der Fluch aufgehoben, Alter. In ›Poltergeist‹. Oder einem dieser anderen Filme. Du musst die Knochen finden und die Geister haben dann Ruhe. Oder irgend so ein Scheiß. Bist du nicht neugierig?«

»Weiß nicht. Die Lady schien total durchgeknallt zu sein und wir haben den Geist gefunden, weißt du noch? Mädchen auf dem Dachboden?« Hunter warf der geschlossenen Tür einen Blick zu und fragte sich, ob sie dahinter war und lauschte. An diesem Morgen war er in einem leeren Zimmer aufgewacht.

»Tja, du hast einen von ihnen jedenfalls gefunden. Ich habe weiter nach Ava Turner recherchiert und kann nichts über sie entdecken, Mann. Hast du mal überlegt, ob du rumfragst? Also, in der Schule oder so? Oder … was ist mit dem Arschloch? Der Typ mit dem Gras?«

Hunter zuckte mit den Schultern und sah aufs Telefon. Roger hatte keine Nachricht zurückgeschickt. Hunter sprach es nicht aus, aber er war erleichtert. »Ich bezweifle, dass er irgendwas weiß.«

Er erzählte nichts von dem Artikel über den toten Jungen, den er gefunden hatte, oder seine schlimmsten Ängste, was Ava anging.

»Ich finde trotzdem, du solltest dir eine Schaufel schnappen, Mann.«

»Fresse.«

»Okay, Mach, was du willst. Aber was willst du mit dem Mädchen anfangen?«

»Bin nicht sicher.« Hunter drehte sich zur geschlossenen Tür. Der Streit seiner Eltern war immer noch zu hören, wurde lauter und lauter, schien kurz vor der Explosion zu stehen.

»Was verschweigst du mir, Myron?«

»Wovon redest du da? Hast du wieder deine Medikamente nicht genommen?«

Sein Blick wanderte zu dem Foto bei seinem Bett, auf dem er und seine Schwester zu sehen waren. *Allison*, dachte er, *ich wünschte, du wärst hier.*

Zu Caleb sagte er: »Ich muss hier raus.«

55

»Hallo! Kommt rein. Willkommen in Rawlingswood!« Myron hielt voller Elan die Haustür für seine Gäste auf. »Wir freuen uns, dass ihr kommen konntet.«

»Rawlingswood?« Der Mann kicherte.

»Schau dir den Türklopfer an, mein Freund«, erwiderte Myron mit einem höhnischen Grinsen. Von dem lautstarken Streit, den er an diesem Morgen mit seiner Frau gehabt hatte, waren nur rote Flecken um seine Augen herum zurückgeblieben. Er war aus dem Haus gestürmt, froh darüber, eine Entschuldigung zu haben, weggehen zu können und an einem anderen Ort das zu finden, was er brauchte. »Dies ist ein Anwesen mit exzellentem Leumund.«

»Tja, Mist. Wenn ich das gewusst hätte, hätte ich meinen Frack angezogen.«

»Oh, sei still, Harold.« Seine Frau wedelte abschätzig mit der Hand in seine Richtung und betrat mit einem Schmunzeln im Gesicht das Foyer. »Myron, vielen Dank für die Einladung. Wo ist deine bessere Hälfte?«

»Sie wird gleich zu uns runterkommen. Du weißt, wie Frauen sind … Mark, schön, dich zu sehen! Danke fürs

Kommen.« Myron schüttelte dem anderen Herrn die Hand und nickte seiner Frau zu. »Emily, ein Glück, dass du den alten Mann aus seinem Haus zerren konntest. Wer möchte einen Drink?«

»Chardonnay?« Harolds Frau drehte sich im Foyer langsam um die eigene Achse und überschlug den ungefähren Preis jedes Einrichtungsgegenstandes. »Ich kann es kaum erwarten, eine Tour durch die Räumlichkeiten zu machen, Myron, es ist beeindruckend!«

»Warum geht ihr beiden nicht nach oben und holt Margot? Ich mache die Drinks fertig.« Er deutete die Haupttreppe hoch und führte die Männer in die Küche, wo er auf einer der Marmoranrichten eine hochwertige Spirituosenauswahl vorbereitet hatte.

Die Damen plauderten über den Kronleuchter, die Schnitzereien, die Farben, während sie die Treppe hochstiegen. »Ich bin so froh, dass sie die originale Architektur erhalten haben.«

»Ich liebe es, dass sie die Holzverzierungen nicht übermalt haben.«

Margot hörte sie kommen und betupfte hastig ihre Augen, versuchte, alle Spuren des höllischen Streits mit Myron zu verbergen. *Was meinst du damit, du musst nächste Woche zurück nach Boston? Du willst uns einfach an diesem Ort hier zurücklassen? Was ist mit Hunter? … Es ist mir egal, was der Anwalt rät. Du hast mir gesagt, die Klage wäre bereinigt. Versteckst du etwas vor mir? … Warum verhältst du dich so verrückt?*

Sie erwähnte nicht, dass sie am Vortag seine Ledermappe gefunden hatte. Sie erwähnte nicht die Spritze oder das Pulver oder die vertraulichen Akten, die sie bei ihm entdeckt hatte. Es auszusprechen, würde es real werden lassen. *Vielleicht habe ich überreagiert. Es muss eine vernünftige Erklärung für all das geben,* beruhigte sie sich selbst und prüfte ihr Make-up. Das musste es einfach geben.

Margot begrüßte ihre Gäste im Flur mit einstudiertem Lächeln. »Hallo, Ladys! Vielen Dank, dass ihr gekommen seid.«

Aufheulendes, erzwungenes Lachen und Schwärmen folgten ihr, als sie ihre neuen Freundinnen durch den ersten Stock führte. Das große Schlafzimmer fand hochfrequente Zustimmung. »Wunderbar! Ich liebe den Marmor!«

»Ihr müsst ein Vermögen ausgegeben haben!«

Die anderen Zimmer wurden schneller abgehakt. Margot hatte darauf geachtet, sie alle am Morgen im Tageslicht zu überprüfen. An der Tür zum Gästezimmer über der Garage hatte sie innegehalten, als sie die zerknüllte Überdecke sah. *Hunter? Seine Freundin*, fragte sie sich, als sie alles wieder perfekt in Ordnung brachte. Sie fühlte nicht das Gewicht eines Mädchens, das hinter der Zugangstür zu den Leitungsschächten stand, während sie ihre Ladys durch die Suite und zum benachbarten Wäscheraum dirigierte.

Hunters Zimmer umschifften sie vollständig. »Ihr wisst ja, wie empfindlich Teenager mit ihrer Privatsphäre sind«, meinte sie und machte eine wegwerfende Handbewegung.

»Was habt ihr mit dem Obergeschoss gemacht?«, wollte Harolds Frau wissen. »Wir haben unseres zu einem Medienzimmer umgestaltet und lieben es!«

»Das wäre schön«, stimmte Margot ihr zu. »Wir haben erst mal nichts damit gemacht. Wo nur wir drei hier wohnen, haben wir lieber das Geld in die Küche investiert. Emily, ich kann kaum erwarten, was du meinst, wie wir das Esszimmer ausstatten sollten. Wir haben so viele leere Wände …«

Sie führte ihre Gäste die hintere Treppe hinab zu Myron, der sie mit den Drinks erwartete. Wegen des Plapperns in der Küche bemerkte niemand von ihnen die Schritte im hinteren Flur.

»Kommt Hunter zum Essen dazu?«, fragte Emily eine halbe Stunde später, als alle ihre Plätze am Tisch einnahmen.

»Oh, ich glaube, er ist immer noch mit seinen Freunden unterwegs«, erwiderte Margot mit wissendem Zwinkern, auch wenn sie keine Ahnung hatte, wohin ihr Sohn verschwunden war. Während ihres Streits mit Myron war er aus dem Haus gegangen. Sie hielt eine Flasche hoch und wollte schnell das Thema wechseln. »Wer braucht mehr Wein?«

Die Gespräche trennten sich nach Geschlechtern, während sie aßen. Die Frauen sprachen über Kunst, Innenausstattung, das bevorstehende Schuljahr, die Probleme, die passenden außerschulischen Kurse zu finden, die sich in College-Bewerbungen gut machten. Die Männer beschränkten ihren Austausch auf Golf, Bootfahren und Arbeit. Es war die Erwähnung des Krankenhauses, die den Abend in die falsche Richtung schlingern ließ.

»Weißt du, das wollte ich noch fragen. Wie steht es eigentlich mit dieser rechtlichen Angelegenheit in Boston?«, erkundigte sich Harold.

Margot spitzte die Ohren.

Myron nahm rasch einen tiefen Schluck Wein und hoffte, dass niemandem das leichte Zittern in seiner Hand auffiel. Es war ihm gelungen, irgendwo draußen noch einen Schuss aufzutreiben, aber es war nicht genug gewesen. »Alles entwickelt sich. Du weißt ja, wie sich so was hinzieht. Kann Jahre dauern.«

»Ja, verstehe ich. Offenbar hat der Vorstand ein paar Anrufe aus Boston erhalten. Da solltest du vielleicht nachhaken.«

Diese Enthüllung ließ Myron mit dem Unterkiefer mahlen, aber er schaffte es, sardonisch eine Augenbraue hochzuziehen. »Wirklich?«

»Dachte nur, dass du das wissen solltest.«

»Tja, ich schätze, da will sich ein Anwalt seine Gebühr verdienen. Diese Geier.« Er lachte gequält, aber es klang unecht.

Die anderen beiden Männer nickten wohlwollend. Myron leerte sein Weinglas. »Soll ich noch eine Flasche köpfen? Ihr könnt euch nicht vorstellen, wie gut dieser Rosé ist, den ich letztens aufgetrieben habe.«

Myron schob sich vom Tisch weg und versuchte, lässig zu wirken, als er in die Küche schlenderte. Kaum war er alleine, fuhr er sich mit einer bebenden Hand durchs Haar, bevor er den Inhalt des Weinkühlschranks begutachtete.

»Sei verflucht, Margot«, murmelte er. Das alles hatte er nicht gewollt. Dieses Dinner. Diese Gäste. Diese Fragen. Er brauchte Ruhe, um alles zu durchdenken, durchzuatmen. Aber niemand kümmerte sich einen feuchten Kehricht darum, was *er* brauchte. Auf keinen Fall seine Frau. Er warf den Korkenzieher in die Spüle. »Ich könnte sie umbringen.«

Eine Bewegung rührte sich in seinem Augenwinkel. Er drehte sich dorthin um. Da stand das blonde Mädchen am Fuß der hinteren Treppe. Fast hätte er die Flasche in seiner Hand fallen gelassen. Das war *sie*.

»Hi, Dr. Spielman«, grüßte sie.

»Äh. Hallo?« Myron gaffte sie einen Herzschlag lang an. Sie trug eines von Hunters T-Shirts.

»Ich bin Hunters Freundin, Ava. Er sagte, dass er mich hier treffen wollte.« Sie winkte ihm knapp und harmlos zu, aber etwas war mit ihrem Lächeln nicht richtig. Es passte nicht zu dem düsteren Blick in ihren Augen.

Myron machte sich daran, den Korken aus der Weinflasche zu ziehen. »Schön, dich kennenzulernen, Ava. Hunter ist gerade nicht da.«

»Ich weiß. Er sagte, dass er bald wieder da wäre. Ähm, ist alles in Ordnung?«

»Wie bitte?« Er war rot angelaufen, weil es ihn so viel Mühe kostete, höflich zu dieser seltsamen Kreatur zu sein, die sicher in seinem Haus herumgeschlichen war. Er warf dem Messerblock auf der Anrichte einen Blick zu, als er mit einem leisen Ploppen den Korken aus der Flasche bekam.

»Geht es Ihnen gut? Sie wirken ... ich weiß nicht.« Sie visierte ihn mit einem abgestumpften Blick an, den kein Teenager-Mädchen haben sollte. Ihre Augen hatten zu viel gesehen.

»Tut mir leid, aber ich glaube, dass du gehen solltest, Ava. Wir haben Gäste.« Myron schaffte es kaum, die Bissigkeit aus seiner Stimme herauszuhalten. »Ich werde Hunter mitteilen, dass er dich anrufen soll, wenn er wieder da ist.«

Ava nickte ihm knapp zu und sah ihn noch einmal durchdringend an, bevor sie die Küche verließ und durch den Nebenraum zum Hof hinausging.

Er war gerade mit der Weinflasche unterwegs zum Esszimmer, als Hunter durch den Seiteneingang reinkam. Myron, der nach wie vor aufgedreht war, bellte ihn an: »Wie schön, dass du dich auch mal zeigst! Deine Freundin Ava war gerade hier.«

»Was?« Hunter blieb abrupt stehen.

»Ava. Sie war hier. Und übrigens, ich fühle mich nicht wohl dabei, wenn du deine Freundin heimlich ins Haus bringst und sie rumhängen lässt, wenn du gar nicht da bist. Darüber werden wir später reden. Hör zu, deine Mom hat ein paar Freunde eingeladen, daher solltest du dein bestes Benehmen zeigen. Verstanden?« Er wies zum Esszimmer, wo das Geplauder den lockeren Tonfall eines fröhlichen Dinners angenommen hatte. »Wenn du Hunger hast, nimm dir einen Teller.«

»Klar, Dad.« Aber Hunter war nicht an Essen interessiert. Er flüchtete die hintere Treppe hoch zu seinem Zimmer.

Sein Vater sah ihm hinterher und fühlte sich zurückgewiesen. *Was ist mit diesem Jungen los?* Myron richtete sich auf und stolzierte ins Esszimmer zurück. »Wartet, bis ihr diesen Wein probiert habt. Er wird euer Leben verändern.«

Margot hatte die vergangenen Minuten ihren Teller studiert, während in ihrem Kopf Harolds Bemerkungen über Boston gekreist waren.

Nachdem alle am Tisch ihre Komplimente über den Wein ausgesprochen hatten, wechselte Emily das Thema. »Erzählt uns mehr über das Haus. Es ist wundervoll! War es schon so, als ihr es gekauft habt?«

»Um Gottes willen, nein. Es war ein einziges Chaos.« Margot hatte schon viele Gläser Wein intus, und es machte sich bemerkbar. »Die Kupferleitungen waren rausgerissen. Die Heizkörper gestohlen. Das ganze Haus war verwüstet.«

»Wow. Das muss verstörend gewesen sein.«

»Ha. Yeah. Und es wird noch besser. Richtig, Schatz?«

Myron legte seine Gabel hin und schaute sie drohend an.

»Wie meinst du das?« Emily und die anderen starrten sie nun an.

»Es ist ein Mordhaus. Die Worte waren auf die Wand dort hinten geschrieben. *Mordhaus!* Aber das hat uns nicht interessiert. Nicht wahr, Myron?« Margot schenkte ihm ein grausames Lächeln, das aussagte: *Ich werde dir nie verzeihen.* »Der Preis war einfach zu verdammt gut, um die Chance vorbeiziehen zu lassen.«

Gemurmel erhob sich über den Tisch.

»Wie meinst du das, ein Mordhaus?«, insistierte Harold.

»Hier ist ein Mord geschehen, vor hundert Jahren oder so. Aus irgendeinem Grund glaubt meine entzückende Frau, dass das bedeutet, dass das Haus verflucht ist.« Er hob das Glas in ihre Richtung als höhnischen Gruß. *Fick dich, Baby.*

»Wirklich? Ein Mord? Hier?« Emily glotzte beide mit offenem Mund an. »Das ist unglaublich.«

»Warum? Ist Shaker Heights zu nobel für Mord?« Margot lachte und klang dabei mehr als nur ein wenig angeheitert. »Ein sechsjähriger Junge wurde auf dem Dachboden umgebracht. Wie *nobel* ist das?«

»Margot«, zischte Myron warnend. »Du bist unhöflich und machst dich lächerlich.«

»Warum wechseln wir nicht das Thema«, schlug Harold unangenehm berührt vor. »Habt ihr diesen Winter große Pläne? Man kann es sich kaum vorstellen, aber nicht weit südlich von hier kann man richtig gut Ski fahren.«

Margot ignorierte Harold. »Ich mache mich lächerlich? Wie mache ich mich denn lächerlich?«

Oben saß Hunter vor seinem Computer und fuhr ihn hoch. Er hatte einen besorgten Gesichtsausdruck, als er viele Bücher aus seinem Rucksack holte, darunter ein Jahrbuch von der Woodbury Elementary School aus dem Jahr 2015, das den Stempel trug: *Eigentum der Öffentlichen Bibliothek von Shaker Heights*. Er schlug es hinten bei einem Bild eines Jungen auf. *Toby Turner.*

Der Klang der Stimme seiner Mutter von unten ließ ihn innehalten und lauschen.

»Lächerlich ist höchstens, dass du deine Frau und deinen Sohn in diesem *Mordhaus* alleine lässt, um für eine Woche zurück nach Boston zu gehen! Warum tust du das, Myron? Harold, worum genau ging es in diesen Anrufen beim Vorstand?«

»Margot, ich glaube, du hattest etwas zu viel Wein.« Myron schüttelte angewidert den Kopf in ihre Richtung, war bedacht darauf, ihre Fragen zu umschiffen. »Tut mir leid, Leute. Der Umzug und die Renovierung waren ziemlich stressig. Margot war in letzter Zeit nicht sie selbst.«

»Vielleicht sollten wir gehen«, schlug Mark vor und schaute die beiden fragend an.

»Nein. Bleibt.« Margots Gesicht brannte rötlich vor Zorn und Verlegenheit. Sie setzte sich auf und trank etwas Wasser. »Myron hat recht. Der Umzug war heftig ... Es ist bitter, wenn man von allen Freunden und Nachbarn weggerissen wird und man nicht einmal die Wahrheit darüber gesagt bekommt, warum man umzieht. Aber natürlich bin ich es, die sich lächerlich macht.«

»Nein, ich mache mich lächerlich.« Myron hob beide Hände, schäumte vor Wut. »Ich bin derjenige, der es nicht mal hinbekommt, der eigenen Frau *Blumen* zu schicken, ohne dass sie sich dann fragen muss, von welchem der Typen, mit denen sie gerade schläft, sie stammen.«

Ihre Kinnlade klappte runter. *Die Rosen.* Schnell schloss sie den Mund wieder. *Du Hurensohn.*

»Andere Typen, Myron?«, wiederholte sie unterkühlt und kniff die Augen zusammen. »Du klingst paranoid. Harold? Mark? Ihr seid Ärzte, richtig? Ist Paranoia nicht ein Symptom von Drogensucht?«

Myron versteifte sich ein wenig und fixierte sie mit einem mörderischen Blick. »Du bist betrunken, Margot.«

Harold sprach für sie alle, als er entschied: »Ich glaube, wir gehen besser. Es war ein wunderbares Dinner, Margot. Vielleicht können wir das bei Gelegenheit wiederholen … Myron.«

Innerhalb von zwei Minuten hatten sich alle vier Gäste in einem beschämten Trott von Schritten und Beschwichtigungen aus dem Staub gemacht.

Kaum dass die Tür hinter ihnen geschlossen war, wandte sich Margot an ihn. »Ich kann nicht glauben, dass du diese Scheiße vor ihnen abziehst. Du musst mit diesen Männern arbeiten, verflucht noch mal!«

»Mark ist Pfleger in der Anästhesie und Harold arbeitet nicht mal im gleichen Gebäude! Hättest du mir genauso viel Aufmerksamkeit geschenkt wie deinen Fick-Jungs aus dem Internet, würdest du das wissen!«

»Meine was?« Sie starrte ihn mit offenem Mund an. »Egal, Myron. Ich will, dass du mit deinen Pillen und Spritzen und was du sonst noch hast, aus diesem Haus verschwindest. Heute noch!«

»Das ist *mein* Haus. Warum zum Teufel sollte *ich* verschwinden?«, bellte er zurück. »Ich laufe hier nicht rum und ficke Zweiundzwanzigjährige!«

Sie wagte nicht, ihre Maske fallen zu lassen. »Ich habe keine Ahnung, wovon du redest!«

»Ach, wirklich? Dann schauen wir mal.« Myron holte sein Smartphone heraus und rief ein Video auf, das darauf gespeichert war. Der Bildschirm erwachte zum Leben und zeigte Margot, wie sie sich in ihrem Yoga-Studio verrenkte, langsam bis zehn zählte, nackt. »Was sagst du dazu, hm? Das ist doch wirklich bildend, Schatz. Ich glaube, ich kann sogar deine Mandeln sehen!«

»Du hast mir *nachgeschnüffelt*?«, fauchte sie und überlegte panisch, wie viel er gesehen hatte und wie er auf ihrem Rechner suchen konnte. »Was hast du getan? Deine eigene kleine Kamera aufgebaut?«

Er ignorierte sie. »Mit wie vielen deiner Yoga-Fans genau schläfst du?«

»Brüll nicht so rum!«

»Warum? Hast du Angst, dass dein Teenager-Sohn herausfindet, dass du seine Klassenkameraden vögelst?«

»Fick dich, Myron!«, keifte sie und stürmte in das Wohnzimmer. Mit zitternden Händen goss sie sich Hochprozentiges in ein Glas.

»Wie nett, mein Schatz. Gönn dir noch einen Drink«, reizte er sie vom Türrahmen aus.

Sie leerte das Glas und atmete durch, bevor sie sich zu ihm drehte. »Das musst du gerade sagen! Wie lange, Myron? Wie lange bist du schon süchtig? Hm? Warst du es schon in Boston? Warst du *high*, als deine Patientin im Aufwachraum gestorben ist? Ich habe die Akten gelesen, Myron. Ungerechtfertigte

Operation? Unethische medizinische Arbeitsweise? Haben sie dir die Lizenz entzogen? Haben wir deswegen bis in das verfluchte Ohio wegziehen müssen? Hast du deswegen einen Job in der *Verwaltung* eines Krankenhauses angenommen?«

»Mach dich nicht lächerlich«, knurrte er leise, aber kaninchenhafte Angst flackerte in seinen Augen auf. »Ich habe die Regelungen des Krankenhauses befolgt. Und zwar immer, verflucht!«

»Waren es auch die Regelungen des Krankenhauses, unnötige Operationen durchzuführen?«

»Ob operiert werden soll oder nicht, ist eine Frage der verdammten *professionellen Meinung*!«, brüllte er ihr in voller Lautstärke entgegen. »Ich konnte nicht riskieren, eine verdächtige Stelle einfach zu ignorieren! Oder? Ich habe ungewöhnliches Gewebe gesehen. Was, wenn die Läsionen bösartig waren? Was, wenn sie Metastasen gebildet hätten? Wie hätte ich riskieren können, etwas zu übersehen? Das arme Mädchen hätte vielleicht …« Seine Stimme stockte.

Margot starrte ihn an und war wie gelähmt, als sie erkannte, dass Tränen aus seinen Augen flossen. »Es geht um Allison, oder?«

Er wandte sich von ihr ab, kämpfte die Tränen zurück und wollte die Worte zurücknehmen. *Was habe ich gerade gesagt?*

»Myron. Was mit Allison passiert ist, war nicht dein Fehler. Ihr Krebs war nicht dein Fehler.« Eine Welle der Traurigkeit drohte sie umzuwerfen. Sie hielt sich am Rand des Schreibtischs fest. »Bei Gott, wie viele Mädchen hast du aufgeschnitten, weil du das wiedergutmachen wolltest?«

»Mach dich nicht lächerlich!«

»Lächerlich? *Ich* mache mich lächerlich? Ein Mädchen ist *tot*, Myron! Sie ist tot deinetwegen!« Ihre Stimme und ihre Hände waren zittrig. *Was, wenn das Mädchen meinetwegen tot ist? Ich habe die Zeichen nicht bemerkt. Ich habe ihn nicht dazu gebracht, Hilfe zu suchen.*

Margot riss eine Schublade des Schreibtisches auf. Sie holte die Ledermappe heraus, die sie im Badezimmer gefunden hatte. Die Waffe darunter fiel ihr nicht auf. »Inwiefern mache ich mich lächerlich?«

Sie zog den Reißverschluss der Mappe auf und schüttete die Spritze, den Löffel und das Pulver auf die Schreibtischunterlage. Alles zu sehen, ließ ein Schockgefühl durch ihren Körper laufen, das sie nicht ignorieren konnte. »Ich kann nicht fassen, dass du so einen *Schmutz* in unser Haus bringst, Myron! Was, wenn Hunter es gefunden hätte?«

Myrons Blick wanderte von Margot zu den Drogen und wieder zurück. In seinen Augen zeichnete sich der Schrecken darüber ab, aufgeflogen zu sein, und wandelte sich zu Zorn. *Ich werde mich nicht von* dir *beschimpfen lassen. Das werde ich nicht. Nie wieder.* »Was, wenn Hunter es gefunden hätte? Ha! Was glaubst du, wo ich das Zeug überhaupt herhabe?«

Margot stierte ihn einfach nur an. *Hunter?* Ihre verschwundenen Pillen, ihr verschwundenes Nachthemd, ihre durchwühlte Kammer – alles tauchte in ihren Gedanken auf.

»Ich wollte es dir nicht sagen.« Die Lüge glättete die entgleisten Ränder von Myrons Gesicht, gab seiner Wut ein Ziel. »Ich dachte, du würdest durchdrehen. Du hältst gerade so durch, seit wir hier sind, und Gott weiß, dass der Junge nicht noch einen deiner Nervenzusammenbrüche durchleben sollte, Margot. Er hat genug eigene Probleme. Aber – nun. Nicht wahr?«

Als er wieder Oberwasser hatte, dachte sein fiebriges Hirn an den Scheidungsantrag. *Längere mentale Instabilität. Alkoholismus. Untreue.* Er könnte sogar das Sorgerecht bekommen. Margot schien es auch zu denken.

»Du willst behaupten, dass du Heroin in Hunters Zimmer gefunden hast?« Das Adrenalin, das durch ihre Ohren rauschte, ließ ihre eigene Stimme dumpf in ihren Ohren klingen. Es klang, als würde sie alles verlieren. *Nicht mein Baby. Nein.*

Die Kunstfehler-Klage spielte nun keine Rolle mehr. Myron schlug seine Nägel tief ein. »Du hast dir immer Sorgen gemacht, dass er Drogen nimmt. Tja, jetzt ist es klar, Margot. Ich schätze, du warst einfach selbst zu betrunken, damit es dir auffallen könnte.«

»Was?« Hunter war leise in den Türrahmen zur Küche getreten und hatte dem Streit zugehört.

»Gib es zu, Sohn.« Myron wandte sich mit eisernem Blick an seinen Jungen. »Es ist in Ordnung, es zuzugeben. Du hast ein Problem. Wir können helfen.«

Hunter schüttelte den Kopf. Die Tüte mit Gras, die er im Mäusefutter versteckt hatte, tauchte in seinen Gedanken auf, aber da sah er die Nadel auf dem Schreibtisch. »Auf keinen Fall! Das gehört nicht mir! Ich spritze mir doch kein *Heroin*!«

»Pass auf, was du sagst.« Myron machte einen drohenden Schritt auf ihn zu. Er würde nicht sein Leben, seine Karriere und seinen Sohn verlieren. Das konnte er einfach nicht. Er würde es an seinem Sohn wiedergutmachen, irgendwie, redete er sich ein. Eines Tages würde Hunter einsehen, dass er keine Wahl gehabt hatte. Margot war nicht in der Lage, eine Mutter zu sein. Schon seit Jahren nicht mehr. »Wir wissen, dass du deine Junkie-Freundin hier eingeschleust hast und Dinge klaust. Wir wissen, dass du deine arme Mutter auf dem Dachboden eingeschlossen hast. Der erste Schritt zur Genesung ist es, sich einzugestehen, dass man ein Problem hat, Sohn.«

»Aber das habe ich nicht! Das ist Bullshit! Du bist es, der hier Pillen einwirft, Dad! Du bist es. All diese Artikel, in denen steht, dass Süchtige sich Heroin besorgen, wenn ihnen die Pillen ausgehen … Mom.« Er flehte seine Mutter mit den Augen an, aber Margot war in ihrem eigenen Albtraum verloren.

»Warst du es?«, flüsterte sie kopfschüttelnd. »Hast du das getan?«

»Testet mich auf Drogen! Okay? Vielleicht findet ihr etwas Gras, aber ihr werdet kein bisschen von dem verdammten Heroin feststellen. Und dann testet *ihn* auf Drogen!«, brüllte Hunter und zeigte auf seinen Vater.

Myron schlug dem Jungen mit der flachen Hand auf die Wange. »Wage es nicht, auf mich zu zeigen. Du hast keine Ahnung, wovon ich überhaupt rede. Du bist nur ein Kind. Und du hast ein Problem, also helfe mir Gott …« Er packte Hunter bei den Schultern und wirkte wie ein Mann, der sich am Rand einer Klippe festklammerte. »Du wirst dich nicht aus dieser Angelegenheit rauslügen!«

»Myron! Lass ihn los!«, rief Margot aus.

»Nein. Du verhätschelst ihn immerzu, aber er muss es lernen.« Myron drückte den Jungen an die Wand. »Gib es einfach zu, Sohn. Man kann sich richtig verhalten. Oder falsch.«

»Myron! Stopp!«

»Ich will hören, dass er es sagt, gottverdammt. Jetzt sag es: ›Dad, ich …‹«

Der Knall einer Pistole erschütterte den Raum.

Schockiert von dem Schuss ließ Myron den Jungen los.

»Lass ihn in Ruhe, Myron.« Sie zielte mit der Waffe, die sie auf dem Dachboden gefunden hatte, auf seinen Kopf. »Ich glaube dir nicht. Kein bisschen. Schau dich an, um Gottes willen. Schau dir deine Hände an. Sie zittern.«

Hunter stolperte nach hinten, konnte den Anblick seiner Mutter mit der Pistole nicht fassen. *Das passiert alles gar nicht.*

»Hunter!«, zischte eine leise Stimme aus der Küche herüber.

Er drehte sich zu ihr und sah dort Ava stehen. Sie hatte sein Handy in der Hand. Die Nummer des Notrufs leuchtete auf dem Bildschirm.

Myron schaute ebenso dorthin und entdeckte das Mädchen. *Das Mädchen. O Gott. Das Mädchen.*

»Komm!«, rief Ava. Sie nahm Hunter bei der Hand und zog ihn in die Küche.

Wie im Nebel folgte er ihr drei Schritte, dann wandte er sich wieder zu seiner Mutter, die die Waffe in ihren zitternden Händen hielt, während Tränen ihr Gesicht hinabflossen. Sein Vater hatte die Arme zu ihr ausgestreckt, zeigte ihr seine leeren Handflächen, machte einen Schritt nach dem anderen in ihre Richtung. »Beruhige dich, Margot. Lass uns über alles nachdenken.«

Ava zerrte an ihm.

»Hunter, verschwinde. Hol Hilfe!« Margot bekam die Worte kaum heraus, blickte ihm mit einem Auge hinterher, als er durch die Hintertür verschwand. *Lauf!*

Draußen wurde der Hof von einem Flickenteppich gleißender Lichter aus den Fenstern erhellt. Ava zog ihn aus der Reichweite des Hauses weg.

»Die Polizei ist unterwegs«, flüsterte sie, als die beiden zwischen den Bäumen verschwanden.

Er folgte ihr, auf tauben Beinen stolpernd, konnte alles nicht glauben. Die Waffe. Der Streit. Wie die Finger seines Vaters sich in seine Arme gegraben hatten. Die rote Prellung auf seiner Wange. Aus der Ferne wirkte das Haus überhaupt nicht mehr real. Schatten tanzten heftig in den Fenstern des Wohnzimmers. Er verfolgte sie mit distanzierter Faszination.

Ava weinte. »Es passiert wieder.«

»Was passiert wieder?«, flüsterte er.

Ein weiterer Pistolenschuss ließ ihn zusammenzucken.

56

Die Martin-Familie

5. Dezember 2014

Das Zuschlagen der Tür klang wie ein Schuss.

»Ava? Ava, Schatz, wo steckst du?« Papa Martins Stimme erschallte im Flur einen Stock tiefer, ließ die Balken des alten Hauses erzittern. Es war schon spät, aber ihre Pflegemutter war wieder unterwegs auf einer akademischen Konferenz. Mama Martin reiste oft, ließ ihren Mann und ihre Pflegekinder auf sich allein gestellt zurück.

Ava hielt in dem Zwischenraum auf dem Dachboden die Luft an und betete, dass er sie diesmal nicht finden würde. Ihr Schatten machte sich unter den Balken so klein wie möglich. Alle anderen Türen des Dachbodens waren verriegelt. Dessen hatte er sich versichert.

Das Gewicht der Schritte des Mannes vibrierte durch die Wände. Unter ihr wurde eine weitere Tür aufgestoßen. Der Klang von Papa Martins Stimme ließ ihr Blut gefrieren.

»Hey, Kumpel. Ich suche nach Ava. Ist sie hier drin?«

Sie konnte Tobys Antwort drei Meter unter sich nicht verstehen.

»Ich glaube, sie ist weggelaufen. Ich kann sie nirgendwo finden, Großer. Hat sie zu dir irgendwas gesagt?« Papa sprach laut genug, damit sie es hörte. Absichtlich laut. »Ich glaube nicht, dass sie noch mal zurückkommt.«

Die gedämpfte Antwort ihres Bruders wurde zu Schreien. »Ava!«, kreischte der Junge panisch los. »Wo bist du?«

Ava legte die Hände auf die Ohren und zitterte. *Nein. Nein. Nein.*

Mr Martin hatte Toby nie zuvor verletzt. Er hatte nie eine Hand gegen ihn erhoben, das war Avas einziger Trost. Ihr Bruder war in Sicherheit. Ihn durch den Boden weinen zu hören und zu erleben, wie überzeugt er war, dass sie ihn verlassen hatte, war unerträglich.

Sie umfasste mit ihrer Hand den Generalschlüssel, den sie aus einer Schublade in der Küche geklaut hatte, und legte ihn auf das Mäuerchen vor sich. Mit zitternden Händen tastete sie blind nach dem lockeren Dielenbrett.

Toby brüllte wieder: »Ava, geh nicht weg!«

Wenn er stark genug weinte, würde es ihm die Kehle zuschnüren. Sein Asthma würde seine Luftröhre so sehr verengen, dass keine Luft mehr durchkam. Sie konnte schon das Rasseln in seiner Stimme hören.

Sie konnte es keine Sekunde länger ertragen, also schlug sie mit der Faust auf den Dielenboden und rief: »Toby! Alles okay! Ich bin hier oben.«

Das Haus wurde ruhig. Es lauschte.

»Ich glaube, sie versteckt sich, Toby. Du bleibst hier. Ich werde sie suchen.«

Die Tür zum Zimmer des Jungen wurde geschlossen und klapperte, als Mr Martin sie verriegelte. Avas taube Finger strichen suchend über den Boden des kleinen Raums, als sie versuchte, einen Plan zu entwickeln. Der Sozialarbeiter würde erst in Monaten wieder hier sein. Viel Zeit, damit Prellungen verblassten und gebrochene Knochen heilten. Es war nicht vorherzusagen, was er ihr antun könnte. Das letzte Mal, als sie vor ihm weggelaufen war, hatte er ihren Nacken so fest gedrückt, dass Blutergüsse zurückgeblieben waren.

Ihre Hand ertastete ein lockeres Brett in der Nähe der Wand. *Da ist sie.* Sie hob es hoch und vergrub ihre Hand in der Wollisolierung, bis sie etwas fühlte. Metall. Sie holte die Pistole mit ihrer schwitzenden Hand heraus, als der schwere Mann den Flur entlang zur Dachbodentür stampfte.

Das Schloss wurde geöffnet. Die Tür wurde aufgestoßen.

Er nahm zwei Stufen auf einmal, während Ava sich vorbereitete. Das Gewicht der Waffe in ihrer Hand war noch immer nicht ganz in ihrem Bewusstsein angekommen, als er die Treppe hinter sich gebracht hatte.

»Ava, Schatz. Was machst du hier oben?«, säuselte der Mann mit einer süßlichen Stimme. Da stand er, hundertfünfundneunzig Zentimeter groß und einhundertzwanzig Kilo schwer, in Unterhemd und Boxershorts. »Toby ist krank vor Sorge.«

Das Blut floss aus ihrem Gesicht, als sie sich vorstellte, wie kränklich und alleine ihr Bruder war und was nun geschehen würde. Sein Blick untersuchte ihren Mund, ihren Hals, ihre Brüste. Nicht ihre Hand. Nicht die Waffe.

Er ballte die Hände zu Fäusten, machte einen Schritt auf sie zu, dann noch einen. »Was machen wir nur mit dir?«

Die kommende Szene spielte sich in seinem mitleidigen Lächeln und dem Glimmen in seinen Augen ab, ein grässliches Bild nach dem anderen – seine Hand, die ihr Gesicht traf und sie zu Boden schleuderte. *Warum zwingst du mich, das zu tun?* Seine Hände, die ihre geschwollene Wange tätschelten. *Warum kannst du dich nicht benehmen, Schatz?* Seine Hände, die unter ihr Nachthemd glitten. *Lass mich dich halten.* Seine leise Stimme, die Trost in ihr Ohr murmelte, während er sich nahm, was er wollte. *Es ist okay, Baby, es ist okay.*

Ava schüttelte den Kopf beim Anblick seines lächelnden Gesichts. Tränen flossen dabei aus ihren Augen. Sie riss sich zusammen und hob die Waffe. *Es ist nicht okay.* Entschlossen presste sie die Augenlider zusammen.

PENG!

Der Knall explodierte von ihrer Hand aus. Das betäubende Geräusch hallte auf dem Dachboden wider. Die Welt um sie herum schwoll an, jedes Atom brüllte. Alles verschwand und schwemmte sie mit sich.

Dann folgte nichts.

Das rasselnde Geräusch von jemandem, der sich abmühte zu atmen, ließ sie sich nach und nach ihres zitternden Körpers wieder bewusst werden. Luft floss zischend in ihre Kehle und wieder hinaus.

Als sie es wagte, die Augen zu öffnen, fand sie sich in einem Diorama eines Tatorts wieder. Dünne Rauchfäden schwebten durch die Luft. Wie von weit weg nahm sie verschiedene Empfindungen wahr. Der Geruch von etwas Brennendem. Schmerz in ihrer Schulter, als wäre etwas ausgekugelt. Stechen in ihrer Hand von der Hitze des Schießpulvers. Das Glitzern der Pistole zu ihren Füßen.

Clyde Martin lag einen knappen Meter von ihr entfernt auf dem Boden.

Er ist tot. Immer wieder verschwamm ihr Blick, als weigerte er sich, alles zu erkennen, wäre aber unfähig, es nicht zu sehen. *Ich habe ihn getötet. Er ist tot.*

Von unten brüllte eine kleine Stimme durch den Gips und das Holz: »Ava!«

Wie zur Antwort drehte sich Clyde auf die Seite und hustete. Sein Gesicht war angeschwollen, als drohte es zu platzen. Seine Arme begannen zu zittern. Aber da war kein Blut.

Keine Blutlache auf dem Boden. Kein Urin. Keine Kotze. Kein Einschussloch.

Ava verfolgte betäubt das Spektakel, wie er auf dem Boden herumzuckte, hielt Ausschau nach Blut, war von einer distanzierten Angst erfüllt, dass er hochfahren und sie angreifen könnte, während sie gleichzeitig fürchtete, dass das nicht geschah.

Er fuhr sich unter den Arm, zitterte, sog die Luft ein. »A-va«, keuchte er, sein Gesicht schmerzverzerrt. »Notruf. Not… ssss. Herz. Es …«

Auf morbide Weise neugierig suchte sie die Wände und den Boden ab, bis sie es entdeckte. Ein winziges Loch hatte die Decke über der Treppe durchlöchert, einige Zentimeter von seinem Standort entfernt. *Ich habe ihn verfehlt.* Sie wusste nicht, was sie fühlen sollte. Erleichterung? Verzweiflung? Ihr leerer Blick sank zu dem Mann auf dem Boden hinab.

Als der Schock des Knalls sich auflöste, begannen seine Worte, Sinn zu ergeben. *Herz. Herzinfarkt.*

Es dauerte noch einige Augenblicke, bis ihr klar wurde, dass die Waffe in seiner Reichweite war. Wie in einem Traum hob sie die Pistole zu ihren Füßen auf, ging zu dem Loch in der Decke, hob ein Gipsstück auf, blickte durch das Loch, das sie verursacht hatte, in den Nachthimmel. Ein kalter Luftzug fiel wie Regen auf ihr Gesicht.

Wieder rollte der Mann auf dem Boden herum, sein großer Bauch hob und senkte sich. Sein Gesicht war nun lila angelaufen. Seine Lippen formten Worte, aber kein Laut drang über sie. *Ruf. Hilfe.* Sie betrachtete ihn mit distanzierter Faszination. Sein Herz verkrampfte sich in seinem Brustkorb, seine Lungen keuchten, seine Adern platzten – es war die Form eines Mannes, aber es war kein Mann mehr.

Ruf. Hilfe.

Ava wurde sich der Waffe in ihrer Hand bewusst, was sie bedeutete und was nicht. Sie ließ den Blick durch den Raum kreisen. Wie oft hatte sie sich eine Situation wie diese vorgestellt? Wie viele Stunden lang hatte sie gebetet? Eine Geschichte bildete sich in ihrem Kopf, eine, die sie später erzählen würde. *Ich habe in meinem Bett geschlafen und bin von einem schrecklichen Geräusch aufgewacht … bitte schicken Sie einen Krankenwagen! Er atmet nicht!*

Ihr Fuß verteilte den Gipsstaub unter dem Loch, das sie geschossen hatte, bis er verschwunden war.

Sie huschte zurück in den Zwischenraum, um den gestohlenen Schlüssel zu holen, und dann mit ihm zu dem winzigen Lagerraum nach rechts, der sich neben Ella Radys ehemaligem Zimmer befand. Mit einem Blick zu dem Mann, der auf dem Boden zuckte, schloss sie die Tür auf und trat in das Zimmer, das nur die Größe einer Kammer hatte. Vorsichtig wischte sie ihre Fingerabdrücke von der Waffe ab, wie sie es in Krimis gesehen hatte, und nahm die Patronen raus. Alles legte sie in eine alte Zigarrenkiste und versteckte diese unter den alten Zeitungen, in denen etwas über den armen, kleinen Walter stand. Rasch verwischte sie alle Spuren von sich auf der Kiste und dem Boden. Sie schloss die Tür und verriegelte sie wieder, vergaß auch nicht, den Türknauf mit ihrem Nachthemd abzuwischen.

So weit wie möglich umkurvte sie Mr Martin, als sie zur Dachbodentreppe ging, zu ihrem Bruder. Sie konnte den Jungen weinen hören. »Ava! Ava, wo bist du?«

Toby würde Trost brauchen. Sie würden sich absprechen müssen, was sie erzählten. *Es ist nicht unsere Schuld. Es gab keine Waffe, Schätzchen. Du hast niemals eine Pistole gesehen oder gehört, klar?* Sie würde die Türen entriegeln und den Schlüssel wieder in der Schublade deponieren und warten.

»A-va«, kam es erstickt von dem Mann hinter ihr.

Sie drehte sich ein letztes Mal zu ihm um, brannte sich den Anblick, wie er hilflos auf dem Boden lag, ins Gedächtnis ein, nahm ihm auf diese Weise die Klauen und die Zähne. Ava ging neben ihm in die Hocke, jenseits seiner Reichweite, und flüsterte: »Es ist okay, Baby … ich werde es niemandem erzählen. Versprochen.«

Das Lila seiner Haut wurde tiefer.

Als sie die Treppe hinabschritt, bemerkte sie etwas, das sie innehalten ließ. Ein Schatten stand im Türrahmen des Badezimmers hinten auf dem Dachboden, gerade so außerhalb des Lichtkegels.

»Wer ist da?«, flüsterte sie. Ihr Blick schoss von dem Schatten zu Clyde, der auf dem Boden lag, und wieder zurück. Das lila angelaufene Gesicht des Mannes drehte sich auch dorthin. Er suchte das Badezimmer nach Hilfe ab, aber sah nichts außer der leeren Tür.

Sie starrte noch einen Moment zu der Erscheinung, blinzelte, bis sie verschwunden war, dann eilte sie die Treppe hinab.

57

Die Spielman-Familie

11. August 2018

Die Sirenen näherten sich zwei Minuten später. Hunter saß hinten im Hof auf dem Boden und beobachtete durch die Fenster, wie zwei Polizisten mit gezogenen Waffen hineingingen. Ava kauerte neben ihm, weinte still und hielt seine taube Hand.

Das passiert alles nicht.

Der Gedanke zeichnete sich auf Margots Gesicht ab, als die beiden Polizisten vom Foyer aus riefen: »Mrs Spielman? Alles in Ordnung? Wenn Sie uns hören können, legen Sie die Waffe auf den Boden und die Hände an Ihren Kopf.«

Der Schwefelgeruch und der Rauch von Schießpulver brannten in ihrer Nase. *Die Waffe*. Margot suchte wie in Zeitlupe nach ihr, denn ihr Gehirn kam bei der Verarbeitung der Eindrücke nicht hinterher. Schließlich fand sie die Waffe auf dem Boden neben Myron. Eine Blutlache breitete sich auf ihrem sorgfältig ausgewählten orientalischen Teppich aus. Blut, das aus einem kleinen Loch in seinem Fuß strömte.

Der Knall hatte jedes Denken aus ihrem Kopf gepustet und sie fast in katatonischem Zustand zurückgelassen. Wie aus sicherer Distanz beobachtete sie Myron, der schmerzerfüllt heulte, der sie anbrüllte, dass sie einen Krankenwagen rufen sollte, der die Zähne in seine eigenen Wangen grub, um den Schmerz in seinem Körper zu übertönen.

Als die Notärzte eintrafen, fanden sie ihn in einem Schockzustand vor. Er glotzte mit leerem Blick zur Decke, konnte nicht verstehen, wann genau die Ereignisse in diese schreckliche Richtung abgebogen waren. War es an dem Tag gewesen, als dieses Mädchen Abigail in seinem Aufwachraum gestorben war? War es der Tag gewesen, als eine kleine, weiße Pille ihm Erleichterung verschafft hatte? War es der Tag gewesen, als er Margot gefunden hatte, die aus den Handgelenken blutete? War es der Tag gewesen, als seine Tochter Allison gestorben war? War es der Tag gewesen, an dem sie die Diagnose erhalten hatten? War es der Augenblick gewesen, als er verstanden hatte, dass er nicht einmal mit seinem Arzttitel seine eigene Tochter retten konnte? In seinen Gedanken fielen immer mehr Dominosteine. So viele verlorene Augenblicke, in denen er hätte gegensteuern können, aber alles war an ihm vorübergerauscht.

Er erhaschte einen Blick auf Margots ausdrucksloses Gesicht beim Schreibtisch über ihm. *Margot.* Aber da war sie schon wieder weg. Ein blendendes Licht einer Stablampe strahlte in ein Auge, danach ins andere. Hände prüften seinen Puls und hoben seinen brüllenden Fuß an. *Können Sie mich hören, Dr. Spielman?*

Morphium, flüsterte er. *Ich brauche Morphium.*

Hunter beobachtete durch das Fenster, wie die Notärzte seinen Vater auf einer Liege raustrugen. Der Körper des Jungen sackte vor Erleichterung in sich zusammen, als seine Mutter erschien und mit den Polizisten rauslief. *Sie ist nicht tot.* Er zwang den Atem an dem Stein in seiner Kehle vorbei.

»Er wird niemanden verklagen. Das werden wir nicht zulassen«, flüsterte Ava. »Alles wird in Ordnung kommen, Hunter.«

Die Kegel von zwei Taschenlampen schossen durch das Haus, in Schränke und unter Betten, auf der Suche nach ihm. Die Hintertür wurde geöffnet, ein Lichtstrahl glitt durch den Hof.

»Hunter? Bist du hier draußen? Alles wird gut, Junge. Wir wollen nur mit dir reden …«

Die beiden Teenager verkrochen sich hinter dem Baum und warteten, dass das Licht verschwand.

»Sie werden gleich wieder aufgeben«, versprach Ava.

Und so war es auch. Nach einer zehnminütigen Suche fuhren die Polizisten mit ihren Autos weg und ließen sie in der Dunkelheit des Hofes zurück.

Hunter stand auf und ließ den Blick über die Rückseite des Hauses schweifen, dann schaute er zu dem Mädchen, das neben ihm in der Schwärze stand. Sie wirkte eher wie eine verblassende Erinnerung als wie ein Mädchen, ein hübscher Herzschmerz, ein Vogel im Sturm.

»Was hast du gemeint mit ›Es passiert wieder‹?«, fragte er, wischte ihr die Tränen aus dem Gesicht. »Was ist hier geschehen, Ava?«

Sie antwortete nicht.

»Was ist mit deinem Bruder passiert? Toby, richtig? Er ist es, auf den du wartest, oder?«

Sie wich seinem Blick aus und sah zum Haus. Das Dachbodenlicht brannte noch.

»Du kannst es mir erzählen. Es ist okay.« Er wollte sie in die Arme nehmen und nicht mehr loslassen. Stattdessen drückte er kurz ihre Hand.

»Toby ist weggegangen. Nachdem Papa Martin gestorben ist … haben sie ihn mitgenommen. Und, äh …« Das Haus verschwamm in ihren Tränen. »Er war von allem so durcheinander, verstehst du? Er wollte nur ein Zuhause, aber sie wollten ihn nicht bei mir lassen … Sie meinten, ich könnte mich nicht um ihn kümmern, dass ich zu jung wäre, und … äh … die Familie, die sie für ihn gesucht hatten, wollte mich nicht. Ich war zu alt. Aber sie haben es nicht verstanden. Er ist andauernd weggelaufen. Immer wieder ist er hierhergekommen, um mich zu suchen.«

»Was ist mit ihm passiert?«

Sie strich mit einer zitternden Hand über ihr Gesicht, war nicht in der Lage, die Worte herauszubringen.

»Ich habe in der Zeitung einen Artikel über einen Jungen gefunden. Einen Jungen namens Toby. War er das?«

Sie antwortete nicht.

»Es tut mir so leid, Ava.« Hunter hielt den Blick auf den Boden geheftet. In dem Artikel, den er gelesen hatte, war von einem Ausreißer berichtet worden, der tot in einem geparkten Auto gefunden worden war.

»Sie haben mich ihn nicht sehen lassen, nicht einmal bei der Beerdigung … Sie haben mich behandelt, als wären wir nicht einmal verwandt, als wäre ich ein Niemand für ihn.« Aus ihren Worten wurden Schluchzer. »Ich hätte mit ihm davonlaufen sollen. Ich hätte nicht zulassen sollen, dass sie ihn mitnehmen. Das ist alles meine Schuld … Ich hätte den Krankenwagen früher rufen sollen. Wenn Papa Martin nicht …«

Hunter schwieg, während sie redete, hatte Angst davor, etwas zu sagen. Er schluckte schwer, legte einen Arm um ihre Schultern. Zu seinem grenzenlosen Erstaunen ließ sie es zu. Sie kuschelte sich an seine Brust und er umarmte sie, während ihr Körper von Trauer geschüttelt wurde.

»Es ist nicht deine Schuld«, flüsterte er. »Es gibt nichts, was du hättest tun können. Die hatten die Polizei und die Gerichte und Sozialarbeiter, und das hätte nicht funktioniert. Du warst nur ein Kind. Es tut mir so leid.«

Schließlich fühlte er, wie sie sich versteifte und leiser wurde. Sie wand sich aus seinen Armen und wischte sich das Gesicht ab. Es dauerte noch einige Minuten, bis er den Mut gefunden hatte, sie endlich zu fragen: »Warum wartest du immer noch auf ihn?«

»Weil ich es tue. Weil ich es immer tue.« Sie sah zu einem formlosen Schatten im Dachbodenfenster hoch. Wenn sie den Kopf ein wenig drehte, hatte er den Umriss eines Jungen.

Hunter schaute auch dorthin, aber sah nichts.

»Dieser Ort ... Sie haben das Haus aus Holz und Steinen der Shaker gebaut. Hast du das gewusst?«, wisperte Ava. »Sie haben geglaubt, dass du, wenn du an der richtigen Stelle stehst und genau das richtige Lied singst, dass du dann mit den Toten reden kannst.«

»Hast du mit ihm geredet?«

Sie schüttelte den Kopf und gab ein gequältes Lachen von sich. »Ich versuche es. Wirklich ... und manchmal glaube ich sogar, dass ich ihn sehe. Manchmal glaube ich aber, dass ich die Dinge sehe, die ich sehen will.«

»Ich weiß, was du meinst. Ich habe nachts versucht, mit Allison zu reden. Ich habe mir vorgestellt, wie sie im Bett neben mir liegt und zuhört. Aber ...« Sein Herz brach an ihrer statt. »Glaubst du, Toby möchte, dass du auf diese Weise hierbleibst?«

»Ich weiß nicht. Er hat es gehasst, alleine zu sein, und ich glaube, ich habe ihn verlassen, als er mich am meisten gebraucht hat. Es ist alles meine Schuld. Hätte ich Papa Martin nur ...« Sie konnte den Satz nicht beenden.

»Aber es ist nicht deine Schuld, Ava. Auf keinen Fall.« Er suchte im Himmel nach den richtigen Worten, der richtigen Verhaltensweise. »Hast du noch andere Leute aus deiner Familie?«

Sie schüttelte den Kopf.

»Yeah. Ich auch nicht.« Die Schüsse ließen wieder seine Wirbelsäule beben, und er zuckte zusammen. Die schrecklichen Ereignisse wiederholten sich in seinen Gedanken. Er warf den Kopf zur Seite, als hätte er eine Ohrfeige erhalten. »Was sollen wir tun?«

»Ich weiß nicht. Ich habe alles falsch gemacht. Wirklich.« Sie schob sich von ihm weg. »Ich hätte dich und deine Eltern in Ruhe lassen sollen. Ich wollte euch … nur Angst einjagen. Euch allen. Ich wollte, dass ihr weggeht und mein Haus in Ruhe lasst. Es tut mir so leid. Das alles, ich wollte nicht, dass das passiert.«

»Wie meinst du das? Was hast du getan, Ava?«

Weitere Tränen flossen aus ihren Augen, während sie ihm alles gestand, was sie mit Myron und Margot getan hatte, damit all ihre Geheimnisse und Lügen ans Tageslicht kamen.

»Ich dachte, sie würden von hier verschwinden und nach Boston zurückgehen. Ich dachte, Margot würde eine Therapie oder so was beginnen. Ich wollte, dass Myron eine Entziehungskur macht, bevor er mehr Patienten verletzt. Das hätte ich nicht tun sollen. Ich hätte nicht gedacht, dass alles so ausgeht.«

Hunter saß stumm da, verarbeitete alles, was sie geäußert und getan hatte. Neue Emotionen schleuderten in seinem tauben Hirn herum. Sie hatte seine Mutter auf dem Dachboden eingesperrt. Sie hatte das Nachthemd seiner Mutter gestohlen. Sie hatte die Drogen rausgelegt, damit Margot sie fand. Sie hatte Myron zu den Nacktvideos geführt. Sie war im Haus rumgegeistert, seit sie es gekauft hatten.

Nach einer Phase summenden Schweigens, die sich wie eine Stunde anfühlte, sagte er mehr zu sich selbst als zu ihr: »Es ist nicht deine Schuld. Du hast ihn nicht heroinabhängig gemacht. Du warst nicht in Boston, als das Mädchen gestorben ist. Du hast nicht meine Mom dazu gebracht, dass sie im Internet nach Aufmerksamkeit oder Bestätigung oder was weiß ich sucht. Du hast mich nicht geschlagen und nicht die Waffe abgefeuert. Gar nichts davon hast du getan, Ava. Du hast nichts falsch gemacht. Sie waren schon all die Jahre komplett neben der Spur.« Er schaute zu drei Sternen hoch, denen es gelang, durch die Lichtverschmutzung der Stadt zu strahlen. »Weißt du, meine Mom hat vor ein paar Jahren versucht, sich umzubringen. Eigentlich soll ich davon gar nichts wissen, aber als ich fünfzehn war, ist sie für ein paar Wochen weggegangen …«

»Tut mir leid, Hunter. Das wusste ich nicht.«

»Ich glaube, sie haben erwartet, dass dieses Haus sie wieder normal machen würde. Lustig, oder?«

»Das ist nicht lustig«, sagte sie in einem dumpfen Tonfall. »Vielleicht hätte es sogar funktioniert, wenn ich euch alle in Ruhe gelassen hätte.«

»Nein. Etwas stimmt mit diesem Ort nicht. Er hat jede Familie ruiniert, die jemals hier gelebt hat, oder?« Hunter setzte sich gerader hin. »Glaubst du, diese alte Wahrsagerin, Madame Nala, hatte recht?«

»Womit?«

»Dass hier Leute begraben sind? Dass dieser Ort verwunschen ist?« Er hatte leicht zu zittern begonnen, als der Schock nachwirkte. Seine Hand wanderte unwillkürlich zu der Stelle in seinem Gesicht, wo Myron ihn geschlagen hatte.

Sie schwieg und sagte schließlich: »Was glaubst du, was sie wollen?«

»Wer?«

»Die Geister.«

»Ich weiß nicht. Vielleicht wollen sie, dass wir weggehen. Vielleicht wollen sie, dass wir auch hier sterben.« Hunter hielt den Blick auf das Haus geheftet und stellte sich alle Vorbesitzer vor, die durch die Fenster starrten, darin gefangen waren. Er konnte sein eigenes Gesicht erkennen, wie es von einer Scheibe eingerahmt war.

Was wird mit mir geschehen? Werde ich obdachlos oder als Pflegekind wie Ava enden? Seine Gedanken rasten, als er sich seine Mutter in einer Gefängniszelle und seinen Vater in einem Krankenhausbett vorstellte, während in seinen Ohren immer wieder und wieder der Pistolenschuss erschallte.

»Zum Teufel mit allem!«, fluchte er und setzte sich in Bewegung, steuerte auf die Garage zu.

»Wo gehst du hin?«, rief Ava ihm nach, plötzlich von der Angst erfüllt, alleine zurückzubleiben. »Hunter?«

Er antwortete nicht. Stattdessen gab er neben dem Garagentor den Code ein und beobachtete, wie es aufrollte. Drinnen schaltete er die Deckenlampe an und nahm einen Spaten. Er marschierte zurück zu Ava. »Nala sagte, dass die Knochen genau hier vergraben wären, richtig? Unter diesen Steinen. Das heißt, dass es kein richtiges Begräbnis war, keine angemessene Ruhestätte.«

»Das heißt?«

»Das heißt, dass Caleb vielleicht recht hatte. Vielleicht *ist* es wie in dem verfluchten ›Poltergeist‹ und die Knochen müssen gefunden werden. Okay?«

»Das klingt irgendwie … verrückt.« Sie deutete ein Lächeln an.

»Ja. Aber … wir könnten auch das Haus niederbrennen.« Hunter rammte den Spaten in die Erde. Es fühlte sich gut an, etwas aufzubrechen. Es fühlte sich gut an, ein Loch zu buddeln. Er wusste, dass er besser die Polizei rufen sollte oder herausfinden, wohin sie seine Mutter gebracht hatten. Er wusste, dass er ins Krankenhaus fahren sollte, um nach seinem Vater zu sehen. Aber das würde alles, was geschehen war, unwiderruflich real werden lassen.

Er schleuderte eine Schippe Erde auf das Gras und sah sich nach seinem einzigen Freund im Umkreis von achthundert Kilometern um. »Hast du eine bessere Idee?«

58

Die Rawlings-Familie

3. Oktober 1929

Die Gläubigen würden dieses Tal nicht wiedererkennen, dachte Ninny Boyd, zählte ihre Schritte durch den Hinterhof des gewaltigen Landhauses. Auf der anderen Seite davon lag die Lee Road, wo früher die alte Straße durch die Siedlung der Center-Family verlaufen war. Das Haus vor ihr war groß genug, um zwanzig der verlorenen Kinder zu beherbergen, die sie aufgenommen hatten. Es war wie eine Insel, ein isoliertes Monument des Individualismus, Kapitalismus, Materialismus und modernen amerikanischen Erfolges. Mutter Anns Traum eines heiligen Utopia hatte zu etwas ganz anderem geführt.

Ninny lief nun deutlich langsamer. In einen roten Wollmantel gekleidet schritt sie über die Stelle des alten Gemeindehauses. Ihr fülliger Körper war gebückt und hinkte links ein wenig, war kein Vergleich mehr zu dem Mädchen, das sie einst gewesen war. Dieses Mädchen blickte immer noch durch ihre blauen Augen, doch sie waren nun viel dunkler, hatten schwere Lider, ihre Haut war von Zeit und Klima gegerbt worden. Es waren mehr als fünfundsiebzig Jahre. Sie hatte sie alle überlebt, aber wichtiger noch, sie hatte recht gehabt. Die Ältesten hatten nicht gesehen, was sie in dieser Nacht im Wäldchen erblickt hatte. Sie hatten nicht den Untergang kommen sehen. Sie hatten nicht diese Zukunft gesehen, in der es keine Spuren von ihnen mehr gab.

Ninny blieb stehen und spähte zu den drei verbliebenen Bäumen des Heiligen Wäldchens hinter ihr, um sich zu orientieren, und dann hinab zu ihren Füßen. Sie waren nach wie vor dort – die vier Körper, jetzt nur noch Knochen, lagen unter dem Garten und beobachteten den Himmel. Die Grabsteine, die sie für sie angefertigt hatte, standen nicht mehr. Nur Zentimeter von einem befand sich nun ein verziertes Vogelbad. Über ihnen hatte man einen Steingarten angelegt und eine Bank aus Eisengitter hingestellt, von der aus man das gewaltige Haus bewundern konnte, das Walter Rawlings vor acht Jahren gebaut hatte.

Sie war zu alt, um in die Knie zu gehen, also ließ sie sich langsam auf die weiß gestrichene Bank nieder und heftete dabei den Blick auf den Boden. Tulpen und Narzissen blühten im Frühling über ihren Körpern. Ninny begutachtete die getrockneten Blumenstiele, die in einem Nest von Efeu standen. Der Garten war so angelegt worden, dass er englischen Stil imitieren sollte: Blumenrabatten mit Hecken an den Rändern, mit Steinen ausgelegte Wege und Stellen, die ländliche Ruhe vermitteln sollten. Ninny studierte all diese Künstlichkeit, vermisste einen Gemüsegarten, Obstbäume oder Beerensträucher und schüttelte den Kopf. Keine dieser Pflanzen hatte einen Nutzwert. Anschließend schaute sie zu den Rückseiten der Häuser, die aufgereiht dastanden, die deutlich machten, dass hier niemand sich den fruchtbaren Boden zunutze machen wollte, den die

Gläubigen so gepriesen hatten. Niemand von ihnen würde auf sich allein gestellt auch nur einen Tag überleben.

Danach lenkte sie ihren Blick wieder auf den Boden, seufzte vernehmlich und summte mit einer Stimme, die so dünn wie Krepppapier war: »Ich kenne immer noch nicht eure Namen. Ist das nicht ein Ding? Nach all diesen Jahren weiß ich sie immer noch nicht.«

Ihre Augen schwammen in Tränen, die von den schlaffen Lidern gestaut wurden. »Ich schätze, es ist jetzt zu spät, das noch zu ändern. Es ist zu spät für viele Dinge. Es kann auch gut sein, dass ihr an einen anderen Ort gebracht worden seid, als die Bauarbeiter hier gegraben haben.«

Sie lachte, obwohl sie den Gedanken selbst nicht lustig fand. Zum Gebet faltete sie die Hände und vermutete, dass die Steine, die sie auf die Gräber gelegt hatte, schon vor langer Zeit von den Ältesten wegbewegt worden waren. »Nein. Ihr seid immer noch hier, nicht wahr? Sie konnten sich nicht dem stellen, was sie angerichtet hatten, also haben sie es auch nicht getan. Sie haben euch hiergelassen. Die Bauarbeiter haben hier nicht tief gegraben.«

Sie sah hoch zu den unberührten Bäumen, die hinten im Garten standen. Als sie weggegangen war, waren sie noch Bäumchen gewesen. Sie schloss die Augen und lauschte. Über das Rattern der Autos und die Singvögel hinweg bemühte sie sich, das leise Weinen eines Babys zu vernehmen. Ninny summte das Lied, das sie vor vielen Jahren aus dem Rübenkeller vernommen hatte.

> Wenn die ganze Welt zusammenstürzt
>   Baue ich ihr ein Heim in der Erde
>   Und wenn der Sturm den Himmel bricht
>   Werde ich dich schützen, wo ich sterbe.

Das Lied brach abermals ihr Herz. Ninny schwieg einen Augenblick lang und flüsterte zur Erde: »Ich bete, dass ihr endlich in Frieden ruht. Eure Leute sind jetzt frei.«

Das war nicht ganz die Wahrheit, das war ihr bewusst. Die Wahrheit wog schwer auf ihren Schultern. Keine dunkelhäutigen Männer, Frauen oder Kinder hatten einen Fuß auf diesen Teil des Landes gesetzt, seit vor all diesen Jahren die Flüchtigen niedergeschossen worden waren. Sie schloss die Augen, während die Erinnerung an die Gewalt dieser Nacht zwischen den Bäumen widerhallte.

»Sind Sie vertraut mit dem Gesetz zu flüchtigen Sklaven, Ma'am?«, fragte der Mann eine der Schwestern. Er wartete keine Antwort ab. Stattdessen verkündete er, damit es alle hörten: »Das Gesetz zu flüchtigen Sklaven schreibt vor, dass wir das Recht haben, das Anwesen nach Sklaven zu durchsuchen, die sich abgesetzt haben. Es schreibt außerdem vor, dass all diejenigen, die flüchtige Sklaven verstecken, mit der vollen Härte des Gesetzes verfolgt werden. Nun, wir haben ein paar ziemlich verstörende Dinge über die Leute hier gehört. Haben was von Indianern und Huren gehört, die hier leben, als wären es ganz normale Leute. Stimmt das?«

Das Geräusch, wie Türen eingetreten wurden und Frauen und Kinder aufbrüllten, brach durch die Bäume. Der Himmel leuchtete, als wäre die Sonne aufgegangen. Ninny fiel auf ihren Hintern und verfolgte mit offenem Mund, wie das Dach der Schule Feuer fing. Die Schindeln brannten wie Feuerholz. Es folgte das Gemeinschaftshaus. Die Hitze der höher steigenden Flammen wärmte auch auf dreißig Meter Entfernung ihr Gesicht. Das Knistern und Brüllen übertönte fast die Schreie und das Weinen der Gläubigen draußen auf der Straße. Rennende Schritte durch getrocknete Blätter rasten in etwa fünfzehn Metern Entfernung an ihr vorbei. Die junge Ninny drückte sich auf den Boden und hoffte, dass ihr Umriss in den Schatten verborgen bliebe.

Mit dem Ohr am Boden konnte sie die Stimmen der Leute hören, die im Rübenkeller versteckt waren. Ein Baby weinte und eine Mutter sang, viel leiser und süßer, ein angsterfülltes Schlaflied.

»Seid leise«, rief sie in den Boden. »Sie kommen!«

Durch das Gebüsch sah sie die Umrisse von drei Männern mit Gewehren vor dem Glühen der brennenden Gebäude. Sie suchten das Gelände ab, zweifellos hielten sie Ausschau nach den armen Seelen, die sich unter ihr im Boden versteckt hatten. Mit einem leisen Gebet rappelte sich Ninny auf und rannte zu den Bäumen.

Die Männer mit den Gewehren hörten das Weinen eines Babys aus dem Boden heraufdringen.

Der Älteste, Samuel, und die anderen Gläubigen wichen erschrocken zurück, als die Sklavenjäger begannen, in der lockeren Erde zu buddeln. Bald darauf legten sie die Bodenklappe frei. Sie hielten die Gewehrläufe auf den Eingang zum Rübenkeller gerichtet und der Anführer riss ihn auf. Sie rechneten damit, dass die Hölle losbrechen würde.

»Ich will verflucht sein«, murmelte der Sklavenjäger und zuckte vor der schrecklichen Szene zurück, die sich im Boden unter ihm darbot. Ninny hob schockiert den Kopf, als sie bemerkte, dass das Baby nicht mehr weinte.

»Jesus«, flüsterte einer von ihnen.

»Ihr alle schuldet mir tausendzweihundert Dollar. Verstanden?«, bellte der Anführer den Ältesten an. »So viel sind die wert. Tausendzweihundert.«

Samuel sank auf die Knie und ließ den Kopf hängen. »Wenn ihr nur Geld wollt, hätten wir das alles leicht regeln können. Dieses Blut klebt nun an euren Händen. Ihr werdet es sein, die dem Herrn Rede und Antwort stehen müssen.«

»Rede und Antwort, hm? Tja, ich habe nichts mit deiner Religion am Hut, alter Mann. Ich habe meine eigene Kirche und komme bestens mit Gott aus.« Als wollte er es beweisen, stampfte

er hinab in den Keller. »Glaubst du wirklich, dass Gott sich um die hier kümmert? Wo sie sich derart aufschneiden und abstechen?«

Ein gedämpfter Schrei drang aus dem Boden nach oben. Ein großer, dunkelhäutiger Mann in Shaker-Kleidung stürmte aus dem Boden hervor, bevor die anderen reagieren konnten. Er hielt ein Messer in der Hand und Blut verdunkelte sein Hemd. Sechs große, schnelle Schritte in Richtung der Bäume gelangen ihm, bevor er von der ersten Kugel in den Rücken getroffen wurde. Drei weitere waren nötig, um ihn zu fällen.

Bei den Bäumen ging er zu Boden, während die Männer brüllten und der einsame, hohe Schrei eines Mädchens erklang, das sich im Gebüsch versteckte. Der Mann starrte in ihre blauen, blauen Augen in ihrem blassen Gesicht, das halb von einem Baum verdeckt war, und starb. Als die Mörder angerannt kamen, machte sie sich drei Meter von seiner Leiche entfernt so klein wie möglich.

Sie sahen sie nicht im Gebüsch liegen.

»Verflucht, Jeb! Warum hast du ihm nicht ins Bein geschossen?«, rief einer der Männer aus, nachdem er sich versichert hatte, dass der Mann tot war. Er trat ihn in die Seite, als wäre er ein Pferd. »Wir können mit ihm nichts mehr anfangen. Verflucht!«

Ninny lag wie versteinert da, schaute dem toten Mann unverwandt ins Gesicht, bis einer der Ältesten kam, um ihn in das namenlose Grab zu bringen. Seine schwarzen Augen starrten in ihre, waren wie die Augen Gottes, die tief in ihre Seele blickten. Warum, *fragten sie.*

Sie hatten die vier Opfer dieses Überfalls in dieser Nacht nicht auf dem North-Union-Friedhof begraben. Stattdessen waren all ihre Spuren mitsamt ihren Leichen im blutbefleckten Boden des Tals des Gottessegens verscharrt worden. *Wir können keine Flüchtigen vor dem Gesetz mehr bei uns aufnehmen*, hatte Samuel, der Älteste, verkündet. *Die Feuer, die sie gelegt haben, sind eine Warnung, und diese Warnung können wir nicht ignorieren.*

Und nun war es zu spät.

Ninny schaute zu den fünfzehn Fenstern des Hauses, das über ihr aufragte. Das geisterhafte Gesicht einer jungen Frau erwiderte aus einem Zimmer im ersten Stock den Blick. Ihre Züge verzerrten sich zu einer wütenden Maske, weil eine seltsame, alte Frau in ihrem Garten herumlief.

Es war zwecklos, sich noch entfernen zu wollen. Ninny konnte nicht mehr schnell laufen, außerdem würde kein Polizist sie verhaften. Nicht eine alte Frau wie sie. Nicht, weil sie auf einer Bank saß. Ninny seufzte und wartete.

Im Haus wünschte sich eine überraschte Georgina, ihr Mann wäre schon von der Arbeit zurück. Walter würde wissen, was zu tun oder zu sagen wäre, aber er war nicht hier. Sie hastete den Flur entlang und bemühte sich, nicht Ella oder den Jungen aufzuscheuchen, der in seinem Zimmer las. Walter junior hatte in letzter Zeit schlimme Albträume gehabt, war zwei oder drei Mal jede Nacht schreiend aufgewacht. Sie blieb an seiner Tür stehen und lauschte, wie er Worte aus seinem Buch vorlas.

»Gut, *Shavo*!«, gurrte die Haushälterin, als er fertig war. »Jetzt lies mir die Geschichte über den Affen vor. Da muss die alte Ella lachen.«

Georgina schlich an ihnen vorbei und die hintere Treppe zur Küche hinab, dann zur Hintertür raus. »Entschuldigen Sie«, sagte sie laut und näherte sich der Fremden auf der Bank. »Das ist mein Haus. Kann ich Ihnen helfen?«

Ninny schaute mit müden Augen zu der Frau hoch. »Verzeihen Sie mir, Ma'am. Ich wollte nicht stören.«

Als Georgina erkannte, wie alt die Frau war, entspannte sie sich. »Sie stören nicht, aber Sie befinden sich auf meinem Anwesen. Haben Sie sich verlaufen?« Die jüngere Frau linste zur Straße und fragte sich, wie die alte Frau versehentlich hierher geraten sein konnte.

»Nein. Nicht verlaufen. Ich weiß genau, wo ich bin.« Ninny lächelte und zeigte ihre drei fehlenden Zähne. Ihr Gesicht war eine Karte aller Orte, an denen sie gewesen war: die Wunden des Krieges, die Jahre harter Arbeit, die Kinder, die sie zur Welt gebracht hatte.

Georgina studierte ihre Gesichtszüge und wurde mit jedem Augenblick neugieriger. »Wohnen Sie hier in der Nähe?« In Gedanken ging sie die Nachbarn und ihre Verwandten durch.

»Nein. Schon lange nicht mehr, lange … aber ich bin dort drüben zur Schule gegangen.«

Georgina zog ihre sorgsam gezupften Augenbrauen überrascht hoch und begutachtete das Nachbarhaus.

»Das war vor langer Zeit.« Ninny Anne nickte. »Das hier alles war einmal Weideland. Ich muss sagen, dass es sehr seltsam ist, es jetzt so zu sehen.«

Anhand des Gesichts der Frau versuchte Georgina, das Alter der Frau abzuschätzen, und nickte langsam. »Das kann ich mir vorstellen. Sie waren also eine von denen? Den Shakern?« Ein weiteres lückenhaftes Lächeln ließ die jüngere Frau wegblicken.

»Ich schätze schon. Aber wir haben uns nie so genannt. So hat nur die Außenwelt uns gesehen. Aber wenn man von außen etwas anschaut, kann man nicht viel darüber wissen, nicht wahr?«

Dieser Satz sorgte bei Georgina für ein reumütiges Lächeln. Sie sah zu ihrem stattlichen Haus hoch. »Vermutlich nicht.«

Ninny nahm sie genau in Augenschein, als die Aufmerksamkeit der Frau nicht mehr auf ihr lag. Dünn. Zu dünn. Blass. Zerbrechlich. Viel zu zerbrechlich für ihr Alter. Die junge Frau wirkte gequält.

Als die alte Frau diesen Gedanken hatte, zuckte Georgina zusammen, als hätte sie etwas erschreckt.

»Ich glaube, Sie sollten etwas über diesen Ort wissen«, flüsterte Ninny. Sie stemmte ihren ächzenden Körper von der Bank hoch. »Vor langer, langer Zeit sind vier Menschen gestorben, genau da, wo wir gerade stehen. Sie wurden ermordet, wissen Sie?«

»Wie bitte?« Georgina versteifte sich und richtete ihre Aufmerksamkeit wieder auf die alte Frau in ihrem Garten.

»Sie wurden genau hier begraben.« Mit ihrem Gehstock tippte die alte Frau auf den Boden neben ihren Füßen. »Zwei Männer. Eine junge Frau. Und …« Die Worte »ein Baby« blieben ihr im Hals stecken, waren zu grausam, um sie auszusprechen.

»Was?« Georgina trat mit offenem Mund ein paar Schritte nach hinten, herunter von den unsichtbaren Gräbern. »Tut mir leid, aber – ich glaube, Sie gehen besser.«

»Da haben Sie ganz recht, dessen bin ich sicher. Ich werde gehen. Ich wollte nur … Ich dachte, Sie sollten es wissen.« Ninny ließ den Kopf hängen und humpelte in Richtung der Straße. Es war ein Fehler gewesen herzukommen. Es hatte nichts aufgelöst. Sie hatte weder den Toten noch den Lebenden etwas zu bieten.

Ein letztes Mal schaute sie zu dem Haus hoch und blieb stehen, weil es sich für sie anfühlte, als würde das Haus den Blick erwidern. Feldsteine bildeten den Kaminaufsatz und begrenzten die Blumenbeete. Sandsteine stabilisierten die Ecken des Fundaments. Sie hatten die gleiche Form und Größe wie diejenigen, mit denen die Gläubigen die Mühle und die Fundamente der Schule gebaut hatten.

»Sie haben die Steine genommen«, flüsterte sie.

»Wie bitte?«, forderte Georgina zu wissen. Sie war der alten Frau zur Einfahrt hinaus gefolgt.

Ninny räusperte sich. »Ihre Baumeister. Wo hatten sie die Steine her?« Das Bild von drei Grabsteinen formte sich in ihrem Kopf. »Mutter und Kind« stand auf einem.

»Warum? Ich weiß es nicht.« Georgina duckte sich unter dem Kaminaufsatz und den Fensterbänken, als fürchtete sie, diese könnten auf sie herabfallen. »Warum fragen Sie, um Himmels willen?«

»Vielleicht ist es nichts.« Ninny Anne schüttelte den Kopf und humpelte weiter die Einfahrt entlang.

»Warten Sie!«, rief Georgina ihr hinterher, war nun endgültig verstört.

Ninny blieb stehen.

»Wie heißen Sie?«

»Ninny Anne Boyd. Verzeihen Sie mir, dass ich Sie gestört habe.«

»Mrs Boyd, ich bin Georgina Rawlings. Bitte verzeihen Sie mir meine Unhöflichkeit. Sie haben mir einen gehörigen Schrecken eingejagt. Ich möchte meinen Mann zu dem befragen, was Sie gesagt haben. Wie kann ich Sie erreichen?« Georgina stand in der Einfahrt wie ein Gespenst, war fast durchscheinend.

Die alte Frau nannte ihr den Namen eines Wohnheims.

Georgina prägte sich diesen ein, war sich unsicher, ob sie der Frau für ihre Zeit danken sollte. Die gängigen Regeln des Anstands halfen ihr in dieser Lage nicht weiter.

Ninny blieb auf dem Bürgersteig stehen und linste noch einmal zu dem hinter den Bäumen aufragenden Landhaus. Ein elektrisches Licht brannte im Dachfenster, strahlte gelblich in den mittäglichen Himmel.

Der kleine Walter, der seine Lesestunde für heute abgeschlossen hatte, drückte seine Nase ans Fenster und winkte.

59

Die Spielman-Familie

12. August 2018

»Hunter?«, flüsterte Margot vom Türrahmen aus.

Die Uhr auf seinem Nachttisch zeigte 3.15 an. Vor wenigen Minuten erst war sie in das Haus geschlichen, mit Augen, die vom Weinen gerötet waren und deren schwarze Schminke verschmiert war. Sie setzte sich im Dunkeln auf die Bettkante, wagte nicht, das Licht anzuschalten, damit er nicht sehen musste, was die letzten Stunden bei ihr angerichtet hatten.

Der Junge wachte aus dem Tiefschlaf auf.

»Alles in Ordnung, mein Schatz?« Sie tätschelte seinen Arm.

»Mom?« Er setzte sich auf und schaute zu ihrem Umriss in der Dunkelheit. »Du bist wieder da. Wie spät ist es?«

»Sehr spät. Bleib liegen. Ich wollte dir nur sagen, dass ich zu Hause bin. Es tut mir so leid, mein Schatz. Alles, was passiert ist, tut mir so leid.« Sie schluckte, damit ihre Stimme nicht brach. »Dein Vater wird wieder gesund. Ich habe mit dem Arzt gesprochen und er kommt wieder in Ordnung.«

»Okay. Das ist gut.« Und das war es, aber es gab keine Worte dafür, was er gegenüber seinem Vater empfand. Seine Wange war angeschwollen. Er hatte blaue Flecken an seinen Schultern, wo der Mann ihn gepackt hatte.

Eine kleine Gestalt lag neben Hunter im Bett, lauschte, aber rührte sich nicht. Margot sah den Umriss des Mädchens unter der Decke, aber sagte nichts. »Ich möchte nicht, dass du dir Sorgen machst. Alles wird gut werden. Ich weiß, dass es gerade nicht danach aussieht, aber wir bekommen das hin. Leg dich wieder schlafen, Schatz. Wir reden morgen früh weiter.«

»Okay.« Hunter legte sich wieder aufs Kissen und fühlte, wie steif und wund seine Arme von den Stunden waren, die er im Garten mit Graben zugebracht hatte. Am Morgen würde er alles erklären müssen. »Hey, Mom?«

Margot blieb im Türrahmen stehen. »Ja?«

»Ich war es nicht, weißt du? Die Drogen, die du gefunden hast. Das war ich nicht.«

»Ich weiß, Hunter. Ich weiß. Du bist ein guter Junge. Ich weiß wirklich nicht, was ich getan hätte, wenn dir etwas zugestoßen wäre.« Sie schniefte und fasste sich. »Jetzt schlaf weiter.«

Hunter drehte sich um. Ava kuschelte sich in seinen Ellenbogen. Keiner von beiden sagte ein Wort, als seine Mutter den Flur entlang wegschlich. Er drückte seine Lippen in ihren Nacken. Sie versteifte sich, aber zwang sich, den Kuss auf seinem Arm zu erwidern. *Hunter ist ein süßer Junge*, beschwor sie sich. *Er ist überhaupt nicht wie* er.

Während Hunter in den Schlaf wegdämmerte, lag Ava wie versteinert da. Die zarte Zuneigung des Jungen brachte viele Gefühle in ihr ans Tageslicht, die sie begraben halten wollte. Ihr Bruder Toby hatte immer noch in ihren Gedanken gelebt, bis Hunter in dieser Nacht einen Knochen im Boden freigelegt hatte. *Tot. Er ist wirklich tot. Ich werde ihn nie wiedersehen, nie wieder mit ihm reden, ihn nie wieder halten*. Ihre leblosen Augen starrten blind in die Dunkelheit und sie lauschte der herzzerreißenden Stille des Hauses.

Margot ließ sich auf ihr Bett fallen, ohne sich auszuziehen oder die Tür zu schließen. Katatonisch lag sie da, versuchte, nicht nachzudenken und gleichzeitig über alles nachzudenken. Was würden sie tun? Wohin würden sie gehen?

Ein leises Miauen unterbrach den Lauf ihrer Gedanken. Sie fuhr in die Höhe und schaltete die Nachttischlampe an. Auf der gepolsterten Bank am Fußende des Bettes hatte sich eine weiße Katze zusammengerollt. Ihre Hand war hoch an ihre Brust gefahren, und sie nahm sie runter, atmete langsam aus.

»Kätzchen, du hast mich erschreckt.«

Sie kroch über die Decke, hob die Katze auf ihren Schoß und streichelte ihr seidiges Fell, bis ihr Blutdruck wieder fast normale Regionen erreicht hatte. »Wer hat dich hier reingelassen, hm?«

Die verwilderte Katze fixierte sie nur mit ihren sphinxartigen Augen.

Margot kicherte und vergrub ihr Gesicht in dem Fell. »Aber ich bin froh, dass du hier bist, Süße. Ich bin wirklich, wirklich froh.«

In den übrigen Nachtstunden war das Haus ruhig und die Dachbodenlichter blieben dunkel.

60

Spät am nächsten Morgen erwachte Hunter in einem leeren Bett.

Er setzte sich auf und tastete nach der Stelle, wo Ava geschlafen hatte. Sie war kalt. Dann schaute er sich im Zimmer um und hoffte, sie auf seinem Drehstuhl zu entdecken oder wie sie die Schrift im Schrank las. Seine Mäuse, Samwise und Frodo, schoben sich durch eines der langen Plastikrohre zu Basiscamp 1.

»Wohin ist sie gegangen?«, fragte er sie.

Frodo zuckte nur mit der Nase.

Hunter fuhr sich mit einer Hand durch das verwuschelte Haar und verzog das Gesicht, als sich in seiner Schulter der Schmerz ausbreitete. Unter den Rändern seiner Fingernägel klebte noch Dreck. Er sank wieder aufs Kissen, als ihm schlagartig die ganzen Konsequenzen der letzten Nacht bewusst wurden. Er würde erklären müssen, was er im Hof getan hatte. Er würde die Polizei rufen müssen. Er erschauderte und verzog sich wieder unter die Decke.

Wohin ist sie gegangen?

Sein Handy pingte, als eine Nachricht eintraf. Zuerst konnte er sich nicht überwinden nachzugucken, sondern lag einfach da und wünschte sich, der Schlaf würde ihn von diesem Moment, aus diesem Haus, aus diesem Leben entfernen. Wieder pingte das Handy.

Er nahm es und scrollte durch die Nachrichten. Als er eine von ihnen las, fuhr er in die Höhe und wählte eine Nummer an.

»Guten Morgen. Golden Heart Ranch«, grüßte eine Stimme aus dem Lautsprecher.

»Guten Morgen.« Hunter räusperte sich und rang nach klaren Gedanken. »Kann ich mit Maurice in der Langzeitpflege sprechen?«

»Ich stelle Sie durch.«

Digitale Musik erfüllte die Stille.

Hunter stand auf und schaltete seinen Computer an. Der Artikel über Toby Turners Tod füllte den Bildschirm aus. Nochmals beäugte er das leere Bett, danach überflog er den Artikel. Toby war in einem verlassenen Auto in einem der Metroparks Clevelands beim See gefunden worden. Er wurde nur als Ausreißer beschrieben. Die Zeitung hatte Tobys letztes Schulfoto veröffentlicht. Ein lächelnder, zwölfjähriger Junge blickte ihn durch den Monitor an. Er wirkte kaum anders als ein beliebiger anderer Junge in dem Jahrbuch, das Hunter aus der Bibliothek gestohlen hatte. Von außen würde niemand irgendwas vermuten.

Hunter konnte sich mehr als nur vorstellen, wie Avas Herz zerbrochen war.

»Hier ist Maurice«, meldete sich eine melodiöse Stimme aus dem Handy.

»Yeah. Hi. Hier ist Hunter Spielman. Sie haben eine Nachricht hinterlassen.«

»Ja, Hunter. Wie geht es Ihnen an diesem schönen Tag?«

Hunter minimierte die Zeitungsmeldung vom Bildschirm und versuchte, Tobys hoffnungsvolles Lächeln aus seinem Kopf abzuschütteln. »Okay, schätze ich. Wie geht's Benny?«

»Nun, er ist ganz außer sich! Er kann es kaum erwarten, mit Ihnen zu reden. Es wird ein paar Minuten dauern, bis wir ihn vorbereitet haben. Nutzen Sie Skype?«

»Äh, ja. Kann ich machen.«

»Geben Sie mir Ihre Mailadresse und ich schicke Ihnen einen Link. Wegen seiner Behinderung kann er nicht richtig sprechen, aber sobald wir ihm eine angepasste Tastatur geben, bekommen wir ihn kaum noch zum Schweigen!«

Zehn Minuten später erschien das Gesicht eines ungepflegten, älteren Mannes auf Hunters Bildschirm. Tiefe Narben liefen über seine Stirn und eine Wange hinab. Mit seinen zweiundfünfzig Jahren war sein stacheliges Haar nun grau wie auch der Kinnbart, aber Bennys Augen leuchteten auf wie bei einem Fünfjährigen, als er Hunter auf seiner Seite der Leitung erblickte. Benny winkte ihm mit einer leicht gekrümmten Hand und einem schiefen Grinsen zu.

Hunter winkte zurück. »Hi, Benny!«

Benny nahm einen Stift in die Faust und begann, mit diesem auf einer übergroßen Tastatur zu tippen.

Ben33: Hallo
Ben33: Wie geht es dir?

»Okay. Und dir?«

Ben33: Freue mich, ein neues Gesicht zu sehen. Wie heißt du?

»Mein Name ist Hunter. Hunter Spielman.«

Bennys Blick wanderte zur Decke, während er in seinem Hirn diesen Namen suchte.

»Nein, du kennst mich nicht. Meine Familie ist in dein altes Haus an der Lee Road gezogen. Ich glaube, ich habe dein altes Zimmer.« Hunter nahm die Webcam und zeigte Benny einen

Rundumblick des Raums. Dann öffnete er die Schranktür und ließ das digitale Auge die Schrift an der Wand sehen, hielt es auf die Worte *ToTES MäDCHEN*.

Als Hunter sich wieder setzte, lächelte der ältere Mann nicht mehr. Sein Gesicht ruckte herum, seine Fäuste hingen über der Tastatur. Eine Pflegerin eilte an seine Seite und sagte etwas in sein Ohr. Benny schüttelte sie ab. *Nein. Nein.* Nach ein paar Augenblicken sammelte er sich, streckte langsam den Arm aus und tippte mit seinem Stift weiter.

Ben33: Benny war es nicht. Aber ich hab es gesehen. Ich hab sie durchs Fenster gesehen.

»Was hast du gesehen, Benny?«

61

Die Klussman-Familie
15. September 1990

Er sollte gar nicht wach sein.

Benny wusste es in dem Augenblick, in dem er auf die Uhr schaute. Es war nach Mitternacht und das Haus war still. Das einzige Geräusch war das Ticken der Uhr im Flur – ein Herzschlag, der niemals synchron zu seinem lief, wie sehr er sich auch anstrengte. Unter dem Ticken konnte er das Abrollen einer Feder hören, die Ungleichmäßigkeit der Bewegung des zweiten Zeigers. Jede zweite Sekunde war minimal länger, als sie sein sollte, bevor sich das Zahnrad drehte. Im Getriebe war ein winziger Grat. Die Ungleichmäßigkeit zehrte an seinen Nerven, aber er wusste nicht, was er ohne sie tun sollte. Das *Ticktack* beruhigte ihn wie der Klang seines eigenen Atems. Er war davon abhängig.

Die Abwärtsspirale des Beruhigungsmittels, das seine Mutter ihm verabreicht hatte, war verschwunden. Er fühlte, wie sein Körper wieder aus den Untiefen auftauchte und auf seinem

Bett ankam. Er setzte sich auf. Gelbes Licht der Straßenlampen fiel durch sein Fenster herein.

Die Welt der Nacht war seine liebste Welt. Ruhig. Langsam. Bennys Körper funktionierte nachts besser, wenn niemand ihn beobachtete. Seine Muskeln blieben weich und gleichförmig. Nachts war er mehr er selbst. Die hellen, blendenden Lichter und ohrenbetäubenden Klänge des Tages drängten seine Gedanken in eine Ecke wie ein sich windendes Insekt. Der Beobachter tat nachts mehr, als nur hilflos in sein Ohr zu flüstern. Allein in der Dunkelheit war er der Beobachter und der Beobachter war er.

Benny setzte sich auf und lauschte dem Ticken der Uhr im Flur und dem Knarren der hölzernen Knochen des Hauses, musste sich anstrengen, dass die Decke über dem Kopf und der Boden unter ihm blieb.

Er stand auf und ging so leise wie möglich zu seinem Schreibtisch. Zettel waren auf das Holz geklebt worden, damit er darauf schreiben und malen konnte. Wenn seine Mutter gequält zuschaute, konnte er kaum den Stift halten. *Versuchen wir es noch mal. Das ist ein* A, *Benny.* A *wie* Apfel. Er wollte so gern alles richtig machen, dass er dabei den Stift in seiner Hand zerbrach. Sein Versagen spiegelte sich in den dunklen Flecken ihrer Pupillen. *Hoffnungslos.* Aber sie lächelte ihn an. *Das macht nichts, mein Schatz. Versuchen wir es noch mal.*

Es war besser, wenn sie vorlas. An einem guten Tag blieben die Aufgaben auf dem Schreibtisch und sie setzte sich mit einem Buch neben ihn und las ihm vor, was auf den Seiten stand, dauernd in der sinnlosen Hoffnung, dass er den kleinen, gleichförmigen Buchstaben folgen konnte, wenn sie mit dem Finger an ihnen entlangfuhr. Ihren Worten sowie dem Vorlesen und dem erneuten Vorlesen der Worte, die vorher und nachher kamen, folgte er tatsächlich. Er las in einer viel schnelleren Geschwindigkeit als sie. Er wollte es ihr zeigen. Er wollte sie wissen lassen, dass er dazu in der Lage war, aber aus seinem

Mund kamen keine Worte, nur das barbarische Stöhnen, das sie immerzu glauben ließ, er hätte Schmerzen. Dann legte sie das Buch weg und betrachtete ihn mit erstickender Sorge und Qual, woraufhin er seinen Kopf in die Wand rammen wollte. Und manchmal tat er genau das.

Seit Wochen hatte sie ihm nicht mehr vorgelesen.

Benny nahm den Stift vom Schreibtisch und sichtete die Zettel, die mit zerrissenen Briefen bedeckt waren. Das Papier war immer zu dünn, um lange zu halten. Kreidetafeln waren besser, aber er konnte das durchdringende Kratzen nicht ertragen und die Kreide zerbrach jedes Mal in seiner Hand. Er wendete sich von seinen gequälten Kritzeleien ab zur Schranktür. Sie würde wütend werden, wenn er an die Wände schrieb. Das wusste er, also schrieb er dort, wo sie es nicht sah.

In seinem Wandschrank hing nichts außer ein paar Kleidungsstücken, die er niemals tragen würde. All seine normale Kleidung hatte keine Knöpfe oder Reißverschlüsse oder Schnallen oder etwas, das man verschlucken konnte, oder womit man kratzen, schneiden oder schlagen konnte. Ein Hemd und eine Hose baumelten darin, drei Größen zu klein. Da waren Schuhe ohne Schnürsenkel, aus denen er rausgewachsen war, ein ganzer Stapel auf dem Boden, und jede neue Größe hatte seiner Mutter neue Verzweiflung beschert. Seine Mutter hatte seit Monaten den Schrank nicht mehr geöffnet.

Er schob die wenigen Kleidungsstücke beiseite und schaltete das Licht an, indem er ungelenk an der Schnur zog. Er liebte das Summen des Glühdrahtes. Er mochte das gelbe Licht, das wie eine kleine Sonne über ihm hing. Es gehörte ihm, nicht wie die Sonne, die draußen vom Himmel strahlte, zu hell, zu laut, die ihn zittern ließ, während er darauf wartete, dass sie unterging. Auf dem Boden des Wandschranks sitzend schrieb er in seiner krummen Handschrift:

14. SepPteMBRr 1990: zwei FRAUeN FehlEN heute. eIn Hut. Zwei Jungen. 18 aUTOs. etWaS ist fAlSCH

Es fühlte sich gut an, die Worte aus dem Kopf herauszubekommen. Seine Sorgen an die Wände zu schreiben brachte sie dorthin, wo er sie sehen konnte. Er begutachtete seine Notizen aus dem letzten Monat, suchte ein Muster. Das grüne Auto war vier Tage lang nicht aufgetaucht. Dann war es wieder vorbeigefahren und hatte sauberer ausgesehen, also hatte er beschlossen, dass es in der Werkstatt gewesen sein musste wie Bills Auto letzten Monat. Er wusste nicht genau, was eine Werkstatt war, aber Bill hatte gesagt, sein Toyota wäre »wie neu«, als sie damit fertig waren. Das grüne Auto sah auch wie neu aus.

Die Frau mit der geblümten Handtasche hatte letzten Monat siebenmal den Bus verpasst. Er machte sich Sorgen, dass sie krank war. Seine eigene Mutter war letztes Jahr acht Tage lang weg gewesen. Bill und die Nachtschwester, Faye, hatten erklärt, sie wäre krank, aber es würde ihr bald wieder besser gehen. Niemand hatte das Wort *Krankenhaus* ausgesprochen, aber er wusste, dass seine Mutter nicht zu Hause war. Der Beobachter konnte am Klang des Bodens, am Geruch in der Luft und an der Neigung der Wände erkennen, dass sie weg war. Seine Muskeln hatten sich vor Sorge verknotet, sie könnte niemals zurückkehren. Sie hatten ihm jeden Tag etwas spritzen müssen, bis sie nach Hause gekommen war.

Benny ließ wieder den Blick über die Notizen schweifen, fühlte Beruhigung allein deswegen, weil sie existierten. Ein Teil von ihm wollte, dass sie diese sah, wollte, dass sie seine Notizen fand und endlich verstand, zu was er in der Lage war. Doch ein anderer Teil von ihm hatte Panik bei dieser Vorstellung. Der Beobachter konnte sehen, dass es ihr etwas Trost bescherte, wenn sie glaubte, dass er nicht richtig empfinden oder wissen konnte, was mit ihm geschah. In einer gewissen Weise war sie glücklicher, wenn sie dachte, er wäre im Inneren noch ein Baby. Ein Baby konnte sie halten. Ein Baby konnte sie wiegen. Ein Baby konnte sie lieben.

Benny schaltete das Licht aus. Er schlich langsam und leise über die Dielenbretter zu seinem Fenster. Draußen erstreckte sich die nächtliche Lee Road leer in beide Richtungen. Die Ampeln an der Kreuzung mit der South Woodland blinkten rot. Benny zählte die Intervalle zwischen dem Aufleuchten und dem Ticken seiner Uhr. Als sie synchron waren, ballte er zufrieden die Fäuste. Fünfzehn Mal Blinken, bis die beiden Muster sich deckten. Er zählte weiter.

Eine Bewegung die Straße abwärts fiel ihm ins Auge. Ein Fahrrad. Benny drückte seine Nase ans Fenster und beobachtete gefesselt, wie das Zehngangrad auf dem Bürgersteig schwerelos eine Sinuswelle zeichnete. Abrupt blieb es stehen.

Benny wich vom Fenster zurück.

Eine Gestalt stieg vom Fahrrad ab. Sie hatte den Umriss eines Mädchens mit einem langen Pferdeschwanz. Im Licht der Straßenlampen konnte er ihren roten Sweater und ihr braunes Haar erkennen. Hübsch. Wie so viele Mädchen, die er in Gruppen oder manchmal alleine vorbeilaufen gesehen hatte. Diejenigen, die alleine waren, machten ihm Sorgen. *Wo sind ihre Freundinnen? Wo ist ihre Mutter?* Mädchen liefen niemals nachts alleine unter seinem Fenster vorbei. Fast nie.

Er beäugte sie durch das Glas hindurch. Es war Monate her, seit er sie zuletzt gesehen hatte. Er verzerrte das Gesicht und versuchte, sich an das Datum zu erinnern. Es war im Frühling gewesen. *Vierter April.* Sie war nach Mitternacht mit dem Fahrrad in die Einfahrt des Hauses gegenüber gefahren. Er runzelte bei dieser Erinnerung die Stirn, denn es hatte ihn verwirrt. Seine Mutter war in sein Zimmer gerannt gekommen, als er gegen die Scheibe geschlagen hatte. Viele Nächte lang hatte er sich in diesem Frühling gesorgt, dass das Mädchen auch da draußen war, wenn er schlief und nur die leeren Fenster Wache hielten.

Entsetzt beobachtete er, wie sie das Rad in das zwei Meter hohe Gebüsch auf der anderen Straßenseite schob. Ein größeres Haus erhob sich dunkel hinter den Bäumen. Anschließend erschien sie wieder auf dem Bürgersteig, ohne das Fahrrad. *Das ist nicht richtig.* Er blickte düster drein und ballte die Fäuste. *Fahrräder gehören nicht in Büsche. Fahrräder gehören nicht in Büsche. Fahrräder ge…*

Eine große Gestalt erschien auf dem Bürgersteig vor ihr. Es schien ein Mann zu sein. Groß. Dick. Dunkles Haar. Ausladende Jacke. Er war von der Einfahrt gekommen. Sie wirkte überrascht, ihn zu sehen, denn sie wich vor ihm zurück. Der Mann packte sie im Nacken. Ein hoher Schrei ließ Benny von seinem Stuhl hochfahren.

Er stolperte rückwärts an sein Bett und unzusammenhängende Gedanken rasten durch seinen Kopf. *Fahrrad. Büsche. Mädchen. Böser Benny!* Er hätte sie nicht beobachten sollen. Hin und her schüttelte er seinen Kopf, krümmte sich zu einem Knoten. Ein weiterer gedämpfter Schrei schlug gegen das Fenster. Seine Augen wurden groß. Er zwang sich dazu, sich aufzurichten. Der Beobachter wusste, dass die Erwachsenen etwas tun mussten. Die Erwachsenen sollten Hilfe rufen. Er wartete einen Augenblick lang auf das Geräusch, wie seine Mutter angerannt kam, wie die Sirenen explodierten, die seine Ohren quälten und ihn schreien ließen, aber er hörte nichts außer dem Haus selbst, das unter seinem eigenen Gewicht stöhnte.

Helft uns! Irgendjemand, bitte!

Er stellte sich auf und rannte ungelenk zur Tür. Nachts schloss Frannie sie nie ab. Bei einem Feuer wäre das zu gefährlich, das wusste sie. Er betrat den Flur und durchquerte ihn, stolperte die Treppe hinab. Seine Knie schlackerten, während die Schreie in seinem Kopf immer lauter wurden.

Das Schloss der Haustür stellte ihn vor Probleme; er bemühte sich, seine Finger gehorchen zu lassen, als die Muskeln darin sich verkrampften. Ein leises Stöhnen drang aus seinem schiefen Mund; schließlich schaffte er es, den Bolzen zu bewegen.

Die Kälte der Nacht rauschte durch die Tür herein, als er sich nach draußen bewegte. Über die Schreie in seinem Kopf hinweg konnte er etwas hören, das noch schlimmer war. Grunzen. Ein ersticktes Stöhnen. Einen hohen Schrei, der abrupt abriss.

Weit weg fuhr ein rotes Auto die South Woodland entlang, aber der Rest der Straße war leer. Benny brachte seine verkrampften Beine dazu, ihn über die Lee Road zu tragen, bis zu der Stelle, wo er das Mädchen gesehen hatte, und er versuchte zu rufen: *Stopp! Hilfe!* Aber was er herausbrachte, war nur ein ersticktes »SOOOW!«.

Das Geräusch von zwei miteinander kämpfenden Leuten bei den Büschen ließ die Luft erbeben. Schrecklich feuchte Schläge folgten. Ein unmenschliches Grunzen. Ein ersticktes Gurgeln. Im nächsten Moment nichts als das gedämpfte, leiser werdende Geräusch von zwei wegrennenden Füßen auf dem nassen Gras.

Benny stand wie festgefroren da, hatte seinem eigenen Haus den Rücken zugekehrt, den Kopf gesenkt. Die Straße war mit einem Atemstoß völlig verstummt. Der Geruch von Magensäure hing überall um ihn herum in der feuchten Luft. *Tot*, flüsterte der Beobachter hinter ihm vom Dachfenster aus. *Tot wie der Fisch Darwin.*

Er zog sich in sich selbst zurück. Hilflos. Zuckend. Er sank auf den Betonboden. *TOT! TOT! TOTES MÄDCHEN!*

»Benny!«, rief seine Mutter von ihrer Haustür aus. Panik schwang in ihrer Stimme mit. »*Benny!*«

Er konnte nicht antworten. Er war weg.

Sie sah ihn nicht gleich, wie er zuckend auf dem Bürgersteig lag, ein schemenhafter Haufen, der sich vor und zurück bewegte, immer wieder auf den kalten Beton schlug. Die Welt entzündete sich in Rot und Weiß, während sie über die Straße rannte. Mit jedem Krachen seines Schädels quoll Blut zwischen seinen Haaren hervor und benetzte den Bürgersteig.

Sie nahm Benny in ihre starken Arme und flüsterte durch Panik und Tränen: »Benny! Was machst du hier draußen?«

Sie hörte nicht das Mädchen, das drei Meter entfernt auf der anderen Seite der Büsche starb. Seine Mutter hatte nicht die geringste Ahnung davon, bis am nächsten Tag ein junger Polizist an die Tür klopfte.

62

Die Spielman-Familie

12. August 2018

»Es war Katie Green, oder? Was glaubst du, wer es getan hat?«, fragte Hunter schließlich, nachdem er ein zweites Mal Bennys fragmentarische Schilderung gelesen hatte. Der Mann brauchte ein paar Minuten, bis er eine Antwort getippt hatte.

Ben33: Ein Mann. Dick und groß. Älter. Kein Nachbar. Nicht der Junge, der in der Zeitung stand.

»Hast du jemals der Polizei erzählt, was du gesehen hast?«

Ben33: Hab ich versucht. Als ich gelernt habe, Briefe zu schreiben. Niemand hat geantwortet. Die müssen gedacht haben, ich wäre verrückt oder ein Lügner. Es ist schwirig, wenn man so aussieht und spricht wie ich.

Benny grinste schief und hob seine krummen Hände.

»Wow. Tut mir leid.« Hunter schüttelte den Kopf, schaute durch Bennys Fenster nach draußen und danach wieder zu dem schiefen Gesicht auf dem Bildschirm. Die eigene Mutter dieses Mannes hatte ihn für einen Mörder gehalten.

Ben33: Es muss dir nicht leidtun. Ich mag es hier. Ich mag mein neues Fenster. Ich sehe jeden Tag die Sonne untergehen. Eine Maschine hilft mir beim Reden. Eine Maschine hilft mir beim Lesen. Hier ist ein Becken mit Fischen. Die Fische sind hier glücklich.

Hunter warf der Pflegerin hinter Bennys Schulter einen Blick zu. Sie lächelte über diese sonnigen Worte. »Hast du dir je gewünscht, du hättest nie gesehen, was passiert ist? Fragst du dich, wie dein Leben weiter verlaufen wäre, wenn du in dieser Nacht einfach im Bett geblieben wärst? Oder wenn du nie in diesem Haus gewohnt hättest?«

Der ältere Mann runzelte die Stirn. Von seinen Narben und dem grauen Haar abgesehen, war Benny im Wesentlichen noch immer ein Junge. Unerfahren. Abgeschottet. Weggesperrt. Naiv.

Ben33: Warum fragen?

»Ich weiß nicht. Ich glaube ... ich hasse gerade die Welt irgendwie.« Hunter fühlte sich selbst lächerlich, dass er einem Mann, der es so schwer hatte, seine eigenen Probleme aufbürdete. Einen Augenblick lang zögerte er, dann dachte er: *Zum Teufel damit.* Er erzählte Benny alles. Die Geschichte des Hauses. Ava auf dem Dachboden. Sein Vater und die Drogen. Seine Mutter mit der Waffe. Die Knochen, die er im Hof freigelegt hatte.

Benny hörte sich alles mit großen Augen an, dachte darüber nach, nickte. Danach saß er einige Minuten lang reglos da. Hunter begann sich Sorgen zu machen, dass die Pflegerin ihr Gespräch beenden würde. Schließlich tippte Benny wieder etwas.

Ben33: Wow.
Ben33: Wo ist das Mädchen? Ava?

»Ich weiß nicht. Sie ist weggegangen. Ich bin heute Morgen aufgewacht und sie war verschwunden.«

Ben33: Du musst ihr helfen.

»Wie?« Hunter warf verzweifelt die Hände hoch. »Wie soll ich ihr helfen? Ich bin kein Erwachsener. Ich weiß nicht, was ich tun soll. Ich meine, ich mag sie. Ich mag sie sogar sehr, aber ich kenne sie gar nicht. Ich weiß nicht, was sie braucht. Vielleicht braucht sie professionelle Hilfe. Sich heimlich in einem verwunschenen Haus zu verkriechen und auf die Rückkehr eines toten Bruders zu warten, ist nicht gerade normal, oder?«

Benny beugte sich zur Kamera vor; sein vergrößertes Gesicht starrte in das von Hunter. Nun wirkte er nicht mehr wie ein Junge, der im Körper eines Mannes gefangen war. Plötzlich wirkte er älter, als er war. Seine dunkelbraunen Augen waren tiefschwarz, auf immer heimgesucht von dem Geräusch, wie in drei Metern Entfernung ein Mädchen starb. Ein Mädchen, das er nicht hatte retten können.

Ben33: Sie braucht dich. Du musst ihr helfen. Für mich.

Hunter schüttelte im Auge der Kamera den Kopf. »Es war wirklich schön, mit dir zu reden, Benny. Ich bin froh, dass du dein Fenster und deine Fische magst. Vielleicht rufe ich dich irgendwann noch mal an. Wäre das in Ordnung?«

Der Mann nickte in seine Kamera, aber seine Augen blieben auf Hunter geheftet. *Hilf ihr.*

Nachdem er die Verbindung beendet hatte, lehnte Hunter sich auf seinem Stuhl zurück und lauschte. Der Dachboden war stumm. Im ersten Stock vor seiner Zimmertür war ebenso nichts zu hören. Unten in der Küche lief jemand herum und öffnete einen Schrank.

Er folgte dem Geräusch nach unten und entdeckte seine Mutter, die mit einer Kaffeetasse an einer der Anrichten stand. Sie sah aus, als wäre sie zehn Jahre gealtert. Die Falten auf ihrem Gesicht waren tiefer. Ihre Haut war blass und dünn. Ihre Hände wirkten zerbrechlich und zittrig.

»Guten Morgen, Schatz«, murmelte sie mit gequältem Lächeln. »Wie fühlst du dich heute? Alles in Ordnung?«

Sie wollte ihn umarmen und wie einen kleinen Jungen halten. Bei diesem fühlbaren Drang hätte er sich am liebsten vor ihr verzogen. »Ja, Mom. Mir geht's gut. Hast du Ava gesehen?«

»Nein. Ist sie weggegangen?«

»Bin nicht sicher. Sie war nicht da, als ich aufgewacht bin.«

Margot presste die Lippen aufeinander, damit sie ihn nicht dafür schalt, ein Mädchen in seinem Zimmer schlafen zu lassen. Sie gestattete sich nur eine von hundert Fragen, die sie hatte: »Wie lange trefft ihr euch schon?«

»Ich weiß nicht. Wir sind eigentlich nicht … Ich meine, wir sind Freunde, aber …« Er wurde rot bei dem Gedanken daran, was er gern mit ihr wäre.

Die Röte verriet ihr alles, was sie wissen wollte. *So süß*, dachte Margot. »Tut mir wirklich leid, dass sie mit ansehen musste, was letzte Nacht passiert ist, aber ich bin froh, dass du nicht alleine warst. Sie scheint ein nettes Mädchen zu sein.«

Er nickte und erschauderte, als er sich ausmalte, was passiert wäre, wenn sie nicht da gewesen wäre, um ihn aus dem

Zimmer zu ziehen. »Ja. Das ist sie. Ich mache mir etwas Sorgen um sie.«

»Sorgen?« Margot stellte ihre Tasse ab und hob eine weiße Katze vom Boden hoch, die sich um ihre Knöchel gekringelt hatte.

Das Tier lenkte Hunter ab und er schaute seine Mutter fragend an. *Wir haben jetzt eine Katze?*

»Warum machst du dir Sorgen um sie?«

Er beobachtete, wie seine Mutter die Streunerkatze streichelte, und war unsicher, ob er ihr alles über Ava und ihren Bruder Toby erzählen sollte, dass sie hier im Haus lebte. Das Geräusch von fließendem Wasser aus dem Obergeschoss unterbrach den Gang seiner Gedanken. »Ich glaube, das ist sie. Dann schaue ich mal nach ihr, okay?«

»Natürlich. Sag ihr, dass sie gern zum Frühstück bleiben kann.«

Hunter nahm auf der hinteren Treppe zwei Stufen auf einmal und folgte dem Geräusch des Wassers den Flur entlang bis zum Gästezimmer über der Garage. Die Tür war geschlossen, dahinter war das Rauschen des Badewassers zu hören.

»Ava?«

Sie antwortete nicht.

Hunter klopfte an die Tür. »Ava? Alles okay?« Er hielt das Ohr an die Tür und hörte jemanden leise summen. Es war eines ihrer gruseligen Shaker-Lieder. »Ava, mach auf.«

Er drehte den Türknauf, aber es war abgeschlossen. Hunter hockte sich hin und linste durch das Schlüsselloch, konnte einen Blick auf sie erhaschen, wie sie in seinem T-Shirt auf dem Boden saß. Zwischen ihren Händen blitzte ein Rasiermesser auf.

»Was machst du da?«, flüsterte er.

Sie schaute nicht zu ihm hoch. Das Rasiermesser drehte sich in ihrer Hand, während sie summte.

Ein Engel flüsterte in mein Ohr.
Die Toten, sie kennen, sie kennen dich, mein Schatz ...

»Oh, Scheiße«, zischte er, als ihm klar wurde, was sie vorhatte. »Ava! Tu das nicht!«

Nun schlug er gegen die Tür, aber sie blickte nicht einmal auf. Er rannte den Flur entlang.

»Mom!«, brüllte er die Treppe hinab. »Ich brauche Hilfe. Ich glaube, Ava – sie hat ein Rasiermesser – die Tür ist verschlossen!«

»Was?« Margot stand auf, als sie Panik in seiner Stimme registrierte. »Langsam. Was ist los?«

»Ich glaube, sie will sterben. Wie ihr Bruder. Ich glaube, sie will sich umbringen.« *ToTES MäDCHEN* erschien in seinem Hirn. »Wir müssen sie aufhalten.«

Margot rannte die Treppe hoch zu ihm. »Wo ist sie? Im Gästebad?«

»Die Tür ist verriegelt. Ich komme nicht rein, aber ich habe sie gesehen. Ich habe sie mit einem Rasiermesser gesehen.«

»Sprich mit ihr. Sorge dafür, dass sie redet.« Margot lief zu ihrem Schlafzimmer, um den Generalschlüssel von der Anrichte zu holen.

Hunter sauste den Flur entlang zurück und brüllte durch die Tür: »Ava, tu das nicht! Das musst du nicht tun! Toby will nicht, dass du stirbst!«

Durch das Schlüsselloch sah er, wie sie ihr Spiegelbild in der Klinge des Rasiermessers betrachtete. *Was siehst du? Siehst du sie alle?*

Margot schob ihn zur Seite und führte den Schlüssel ein.

»Ava?«, rief sie durch das Holz. »Leg das Rasiermesser weg. Denk darüber nach, was du tust. Das ist nicht die Antwort.«

Die Tür schwang auf. Ava sank an der Wand zu Boden, hielt immer noch den Stahlgriff umklammert.

»Hey.« Margot verharrte einen kurzen Augenblick im Türrahmen. Entschlossen trat sie vor und drehte den Wasserhahn ab. Die Wanne war voll, das Wasser lief durch den Überlauf ab. »Ava. Schau mich an.«

Ava hielt den Blick auf die Klinge geheftet. »Ich will nicht mehr hier sein«, flüsterte sie.

»Ich weiß.« Margot ging in die Hocke und näherte sich der Ecke, in der sie auf dem Boden kauerte. »Ich weiß, wie es sich anfühlt. Wirklich. Aber es gibt andere Orte, an die du gehen kannst. Das ist nicht der einzige Ausweg.«

»Ich kann nirgendwohin gehen.« Avas leerer Blick wanderte zu Hunters Füßen bei der Tür. »Er fehlt mir so sehr.«

»Ich weiß, dass er das tut.« Margot nickte und erinnerte sich, was Hunter gesagt hatte. *Ich glaube, sie will sterben. Wie ihr Bruder.* »Ich weiß, dass es wehtut. Ich habe auch jemanden verloren. Und es hat so sehr geschmerzt, dass ich sterben wollte.«

Ava sah schließlich zu ihr auf. »Warum haben Sie es nicht getan?«

Margot lachte verzweifelt. Tränen sammelten sich in ihren Augen. »Ich habe es versucht. Es ging mir genauso wie dir jetzt. Ich dachte, es wäre besser, einfach zu gehen. Besser, einfach zu gehen und bei Allison zu sein, wo auch immer sie war. Dass ich es nicht aushalten könnte, ohne sie zu leben.«

Hunter starrte seine Mutter an. So viel hatte sie nie zuvor davon erzählt.

»Was hat Sie abgehalten?«, forschte Ava, die nach wie vor die Waffe hielt. Sie war nah genug, um Margot die Kehle aufschlitzen zu können, und sie fixierte die pulsierende Halsschlagader der Frau.

»Hunter.« Margot lächelte durch die Tränen. »Er hat an die Badezimmertür geklopft. Und ich wusste, dass ich es nicht tun konnte. Ich konnte es einfach nicht tun. Nicht nur seinetwegen, auch wegen Allison. Es ist nicht das, was die Toten wollen.«

Diese Worte trafen einen Nerv. Ava stierte wie ein verlorenes, kleines Mädchen in ihr Gesicht. »Aber was wollen sie?«

»Warum gibst du mir nicht das Rasiermesser und ich verrate dir, was *ich* glaube, was sie wollen.« Margot hielt ihr die Hand hin.

Ava kniff die Augen zusammen und packte das Messer fester. Es fühlte sich für sie wie ein Trick an. Margot saß da in ihren Yogahosen, war einfach nur eine mittelalte Mutter, die alles verloren hatte. Ihren Mann. Ihre Tochter. Ihr Zuhause.

»Ich weiß, was du denkst, aber was hast du zu verlieren? Wenn du wirklich sterben willst, Ava, wirst du noch eine Million andere Gelegenheiten dazu haben. Es gibt Tausende Möglichkeiten, alles zu beenden.« Margots Stimme war nicht mehr die einer einsamen und unsicheren Frau. Es war die Stimme einer Mutter. Fest. Liebend. Respekteinflößend. Unnachgiebig. Eine Stimme der Art, wie sie jahrelang nicht in Avas Leben zu hören gewesen war. »Jetzt gib mir das Messer.«

Ava legte es in Margots Hand. Sie wirkte in diesem Moment so klein und alleine, dass Margot mit dem Mädchen litt. Sie klappte die Klinge ein und steckte das Messer in die Tasche, dann breitete sie die Arme aus. »Komm her, Schatz. Komm einfach her.«

Ava rührte sich nicht.

Unerschrocken nahm Margot die Hand des Mädchens, als wäre es die ihrer eigenen Tochter. »Alles wird gut werden. Wir bekommen das hin.«

Ava wollte sich losreißen und weglaufen, aber sie schloss die Augen und ließ zu, alles zu fühlen. Der Schmerz quälte ihre Haut und nahm ihr den Atem.

»Was wollen die Toten?«, flüsterte sie.

63

Eine Woche später wurde Myron aus dem Krankenhaus entlassen und bezog die Wohnung über der Garage, während Hunter und Margot packten. Sie zogen ohne ihn zurück nach Boston. Myron hatte zugestimmt, keine Klage wegen der Schusswunde zu erheben, wenn es im Gegenzug zu einer Vertraulichkeitsvereinbarung kam.

> Keine der beteiligten Personen wird sich öffentlich oder privat äußern oder schriftliche Verlautbarungen aufsetzen, die den mutmaßlichen Drogenkonsum betreffen oder die mutmaßlichen Drogeninstrumente, die in dem Anwesen gefunden worden sein sollen …

Er tat Margot leid, trotz all ihrer eigenen Fehler. Auf dem Scheidungsantrag war die Rede von »unüberbrückbaren Differenzen«. Myron erhob immerhin beim Sorgerecht keinen Einspruch. Es würde Jahre dauern, bis sein Sohn ihm vergeben konnte. Seine Versuche, seit den Ereignissen dieser Nacht mit

Hunter zu reden, hatten nur zu Antworten von einem Wort geführt.
Gut.
Klar.
Okay.

Hunter saß auf der Bettkante neben Ava. Der Inhalt seines Zimmers war in Kisten gepackt worden. Am Morgen würde der Umzugslaster eintreffen. »Du musst mit uns kommen. Ich meine, wohin sonst willst du gehen?«

»Ich weiß nicht.« Ava untersuchte ihre Hände. Die ganze Woche über war sie bei verschiedenen Ärzten und Behörden gewesen, war Margot von einem Ort zum nächsten gefolgt. Überall waren sie in Sackgassen gelandet.

»Niemand anders wird sie aufnehmen, Mom.« Margot war unten im Wohnzimmer und sprach leise ins Telefon, damit die Jugendlichen sie nicht hörten. »Was soll ich tun? … Sie braucht langfristige Therapie. Glaubst du, die Krankenversicherung übernimmt das? … Aber es sind keine Betten frei … Ich weiß, aber das hat uns fast fünfzehntausend Dollar gekostet. Wenn wir das Geld nicht gehabt hätten, dann wüsste ich nicht, was wir getan hätten.«

Margot legte das Telefon auf den Schreibtisch und schaltete die Freisprechfunktion an. Sie griff nach unten und holte die weiße Katze auf ihren Schoß. *Coco*, dachte sie und kraulte sie hinter den Ohren. *Ich nenne dich Coco.* Coco war ihr Handschmeichler und dauernder Begleiter geworden.

Die nagende Stimme ihrer Mutter fuhr fort: »Aber was weißt du überhaupt über dieses Mädchen, Schatz?«

»Ich weiß, dass sie Hilfe braucht. Ich weiß, dass sie jahrelang auf sich alleine gestellt war. Ich weiß, dass sie neunzehn Jahre alt ist und niemand sie aufnehmen wird. Ich weiß, dass sie völlig traumatisiert ist. Sie ist ein süßes Mädchen und intelligent. Sie ist nur etwas verwirrt.«

»Was ist mit Hunter? Denkst du auch an ihn?«

»Natürlich, Mutter. Hunter ist es, der mich drängt, das zu tun.« Margot schielte durch das Fenster zum Hof. Draußen hatte die Polizei Flatterband gespannt und hob Gruben aus. Der Schädel eines Babys schaute in einem Blumenbeet aus dem Inneren eines Plastikbeutels dabei zu. Es hatte drei Stunden Grabungsarbeit gedauert, ihn zu finden, aber Hunter war in dieser schrecklichen Nacht in einem ganz anderen Zustand gewesen. Sein Vater hatte sich gegen ihn gewandt. Seine Mutter hatte dem Mann in den Fuß geschossen. Margot erschauderte bei diesen Erinnerungen und starrte ungläubig zu dem Einschussloch in der hinteren Wand, das sie verursacht hatte.

Was soll das ganze Geld bringen, wenn wir es nicht verwenden, um jemandem zu helfen, hatte Hunter vor drei Tagen wissen wollen. *Hat es die Rawlings glücklich gemacht, ihr Geld zu bunkern? Hat ein großes Haus irgendwann mal Probleme gelöst? Ich meine, schau dir diesen Ort an. Das sollte das glücklichste Haus auf Erden sein, richtig? Ist es aber nicht. Das war es nie. Ist das die Art von Leben, die du für mich willst? Privatschulen? Elitehochschulen? Wofür? Um reich zu werden und auszublenden, was wirklich wichtig ist? Wir haben eine Chance, hier etwas Gutes zu tun. Wir müssen ihr helfen, Mom.*

»Hunter ist noch so jung. Er weiß nicht, was am besten ist. Was sicher ist«, zwitscherte ihre Mutter aus dem Telefon.

Margot lächelte reumütig über den Altruismus ihres Sohnes. »Es ist bloß für kurze Zeit, Mom. Bis sie auf ihren eigenen Füßen stehen kann und weiß, was sie machen will. Wenn wir sie der Gnade des Sozialstaats überlassen … Ich glaube nicht, dass ich damit leben könnte.«

»Was, wenn sie dich ausraubt? Was, wenn sie schwanger wird, um Himmels willen? Ich will nicht sagen, dass das passiert, aber du musst daran denken, was das für Hunters Zukunft bedeuten könnte«, protestierte ihre Mutter. »Er hat so viel durchgemacht. Und jetzt das?«

»Er verkraftet das schon, Mom. Es wird sicher hier und da zu Komplikationen kommen, aber er ist ein kluger Junge und alles andere ist nur … Kram. Das ist etwas, das ich für mich und Hunter tun muss.« Margot lugte hinab zu der Katze in ihrem Schoß. Sie erwiderte mit diesen überirdischen Augen den Blick. »Ich weiß, dass es verrückt klingt, aber ich glaube, Allison würde wollen, dass ich das tue.«

»Allison?« Der Name kam mit einem angehaltenen Atemstoß heraus. Es schloss sich eine lange Stille an und dann: »Okay, Schatz. Wenn du es tun musst. Versprich mir nur, dass du andere Maßnahmen treffen wirst, wenn es nicht funktioniert. Was ist mit dir selbst? Kümmerst du dich auch um dich? Ich mache mir Sorgen um dich …«

Am anderen Ende des Hauses griff Hunter nach Avas Hand. »Du kannst nicht hierbleiben. Das weißt du, oder? Es ist nicht gut für dich, wenn du hierbleibst. Nicht mehr.«

»Aber warum würde deine Mom mich bei euch aufnehmen? Das ergibt doch keinen Sinn.«

»Ich weiß nicht. Vielleicht, weil sie kein Monster ist? Weil sie helfen will? Weil ich sie dazu zwinge? Spielt das eine Rolle?« Er schaute sich im Zimmer um. Das einzige Objekt, das noch nicht weggepackt war, war das Foto von ihm und seiner Schwester. Es stand auf dem Boden neben dem Schrank. Die beiden Kinder darauf beobachteten sie von hinter dem Glas.

»Was, wenn sie mich dann gar nicht mag? Ich würde mich selbst nicht mögen«, flüsterte Ava. »Das wird nicht funktionieren, weißt du. Ich bin die ganze Zeit hier rumgeschlichen. Sie wird mir nie vertrauen. Jedes Mal, wenn etwas verschwindet, wird sie denken, ich hätte es gestohlen … Sie glaubt, ich wäre verrückt. Und wahrscheinlich hat sie recht.«

»Und sie ist das nicht?« Hunter seufzte. »Wen soll es kümmern, was sie denkt? Die beiden sind völlig verwirrt. Ich will nur ... ich möchte, dass du mitkommst. Okay? Tust du das? Bleib eine Weile bei uns. Stell dir es wie ein Gratis-Hotel vor, bis du weißt, was du machen willst.«

Ava schaute ihm ins Gesicht – struppig und hilflos, aber weich. Die Süße darin tat ihr weh. »Aber ich weiß nicht, ob ich das kann. Ich bin schon so lange hier. Das ist mein Zuhause.«

»Es ist einfach ein Haus. Willst du nicht lieber bei Leuten sein? Bei Leuten, denen du wichtig bist? Freunden? An diesem Ort gibt es lediglich böse Erinnerungen. Geister. Also – bitte. Komm mit uns. Wenn du es nicht magst, fahre ich dich persönlich wieder her. Okay?«

»Deine Mom mag mich nicht«, beharrte sie. »Und sie will, dass ich eine Therapie bekomme.«

»Meine Mom glaubt, jeder braucht eine Therapie. Sie will, dass *ich* zur Therapie gehe. Na und? Ich meine, sie ist durch den Wind, aber wenigstens sitzt sie nicht einfach rum und macht sich wegen allem möglichen Zeug verrückt. Sie wird ihren alten Job wieder aufnehmen, insofern wird sie sowieso kaum da sein. Außerdem glaube ich, dass sie zur Abwechslung tatsächlich etwas richtig machen möchte.« Er setzte ein trotteliges Grinsen auf. »Kannst du sie das nicht tun lassen?«

Ihm war nicht aufgefallen, wie Margot Ava betrachtete – ein Mädchen in ungefähr dem Alter, das Allison gehabt hätte, wenn sie noch lebte. Er hörte nur ihre drängende Stimme, in der sie ihn fragte: *Liebst du dieses Mädchen?*

»Was ist mit deinem Dad?«

»Was soll mit ihm sein? Er ist ein Junkie, der es nicht wahrhaben will. Er bleibt in Cleveland. Sie lassen sich scheiden. Wahrscheinlich sehe ich ihn nur noch einmal im Jahr oder so, wie alle anderen in so einer Situation. Richtig?«

Sie runzelte die Stirn, als sie das Gift in seinen Worten hörte. »Du weißt, dass er nicht völlig böse ist, oder? Also, Süchtige sind nicht böse Leute. Er ist bloß durcheinander.«

»Yeah. Erzähl das mal Abigail Martys Familie.« Hunter ließ etwas Dampf ab, aber sprach dann wieder ruhiger weiter. »Im Moment hasse ich ihn einfach.«

»Ich weiß.« Sie lehnte ihren Kopf gegen seine Schulter.

Er legte den Arm um sie.

»Äh, Hunter? Ich mag dich.« Sie sah ihn vorsichtig an. »Ich meine, ich mag dich wirklich. Aber wenn ich bei dir und deiner Mom wohne, wäre es komisch, wenn wir … Ich meine, ich bin selbst im Moment so durcheinander und …« Sie fand keine Worte für den Rest.

»Hey. Ich verstehe schon.« Er drückte ihre Schulter und ließ sie los. Er wagte nicht, sein Lächeln verblassen zu lassen oder zu zeigen, wie sehr ihre Worte ihn verletzten. »Wir können Freunde sein, richtig?«

»Richtig.« Sie nickte, fühlte sich gleichermaßen schlecht und erleichtert.

»Also kommst du mit uns?«

Sie zuckte mit den Schultern. *Wenn du es nicht magst, fahre ich dich persönlich wieder her.* »Okay.«

»Gut. Denn wenn du nicht mitkommst, wird Caleb mir das nie alles glauben.«

Sie verfiel in Gelächter. Dieser süße Klang wehte durch die Tür von Hunters Zimmer, den Flur entlang, an leeren Räumen vorbei, flatterte wie ein gefangener Vogel auf den Dachboden hinauf.

64

Haus zu verkaufen

2. April 2019

»Wow. Das ist wunderschön!«, gurrte die junge Frau auf der Veranda. Ihr schwangerer Bauch wirkte, als könnte er jeden Augenblick platzen.

Ihr Mann drückte ihre Hand und warf ihr einen Blick zu, der warnte: *Zeig nicht zu deutlich, wie sehr es dir gefällt.*

»Warten Sie, bis Sie es von innen sehen. Die Renovierung, die der Vorbesitzer vorgenommen hat, ist atemberaubend. Brandneue Küche. Neu angelegte Badezimmer. Komplett wiederhergestellte Dielenböden. Sie werden es lieben.« Die Immobilienmaklerin öffnete die Haustür und trat ein. Der Engelskopf des Türklopfers beobachtete das Paar, das händchenhaltend mit seinen beiden Kindern über die Schwelle trat, einem Kleinkind und einem sechsjährigen Jungen.

»Oh, wow!«, entfuhr der Ehefrau im zweistöckigen Foyer, und ihre Stimme echote von der hohen Decke. »Ich liebe den Kronleuchter!«

»Der gehört original zu dem Haus«, sagte die Maklerin und gab jedem von ihnen einen Flyer. »Wir haben hier dreihundertsiebzig Quadratmeter, den Keller und das Dachgeschoss nicht mitgerechnet, fast alles letztes Jahr renoviert, auch die Rohrleitungen und die Klimaanlage. Es ist das perfekte Heim für eine Familie, mit genug Platz für Ihre drei Kinder.«

»Darf ich fragen, warum die Verkäufer weggezogen sind? Ich meine, sie haben das Haus doch erst vor einem Jahr gekauft. Waren die nur darauf aus, das Haus gewinnbringend zu veräußern und haben deswegen bei der Renovierung gepfuscht?«

»Schmutzige Scheidung. Passiert ja ständig, so was … Ich kann Ihnen versichern, dass sie bei der Renovierung nicht gespart haben.« Die Maklerin führte sie durch den leeren Salon, ins Wohnzimmer, in die Küche. »Ich glaube, die Verkäuferin ist schon wieder mit ihren Kindern zurück nach Boston gezogen.«

Die junge Ehefrau blieb vor einer der gewaltigen Anrichten aus Marmor stehen und konnte ihr Glück kaum fassen. »Es ist beeindruckend! Das ist genau die Art von Küche, nach der wir gesucht haben, nicht wahr, Schatz?«

»Sie ist hübsch«, gestand ihr Mann ein, nahm die hochwertige Ausstattung und exzellente Verarbeitung genau in Augenschein. Dabei drehte er sich um die eigene Achse, suchte nach etwas, das man kritisieren könnte.

»Hübsch? Sie ist perfekt!«, verkündete die Frau. »Wally? Pass auf deine Schwester auf, ja? Lass sie nicht auf die Treppe klettern.«

Der Sechsjährige grummelte. »Aber Mom! Ich will auch das Haus besichtigen!«

»Okay, Kleiner.« Wallys Dad hob das kleine Mädchen hoch. »Wir gehen alle.«

Sonnenlicht fiel durch die großen Fenster herein, wärmte den Wintergarten. Obwohl er das eigentlich nicht wollte, musste sich auch Wallys Dad ausmalen, wie sie hier zum Thanksgiving-Dinner oder an einem Weihnachtsmorgen oder im Hof zum Grillen zusammensaßen.

Die Maklerin versteckte ein wissendes Lächeln, während sie alle die hintere Treppe nach oben begleitete. »Nun, wenn Sie ein ernsthaftes Angebot abgeben wollen, sollte ich Ihnen sagen, dass das Haus eine Geschichte hat.«

»Welche Geschichte?« Der Mann stoppte abrupt, blieb in dem langen Flur vor Hunters ehemaligem Zimmer stehen. Wally rannte an ihm vorbei in das Zimmer und drehte sich vor dem Kamin im Kreis. Das kleine Mädchen wand sich, bis ihr Vater sie abstellte, damit sie zu ihrem Bruder flitzen konnte.

»Vor Kurzem wurden Spuren gefunden, die nahelegen, dass dieses Haus ein Ort auf der *Underground Railroad* gewesen sein könnte.«

»Wirklich?«

»Die Historiker müssen das beurteilen, aber im letzten Sommer sind menschliche Überreste gefunden worden, die im Hof vergraben waren. Der Gerichtsmediziner hat festgestellt, dass die Knochen über hundertfünfzig Jahre alt und afroamerikanischer Abstammung sind. Wussten Sie, dass die Chagrin Road, die nur ein paar Blocks südlich von hier liegt, eine bekannte Route hinauf nach Kanada gewesen ist?«

»Das ist ja erstaunlich!« Der Gedanke an Leichen im Hof schien die Begeisterung der Frau in keiner Weise zu dämpfen.

Der Mann war weniger enthusiastisch. »Wie hat man sie gefunden?«

»Als im Hof gegraben wurde.« Die Maklerin wischte die Worte weg. »Muss ein ziemlicher Schock gewesen sein.

Natürlich haben sie sofort die Polizei gerufen, als sie auf die Knochen gestoßen sind.«

»Was haben sie mit ihnen gemacht?« Die Frau sah misstrauisch in den Hof hinaus. Die beiden Kinder eilten den Flur entlang ins nächste Zimmer. »Sie sind doch nicht mehr hier, oder?«

»Natürlich nicht! Alles wurde vorschriftsmäßig erledigt, das kann ich Ihnen versichern. Es war ein langwieriger Vorgang, wirklich. Die Polizei hat die anthropologische Abteilung der Case Western Reserve University gerufen, die alles untersucht hat. Dabei kam heraus, dass sich auf diesem Anwesen die Fundamente der alten North-Union-Shaker-Siedlung befinden. Drei Monate lang haben sie da hinten gebuddelt und versucht, so viel wie möglich zu erhalten. Die Überreste sind ordentlich auf dem Lakeview-Friedhof beigesetzt worden, soweit ich weiß. Darüber stand viel in der Zeitung, daher ist das Haus sozusagen berühmt!« Die Maklerin lächelte, als hätte sie ihnen gerade einen Pokal überreicht. *Verkauf das als etwas, das positiv ist.* Das hatte ihr Boss ihr vor einigen Wochen im Foyer erklärt. *Das Haus hat kein Stigma. Es ist ein Denkmal.* »Sie könnten sogar versuchen, das Haus als Denkmal eintragen zu lassen.«

Der Ehemann nickte langsam. »Interessant.«

Erleichtert, dass sie diese Offenbarung hinter sich gebracht hatte, führte die Maklerin sie in das erste Zimmer. »Wenn Sie die Zimmer begutachten, sollten Sie bedenken, dass die Kammern und Wandschränke kleiner sind als diejenigen, die Sie in neueren Häusern finden. Aber ich glaube, die gesamte Größe gleicht das mehr als aus.«

In Hunters ehemaligem Zimmer strahlte die Sonne durch die Gardinen herein. Die beiden Kinder kamen jauchzend zurück, jagten sich selbst und dann ihre Schatten, die auf dem Boden tanzten.

Die Eltern gingen weiter zum nächsten Raum. »Wally, pass auf deine Schwester auf.«

Wally nickte mit seinem kleinen Kopf und stampfte auf den Schatten seiner Schwester. Sobald seine Eltern außer Sichtweite waren, drehte sich der Junge langsam in dem wundersamen Zimmer um die eigene Achse. An einem Ende befand sich ein Kamin, dann kamen die Fenster, das Wandregal und die Schranktür. Neugierig lief der Junge mit seiner Schwester im Schlepptau dorthin und öffnete den Schrank.

Drinnen waren Bennys wütende Worte mit einem geschmackvollen Grau übermalt. Hunters Mutter hatte darauf bestanden, dass dies die einzige Möglichkeit war, das Haus zu verkaufen. Das *ToTE MäDCHEN* lag mit Avas einsamen Gedanken unter der Farbe begraben.

Wally blickte die aufragenden Wände hoch. »Schau, Annie, schau«, flüsterte er. »Da ist eine geheime Nachricht.«

Das Kleinkind trippelte zu ihm herein. »Wo?«

»Da.« Er deutete zur Wand neben der Tür. Der Junge konnte noch nicht alle Worte lesen, aber er fuhr voller Ehrerbietung mit einem Finger über die Buchstaben, die in dünner, schwarzer Tinte geschrieben waren.

> Willkommen in unserem Rawlingswood
> Bitte füllt dieses Haus mit Liebe und Leben
> Und vergebt den Geistern, die hier durchreisen
> Denn dies war einmal das Zuhause von
> Gläubigen und Ausreißern
> Und es gehört nicht nur euch
> Es gehört den Rawlings, Bells und Klussmans
> Es gehört den Turners und Spielmans
> Es gehört den Toten und den Weggezogenen
> Wenn ihr Walter auf dem Dachboden seht,
> sagt ihm, dass es euch leidtut

Wenn ihr Benny im Schrank findet, sagt ihm, dass ihr ihm glaubt
Wenn ihr nachts Toby hört, sagt ihm, dass ihr ihn liebt
Wir heißen eure Geister willkommen, also seid gute Gastgeber
Und vielleicht treffen wir uns alle am Ende.

Anmerkungen der Autorin

»Das verlassene Haus« ist eine historische Fiktion, und als solche beinhaltet das Buch viele wahre Ereignisse, Orte und Menschen, die als Hintergrund einer fiktiven Geschichte dienen. Zwei tatsächliche Morde in Shaker Heights, Ohio, haben Teile dieser Geschichte inspiriert. Aber die Ereignisse, die hier geschildert werden, auch alle Charaktere, entspringen der Vorstellungskraft der Autorin.

Rawlingswood und seine Bewohner hat es nie gegeben. Das fiktionale Haus ist eine Mischung aus vielen schönen Gebäuden, die vor etwa hundert Jahren in Shaker Heights, Ohio, gebaut worden sind. Ein leer stehendes Haus, das sich die Autorin 2008 angeschaut hat, hat viele Ideen für diese Geschichte geliefert. Die Vorbesitzer waren gerüchteweise früh gestorben und hatten mit Drogensucht und Wahnvorstellungen zu kämpfen gehabt. Das Haus war schlimm verwüstet, Leitungen waren rausgerissen worden und ein ungeöffneter Zulassungsbescheid eines Colleges lag auf einer Stufe der Dachbodentreppe.

Es folgt eine Erläuterung der tatsächlichen Ereignisse, Orte und Menschen, die den historischen Kontext des Romans bilden. Alle Charakterisierungen oder Dialoge, in denen echte

Personen vorkommen, wurden von der Autorin erfunden, um die Wirkung der Geschichte zu verstärken.

Shaker Heights, Ohio: Der wohlhabende Vorort Shaker Heights wurde auf Land errichtet, das die Van-Sweringen-Brüder 1905 gekauft hatten. Er befindet sich etwas mehr als zehn Kilometer südöstlich der Innenstadt von Cleveland, Ohio. Benannt war der Ort nach der religiösen Kommune, die dort von 1822 bis 1889 existiert hatte. In einer Immobilienbroschüre von 1921 versprach die Van Sweringen Company den möglichen Hauskäufern »ewigen Schutz vor Wertrückgang und ungewollten Veränderungen«.

Lee Road, South Woodland und Van Aken Boulevard sind tatsächliche Straßen in Shaker Heights, allerdings ist keines der Häuser dort die Basis für diese Geschichte.

United Society of Believers in the Second Appearing of Christ (Shaker) / Vereinigte Gemeinschaft der Gläubigen an die Wiederkehr von Christus: Ein religiöser Orden, der seine Wurzeln im England des 18. Jahrhunderts hatte und Zölibat sowie Askese praktizierte, im Glauben, dass Jesus Christus bald zurückkehren würde. Mutter Ann Lee war ein Gründungsmitglied der Vereinigten Gemeinschaft der Gläubigen. Die Gruppierung wurde wegen ihrer überschwänglichen Gebetstänze bekannt als die »Shaking Quakers«, die »zuckenden Quäker« oder »Shaker«.

North-Union-Shaker-Siedlung: Eine Gruppe von Mutter Anns Gläubigen ließ sich 1822 im nordöstlichen Ohio nieder und taufte das Land, das die Kommune von dem Konvertiten Ralph Russell erhalten hatte, das »Tal des Gottessegens« (»The Valley of God's Pleasure«). Zum Höhepunkt der Bewegung verteilten sich über zweihundert Mitglieder der North Union auf die *Center Family, Gathering (East) Family* und *Mill (North) Family*.

Die North-Union-Shaker nahmen alle Leute auf, die Schutz suchten, und waren dafür bekannt, amerikanische Ureinwohner und mindestens ein afroamerikanisches Mitglied unterzubringen. Andere Shaker-Siedlungen in den Vereinigten Staaten haben Berichten zufolge »flüchtigen« Afroamerikanern Unterschlupf gewährt, allerdings sind keine Beweise bekannt, dass die North Union eine Verbindung zur *Underground Railroad* hatte.

North-Union-Shaker waren mehr als einmal Opfer von Gewalt durch Mobs. Aufzeichnungen legen nahe, dass zwischen 1848 und 1854 viele Shaker-Gebäude niedergebrannt wurden. Nach dem Bürgerkrieg nahmen die Mitgliederzahlen ab, weil es kaum neue Konvertiten gab. Die Kommune löste sich 1889 auf, 1892 wurde das Land verkauft.

Das Heilige Wäldchen: Zwischen 1840 und 1843 erlebte die North-Union-Siedlung eine intensive Phase des Mystizismus. 1843 glaubten die Bewohner, Jesus Christus hätte drei Monate bei ihnen gelebt. 1845 errichteten sie ein »Heiliges Wäldchen«, eine Freiluft-Kathedrale, auch genannt »Jehovas schöner Platz«, wo sie glaubten, mit Engeln sprechen zu können und übernatürliche Visionen zu haben. Der Standort des Heiligen Wäldchens war die Kreuzung von Lee Road und Shaker Boulevard und nur zwei Blocks entfernt vom fiktiven Rawlingswood.

Gesetz zu flüchtigen Sklaven von 1850 (Fugitive Slave Act of 1850): Der Kongress nahm 1850 dieses Gesetz an, das Sklavenjägern aus dem Süden erlaubte, »flüchtige« Afroamerikaner gefangen zu nehmen, die Zuflucht in Nordstaaten wie Ohio suchten. Es machte auch die Unterbringung von »Flüchtigen« im Norden illegal, auch wenn

Gegner der Sklaverei und viele andere aus Gewissensgründen das Gesetz ignorierten. Mit der Emanzipationserklärung von 1863 wurde das Gesetz offiziell abgeschafft.

Underground Railroad: Historikern in Cleveland zufolge sind Afroamerikaner, die der Sklaverei entfliehen wollten, den Chagrin Boulevard entlang zwischen Shaker Heights und Chagrin Falls auf einem Weg nach Norden Richtung Kanada gezogen. Diese *Underground Railroad* verlief die Südgrenze der North-Union-Shaker-Siedlung entlang (ungefähr vier Blocks vom fiktiven Rawlingswood entfernt).

Angelo Lonardo: Viele Verbrecherfamilien von Cleveland waren während der Prohibition (1920–1933) an der Herstellung und Verteilung von Schnaps beteiligt, was auch ein lockeres Netzwerk kleiner Destillen in Wohnhäusern umfasste. Die Figur *Big Ange* wurde nach Angelo Lonardo benannt.

Die Verweise auf die übernatürlichen und namenlosen Gräber in der Geschichte wurden größtenteils von meinen Nachforschungen zu der Shaker-Siedlung, der Gemeinschaft der Gläubigen und der rätselhaften Kultur der Roma inspiriert. Die Wörter und Phrasen der Roma unterscheiden sich in Schreibweise und Bedeutung je nach Dialekt und Region. Fehler oder Auslassungen stammen von mir.

Das Shaker-Lied »Simple Gifts« wurde 1848 vom Ältesten Joseph Brackett geschrieben, und die Texte wurden aus »Force and Form: The Shaker Intuition of Simplicity« von John M. Anderson transkribiert, das im Oktober 1950 in *The Journal of Religion* (The University of Chicago Press, 30(4):256–260) erschienen ist. Alle anderen Liedtexte und Gedichte sind von den Bräuchen der Shaker inspiriert und wurden von der Autorin verfasst.

Weitere Informationen über die Geschichte von Shaker Heights und die North-Union-Shaker-Siedlung finden Sie hier:

Conlin, Mary Lou, *The North Union Story: A Shaker Society 1822–1889*, The Shaker Historical Society, Shaker Heights, Ohio, 1961.

Molyneaux, David G., Sue Sackman, *75 Years: An Informal History of Shaker Heights*, Shaker Heights Public Library, Shaker Heights, Ohio, 1987.

Piercy, Caroline B., *The Valley of God's Pleasure: A Saga of the North Union Shaker Community*, Stratford House, New York, 1951.

DANKSAGUNG

Ich schulde Shirley Jackson und ihrem legendären Roman »Spuk in Hill House« riesigen Dank. Von tiefstem Herzen danke ich meinen Freunden, meiner Familie, meinen Lektorinnen und Lektoren sowie Historikerinnen und Historikern, die diese Geschichte ermöglicht haben. Die Bibliothekarin Meghan Hays der Öffentlichen Bibliothek von Shaker Heights hat mir ihre Hilfe und ihr historisches Wissen angeboten, als ich über die North-Union-Shaker-Siedlung nachgeforscht habe. Ware Petznick und die Mitglieder der Gesellschaft der Shaker-Geschichte haben mir ihre Sammlung und Archive geöffnet und mich an ihrem persönlichen Wissen teilhaben lassen, als ich den Mystizismus der Gemeinschaft der Gläubigen und die Entwicklung von Shaker Heights recherchiert habe.

Ein Team von Lektorinnen und Lektoren hat diese verästelte Geschichte durch die tiefen, dunklen Wälder geführt. Danke, Jessica Tribble, Andrea Hurst, Riam Griswold, Yishai Seidman und all meine Freundinnen und Freunde bei Thomas & Mercer und Amazon Publishing. Ohne euch wäre ich verloren.

Jen und MK, eure nachdenklichen Rückmeldungen haben mich zur letzten Fassung geführt. Mom, ohne deine

Umarmungen hätte ich es nicht geschafft. Dad, danke für mein erstes Zuhause und den Willen, es zu verlassen. Jo, danke, dass du mein Kompass bist, wenn ich mich verlaufen habe. Brac, danke, dass du ein Freund in dunklen Zeiten bist. Ich umarme meine Jungs dafür, dass sie die fehlenden Stücke meines Herzens gefunden haben. Irv, du bist mein Zuhause, und ich werde dir nie entwachsen.